इस्मत चुग़ताई की सर्वश्रेष्ठ कहानियां

इस्मत चुग़ताई
की सर्वश्रेष्ठ कहानियाँ

संपादक - नंद किशोर विक्रम

साक्षी प्रकाशन
एस-16, नवीन शाहदरा, दिल्ली-110032
फोन: 011-22324833, 9810461412

ISBN-81-86265-23-6

संस्करण : 2024

प्रकाशक : साक्षी प्रकाशन
एस-16, नवीन शाहदरा,
दिल्ली-110032
फोन : 22324833, 9810461412
ई मेल : goelbooks@rediffmail.com

अक्षर संयोजक : जी. के. टाइप सेटिंग
नवीन शाहदरा, दिल्ली-110032

मुद्रक : शर्मा प्रिंटर्स, दिल्ली-93,

ISMAT CHUGTAI KI SARVASHRESHTH KAHANIYAN
Edited by Nand Kishore Vikram

भूमिका

इस्मत चुगताई उर्दू की एक ऐसी महान और श्रेष्ठ कहानीकार हैं जिनके जिक्र के बग़ैर उर्दू कथा साहित्य का इतिहास संपूर्ण ही नहीं हो सकता। उन्होंने ऐसी यादगार और अद्‌भुत कहानियाँ प्रस्तुत की हैं, जिन्हें शायद कभी भुलाया न जा सकेगा।

इस्मत चुगताई का असली नाम इस्मत ख़ानम था और उनका जन्म 21 अगस्त 1915 को बदायूँ (उत्तर प्रदेश) में हुआ। उन्होंने बी. ए. बी. टी. और बी. एड. की डिग्रियाँ अलीगढ़ मुस्लिम विश्वविद्यालय से प्राप्त कीं और बी. ए. आई टी की डिग्री लखनऊ विश्वविद्यालय से। शिक्षा-प्राप्ति के पश्चात् उन्होंने राजमहल गर्ल्ज़ स्कूल जोधपुर में प्रिंसिपल, 1933-40 में इस्लामिया गर्ल्ज स्कूल बरेली में मुख्याध्यापिका और बम्बई में इंस्पेक्टर आफ स्कूल, और सुपरिंटेंडेंट म्युनिसिपल स्कूल के पद पर नियुक्त रहीं।

1942 में इनकी फ़िल्म निर्देशक शाहिद लतीफ़ से शादी हो गई और वह सदा के लिए बम्बई की निवासी बन गईं। उन्होंने चौदह-पंद्रह वर्ष की उम्र ही से लिखना शुरू कर दिया था। इनके कथनानुसार यह ऊट-पटांग और रोमांटिक कहानियाँ थीं जिनके विषय इश्क, प्यार और चूमने-चाटने के होते थे। बाद में उन्होंने इन कहानियों को नष्ट कर दिया।

उनकी प्रारंभिक कहानियाँ घर की चारदीवारी में बैठकर लिखी गई थीं। आमतौर पर यह समझा जाता है कि मर्द ही अश्लील बातें करते हैं मगर इस्मत का कहना है कि औरतें भी इस प्रकार की बातें करती हैं। दोपहर को जब वे ख़ाली होती थीं तो वे जवान कुँवारी लड़कियों को भगा देती थीं और कहती थीं चलो भागो यहाँ से लेकिन इस्मत पलंग के नीचे छुपकर उनकी यौनसंबंधी बातें सुनती रहती थीं। इन्हीं बातों को बाद में उन्होंने अपनी कहानियों में प्रस्तुत किया, उनकी प्रसिद्ध कहानी ''लिहाफ़'' इन्हीं अनुभवों का निचोड़ थी, जिसके प्रकाशित होते ही तहलका मच गया था और लोगों को इस बात का विश्वास ही नहीं होता था कि कोई लड़की भी ऐसी 'अश्लील' कहानी लिख सकती है। उनका ख्याल था कि यह ज़रूर कोई मर्द है जिसने एक लड़की के नाम से यह कहानी लिखी है।

मगर शीघ्र ही पता चल गया कि यह सचमुच एक लड़की ने ही लिखी है। इसके बाद उनकी कहानियाँ सभी उल्लेखनीय पत्र-पत्रिकाओं में प्रकाशित होने लगीं और उनका शुमार उर्दू के जाने-माने कथाकारों में होने लगा।

इस्मत के कई कहानी-संग्रह प्रकाशित हो चुके हैं, जिनमें एक बात (1942), चोटें (1943), छुई मुई (1952), दो हाथ (1955), बदन की खुशबू (1979), झुर्री में से, लिहाफ़, सॉरी मम्मी, चिड़ी की दुक्की, बड़ी शर्म की बात, आधी रात आधा खाब आदि उल्लेखनीय है। उन्होंने ज़िद्दी, मासूमा, टेढ़ी लकीर अजीब आदमी, सौदाई, जंगली कबूतर, एक कतरा-ए-खून, बाँदी और दिल की दुनियाँ नामक उपन्यासों के अतिरिक्त बच्चों के लिए दो लघु-उपन्यास, तीन अनाड़ी और नकली राजकुमार तथा दो नाटक धानी बाँकें (1947) और शैतान (6 नाटक) भी लिखे हैं। ''कागजी है पैरहन'' उनकी जीवनी है, जिसे पाठकों ने अत्यंत पसंद किया है।

उनकी साहित्यिक सेवाओं का आदर करते हुए 1975 में भारत सरकार ने उन्हें 'पद्मश्री' से सम्मानित किया था। इसके अतिरिक्त उन्हें 'हम सब', ग़ालिब एवार्ड और मध्यप्रदेश का इकबाल सम्मान, महाराष्ट्र उर्दू अकादमी, जोधपुर उर्दू अकादमी के अतिरिक्त कई अन्य संस्थाओं के पुरस्कारों और एवार्डों से सुशोभित किया गया था।

इस्मत ने साहित्यिक कहानियों के अतिरिक्त जीविका कमाने के लिए फ़िल्मी कहानियाँ और उनके संवाद भी लिखे क्योंकि पत्र-पत्रिकाओं में कहानी लिखकर गुजारा नहीं चल सकता था। उन्होंने एक दर्जन से ज़्यादा फ़िल्मों की कहानियाँ लिखीं। सबसे पहले 1943 में उन्होंने फिल्म 'छेड़छाड़' की कहानी लिखी फिर उन्होंने और उनके पति शाहिद लतीफ़ ने निर्माता-निर्देशक की हैसियत से आरज़ू, शीशा, बुज़दिल, फ़रेब, दरवाज़ा, सोसाइटी और सोने की चिड़िया बनाई और दूसरे निर्देशकों के लिए लाला रुख और शिकायत की कहानी लिखी मगर उनकी सर्वश्रेष्ठ कहानी 'गर्म हवा' थी, जिसमें बलराज साहनी और शबाना आज़मी ने मुख्य भूमिकाएँ निभाई थीं।

इन फिल्मों की कहानियाँ लिखने के अतिरिक्त उन्होंने श्याम बेनेगल की फिल्म 'जनून' में एक बुढ़िया का रोल भी बड़े सराहनीय ढंग से निभाया था।

इस्मत चुग़ताई ने, जो सीधी लकीर की बजाए हमेशा अवज्ञा की टेढ़ी लकीर बनी रहीं, हमेशा चौंका देने का रवैया इख़्तियार किए रखा। उन्होंने आम डगर से हटकर समाज में छुपे हुए यौन-संबंधी रिश्तों और समस्याओं को बड़े सुंदर और आकर्षित अंदाज में प्रस्तुत किया। यौन घुटन और मानसिक टेढ़ेपन को अपनी कहानियों का विषय बनाने के अतिरिक्त उन्होंने बँटवारे से पूर्व के भरे-पूरे साझे परिवार, पुरानी परम्पराओं, कस्बाती जीवन के अधिकतर सामाजिक पहलुओं, स्वतंत्रता-प्राप्ति के पश्चात उभरने वाली शहरी जिंदगी और उसमें पाए जानेवाले आडंबर और दिखावे, अमीरी-गरीबी के बीच में पाई जाने वाली खाई, नारी की बेबसी, सामाजिक अड़चनों, औरतों पर मर्दों के अत्याचार, मर्द और औरतों में समान अधिकारों की तरफदारी, और इस तरह के अन्य विषयों पर कलम उठाई

तथा प्रमाणित कर दिया कि निस्संदेह वह एक विशेष एवं अद्वितीय कहानीकार हैं।

इस्मत ने बहुत ही यादगार कहानियाँ लिखी हैं जिनमें 'लिहाफ', 'दो हाथ', 'नन्हीं की नानी', 'चौथी का जोड़ा', 'दोजखी', 'गैंदा', 'जड़ें', 'बच्छो फूफी', 'सास' इत्यादि विशेष रूप से वर्णनीय हैं।

उनकी कहानी 'लिहाफ़' ने तो पाठकों को चौंका ही दिया क्योंकि यह एक ऐसा विषय था जिस पर कोई औरत लिखने का साहस ही नहीं कर सकती। इसी तरह उनकी कहानी गैंदा भी थी, जिसके बारे में इस्मत ने लिखा था कि यह उनकी पहली कहानी थी मगर यह प्रकाशित 'लिहाफ' के बाद हुई। यह कहानी बड़ी दर्दनाक है और इस्मत ने जिस सुंदर और कलात्मक ढंग से इसे प्रस्तुत किया है वह असाधारण एवं प्रशंसनीय है। इस कहानी का सार यह है कि जब कभी मर्द-औरत के अवैध संबंध के कारण कुछ घट जाता है, तो पुरुष साफ़ बचकर निकल जाता है और नारी इस तूफ़ान में घिर जाती है। हराम के बच्चे की सारी धिक्कार बेचारी औरत को ही सहनी पड़ती है और इसका उसके जहन पर कितना ग़लत प्रभाव पड़ता है।

'दो हाथ' भी इस्मत की एक महत्वपूर्ण कहानी है। उर्दू में भंगी विषय पर दो ही कहानियाँ लिखी गई हैं। एक कहानी कृश्न-चंदर ने 'कालू भंगी' के नाग रो लिखी थी और दूसरी इस्मत ने 'दो हाथ' लिखी थी और इस कहानी में 'दो हाथ' को रूपक के तौर पर प्रयोग किया गया है।

'दो हाथ' उच्च श्रेणी की एक सफल कहानी है। जिसमें वह शुरू से अंत तक इसकी थीम या केंद्रीय विचार से पूरी तरह जुड़ी रहती हैं। इस कहानी के चुस्त संवाद और सुंदर उपमाएँ पाठक को अपनी पकड़ में बाँधकर रखती हैं। और उस पर अमिट प्रभाव छोड़ती हैं।

''जड़ें'' इस्मत की वह प्रसिद्ध कहानी है जिसे भारत के बँटवारे के बाद दंगों और लाखों लोगों की हिज्रत के बारे में लिखी गई सर्वश्रेष्ठ कहानियों में गिनती होती है। यह कहानी मारवाड़ के एक खाते-पीते मुस्लिम परिवार के इर्द-गिर्द घूमती है। जब सारे देश में दंगों की आग भड़की हुई है और मुसलमान जान बचाकर पाकिस्तान में शरण लेने के लिए विवश हो चुके हैं, उस दौर में अम्माँ का सारा परिवार पाकिस्तान जाने के लिए तैयार हो गया मगर अम्माँ टस से मस न हुईं और अंततः वह इतने बड़े उजाड़, वीरान और भायँ-भायँ करते घर में अकेली रह जाती हैं।

'चौथी का जोड़ा' भी उनकी एक अद्भुत कलाकृति है जो अपने अंदर बड़ी पीड़ा और दर्द समाए हुए है। और हमारे समाज के गरीब वर्ग की निराशाओं और विवशताओं की जीती-जागती तस्वीर प्रस्तुत करती है जो दहेज की लानत से जुड़ी हुई है। कुबरा का संबंध एक गरीब परिवार से है। उसकी विधवा माँ उसकी शादी के लिए बड़ी चिंतित है मगर वह उसके लिए दहेज नहीं जुटा पाती और अंत में हज़ारों अर्मान दिल में लिये इस संसार से विदा हो जाती है।

'नन्ही की नानी' भी एक बड़ी जानदार और आकर्षक कृति है जिसमें नानी सारी ज़िंदगी अपनी ग़रीबी, दुर्भाग्य और दरिद्रता पर रोती-पीटती रही मगर न तो उसके रोने-धोने और चीखने चिल्लाने पर किसी व्यक्ति ने ध्यान दिया और न ही ऊपर वाले ने।

उसे जीवन में कोई सुख नहीं मिला, यहाँ तक कि उसकी मासूम नन्ही को भी छोटी-सी उम्र में इज़्ज़त लूट ली जाती है और वह ग़लत लोगों के हाथ पड़कर घर से गायब हो जाती है। जाने वह किस कोठे या घर की ज़ीनत बनी। ग़रीब नानी को कुछ पता न चला और वह जीवन भर दुख उठाते-उठाते और लोगों के घरों से माँग-ताँग कर गुज़ारा करने के बाद अंततः वह बड़ी बुरी अवस्था में मृत्यु से दो-चार हो जाती है।

इस्मत ने अपनी कहानियों में कई प्रयोग किए हैं। उन्होंने उर्दू को नये शब्द, मुहावरे तथा नई उपमाएँ और रूपक प्रदान करके भी कथा-जगत में अपनी शैली की धाक जमाई है।

साहित्यिक जीवन हो या निजी जीवन, उन्होंने हर स्थान पर पाठकों को चौंकाने की कोशिश की है और अपने इस निजी अंदाज से प्रसिद्धि प्राप्त की। उनकी कहानी 'लिहाफ़' की रचना से लेकर उनकी मृत्यु तक की घटनाएँ इसका प्रत्यक्ष प्रमाण हैं कि वह आम डगर से हटकर चलने और लोगों को चौंकाने की आदी थीं। शायद इसी कारण उन्होंने उर्दू को देवनागरी लिपि में लिखने और मृत्यु के पश्चात अपने को दफनाने की बजाए जलाए जाने की इच्छा प्रकट की थी।

सचमुच वह उर्दू का प्रतिष्ठित नाम थीं। इसीलिए कृश्न चंदर, सआदत हसन 'मंटो', बेदी और उन्हें उर्दू कहानी के चार स्तंभ ख़याल किया जाता था और इस्मत की मृत्यु से उर्दू का यह चौथा स्तंभ भी टूट गया है, जिसकी भरपाई शायद कभी न हो सके।

—नंद किशोर विक्रम

अनुक्रम

सआदत हसन मंटो

इस्मत चुग़ताई

आज से तक़रीबन डेढ़ बरस पहले जब मैं बंबई में था, हैदराबाद से एक साहब का पोस्ट कार्ड प्राप्त हुआ। मज़मून कुछ इस क़िस्म का था :

"यह क्या बात है कि इस्मत चुग़ताई ने आपसे शादी न की? मंटो और इस्मत, अगर यह दो हस्तियाँ मिल जातीं तो कितना अच्छा होता। मगर अफसोस कि इस्मत ने शाहिद से शादी कर ली और मंटो..."

उन्हीं दिनों हैदराबाद में प्रगतिशील लेखक संघ की एक कांफ्रेंस हुई। मैं उसमें शरीक नहीं था—मैंने हैदराबाद के एक पर्चे में उसकी रूदाद देखी, जिसमें यह लिखा था कि वहाँ बहुत-सी लड़कियों ने इस्मत को घेरकर यह सवाल किया : "आपने मंटो से शादी क्यों न की?"

मुझे मालूम नहीं कि यह बात दुरुस्त है या ग़लत, लेकिन जब इस्मत बंबई वापस आई तो उसने मेरी बीवी से कहा कि हैदराबाद में जब एक लड़की ने उससे सवाल किया, क्या मंटो कुँवारा है, तो उसने ज़रा तन्ज़ के साथ जवाब दिया—जी नहीं, इस पर वह मोहतरिमा इस्मत के बयान के मुताबिक कुछ खिसियानी-सी होकर खामोश हो गईं।

वाकिआत कुछ भी हों, लेकिन यह बात ग़ैर-मामूली तौर पर दिलचस्प है कि सारे हिंदुस्तान में एक सिर्फ़ हैदराबाद ही ऐसी जगह है, जहाँ मर्द और औरतें मेरी और इस्मत की शादी के मुतल्लिक फिक्रमंद रहे हैं।

उस वक़्त तो मैंने ग़ौर नहीं किया था, लेकिन अब सोचता हूँ। अगर मैं और इस्मत वाकई मियां-बीवी बन जाते तो क्या होता? यह 'अगर' भी कुछ उसी किस्म की अगर है, यानि अगर कहा जाए कि अगर क्लोपितरा की नाक एक इंच का अठारहवां हिस्सा बड़ी होती तो उसका असर वादी-ए-नील की तारीख पर क्या पड़ता—लेकिन यहाँ न इस्मत क्लोपितरा है और न मंटो, एंतनी। इतना ज़रूर है कि अगर मंटो और इस्मत की शादी हो जाती तो इस हादिसे का असर अहदे-हाज़िर के अफ़्सानवी अदब की तारीख़ पर एटमी हैसियत रखता। अफ्साने, अफ़्साने बन जाते, कहानियां मुड़-तुड़कर पहेलियाँ हो जातीं। इंशा की छातियों में सारा दूध खुश्क होकर या तो एक नादिर सफ़ूफ़ की शक्ल इख़्तियार कर

लेता या भस्म होकर राख बन जाता है और यह भी मुमकिन है कि निकाह-नामे पर उनके दस्ख़त उनके क़लम की आख़िरी तहरीर होते। लेकिन सीने पर हाथ रखकर यह भी कौन कह सकता है कि निकाह-नामा होता। ज़्यादा अनुमान के निकट तो यही मालूम होता है कि निकाह-नामे पर दोनों अफ़साने लिखते और काज़ी साहब की पेशानी पर दस्तख़त कर देते ताकि सनद रहे—निकाह के दौरान कुछ ऐसी बातें भी हो सकती थीं :

"इस्मत, क़ाज़ी साहब की पेशानी, ऐसा लगता है, तख़्ती है।"

"क्या कहा?"

"तुम्हारे कानों को क्या हो गया है?"

"मेरे कानों को तो कुछ नहीं हुआ तुम्हारी अपनी आवाज़ हलक़ से बाहर नहीं निकलती।"

"हद हो गई...लो अब सुनो। मैं यह कह रहा था, काज़ी साहब की पेशानी बिलकुल तख़्ती से मिलती-जुलती है।"

"तख़्ती तो बिलकुल सपाट होती है।"

"यह पेशानी सपाट नहीं?"

"तुम सपाट का मतलब भी समझते हो?"

"जी नहीं।"

"सपाट माथा तुम्हारा है...काज़ी जी का माथा तो..."

"बड़ा खूबसूरत है।"

"खूबसूरत तो है।"

"तुम महज़ चिढ़ा रही हो मुझे।"

"चिढ़ा तुम रहे हो मुझे।"

"मैं कहती हूँ, तुम चिढ़ा रहे हो मुझे।"

"मैं कहता हूँ, तुम चिढ़ा रही हो मुझे।"

"तुम्हें मानना पड़ेगा कि तुम चिढ़ा रही हो मुझे।"

"अजी वाह, तुम तो अभी से शौहर बन बैठे।"

"काज़ी साहब, मैं इस औरत से शादी नहीं करूँगा...अगर आपकी बेटी का माथा आपके माथे की तरह है तो निकाह उससे पढ़वा दीजिए।"

"काज़ी साहब, मैं इस मर्दुए से शादी नहीं करूँगी...अगर आपकी चार बीवियाँ नहीं हैं तो मुझसे शादी कर लीजिए। मुझे आपका माथा बहुत पसंद है।"

कृष्ण चंदर 'चोटें' के दीबाचे में लिखता है :

"सम्मत को छुपाने में, पढ़ने वाले को आश्चर्य से चकित कर देने में, और फिर यकायक आखिर में उस चुनाव एवं आश्चर्य को मसर्रत में बदल देने की सिफ़्त में इस्मत

और मंटो एक-दूसरे के बहुत करीब हैं और इस फ़न में उर्दू के बहुत कम अफ़्सानानिगार उनके प्रतिद्वंद्वी हैं।''

अगर हम दोनों को शादी का ख़याल आता तो दूसरों को आश्चर्य और व्यग्रता में गुम करने के बजाय हम खुद उसमें ग़र्क हो जाते, और जब एकदम चौंकते तो यह आश्चर्य और व्यग्रता जहाँ तक मैं समझता हूँ, खुशी के बजाय एक बहुत ही बड़े विवाद में तब्दील हो जाती—इस्मत और मंटो, निकाह और शादी। कितनी हास्य जनक चीज़ है।

इस्मत लिखती है : एक ज़रा-सी मुहब्बत की दुनिया में कितने शौकत, कितने महमूद, अब्बास, असकरी, यूनुस और न जाने कौन-कौन ताश की गड्डी की तरह फेंटकर बिखेर दिए गए हैं। कोई बताओ, उनमें से चोर पत्ता कौन-सा है? शौकत की भूखी-भूखी कहानियों से लबरेज़ आँखें, महमूद के साँपों की तरह रेंगते हुए अंग, असकरी के बेरहम हाथ, यूनुस के निचले होठ का स्याह तिल, अब्बास की खोई-खोई मुस्कराहटें और हज़ारों चौड़े-चकले सीने, कुशादा पेशानियाँ, घने-घने बाल, सुडौल पिंडलियाँ, मज़बूत बाज़ू, सब एक साथ मिलकर पक्के सूत के डोरों की तरह उलझकर रह गए हैं। परेशान हो-होकर उस ढेर को देखती हूँ, मगर समझ में नहीं आता कि कौन-सा सिरा पकड़कर खींचूँ कि खिंचता ही चला आए और मैं उसके सहारे दूर क्षितिज से भी ऊपर एक पतंग की तरह तन जाऊँ।

मंटो लिखता है : मैं सिर्फ़ इतना समझता हूँ कि औरत से इश्क़ करना और ज़मीनें ख़रीदना तुम्हारे लिए एक ही बात है। सो तुम मुहब्बत करने के बजाय एक-दो बीघे ज़मीन ख़रीद लो और उस पर सारी उम्र क़ाबिज़ रहो...ज़िंदगी में सिर्फ़ एक औरत...और यह दुनिया इस क़द्र भरी हुई क्यों है? क्यों इसमें इतने तमाशे जमा हैं? सिर्फ़ गंदुम पैदा करके ही अल्लाह मियाँ ने अपना हाथ क्यों न रोक लिया? मेरी सुनो और इस ज़िंदगी को जो कि तुम्हें दी गई है, अच्छी तरह इस्तेमाल करो...तुम ऐसे गाहक हो जो, औरत हासिल करने के लिए सारी उम्र सरमाया जमा करते रहोगे, मगर उसे नाकाफ़ी समझोगे। मैं ऐसा ख़रीदार हूँ, जो ज़िंदगी में कई औरतों से सौदे करेगा...तुम ऐसा इश्क करना चाहते हो कि उसकी नाकामी पर कोई मामूली दर्जे का लेखक एक किताब लिखे, जिसे नारायण दत्त सहगल पीले क़ाग़ज़ों पर छापे और दल्ली बाज़ार में उसे रद्दी के भाव बेचे...मैं अपनी जीवन-पुस्तक के तमाम पन्ने दीमक बनकर चाट जाना चाहता हूँ, ताकि उसका कोई निशान बाक़ी न रहे। तुम मुहब्बत में ज़िंदगी चाहते हो, मैं ज़िंदगी में मुहब्बत चाहता हूँ।

इस्मत को अगर उलझे हुए सूत के ढेर में ऐसा सिरा मिल जाता, खींचने पर जो खिंचता ही चला आता और वह उसके सहारे दूर क्षितिज से ऊपर एक पतंग की तरह तन जाती और मंटो अगर अपनी जीवन-पुस्तक के आधे पन्ने भी दीमक बनकर चाटने में कामयाब हो जाता तो आज अदब की तख़्ती पर उनके फ़न के नुकूश इतने गहरे कभी न होते। वह दूर पन्ने से भी ऊपर हवा में तनी रहती और मंटो के पेट में उसकी

जीवन-पुस्तक के बाक़ी पन्ने भुस भरके उसके हमदर्द उसे शीशे की अलमारी में बंद कर देते।

'चोटें' की भूमिका में कृष्ण चंदर लिखता है : इस्मत का नाम आते ही मर्द अफ़्साना-निगारों को दौरे पड़ने लगते हैं। शर्मिंदा हो रहे हैं। आप ही आप लज्जित हुए जा रहे हैं। यह भूमिका भी उसी खिफ़्फ़त को मिटाने का एक नतीजा है।

इस्मत के मुताल्लिक जो कुछ मैं लिख रहा हूँ, किसी भी किस्म की लज्जा को मिटाने का नतीजा नहीं। एक क़र्ज़ था, जो सूद की बहुत ही हलकी दर के साथ अदा कर रहा हूँ।

सबसे पहले मैंने इस्मत का कौन-सा अफ़्साना पढ़ा था, मुझे बिल्कुल याद नहीं। ये पंक्तियाँ लिखने से पहले मैंने हाफ़िज़े को बहुत खुर्चा, लेकिन उसने मेरी रहबरी नहीं की। ऐसा महसूस होता है कि मैं इस्मत के अफ़्साने काग़ज पर स्थानांतरित होने से पहले ही पढ़ चुका था। यही वजह है कि मुझ पर कोई दौरा नहीं पड़ा, लेकिन जब मैंने उसको पहली बार देखा तो मुझे सख़्त नाउम्मीदी हुई।

एडलफ़ी चैंबर्स, क्लीयर रोड बंबई के, सत्रह नंबर फ्लैट में, जहाँ 'मुसव्विर' हफ्तावार का दफ्तर था, शाहिद लतीफ़ अपनी बीवी के साथ दाखिल हुआ। यह अगस्त 1942 ई. की बात है। तमाम कांग्रेसी लीडर, महात्मा गांधी समेत गिरफ़्तार हो चुके थे और शहर में काफी गड़बड़ थी। फ़ज़ा सियासियात में बसी हुई थी। इसलिए कुछ देर गुफ़्तुगू का विषय आज़ादी का आंदोलन रहा। उसके बाद रुख़ बदला और अफ़सानों की बातें शुरू हुईं।

एक महीना पहले जबकि मैं आल इंडिया रेडियो, देहली में मुलाजिम था, अदब-ए-लतीफ़ में इस्मत का 'लिहाफ' शाया हुआ था। उसे पढ़कर, मुझे याद है, मैंने कृष्ण चंदर से कहा था : ''अफ़्साना बहुत अच्छा है, लेकिन आखिरी जुम्ला बहुत अकलात्मक है।'' अहमद नदीम क़ासमी की जगह अगर मैं एडिटर होता तो उसे निस्संदेह हटा देता। चुनांचे जब अफ़्सानों पर बातें शुरू हुईं तो मैंने इस्मत को कहा : ''आपका अफ़्साना 'लिहाफ़' मुझे बहुत पसंद आया। बयान में शब्दों का अल्पव्यय से प्रयोग करना आपकी नुमायाँ खुसूसियत रही है, लेकिन मुझे ताज्जुब है कि उस अफ़साने के आख़िर में अपने बेकार-सा जुमला लिख दिया कि एक इंच उठे हुए लिहाफ़ में मैंने क्या देखा, कोई मुझे लाख रुपये दे, तो भी मैं नहीं बताऊँगी।''

इस्मत ने कहा : ''क्या ऐब है इस जुमले में?''

मैं जवाब में कुछ कहने ही वाला था कि मुझे इस्मत के चेहरे पर वही सिमटा हुआ हिजाब नज़र आया जो आम घरेलू लड़कियों के चेहरे पर अकथ्य शै का नाम सुनकर प्रकट हुआ करता है। मुझे सख़्त नाउम्मीदी हुई, इसलिए कि मैं 'लिहाफ' के तमाम छोटी-छोटी बातों के मुताल्लिक उससे बातें करना चाहता था। जब इस्मत चली गई तो मैंने दिल में कहा : ''यह तो कमबख़्त बिलकुल औरत निकली।''

मुझे याद है, इस मुलाकात के दूसरे ही रोज़ मैंने अपनी बीवी को देहली खत लिखा : ''इस्मत से मिला। तुम्हें यह सुनकर हैरत होगी कि वह बिलकुल ऐसी ही औरत है, जैसी तुम हो। मेरा मज़ा तो बिलकुल किरकिरा हो गया, लेकिन तुम उसे यकीनन पसंद करोगी। मैंने जब उससे एक इंच उठे हुए लिहाफ का जिक्र किया तो नालाइक उसकी कल्पना करते ही झेंप गई।''

एक अर्से के बाद मैंने अपनी इस पहली प्रतिक्रिया पर संजीदगी से ग़ौर किया और मुझे इस बात का शदीद अहसास हुआ कि अपने फ़न के अस्तित्व के लिए इन्सान को अपनी फितरत की हुदूद में रहना अत्यंत अनिवार्य है। डॉक्टर रशीद जहाँ का फ़न आज कहाँ है? कुछ तो गेसुओं के साथ कटकर अलाहिदा हो गया और कुछ पतलून की जेबों में ठुस होकर रह गया। फ्रांस में जार्ज साँ ने स्त्रीत्व की सदर वेशभूषा उतार कर बनावट की ज़िंदगी इख़्तियार की। पोलिसतानी मौसीकार शोपेन से लहू थुकवा-थुकवा कर उसने हीरे-मोती जरूर पैदा कराए, लेकिन उसका अपना गुण उसके पेट में दम घुट के मर गया।

मैंने सोचा, औरत जंग के मैदानों में मर्दों के दोश-बदोश लड़े, पहाड़ काटे, अफ़साना-निगारी करते-करते इस्मत चुग़ताई बन जाए, लेकिन उसके हाथों में कभी-कभी मेहँदी रचनी ही चाहिए। उसकी बाँहों से चूड़ी की खनक आनी ही चाहिए। मुझे अफ़्सोस है, जो मैंने उस वक़्त अपने दिल में कहा : ''यह तो कमबख़्त बिल्कुल औरत निकली।''

इस्मत अगर बिल्कुल औरत न होती तो उसके संग्रहों में 'भूल भुलैयाँ', 'तिल', 'लिहाफ़' और 'गेंदा' जैसे नाजुक और मुलायम अफ्साने कभी नज़र न आते। यह अफ़साने औरत की मुख़्तलिफ़ अदाएँ हैं, साफ़, सुथरी, हर किस्म के बनावट से पाक। यह अदाएँ वह हाव-भाव नहीं जिनके तीर बनाकर मर्दों के दिल और कलेजे छलनी किए जाते हैं। जिस्म की भोंडी हरकतों से इन अदाओं का कोई ताल्लुक नहीं। इन रूहानी इशारों की आशय पड़ाव इन्सान का ज़मीर है, जिसके साथ वह औरत ही की अनजानी, अनबूझी मगर मख़मली फितरत लिये बग़लगीर हो जाता है।

उनकी रंगत बदली : ''बिचारा बच्चा...मर गया इसका बाप शायद।''

''खाक तुम्हारे मुँह में...खुदा न करे।'' मैंने नन्हे को कलेजे से लगा लिया।

''ठाएँ।'' नन्हे ने मौका पाकर बंदूक चलाई।

''हाएँ पाजी...अब्बा को मारता है।'' मैंने बंदूक छीन ली।

और लोग कहते हैं, इस्मत नाशुदनी है, चुड़ैल है—गधे कहीं के। इन चार सतरों में इस्मत ने औरत की रूह निचोड़ कर रख दी है और यह लोग उसे नैतिकता की प्रीक्षणक नलियों में बैठे हिला-हिलाकर देख रहे हैं। तोपदम कर देना चाहिए, ऐसी औंधी खोपड़ियों को।

'साक़ी' में 'दोज़ख़ी' छपा। मेरी बहन ने पढ़ा और मुझसे कहा : ''सआदत, यह

इस्मत कितनी बेहूदा है। अपने मुए भाई को भी नहीं छोड़ा कमबख़्त ने। कैसी-कैसी फ़ुज़ूल बातें लिखी हैं।''

मैंने कहा, ''इक़बाल, अगर मेरी मौत पर तुम ऐसा ही मज़्मून लिखने का वादा करो तो खुदा की कसम, मैं आज मरने के लिए तैयार हूँ।''

शाहजहाँ ने अपनी महबूबा की याद काइम रखने के लिए ताजमहल बनवाया। इस्मत ने अपने महबूब भाई की याद में 'दोज़ख़ी' लिखा। शाहजहाँ ने दूसरों से पत्थर उठवाए। उन्हें तरशवाया और अपनी महबूबा की लाश पर अज़ीमुश्शान इमारत तामीर कराई। इस्मत ने खुद अपने हाथों से अपनी...बहन की भावनाएँ चुन-चुनकर एक ऊँचा मचान तैयार किया और उस पर नर्म-नर्म हाथों से अपने भाई की लाश रख दी—ताज, शाहजहाँ की मुहब्बत का नग्न मरमरीं इश्तिहार मालूम होता है। लेकिन 'दोज़ख़ी' इस्मत की मुहब्बत का निहायत ही लतीफ़ और हसीन इशारा है, वह जन्नत जो उस मज़्मून में आबाद है, उन्वान उसका इश्तिहार नहीं देता।

मेरी बीवी ने यह मज्मून पढ़ा तो इस्मत से कहा : ''यह तुमने क्या खुराफ़ात लिखी है?''

''बको नहीं। लाओ, वह बर्फ कहाँ है?''

इस्मत को बर्फ खाने का बहुत शौक है। बिलकुल बच्चों की तरह डली हाथ में लिये दाँतों से कटाकट काटती रहती है। उसने अपने बाज अफ़साने भी बर्फ़ खा-खाकर लिखे हैं। चारपाई पर कोहनियों के बल औंधी लेटी है। सामने तकिए पर कापी खुली है। एक हाथ में फाउन्टेन पेन है और दूसरे हाथ में बर्फ की डली। रेडियो ऊँचे सुरों में चिल्ला रहा है, मगर उसका कलम और मुँह दोनों खटाखट चल रहे हैं।

इस्मत पर लिखने के दौरे पड़ते हैं। न लिखे तो महीनों गुज़र जाते हैं, पर जब दौरा पड़े तो सैकड़ों सफ्हे उसके कलम के नीचे से निकल जाते हैं। खाने-पीने, नहाने-धोने का कोई होश नहीं रहता। बस हर वक़्त चारपाई पर कोहनियों के बल औंधी लेटी अपने टेढ़े-मेढ़े आराब मात्रा चिह्न और इमला से बेनियाज ख़त में काग़जों पर अपने ख़यालात अंकित करती रहती है।

'टेढ़ी लकीर' जैसा लम्बा-चौड़ा नाविल, मेरा ख़याल है, इस्मत ने सात-आठ निशस्तों में खत्म किया था।

कृश्न चंदर, इस्मत के बयान की रफ़्तार के मुताल्लिक लिखता है : अफ़्सानों के अध्ययन से एक और बात जो जहन में आती है, वह है घुड़दौड़। यानि रफ़्तार, हरकत, सुबुक ख़रामी (मेरा खयाल है, इससे कृश्न चंदर की मुराद बर्क़ रफ़्तारी थी) और तेज़ गामी। न सिर्फ़ अफ़्साना दौड़ता हुआ मालूम होता है, बल्कि फ़िक्रे, किनाए और इशारे और आवाज़ें और चरित्र और जज़्बात और अहसासात, एक तूफ़ान की-सी बलाखेज़ी के साथ

चलते और आगे बढ़ते नज़र आते हैं।

इस्मत की कलम और उसकी ज़बान, दोनों बहुत तेज़ हैं। लिखना शुरू करेगी तो कई मर्तबा उसका दिमाग़ आगे निकल जाएगा और अल्फ़ाज़ बहुत पीछे हाँफते रह जाएँगे। बातें करेगी तो लफ़्ज़ एक-दूसरे पर चढ़ते जाएँगे। शेख़ी बघारने की खातिर अगर कभी बावरची-खाने में चली जाएगी तो मामला बिल्कुल चौपट हो जाएगा। तबीयत में चूँकि बहुत ही तेज़ी है, इसलिए आटे का पेड़ा बनाते ही सिंकी-सिंकाई रोटी की शक्ल देखना शुरू कर देती है। आलू अभी छीले नहीं गए लेकिन उनका सालन उसके दिमाग में पहले ही तैयार हो जाता है। और मेरा ख़याल है, बाज़ औकात वह बावरची-खाने में कदम रखकर ख़याल-ख़याल में पेट भरकर लौट आती होगी—लेकिन इस हद से बढ़ी हुई शीघ्रता के मुकाबले में उसको मैंने बड़े ठंडे इत्मीनान और सुकून के साथ अपनी बच्ची के फ्राक सीते देखा है। उसका कलम लिखते वक़्त इमला की ग़लतियाँ कर जाता है, लेकिन नन्ही के फ्राक सीते वक़्त उसकी सुई से हल्की-सी भूल भी नहीं होती। नपे-तुले टाँके होते हैं और मजाल है जो कहीं झोल हो।

'उफ़ रे बच्चे' में इस्मत लिखती है : घर क्या है, मौहल्ले का मौहल्ला है। मर्ज़ फैले, वबा आए, दुनिया के बच्चे पटापट मरें, मगर क्या मजाल जो यहाँ एक भी टस से मस हो जाए। हर साल माशाल्लाह घर अस्पताल बन जाता है। सुनते हैं दुनिया में बच्चे भी मरा करते हैं। मरते होंगे। क्या ख़बर?

और पिछले दिनों बंबई में, जब उसकी बच्ची सीमा को काली खाँसी हुई तो वह रातों जागती थी। हर वक़्त खोई-खोई रहती थी। ममता, माँ बनने के साथ ही कोख से बाहर निकलती है।

इस्मत परले दर्जे की हठधर्मी है। तबीयत में ज़िद है, बिल्कुल बच्चों की-सी। ज़िंदगी के किसी नज़रिए को, फितरत के किसी कानून को पहले ही वास्ते में कभी कुबूल नहीं करेगी। पहले शादी से इनकार करती रही। जब आमादा हुई तो बीवी बनने से इनकार कर दिया। बीवी बनने पर जूँ-तूँ रज़ामंद हुई तो माँ बनने से मुन्किर हो गई। तक्लीफ़ें उठाएगी, कष्ट बरदाश्त करेगी मगर ज़िद से कभी बाज़ नहीं आएगी। मैं समझता हूँ, यह भी उसका एक तरीका है जिसके ज़रिए से वह ज़िंदगी की वास्तविकताओं से दो-चार होकर, बल्कि टकराकर उनको समझने की कोशिश करती है—उसकी हर बात निराली है।

इस्मत के जनाना औ मर्दाना चरित्रों में भी यह अजीब-ओ-ग़रीब ज़िद या इनकार आम पाया जाता है। मुहब्बत में बुरी तरह मुब्तला है, लेकिन नफ़रत का इज़हार किए चले जा रहे हैं। जी गाल चूमने को चाहता है, लेकिन उसमें सुई खुबो देंगे। हौले से थपकना होगा तो ऐसी धौल जमाएँगे कि दूसरा बिलबिला उठे। यह आक्रमणात्मक किस्म की नकारात्मक मुहब्बत, जो महज़ एक खेल की सूरत में शुरू होती है, आमतौर पर इस्मत के

अफसानों में एक निहायत करुणापूर्ण सूरत में समाप्त होते हैं।

इस्मत का अपना अंत भी अगर कुछ इसी तौर पर हुआ और मैं उसे देखने के लिए ज़िंदा रहा तो मुझे कोई ताज्जुब न होगा।

इस्मत से मिलते-जुलते मुझे पाँच-छः बरस हो गए हैं। दोनों की अग्निपूर्ण और भक से उड़ जाने वाली तबीयत के पेशे-नज़र संदेह तो इसी बात का था कि सैकड़ों लड़ाइयाँ होतीं, मगर आश्चर्य है कि इस दौरान में सिर्फ़ एक बार चख हुई, और वह भी हल्की-सी।

शाहिद और इस्मत के आमंत्रित करने पर मैं और मेरी बीवी सफ़ीया, दोनों मलाड गए हुए थे। रात का खाना खाने के बाद बातों-बातों में शाहिद ने कहा : "मंटो, तुमसे अब भी ज़बान की ग़लतियाँ हो जाती हैं।"

डेढ़ बजे तक मैंने स्वीकार न किया कि मेरी तह्रीर में जबान की गलतियाँ होती हैं। शाहिद थक गया। दो बजे तक इस्मत ने अपने शौहर की पैरवी की। मैं फिर भी न माना। अचानक कोई बात कहते हुए इस्मत ने लफ्ज 'दस्त-दराजी' इस्तेमाल किया। मैंने झट से कहा : "सही लफ़्ज़ दराज़-दस्ती है"—तीन बज गए। इस्मत ने अपनी ग़लती स्वीकार न की। मेरी बीवी सो गई। शाहिद क़िस्सा ख़त्म करने के लिए दूसरे कमरे से शब्दकोश उठा लाया, 'द' की तख़्ती में लफ़्ज़ दस्त-दराज़ी मौजूद ही नहीं था। अलबत्ता दराज़-दस्ती और उसके मानी दर्ज थे। शाहिद ने कहा : "इस्मत, अब तुम्हें मानना पड़ेगा"—अब मियाँ-बीवी में चख शुरू हो गई। मुर्ग अज़ानें देने लगा। इस्मत ने शब्दकोश उठाकर एक तरफ फेंकी और कहा : "जब मैं शब्दकोश बनाऊँगी तो उसमें सही लफ़्ज़ दस्त-दराजी होगा। यह क्या हुआ दराज़ दस्ती...दराज़-दस्ती।"

ग़लत विवाद का यह लम्बा सिलसिला बहरहाल खत्म हुआ। इसके बाद हम एक दूसरे से कभी नहीं लड़े, बल्कि यूँ कहिए कि हमने इसका कभी मौका ही नहीं आने दिया। गुफ़्तगू करते-करते जब भी कोई खतरनाक मोड़ आया, या तो इस्मत ने रुख़ बदल लिया या मैं रास्ता काट के एक तरफ़ हो गया।

इस्मत को मैं पसंद करता हूँ, वह मुझे पसंद करती है, लेकिन अगर कोई एकाएक पूछ बैठे : "तुम दोनों एक-दूसरे की क्या चीज़ पसंद करते हो।" तो मेरा ख़याल है कि मैं और इस्मत, दोनों कुछ अर्से के लिए बिल्कुल खाली जहन हो जाएँगे।

इस्मत की शक्ल-सूरत मनमोहक नहीं, हृदयस्थ जरूर है। उससे पहली मुलाक़ात के नक़्श अभी तक मेरे दिल-ओ-दिमाग़ में महफ़ूज़ हैं। बहुत ही सादा लिबास में थी। छोटी कन्नी की सफेद धोती, सफ़ेद ज़मीन का काली खड़ी लकीरों वाला चुस्त ब्लाउज़, हाथ में छोटा पर्स, पाँव में बग़ैर एड़ी का ब्राउन चप्पल, छोटी-छोटी मगर तेज़ और जिज्ञासापूर्ण आँखों पर मोटे-मोटे शीशों वाली ऐनक, छोटे मगर घुँघराले बाल, टेढ़ी माँग। ज़रा-सा मुस्कराने पर भी गालों में गड्ढे पड़-पड़ जाते थे।

मैं इस्मत पर आशिक न हुआ लेकिन मेरी बीवी उसकी मुहब्बत में गिरफ़्तार हो गई। इस्मत से अगर सफ़ीया उस मुहब्बत का जिक्र करे तो वह ज़रूर कुछ यूँ कहेगी : "बड़ी आई हो मेरी मुहब्बत में गिरफ़्तार होने वाली...तुम्हारी उम्र की लड़कियों के बाप तक कैद होते रहे हैं मेरी मुहब्बत में।"

एक बुजुर्ग कलमकार को तो मैं भी जानता हूँ, जो बहुत देर तक इस्मत के प्रेम पुजारी रहे। खत-ओ-किताबत के ज़रिए से आपने इश्क फ़र्माना शुरू किया। इस्मत शै दैती रही, लेकिन आख़िर में ऐसा अड़ंगा दिया कि सुरैया ही दिखा दी ग़रीब को। यह सच्ची कहानी, मेरा ख़याल है, वह कभी कलम-बंद नहीं करेंगे।

आपस में टकराव हो जाने के ख़ौफ से मेरे और इस्मत के दरमियान बहुत ही कम बातें होती थीं। मेरा अफ़साना कभी शाया हो तो पढ़कर दाद दे दिया करती थी। 'नीलम' के प्रकाशन पर उसने गैर मामूली जोश-ओ-खरोश से अपनी पसंदीदगी का इज़हार किया : वाकई यह बहन बनाना क्या है...आपने बिलकुल ठीक कहा है। किसी औरत को बहन कहना उसकी तोहीन है।"

और मैं सोचता रह गया—वह मुझे मंटो भाई कहती है और मैं उसे इस्मत बहन कहता हूँ—दोनों को खुदा समझे!

हमारी पाँच-छः बरस की दोस्ती के ज़माने में ऐसा कोई वाकिआ नहीं जो काबिल-ए-जिक्र हो। अश्लीलता के इल्ज़ाम में एक बार हम दोनों गिरफ़्तार हुए। मुझे तो पहले दो दफ़ा तजर्बा हो चुका था, लेकिन इस्मत का पहला मौका था। इसलिए बहुत भन्नाई। इत्तिफाक से गिरफ्तारी गैर-कानूनी निकली, क्योंकि पंजाब पुलिस ने हमें बग़ैर वारंट पकड़ लिया था। इस्मत बहुत खुश हुई, लेकिन बकरे की माँ कब तक खैर मनाती। आख़िर उसे लाहौर की अदालत में हाज़िर होना ही पड़ा।

बंबई से लाहौर तक काफ़ी लंबा सफ़र है, लेकिन शाहिद और मेरी बीवी साथ थे। सारा वक़्त खूब हंगामा रहा। सफ़ीया और शाहिद एक तरफ़ हो गए और चिढ़ाने की ख़ातिर हम दोनों की अश्लीलदृष्टि पर हमले करते रहे। कैद के कष्टों का नक्शा खींचा। जेल की ज़िंदगी की झलकियाँ दिखाईं। इस्मत ने आख़िर झल्लाकर कहा : "सूली पर भी चढ़ा दें, लेकिन यहाँ हलक से अनलहक ही निकलेगा।"

उस मुक़द्दमे के सिलसिले में हम दो दफ़ा लाहौर गए। दोनों मर्तबा कालिजों के तमाशाई विद्यार्थी मुझे और इस्मत को देखने के लिए टोलियाँ बाँध-बाँधकर अदालत में आते रहे। इस्मत ने मुझसे कहा : "मंटो भाई, चौधरी नज़ीर (लाहौर का एक मशहूर पब्लिशर) से कहिए कि टिकिट लगा दे कि यहाँ आने-जाने का किराया ही निकल आए।"

हम दो दफ़ा लाहौर गए और दो ही दफ़ा हम दोनों ने करनाल शाप से मुख़्तलिफ़ डिज़ाइनों के दस-दस, बारह-बारह जोड़े सैंडिलों और जूतियों के खरीदे।

बंबई में किसी ने इस्मत से पूछा, ''लाहौर आप क्या मुकद्दमे के सिलसिले में गए थे?''

इस्मत ने जवाब दिया : ''जी नहीं, जूते खरीदने गए थे।''

ग़ालिबन साढ़े तीन बरस पहले की बात है। होली का त्यौहार था। मलाड में शाहिद और मैं बालकनी में बैठे पी रहे थे। इस्मत मेरी बीवी को उकसा रही थी : ''सफ़ीया, यह लोग इतना रुपया उड़ाएँ...हम क्यों न इस ऐश में शरीक हों।'' दोनों एक घंटे तक दिल कड़ा करती रहीं। इतने में एकदम हुल्लड़-सा मचा और फिल्मिस्तान से प्रोड्यूसर मुकर्जी, उनकी भारी-भरकम बीवी और दूसरे लोग हम पर हमला-आवर हो गए। चंद मिंटों ही में हम सबका हुलिया शनाख्त के काबिल न था। इस्मत की तवज्जो व्हिस्की से हटी और रंग पर केंद्रित हो गई : ''आओ सफ़ीया, हम भी उन पर रँग लगाएँ।''

हम सब बाज़ार में निकल आए। चुनांचे घोड़-बंदर रोड पर बाकाइदा होली शुरू हो गई। नीले-पीले सब्ज और काले रँगों का छिड़काव-सा शुरू हो गया। इस्मत पेश-पेश थी। एक मोटी बंगालन के चेहरे पर तो उसने तारकोल का लेप कर दिया। उस वक़्त मुझे उसके भाई अज़ीम बेग चुगताई का खयाल आया। एकदम इस्मत ने जर्नेलों के-से अंदाज में कहा—''चलो परीचेहरा नसीम के घर पर धावा बोलें।''

उन दिनों नसीम बानो हमारे फिल्म 'चल-चल रे नौजवान' में काम कर रही थी। उसका बँगला पास ही घोड़बंदर रोड पर था। इस्मत की तजवीज़ सबको पसंद आई। चुनांचे चंद मिनटों में हम सब बँगले के अंदर थे। नसीम आदत अनुसार पूरे मेकअप में थी और निहायत नफ़ीस रेश्मीं जारजट की साड़ी पहने हुए थी। वह और उसका खाविंद अहसान हमारा शोर सुनकर बाहर निकले। इस्मत ने, जो रंगों में लिथड़ी हुई भूतनी-सी लगती थी, मेरी बीवी से जिस पर अतिरिक्त रंग लगाने से मेरा खयाल है कोई फर्क न पड़ता, नसीम की तारीफ़ करते हुए कहा, ''सफ़ीया, नसीम वाक़ई हसीन औरत है।''

मैंने नसीम की तरफ़ देखा और कहा, ''हुस्न है लेकिन बहुत ठंडा।''

ऐनक के रंग से भरे शीशों के पीछे इस्मत की छोटी-छोटी आँखें घूमीं और उसने आहिस्ता से कहा, ''पित्त प्रकृति वालों के लिए ठंडी चीज़ें मुफ़ीद होती हैं।'' यह कहकर वह आगे बढ़ी और एक सैकिंड के बाद ही परीचेहरा नसीम सरकस का मस्ख़रा बन गई।

इस्मत और मैं बाज औकात अजीब-अजीब बातें सोचा करते, ''मंटो भाई, जी चाहता है, अब मुर्ग़ और मुर्ग़ियों के रोमांस के मुताल्लिक कुछ लिखूँ।'' या फिर कहती : ''मैं तो फ़ौज में भर्ती हो जाऊँगी और हवाई जहाज उड़ाना सीखूँगी।''

चंद महीनों की बात है, मैं और इस्मत बंबे टाकीज से वापस इलैक्ट्रिक ट्रेन में घर जा रहे थे। मैंने बातों-बातों में उससे कहा, ''कृश्न चंदर के अफसानों में मैंने दो चीज़ें आम देखी हैं...बलात्कार और इंद्र धनुष, जिसे वह कौस-ए-कज़ाह लिखता है।''

इस्मत ने दिलचस्पी लेते हुए कहा, "यह तो है।"

"सोचता हूँ, एक मज़्मून लिखूँ जिसका उन्वान कृश्न चंदर, इंद्र धनुष और बलात्कार हो। मैं साथ ही साथ सोच रहा हूँ कि बलात्कार से इंद्र धनुष का मनोवैज्ञानिक रिश्ता क्या हो सकता है?"

इस्मत ने कुछ देर ग़ौर करने के बाद कहा, "सौंदर्य के दृष्टिकोण से इंद्र धनुष के रंगों में अत्यंत भावुकता और कशिश है, लेकिन आप तो किसी और ज़ाविए से सोच रहे थे।"

मैंने कहा, "सुर्ख़ रंग, आग और खून का रंग है। सनमयात में इस रंग को मरीख मंगल यानि जल्लाद फलक से संबद्ध किया जाता है...हो सकता है कि बलात्कार से इंद्र धनुष के बीच इसी रंग का दामन बँधा हो।"

"हो सकता है...आप यह मज़्मून ज़रूर लिखिए।"

"लेकिन ईसाइयों की चित्रकला में सुर्ख रंग, इश्के-इलाही का द्योतक है...नहीं-नहीं।" मेरे दिमाग में एकाएक एक खलिया फूटा : "सलीब पर चढ़ने के शदीद जज्बे को भी इसी रंग में संबद्ध किया गया है, और कुँवारी मरियम का लिबास सुर्ख़ होता है...यह इस्मत की निशानी है!" यह कहते-कहते मैंने अचानक इस्मत के सफ़ेद लिबास की तरफ़ देखा।

वह मुस्करा दी। "मंटो भाई, आप यह मज़मून ज़रूर लिखिए। मज़ा आ जाएगा ...लेकिन शीर्षक में से बलात्कार उड़ा दीजिए।"

"कृश्न को एतिराज होगा, क्योंकि वह बलपूर्ण क्रिया समझकर ही तो रोता है।"

"बेकार रोता है। क्या मालूम कि यह जुल्म ही उसकी मज़लूम हीरोइनों को अच्छा लगा हो।"

"अल्लाह बेहतर जानता है!"

इस्मत की अफ़साना-निगारी पर काफी मज़्मून लिखे गए हैं। हक में कम, खिलाफ ज्यादा। कुछ तो बिलकुल मलंग की बड़ हैं। चंद ऐसे हैं जिनमें ज़मीन-आसमान के कुलाबे मिलाए गए हैं।

पितरस साहब ने भी, जिनको लाहौर के अदबी ठेकेदारों ने डिबिया में बंद कर रखा था, अपना हाथ बाहर निकाला और कलम पकड़कर इस्मत पर एक मज़्मून लिख दिया। आदमी ज़हीन है, इसलिए मज़्मून काफ़ी दिलचस्प और सुलझा हुआ है। आप औरत के लेबिल का ज़िक्र करते हुए लिखते हैं : एक सत्तावान व पुख्ताकार भूमिका-लेखक ने भी, मालूम होता है, निबंध रचना की रेवड़ में, नर और मादा अलग-अलग कर रखे हैं। इस्मत के मुताल्लिक़ फ़र्माते हैं कि जिन्स के एतिबार से उर्दू में कमो-बेश उन्हें भी वही रुत्बा हासिल है जो एक ज़माने में अंग्रेजी अदब में जार्ज इलियट को नसीब हुआ। गोया अदब कोई टेनिस टूर्नामेंट है जिसमें औरतों और मर्दों के मैच अलाहदा होते हैं।

जार्ज इलियट का रुत्बा सर्वमान्य, लेकिन इसका नाम ले देने से तुक बस यूँ ही मिला। अब यह विषय एक अलग बहस का मोहताज है कि क्या कोई माबिल इम्तियाज़ ऐसा है, जो बाहरी और हंगामी-इत्तिफ़ाक़ी नहीं—बल्कि दाखिली और प्राकृतिक और बुनियादी—जो निबंधकार औरतों के अदब से निबन्धकार मर्दों के अदब से अलग करता है। और अगर है तो क्या है? इन सवालों का जवाब कुछ हो, बहरहाल इस प्रकार का हरगिज़ नहीं कि उसकी बुनियाद पर लेखक को यौन के एतिबार से अलग-अलग दो कतारों में खड़ा कर दिया जाए।

इन सवालों का जवाब, बहुत मुमकिन है, ऐसा न हो जिसकी बुनियाद पर लेखक को लिंग के एतिबार से दो कतारों में खड़ा कर दिया जाए। लेकिन जवाब देते वक़्त लोग यह ज़रूर सोचेंगे कि सवाल करने वाला कौन है। मर्द या औरत? क्योंकि जाति मालूम होने पर सवाल करने वाले का प्राकृतिक और बुनियादी दृष्टिकोण बहुत हद तक स्पष्ट हो जाएगा।

पितरस साहब का यह कहना कि "गोया अदब कोई टेनिस टूर्नामेंट है जिसमें औरतों और मर्दों के मैच अलाहिदा होते हैं" ठेठ पितरसी फ़िक्रेबाजी है। टेनिस टूर्नामेंट, अदब नहीं। लेकिन औरतों और मर्दों के मैच अलाहिदा होना बे-अदबी भी नहीं।

पितरस साहब क्लास में लेक्चर देते हैं तो विद्यार्थी लड़के और लड़कियों से उनका खिताब जुदागाना नहीं होता, लेकिन जब उन्हें किसी लड़के या शागिर्द लड़की से दिमाग़ी विकास पर ग़ौर करना पड़ेगा तो शिक्षा विशेषज्ञ होने की हैसियत से वह उनके लिंग से ग़ाफ़िल नहीं हो जाएँगे।

औरत अगर जार्ज इलियट या इस्मत चुग़ताई बन जाए तो इसका यह मतलब नहीं कि उसके अदब पर उसके औरत होने के असर की तरफ़ ग़ौर न किया जाए। हीजड़े के अदब के मुताल्लिक भी क्या पितरस साहब यही प्रश्न फर्माएँगे, कि क्या कोई फ़र्क़ ऐसा है, दाखिली और प्राकृतिक और बुनियादी, निबंधकार, हीजड़ों के अदब को निबंधकार मर्दों और औरतों के अदब में फ़र्क़ करता है।

मैं औरत पर औरत और मर्द पर मर्द के नाम का लेबल लगाना भोंडेपन की दलील समझता हूँ। मस्जिदों और मंदिरों पर यह बोर्ड लगाना कि यह इबादत और बंदगी की जगहें हैं, बहुत ही हास्यास्पद है। लेकिन जब किसी मस्जिद और मंदिर के मुकाबले में किसी आम रिहाइशगाह को रखकर हम निर्माण कला का जाइज़ा लेंगे तो उस पर मंदिर और मस्जिद की पवित्रता का असर अपने ज़हन से महव नहीं कर देंगे।

इस्मत के औरत होने का असर उसके अदब के हर-हर नुक़्ते में मौजूद है, जो उसको समझने में हर-हर क़दम पर हमारी रहबरी करता है। उसके अदब की खूबियों और कमियों से, जिनको पितरस साहब ने अपने मज़्मून में निष्पक्षता से बयान किया है, हम लेखक के

लिंग से अलाहिदा नहीं कर सकते और न ऐसा करने के लिए कोई आलोचनात्मक साहित्यक या भैतिकीय तरीका ही मौजूद है।

अज़ीज़ अहमद साहब 'नया दौर' में इस्मत की 'टेढ़ी लकीर' पर आलोचना करते हुए लिखते हैं : जिस्म के एहतिसाब का इस्मत के पास एक ही ज़रिया है और वह है मर्दन चुनांचे रशीद से लेकर टेलर तक, बीसियों मर्द जो इस नाविल में आते हैं, सबका अंदाज़ा जिस्मी या ज़हनी मर्दन से किया गया है। ज़्यादातर मर्दन की कैफ़ियत लज़्ज़ित-सी होती है। मर्दन ही इस्मत के यहाँ एहतिसाबे-मर्द, एहतिसाबे-इन्सान, एहतिसाबे-ज़िंदगी, एहतिसाबे-कायनात का वाहिद ज़रिया है—रज़ाइयों के बादलों में अब्बास के हाथ बिजलियों की तरह कोंदते हैं और लड़कियों के गिरोह में नन्ही-नन्ही लर्ज़िशें मचल-मचलकर बिखर जाती हैं। रसूल फ़ातिमा के चूहे जैसे हाथ मर्दन का अंधकारमय रुख़ हैं। अर्ध-अन्धकारमय रुख मैटरन का वह मुनाफिरा या मुआश्का है, जिसमें मेटरन को ताज्जुब था कि ज़हन में लड़कियाँ उन गुंडों की आँखें अपनी रानों पर रेंगती हुई महसूस नहीं करतीं। मर्दन के सिलसिले में शम्मन का स्त्रैण अहसास रान की उँगलियों की सरसराहट महसूस करता है।

अज़ीज़ अहमद साहब का यह नज़रिया ग़लत है कि इस्मत के यहाँ विश्लेषण का ज़रिया एक केवल मर्दन ही है। अव्वल तो मर्दन कहना ही गलत है, इसलिए कि यह एक ऐसा अमल या फेल है जो कुछ देर जारी रहता है। इस्मत तो अत्यंत संवेदनशील है। हलका-सा लम्स ही उसके लिए काफ़ी है। इस्मत के यहाँ आपको दूसरी जिस्मानी हिसें भी क्रिया व्यक्त नज़र आती हैं। मिसाल के तौर पर सूँघने और सुनने की हिस। सौत का तो जहाँ तक मैं समझता हूँ, इस्मत के अदब से बहुत ही गहरा ताल्लुक है :

"घर-घर। फट शूँ। फ़िश।" बाहर बरामदे में मोटर भन्ना रही थी।

"रेडियो को मरोड़ते रहे। खड़-खड़, शटर-शटर, घर-घर।" मेरे आँसू निकल आए।

टनन-टनन। साइकिल की घंटी बजी। मैं समझ गई, एडना आ गई।

और जो ज़रा ऊँघने की कोशिश की तो धमाधम ठट्ठों की आवाज़ छत पर आई।

और धम-धम छम-छम करती बहू सीढ़ियों पर से उतरी।

"गुन-गुन, गुन-गुन।" बहू मिनमिनाई।

मक्खी, तनन तनन करके रह गई।

बच्चा कूँ-कूँ करके चपड़-चपड़ मुँह मारने लगता।

बिल्ली की तरह सपड़-सपड़ रकाबी चाटने जैसी आवाजें आने लगीं।

टक-टक, टक-टक। घड़ी की तरह उसका दिल हिलने लगा।

मोटे-मोटे क़हक़हे लगाते हुए मच्छर।

एक पुर-असार क़ब्रस्तानी सिस्की हवा में लज़ती है।

घुँघरुओं की झनकार और तालियों की आवाज़ें एकबारगी मेरे जिस्म में रेंगकर

हज़ारों नब्ज़ों की तरह फड़फड़ाने लगीं।

इसी तरह सूँघने की हिस भी जगह-जगह कार्य में लीन हैं :

और बू तो देखो, हुक़्क़े की सड़ाँद है। तौबा, थू।

क़िवाम की बू ऐसी बस गई थी कि उसे नींद न आई।

सरसों का तेल आठवें दिन ही खट्टी-खट्टी बू देने लगता।

और जिस्म से अजीब घबराने वाली बू के शरारे निकलते थे।

गर्म-गर्म खुशबुओं के इत्र ने और भी उन्हें अंगारा बना दिया।

मैंने नथने फुलाकर 'सूँ-सूँ' हवा को सूँघा। सिवाए इत्र, संदल और हिना की गर्म-गर्म खुशबू के और कुछ महसूस न हुआ।

सर्द आहों, और भीनी-भीनी खुशबू तक को रंग में समोकर दिखा दिया था।

पसीने से गल चुके थे और उनमें मरघट जैसी चिराँद आने लगी थी।

मर्दाना क़मीस, सिगरेट की बू में गर्क़, मलगजी-सी।

नीचे क्यारियों में से धनिए की नन्ही-नन्ही पत्तियाँ तोड़कर सूँघने लगी।

इस्मत की सब संवेदन शक्तियाँ वक़्त पड़ने पर अपनी-अपनी जगह काम करती हैं और ठीक तौर से करती हैं। अज़ीज़ अहमद साहब का यह कहना कि लिंग एक मर्ज़ की तरह इस्मत के स्नायु पर छाई हुई है, मुमकिन है, उनकी पहचान के मुताबिक दुरुस्त हो, मगर वह इस मर्ज़ के लिए नुस्खे तज्वीज़ न फ़र्माएँ। यूँ तो लिखना भी एक मर्ज़ है। कामिल तौर पर सेहतमंद आदमी, जिसका दर्जा-ए-हरारत हमेशा साढ़े अठ्ठानवे ही रहे, सारी उम्र अपनी ज़िंदगी की ठंडी स्लैट हाथ में लिये बैठा रहेगा।

अज़ीज़ अहमद साहब लिखते हैं : इस्मत की हीरोइन की सबसे बड़ी ट्रेजिडी यह है कि दिल से न उसे किसी मर्द ने चाहा और न उसने किसी मर्द को। इश्क एक ऐसी चीज़ है, जिसका जिस्म से वही ताल्लुक है जो बिजली का तार से है। खटका दबा दो तो यही इश्क हज़ारों कंदीलों के बराबर रोशनी करता है। दोपहर की झुलसती लू में पंखा झलता है। हज़ारों देवों की ताकत से ज़िंदगी की अज़ीमुश्शान मशीनों के पहिये घुमाता है और कभी-कभी जुलफ़ों को सँवारता और कपड़ों पर इस्त्री करता है। ऐसे इश्क से इस्मत चुग़ताई लेखिका की हैसियत से वाक़िफ़ नहीं।

ज़ाहिर है कि अज़ीज़ अहमद साहब को इसका अफ़सोस है—मगर यह इश्क, जिससे अज़ीज़ अहमद साहब वाक़िफ़ मालूम होते हैं, ऐसा लगता है कि उन्होंने पंज साला स्कीमों के मातहत तैयार किया है और अब वह उसे हर इन्सान पर लागू कर देना चाहते हैं—अज़ीज़ अहमद साहब को खुश करने के लिए मैं फ़र्ज़ कर लेता हूँ कि इस्मत की हीरोइन उस इश्क़ के ए सी और डी सी, दोनों करंटों से वाक़िफ़ थी। फिर यह ट्रेजिडी कैसे घटित हुई कि दिल से न उसे किसी मर्द ने चाहा और न उसने किसी मर्द को।

इस्मत वाक़ई अज़ीज़ अहमद साहब के लिखे इश्क से अपरिचित है और उसकी यह ना-आशनाई ही उसके अदब का बाइस है। अगर आज उसकी ज़िंदगी के तारों के साथ उस इश्क़ की बिजली जोड़ दी ज़ाए और खटका दबा दिया जाए तो बहुत मुमकिन है, एक और अज़ीज़ अहमद पैदा हो जाए, लेकिन 'तिल', 'गैंदा', 'भूल भुलैयाँ' और 'जाल' रचना करने वली इस्मत यक़ीनन मर जाएगी।

इस्मत के ड्रामे कमज़ोर हैं। जगह-जगह उनमें झोल है। इस्मत प्लाट को दृश्यों में तक़सीम करती है तो नापकर कैंची से नहीं कतरती, यूँही दाँतों से चीर-फाड़कर चीथड़े बना डालती है। पार्टियों की दुनिया इस्मत की दुनिया नहीं। उसमें वह बिलकुल अजनबी रहती है। लिंग, इस्मत के स्नायुओं पर एक मर्ज़ की तरह सवार है। इस्मत का बचपन बड़ा ग़ैर सेहत बख़्श रहा है। पर्दे के उस पार के विवरण बयान करने में इस्मत को दक्षता हासिल है। इस्मत को समाज से नहीं, शख़्सीयतों से शग़फ़ है। शख़्सीयतों से नहीं, व्यक्तियों से है। इस्मत के पास जिस्म के विश्लेषण का एक ही ज़रिया है और वह है मर्दन—इस्मत के अफ़्सानों की कोई सम्त ही नहीं—इस्मत की ग़ैर मामूली निरीक्षण शक्ति हैरत में ग़र्क़ कर देता है—इस्मत फ़ुहश-निगार है—हलका-हलका तंज और मिज़ाद, इस्मत के इस्टाइल की मुमताज़ खूबियाँ हैं—इस्मत तलवार की धार पर चलती है।

इस्मत पर बहुत कुछ कहा गया है। और कहा जाता रहेगा। कोई उसे पसंद करेगा, कोई नापसंद। लेकिन लोगों की पसंदीदगी और नापसंदीदगी से ज्यादा अहम चीज़ इस्मत की रचनात्मक-शक्ति है। बुरी, भली, अश्लील , गुप्त जैसी भी है, काइम रहनी चाहिए। अदब का कोई जुग़राफ़िया नहीं। उसे नक़्शों और खाकों की कैद से, जहाँ तक मुमकिन हो, बचाना चाहिए।

अर्सा हुआ, देहली के एक ज़ाते-शरीफ देश ने अजीब-ओ-ग़रीब हरकत की। आपने 'औरों की कहानी, सुन मेरी ज़बानी' "इसके पढ़ने से बहुतों का भला होगा।" जैसे उन्वान से शाया की। उसमें मेरा, इस्मत, मुफ़्ती, प्रेमचंद, ख़्वाजा मौहम्मद, शफ़ी और अज़ीम बेग चुगताई का एक-एक अफ़्साना शामिल था। दीबाचे में तरक़्क़ी पसंद अदब पर एक तन्कीदी चोट, मारूँ घुटना फूटे आँख के चरितार्थ फ़र्माई गई थी, और कारनामे को अपने दो नन्हें-नन्हें बच्चों के नाम से समर्पण किया गया था। उसकी एक कापी आपने इस्मत को और मुझे रवाना की। इस्मत को देश की यह नाशाइस्ता और भोंडी हरकत सख़्त नापसंद आई। चुनांचे बहुत भन्नाकर मुझे एक ख़त लिखा : मंटो भाई, आपने वह किताब, जो देश ने छापी है, देखी? ज़रा उसे फटकारिए और एक नोटिस दीजिए निजी तौर पर कि हर मज़्मून का जुर्माना दो सौ रुपये दो, वर्ना दावा ठोंक देंगे। कुछ होना चाहिए। आप बताइए, क्या किया जाए। यह खूब है कि जिसका दिल चाहे उठाकर हमें कीचड़ में लथेड़ देता है और हम कुछ नहीं कहते। ज़रा मज़ा रहेगा। इस शख़्स को खूब रगड़िए। डाँटिए

कि उलटा समर्थक क्यों बन रहा है अदब अश्लीलता का। उसने हमारे अफ़साने सिर्फ़ किताब फ़रोख़्त करने के लिए छापे हैं। हमारी हतक है कि हमें हर ऐरे-ग़ैरे नत्थू-खैरे, कमअक्लों की डाँटें सुननी पड़ें। जो कुछ मैंने लिखा है, उसको सामने रखकर एक मज़्मून लिखिए। आप कहेंगे, मैं क्यों नहीं लिखती तो जवाब है कि आप पहले हैं।

जब इस्मत से मुलाकात हुई तो उस ख़त का जवाब देते हुए मैंने कहा : "सबसे पहले लाहौर के चौधरी मोहम्मद हुसैन (प्रेस ब्रांच का इंचाजी) साहब हैं। उनसे हम दर्ख़्वास्त करें तो वह ज़रूर मिस्टर देश पर मुक़दमा चलवा देंगे।"

इस्मत मुस्कराई, "तज्वीज़ तो ठीक है, लेकिन मुसीबत यह है कि हम भी साथ ही धर लिये जाएँगे।"

मैंने कहा, "क्या हुआ...अदालत खुश्क जगह सही लेकिन करनाल शाप तो काफ़ी दिलचस्प जगह है...मिस्टर देश को वहाँ ले जाएँगे और..."

इस्मत के गालों के गड्ढे गहरे हो गए।

कच्चे धागे

आज गांधी-जयन्ती है। शहर में कितनी चहल-पहल है। फूलों और तिरंगे झण्डों से सुसज्जित मोटरें अपनी आगोश में नौदौलतिये सेठों को दबाये फर्राटे भर रही हैं। बर्फ-जैसी सफ़ेद खद्दर में ये आबनूस-पुतले, काले-सफ़ेद का चितकबरा मिलाप आँखों पर कैसी कष्टदायक चोट करता है और उनके पहलू में बैठी हुई बदज़ौक सेठानियाँ और शोर मचाते हुए बच्चे सोने पर सुहागा का काम कर रहे हैं। दौलत बिना कहे-सुने उन पर टूट पड़ी है। मालूम होता है कपड़े पहने हुए नहीं हैं, बल्कि बहुत से भौंडे थान किसी ने उलझाकर मोटर में ठूँस दिये हैं। शृंगार का सामान रंग, पाउडर अलमारियों से कूदकर उन पर आन पड़ा है। नाक बहते, तेल में चिपचिपाते बच्चे वाईट-अवे की अल्ट्रा मॉडर्न फ्रॉकों के साथ झाँझन-कड़े पहने आँखों में मनों काजल उँडेले अजीब मज़हका खेज हयूला बने हुए हैं। हाथों में तिरंगे झण्डे हैं और अमरीकन खिलौने। ऐसा मालूम होता है, किसी सस्ते सरकस का इश्तहार चला जा रहा हो।

आज बापू का जन्मदिन है। आज भारत के सपूत ने भारत के निवासियों को गुलामी से आज़ाद कराने के लिए धरती पर पहला साँस लिया था। मगर परेल और लाल बाग की चालों में ये कैसी मुर्दनी छायी हुई है! जैसे आज उनका कोई न पैदा हुआ हो, बल्कि हज़ारों मौतें हो गयी हों। लाखों उम्मीदें धुआँ बन गयी हों। उनके चेहरों की रौनक कहाँ गायब हो गयी है? क्या ये कभी वापस न आएगी? उनके कपड़ों में रंग क्यों नहीं, तितली की चमक क्यों नहीं? उनके हाथों में तिरंगे गुब्बारे क्यों नहीं?

बापू तो जनता के थे, फिर ये चोरबाजारियों के ही हत्थे क्यों चढ़ गये? जैसे पुराने ज़माने के देवताओं को छीन लिया था, ऐसे ही उन्हें भी लोग उड़ा ले गये और शोकेस में सजा दिया। तिजोरियों पर मढ़ दिया। लेन-देन की तराजू के पलड़े में बटखरे बनाकर डाल दिया है। उन्हें मिठाई और बिस्किट के डिब्बों पर चिपका दिया है। उनका नाम लेकर चन्दे जमा करते हैं। उनका नाम लेकर हड़तालें तोड़ते हैं। उन्हीं का नाम लेकर कण्ट्रोल

बँटवाते हैं और काले बाज़ार को सींचते हैं। उनके बिना कोई धन्धा नहीं चलता। मानो तुरुप का इक्का हाथ आ गया है। हर दाँव पर वही लगा देते हैं। अब शायद उन्हीं के नाम पर, अहिंसा के उसूलों पर तीसरी जंग का खून छिड़का जाएगा।

आज अहिंसावादी उनकी याद में आत्मा को शुद्ध करने के लिए सूत कात रहे हैं। बड़े-बड़े मिनिस्टर, चोटी के अफसर, मिलों के मालिक, सट्टे और चोरबाज़ारों के व्यौपारी, एक मोर्चे पर आ खड़े होकर आत्मा को शुद्ध कर रहे हैं। दो साल के अरसे में कितनी ही आत्माएँ नापाक हो चुकी हैं। उनके लिए इस सूत के ताने-बाने से एक सायबान बुना जाएगा, जिसकी छाँव में वो निश्चिन्त बैठकर फलते-फूलते रहेंगे।

मेरे मामूजान भी अपने ड्राइंग रूम में सोफे पर नीमदराज़ सुबह से तकली नचा रहे हैं। उनके चेहरे पर कैसा मुकद्दस अज़्म छाया हुआ है, जानो पुल-सरात बुन रहे हों, जिस पर चलकर उन्हें स्वर्ग जाना है। न जाने वो इस कच्चे सूत के फन्दे से क्या कुछ फाँस लेने की तिकड़म लगा रहे हैं।

कभी वो ब्रिटिश सरकार के चहेते सुपुत्र रह चुके थे। लेकिन च्यूँटी की तरह तूफान की खबर पाकर जल्दी से नमक के सत्याग्रह में कूद पड़े और नमक बनाने लगे। जब वो यों गुमराह हुए तो उनके वालिद साहब ने उन्हें बहिष्कृत नहीं किया, बल्कि उनकी सूझ-बूझ की दाद दी। वो खुद सरकार से वाबस्ता रहे, मगर उनका बेटा बागी हो गया। जभी तो आज वो देसी सरकार की नाक का बाल बने हुए हैं। बीस साल शिक्षा विभाग का सुधार करने के बाद वो अब 'कम्युनिस्टों को मारो' वाली स्कीम में बड़े ज़ोर-शोर से हिस्सा लेने के काबिल हो गये हैं।

तकली नचाते जाते हैं और सोच रहे हैं—भंगियों की हड़ताल विद्यार्थियों की मदद से न टूट सकी। ये वार खाली हो गया। अब विद्यार्थियों की हड़तालें किसकी मदद से तुड़वायी जायें। ताली बजाने के लिए दो हाथों का होना ज़रूरी है। सिर लड़ाने के लिए दो सिरों का होना ज़रूरी है। क्या विद्यार्थियों के दो टुकड़े नहीं किये जा सकते? मामूजान ज़हर का तोड़ ज़हर ही से करते हैं, इसलिए तालिब-इल्मों की एक सही नुमाइन्दा जमात की पैदावार में लीन है, जो जी-तोड़कर कौमी गीत गाये, फीस बढ़ाने पर सरकार की बेपनाह मेहरबानी का शुक्रिया अदा करे, और कम्युनिस्टों के बहकावे में आकर सरकार का तख्ता न उल्टे, फिर हड़तालें बन्द हो जायेंगी। इधर तकली नाच रही है, उधर प्रधान मंत्री परदेसियों से नाता जोड़ आये हैं। वहाँ से तोहफा लायेंगे, जिसकी मदद से भूख के साथ-साथ भूखों का भी सफाया हो जाएगा।

उधर मेरे नानाजान उन्हें रश्क भरी नज़रों से तक रहे हैं। वो सुबह से बैठे जूझ रहे हैं, पर तकली उनके तकिये से बल निकाले दे रही है। रूई का टुकड़ा पसीने में डूबकर चूहे की शक्ल का हो गया है। तीन तकली बदल चुके हैं, पर हर नयी तकली उन्हें नया नाच नचा रही है। वो उकड़ूँ भी बैठे, पालती भी मारी, दो-जानू हुए, फिर मामूजान की तरह नीम-दराज़ भी हो गये, मगर उनकी तरह निरत भाव न जमा सके। कोई तकली भी मामूजान

की तकलीवाला भर्राटा नहीं भर पायी।

वो झुँझलाते हैं, तब मामूजान मुस्कराते हैं। जैसे आँखों-ही-आँखों में कह रहे हों—'क़िबला, रियाज़ की ज़रूरत है रियाज़ की। ये मरतबा यों बिला तपस्या किये हाथ नहीं लग जाया करता। जिहाद के लिए तलवार पकड़ने की इच्छुक उँगलियाँ भला तकली को पकड़ना क्या जानें। आप तोप-तफंग के आदी ठहरे, ये रूहानी तलवार, यानी तकली घुमाना क्या जानें।'

मेरे नानाजान इनकी आँखों की बातचीत समझने के ऐसे आदी हो चुके हैं कि फौरन उनके घुटने लरज़ने लगते हैं। वैसे ही उनकी घबराहटें मालेख़ोलिया की हदों को छू रही हैं। जब से सुना है कि हिन्दुस्तान और पाकिस्तान दोनों जगह उनकी तिजारत खण्डत में पड़ने वाली है, बिल्कुल ही हवास फाख़्ता होकर रह गये हैं। उनका एक पैर हिन्दुस्तान में है तो दूसरा पाकिस्तान में। यहाँ अल्पसंख्यकों के अधिकार की हिफ़ाज़त का वास्ता देते हैं, तो वहाँ इस्लाम की दुहाई। पर ऐसा मालूम होता है, नानाजान की चीख़ो-पुकार में कोई दम नहीं रहा। दोनों मुलक एक-दूसरे से दूर खिसकते जा रहे हैं और उनके साथ मेरे नानाजान के दोनों पैरों के दरम्यान का फासला खतरनाक हद तक बढ़ता जा रहा है। बीच में से चिर जाने का कारब उनकी रग-रग में रच गया है। दुख और खौफ़ से पथराई हुई आँखें वो गांधीजी के उसी प्रतिमा की तरफ फेर देते हैं, जो बंगाल के बीचों-बीच नसब है और हर आने-जानेवाले को जताकर नाजाजान वहाँ रोज फूल चढ़ाकर दण्डवत करते हैं।

मामूजान पर उन्हें रश्क नहीं आता, अब तो जादूगरी का भी शुबहा होने लगा है। वो कैसी दिलेरी से बैठकर अफसरों के बीच में प्रधान मंत्री पर छीटेबाजी शुरू कर देते हैं। उनके बौखलाने और एकदम फिरने के क़िस्से सुना-सुनाकर क्या मज़े से कहकहे लगाते हैं और लगवाते हैं। काँग्रेसी महादेवियों को तो बिल्कुल घर की बड़ी-बूढ़ियों की तरह जिक्र करते हैं।

'तू बिल्कुल गधा है,' एक महादेवी ने एक बार मेरे मामूजान से कहा था और उस वक़्त उन्हें अपनी खुशनसीबी पर फ़ख़्र हुआ था और आँखों में मारे श्रद्धा के आँसू उबल आये थे। अब भी बाज़ मौक़ों पर जब वो किस्सा सुनाते हैं तो उनकी आँखों में आँसू उबल आते हैं। नानाजान इस रूहानी रिश्ते की मोतबर्रक तलाफत पर झूम-झूम उठते हैं, पर दुख से तिलमिला जाते हैं। काश, उन्हें भी किसी ने प्यार से गधा या कुत्ता कहा होता तो वो आज कितनी ही जहमतों से बच गये होते। मगर एक बार कायदे आज़म के ज़ुलूस का ऊँट बनने के बाद किसी और अस्तबल में तो उनके लिए जगह ही नहीं! और आज बापू की जयन्ती के मौके पर तकली के नख़रे बड़े खल रहे हैं।

वो सूत कातते जा रहे हैं और उसमें मोटी-मोटी गालियाँ पिरोते जा रहे हैं। मगर वो जानते हैं, ये अड़ियल सूत उनसे शर्त बाँधकर मुक़ाबला कर रहा है। मरोड़ियाँ देते-देते उनकी उँगलियाँ थक चुकी हैं। पोरें सहला रहे हैं, मगर सूत मजाल है कि दो इंच से आगे खिसक जाये। जभी तो वो उसमें मुगल-जात की गरमी जोड़ते जाते हैं। ये सूत वो ईद-उल-जुहा

के मौक़े पर प्रधान मंत्री की गर्दन में माला बनाकर हेमायल करना चाहते हैं। बड़ी काविशों से उन्होंने मुसलमान मुहल्लों में लोगों को ऊँच-नीच दिखाकर मन्त्री को आमंत्रित करने का इन्तजाम किया है।

जब कभी तार टूटता है तो उनका दिल चाहता है कि एकदम हज को चले जाएँ और वहाँ हुजूर के द्वार पर बैठकर आँखें बन्द करके एक तुरीयावस्था में चले जायें। मगर एकदम उन्हें हिन्दुस्तान और पाकिस्तान में फैले हुए कारोबार का ख्याल उसी मराकिब (समाधि) से चौंका देता है और वो सहमकर चारों तरफ देखने लगते हैं कि कहीं मामूजान का कोई छठा-सातवाँ अहसास उनके दिल की चोट न पकड़ ले, नहीं तो सारे किये-धरे पर पानी फिर जाएगा।

अपने बरामदे में बैठे हुए रोड़ीमलजी की तकली भी कुछ ताल-सुर से नहीं नाच रही है। चकरियाँ लेते-लेते एकदम से तोड़े लेने लगती है और फिर त्योराकर तार भी तोड़ देती है। मगर रोड़ीमलजी हिम्मत नहीं हारते। मुल्क में बड़ी अफरातफरी पड़ी है। जिधर देखो बेईमानी, धोखेबाजी! बापू की तालीम को भूलकर सब लूट-खसोट पर तुले हुए हैं। ऐसे में कोई ईमानदारी का व्यापार करे तो कैसे करे? ईमानदारी चलेगी कितने दिन? खुले बाज़ार में धरा ही क्या है? माल को बाज़ार नहीं मिलता, बाज़ार को गाहक नहीं मिलता। जब माल कोठों में पड़ा सड़ रहा है तो मज़दूरों को मज़दूरी कहाँ से दें? नेता कहते हैं, माल की पैदावार बढ़ाओ, सो बढ़ गयी। अब नेता ये नहीं कहते कि गाहकों की पैदावार कैसे बढ़ाएँ? काश 'खुद एक उगाओ' का नारा मारने के बजाय 'खरीदार उगाओ' की स्कीम चला सकते! मगर खरीददार का बीज सिवाय अमरीका के कहीं नहीं पैदा होता। अमरीका ने तो क्या मज़े से सारे मुल्कों में डालर बोकर खरीददारों के खलिहान कायम कर दिये हैं।

पुरानी सब बातों की जिम्मेदार आत्मा की गन्दगी ही तो है। चरखा ही तो भारत का एटम बम है। सूत कात-कातकर अंग्रेजों का उत्तू कर दिया तो इन छोटी-छोटी बातों की क्या हक़ीक़त है? जब आत्मा शुद्ध हो जाएगी, फिर यही सूत का जाल समुद्र से मछलियों की तरह अनगिनत गाहक पकड़ लाएगा, यही कच्चे धागे उस असुर को भी बूँद-बूँद जकड़ डालेंगे जो करवट लेकर चौंक रहा है। सब दुख दूर हो जाएँगे।

ज़नानख़ाने में मुमानी भी बैठी तक़ली को मथकर अपने जीवन का अमृत निचोड़ने में जुटी हुई हैं। बावजूद कोशिशों के वो खद्दर नहीं बुन सकीं। उनका इतलस और किमख़ाब के आगोश में चलनेवाला जिस्म खद्दर के घस्से न सहार सकता और हमेशा फबद उठता। गरमी, दाने, फुंसियाँ और फिर फोड़े बन जाते। ये दवाई के पहाड़ देशसेविका को मरहम का चिपचिपाता हुआ फाया बना देते! कुछ दिन तक तो मामूजान ने उनके जिस्म के ज़मींदारी ठसुओं को न गरदाना, मगर जब डॉक्टरों ने मरीजा को सिवाय बारीक मलमल के दवा में डूबे हुए फायों के जमा सतरपोशी ही से मना कर दिया तो वो मजबूरन इन शुद्धियों से बाज आ गये। वैसे भी टिंचर और आइडोफार्म के हमले झेलने की हिम्मत नहीं रही थी, इससे वो उन्हें तीसरे दर्जे का नेशनलिस्ट समझते और ऐसे हिकारत से देखते थे जैसे

एक पहुँचा हुआ पीर-मुर्शिद किसी नौसिखिए को देखता है।

मुमानी भी तकली घुमा रही हैं, मगर उनकी उँगलियाँ लरज रही हैं। इन नाज़ुक तारों में उनके जज़्बात की हलचल को सहारने की सकत नहीं, क्योंकि मिस राज की उँगलियाँ भी तो काबू में नहीं। मामूजान के घर के सारे साजो-सामान की तरह आज उनकी प्राइवेट सेक्रेटरी भी शुद्ध होने का पुख़्ता इरादा करके मामूजान से तकली चलाना सीख रही है।

मिस राज की उम्र का बहुतेरा हिस्सा यतीमखाने में गुज़रा, जहाँ वो ईसा मसीह के सलीब के सामने ख़ुदा की बरकत की हम्द (स्तुति) गाती रही। खुरदुरे बदरंग कपड़े पहनकर और घटिया खाने खाकर उसने ख़ुदा की इनायात की दाद दी। यतीमख़ाने से निकलकर वो सीधी फ़ौज के दफ्तर पहुँच गयी। जंग के ये चन्द पुरबहाल साल उसकी ज़िन्दगी में रौशन सितारों की तरह हमेशा दरख़्शाँ रहेंगे। वो सैर-सपाटे, वो रक्स और मरदों के जमघटे, सफेद चमड़ीवाले आशिकों के घेराव, जवान लड़कियों की कमी, जिसने कुँवारियों को भी पापड़ बना दिया था, और वो एक खस्ता पापड़ की तरह एक जबड़े से दूसरे जबड़े में मुन्तकिल होती गयीं। अंग्रेज सार्जेण्ट के हाथ से जब ज़्यादा अलाउन्स पानेवाले अमरीकन सार्जेण्ट ने इसे जीत लिया तो वो घण्टों आईने में अपनी चौड़ी नाक में हुस्न तलाश करती रही।

फिर एकदम जैसे किसी ने उसे झिंझोड़कर जगा दिया। जंग खत्म हो गयी। गोरे सोल्जर एक-एक कर रुख़सत होने लगे और वो एक लट्टू की तरह उनके गिर्द भन्नाती-सी एक से दूसरी बाँह में मुन्तकिल होती गयी। यहाँ तक कि उसके बाजू खाली फ़िजा में फड़फड़ाते रह गये। उसके साथवालियों ने जंग के जमाने में कितना कुछ जमा कर लिया। ये सफेद सिपाही बड़े दिल-फेंक और साथ-साथ दौलत-फेंक भी होते हैं। जाते वक़्त वो अपनी महबूबाओं को क्या कुछ न दे गये, जिसमें से कुछ कबाड़खानों की नज़र हुआ, कुछ अस्पतालों और यतीमख़ानों में पहुँच गया। जंग खत्म हुई तो मिस राज और उनके ग्रुपवाली लड़कियों की जंग शुरू हुई और उन्हें बहुत जल्द मालूम हो गया कि वो कितनी बदसूरत और बेमसरफ़ हैं। जंग के दौरान में उन्होंने जो कुछ 'हुनर' सीखे वो अमन के ज़माने में काम नहीं दे सकते।

ज़िन्दगी के इस अन्धाधुन्ध चक्कर ने आज इसे तकली पकड़ा दी है। मामूजान एक सहनशील, दक्ष मनोवैज्ञानिक हैं, फिर भी कई बार झुँझलाकर मिस राज की तहलील-नफ़सी कर चुके हैं। वो मुखतलिफ़ पश्चिमी मनोवैज्ञानिक के सुनहले कथन के जरिये ये साबित कर चुके हैं कि मिस राज के तहत अचेतन में कोई चुभन है जो तार को बार बार खटकी लगा देती है। मुमानी भी खूब जानती हैं कि ये अचेतन की चुभन क्या बला है? मगर उनकी तहलील-नफसी निहायत फूहड़पने की बरज़नी है, जिसका इज़हार करने की ताकत वो अरसा हुआ, खो चुकी हैं। अगले वक़्तों के लोग खुले बन्दो रण्डी के कोठे पर चढ़ते थे, आज उनके सपूत चेतन और अचेतन की चिलमन डालकर वही कुछ कर लेते हैं। मगर वो इतना जानती हैं कि मिस राज भी उनसे कम मजबूर नहीं। जीने का ख़्याल छोड़कर सारी

उमर मिस राज इसी तरह अधेड़ उम्र में मनोवैज्ञनिक की जहनी ठोकरों में रुलती रहेगी। इनके अचेतन हाथों का खिलौना बनी रहेगी। हर कहक़हे पर तार टूटता है तो झल्लाकर चौंक पड़ती हैं। उनका अफ़ग़ानी नस्ल का खून खौल उठता है। दोनों हाथों से तकली भींचने लगती हैं, जैसे किसी का गला घोंट रही हैं। मगर दूसरे क्षण अहिंसा के साये में पली हुई शेरनी दुबककर सूत जोड़ लेती है और एक भ्रमात्मक सहारे पर आगे चल पड़ती है। वो अपनी सारी बदनसीबी को औलाद न होने पर महमूल करती हैं। अगर आज उनकी गोद में इन छः लड़कियों के बजाय एक घी का लड्डू हुमकता होता, तो मियाँ की मजाल न थी कि उनके सीने पर यों दिमागी सूतें चढ़ाते। मगर लड़के का बीज सदा बेकार गया। खुदा, एक माह का भी होता, वो उसे बेटियों ही की सफ़ में खड़ा करके मातम करतीं। वो एक मर्द के हाथ के मैल पर पली थीं। अब भी एक शरीफ मर्द ही उनका पोषक है। फिर जब ये मर्द मरोड़ा दे देता है तो उन्हें चारों तरफ अँधेरा-अँधेरा नज़र आता है। अगर वो खुद एक सहारा बन सकतीं तो फिर बुढ़ापा तीर हो जाता। मगर मामूजान कहते हैं, ये भी इनका ख़ानदानी कसूर है आमतौर पर नवाबों-जागीरदारों के यहाँ नर औलाद नहीं पैदा होती और इसका भुगतान वो भी भुगत रहे हैं। वरना खुद इनके जिस्म में तो नर बनाने का काफी माद्दा है।

कौन जाने जिस तकली ने स्वराज दिया, क्या वह उन्हें एक बेटा नहीं दे सकती? एकदम उनके चेहरे के खण्डहर जाग उठते हैं। डरावनी मुस्कराहट एक नयी करवट बदलकर अँगड़ाई लेती है। तकली नाच रही है और वो मुस्करा रही हैं। इस बच्चे धागे को वो इकलौते बेटे की तरह परवान चढ़ते देख रही हैं...एक सूत...फिर दूसरा...तीसरा और चौथा। सारे मिलकर एक मजबूत रस्सी बन जाएगी। मिस राज के गले को घोंटती चली जाएगी, जिसने उनका जीवन-अमृत चुरा लिया है।

यों आज बापू की जयन्ती के रोज़ आत्माएँ शुद्ध हो रही हैं। गन्दी और घिनौनी आत्माएँ।

मगर लाल बाग़ और परेल के इलाकों में एक भी तकली नाचती नज़र नहीं आती। किसी को आत्मा को पाक करने की फिक्र नहीं। इस छीन-झपट, इस मुनाफ़ाखोरी और इश्तेहाःरबाजी के चौराहे पर दूर कामगार मैदान में बम्बई के श्रमिक अमन कान्फ्रेंस के पहले जलसे के मौक़े पर ज़िन्दगी के नये प्रोग्राम बना रहे हैं। यहाँ अचेत श्रमिक वर्ग की रहनुमाई में छँटनी की धार से ज़ख्मी मज़दूर, फीसों के बार से कुचले हुए विद्यार्थी और कम तन्ख्वाह और मँहगाई के मारे कारक और शिक्षक तीसरी जंग के खिलाफ अमन का संकल्प लेकर जमा होते हैं। पच्चीस हजार जानें एक जान होकर उम्मीद-भरी नज़रों से आज़ाद मुल्क के रहनुमाओं की तस्वीरों को तक रही हैं। अपने दिलों की आवाज़ अपने साथियों के मुँह से सुन रही हैं।

"तीसरी जंग न होगी...इन्सान इन्सान से नहीं, इस बार हैवान से लड़ेगा...काले बाजार से जंग करेगा। डॉलर के गुलामों का मुक़ाबला करेगा।"

कौन कहता है, ये निहत्थे हैं? इनके हाथों में बड़े ख़ौफ़नाक हथियार हैं, जिनकी कल्पना

ही से सल्तनतें लरज रही हैं, एटमबम काँप रहे हैं और डॉलर के पुल टूट रहे हैं। ये नज़र न आनेवाले पच्चीस हजार फौलादी तारों की ऐसी रस्सी बँट रहे हैं जो सारी फासिस्ट शक्तियों का गला घोंट डालेगी।

जभी तो कामगार मैदान के चारों तरफ पुलिस का पहरा है। सी. आई. डी. का चक्कर है। ज़रख़रीद डण्डे मँडरा रहे हैं...

नाजायज़ शराब पर पहरा नहीं...काले बाज़ार पर पहरा नहीं...चोर-उचक्कों पर पहरा नहीं...रिश्वतसतानी और अस्मतफरोशी पर पहरा नहीं...दुनिया-भर की ग़लाज़तें फल-फूल रही हैं...मगर अमन चाहने वालों पर पहरा है...मौत बेलगाम तराने भर रही है और ज़िन्दगी के लबों पर ताला है। सड़ते हुए गुनाह के सिर पर कानून की छाँव है, शादाब इन्सानियत के सिर पर शैतानी आग...

आज मैं इस मजमे के दरम्यान में कहाँ खो गयी हूँ? पच्चीस हज़ार दिलों की धड़कनें और मेरे दिल की धड़कनें कुछ इसी तरह हम-आहंग हो चुकी हैं कि ढूँढे से नहीं मिलतीं। पचास हज़ार आँखों में मेरी आँखें कौन-सी हैं? मेरा इनफ़रादियत कहाँ है? मेरा शऊर ला-शऊर, गेरी हयात, मेरी उलझनें, परेशानियाँ और मेरे जाती दुख-दर्द कहाँ हैं?

मगर अपनी वसीअत पर खुद हैरान हूँ। ढूँढने की क्या ज़रूरत है? मेरी व्यक्तिवादिता कामगार मैदान में खचाखच भरी है। ये पच्चीस हज़ार दिल और पचास हज़ार आँखें मेरी ही हैं। ज़रा और ऊपर आँख उठाऊँ तो पच्चीस लाख, पच्चीस करोड़...नहीं, मुझे गिनती मालूम करने की ज़रूरत नहीं...इस तूफ़ान में मैं भी एक कतरा हूँ...और हर क़तरा तूफ़ान है।

□

गैंदा

''जने यह झोंपड़ी है...है न?'' मैंने और गैंदा ने बालकमीरी की घनदार झाड़ी के नीचे रेंगते हुए कल्पना की। और हम दोनों झुके-झुके दोनों हाथों से ज़मीन साफ करने लगे। ज़रा-सी देर में पीली-पीली मिट्टी के साफ और चिकने फर्श पर हम निहायत बे-तकल्लुफी से बैठे हुए थे। ज़रा सोच-विचार के बाद अपना सबसे ज्यादा रुचिकर खेल 'दुल्हन-दुल्हन' खेलने लगे। गैंदा ने अपनी बदबूदार सुर्ख ओढ़नी का लम्बा-सा घूँघट मार लिया और सुकड़ कर बैठ गई। मैंने आहिस्ता से घूँघट उठाकर दुल्हन का मुँह देखा। गैंदा का गोल-मटोल चेहरा खून के एकदम दौड़ जाने की वजह से वीर-बहूटी की तरह लाल हो रहा था। आँखों के पपोटे बेचैनी से फड़फड़ा रहे थे और वह बड़ी मुश्किल से हँसी को दबाये हुए थी।

''अब हम...गैंदा भई अब हम...।'' मैंने ईर्ष्या से तड़पकर कहा।

''अहा!'' भैया ने टहनियाँ हटाकर हमें देखते हुए कहा।

गैंदा ने हड़बड़ाकर घूँघट फेंक दिया और सहमकर बैठ गई। हमारे दिल धक्-धक् करने लगे।

भैया क्या, किसी को भी मालूम हो जाता कि हम दुल्हन का खेल खेल रहे थे तो निःसन्देह हम पर मार पड़ती। यह रुचिकर खेल तो हम छुपकर ही खेला करते थे। न जाने क्यों?

''आँ...आँ'' मैंने इठलाकर कहा—''हम तो खेल रहे हैं।''

भैया शायद नेकी के दम में थे कि झुकते हुए खुद भी अंदर आ गये और उकड़ूँ बैठ गये। मगर थोड़ी ही देर में वे घबरा गये।

''ऊँ हूँ। कमबख्तो यहाँ कैसे बैठी हो।'' उन्होंने एक टहनी से नाक बचाकर कहा।

''और गैंदा!'' उन्होंने उसके फूले हुए गाल में चुटकी लेकर कहा—''और तू यहाँ बैठी है, कहता हूँ नन्ही से...''

गैंदा ने अपनी बड़ी-बड़ी भूरी आँखें फाड़कर चारों तरफ देखा। ''अरे बाप रे!'' और वह अपना छोटा-सा लहँगा सँभालकर भागने लगी।

''आँ...गैंदा तू मत जा'' मैंने उसे पकड़कर मचलते हुए कहा।

“दादा मारेगा फिर।” उसने भैया से डरते हुए कहा।

“नहीं मारेगा। तूने काम तो कर लिया।”

“अच्छा बैठ” भैया ने नर्मी से गैंदा को अपने पास घसीटते हुए कहा—“मगर बीबी तुझे ज़रूर पिटवाऊँगा। यहाँ जमीन में लोट-लोटकर कपड़े गंदे कर रही है।”

“कह देना। कह देना, मैं कोई डरती हूँ।” मैंने डरकर कहा और कपड़े झाड़ने लगी।

“गैंदा! अरी ओ गैंदिया...आ कि मर गई।” बहू की आवाज़ गूँजी और गैंदा भैया से हाथ छुड़ाकर तीर की तरह भागी।

आन की आन में खेल बिगड़ गया। मैं भैया से उलझ पड़ी। और करती भी क्या?

“ऐं...जाओ यहाँ से।” मैंने मिनमिनाकर कहा।

“भूतनी” उन्होंने घुटी हुई आवाज़ में दाँत पीसकर कहा और एक धप् मेरे लगाकर चल दिये।

“विधवा काहे को शृंगार करे” गैंदा ने दार्शनिकता से कहा।

“विधवा?” मैंने सुर्ख ईंट को, जिसे मैं सिन्दूर तैयार करने के लिए पत्थर पर घिस रही थी, कुर्ते से पोंछकर कहा—“विधवा?”

“हाँ और क्या? हम विधवा हैं।” मुझे ऐसा मालूम हुआ जैसे गैंदा ने बड़े गर्व से कहा। “और हम?” मैंने ईर्ष्या से कहा।

“तुम?” वह घृणा से मुँह बनाने लगी—“तुम तो कन्या हो ही...ही...ही...” उसने मज़ाक उड़ाया।

मेरा दिल बैठ गया। गैंदा मुझे हमेशा तुच्छ समझती है। मैं मजाल है जो उसकी बराबरी कर जाऊँ। पिछले बैसाख में उसका ब्याह हुआ। सुर्ख-सुर्ख कपड़े पहनाये गये। चमकते हुए चाँदी के जेवर बिना किसी दूसरे की साझीदारी के उसकी मिल्कियत हो गये और वह कई दिन तक छम-छम करती इठलाती फिरी। मैं बेचारी किसी गिनती ही में नहीं। टुकर-टुकर मुँह देखना और बिल्ली की तरह उसके पीछे लगे रहना। कभी उसकी चूड़ियाँ गिनती कभी उसके घुँघरू सँभालती, कभी उसके झूठे गोटे का दोपट्टा ज़मीन पर लग जाने पर तड़पकर उठा लेती। अम्माँ की ज्यादती देखो, अगर मैं ज़रा लिहाफ का ही घूँघट निकालकर बैठूँ तो डाँट बताती है। ऊँह! आखिर क्यों?

“क्यों बिछौने खोद रही है?” जैसे लिहाफ घूँघट के इस्तेमाल से फट ही तो जाएगा।

जब कभी दोपट्टिया ओढ़ने को माँगूँ तो झिड़क देती है—

“नहीं, कीचड़ में लिथड़न को न।”

यह माना कि मैं गैंदा से छोटी हूँ मगर इतनी नन्ही भी नहीं कि दुल्हन न बन सकूँ। मुझसे कहो सारी उम्र घूँघट निकाल बैठी रहूँ। और ज़रा भी जी न घबराये। आखिर मैं भी तो इंसान हूँ। गैंदा का मियाँ बरसात में मर गया। सारा घर दिन-रात रोता-पीटता रहा। गैंदा की तो चूड़ियाँ तोड़ दी गईं और वह भी खूब रोई। हा बेचारी गैंदा! सब उसको समझाते-बुझाते और प्यार करते और मेरा घर में कोई नोटिस भी न लेता। हर बात में यही कि बस अभी बच्ची हूँ। अभी छोटी हूँ। खाक पड़े ऐसे छोटेपन को। आखिर कब

तक छोटी रहूँगी। इतनी तो बड़ी हो गई कि नीली शलवार भी ऊँची हो गई और गुलाबी कमीज भी अब जू को दे दी गई। एक ज़रा सजने की कमीज थी वह भी छोटी हो गई। अच्छी-अच्छी चीज़ों के लिए तो मैं 'ढोंगरी' हो जाती हूँ और वैसे मतलब के वक्त मुझे सब छोटा बना देते हैं। यह अब तक मुझे नहीं मालूम कि छोटी हूँ कि बड़ी। कुछ अजीब उलझन है—ऊँह।

"तुम तो शृंगार नहीं करतीं।" मैंने बेकार दोहराया।

"जब पति ही मर जाये तो फिर किस पर शृंगार करें।" गैंदा ने सूफियाना लहज़ा अख्त्यार कर लिया। "माँग का सिंदूर, हाथ की चूड़ी पति ही के लिए होता है ना?" उसने सुनी-सुनाई बात को यकीन का रंग देने की कोशिश की।

"देख गैंदा, कितना ढेर सारा सिंदूर बन गया।" मैंने पिसी हुई ईंट को उँगलियों से समेटते हुए कहा।

गैंदा सिंदूर की ढेरी को एक मुकम्मल बेवा की तरह देखने लगी लेकिन शीघ्र ही हम मुस्कराने लगे।

"तू भाभी से न कहना...अच्छा...आओ।" उसने आगे सरककर कहा और हम दोनों शृंगार के लिए तैयार हो गये। मैंने एक निपुण की तरह गैंदा के उलझे हुए बालों को मुश्किल से पानी से चिपकाया और उनमें सिंदूर भर दिया। आहा...गैंदा का चेहरा लाल-लाल हो गया और उसने शरमाकर मुँह ओढनी से छुपा लिया और हँसते-हँसते लोट गई।

"अरे! अरे!" मैंने उसे चेतावनी दी—"सब बिगड़ जाएगा। भई हम नहीं।"

"लाओ अब तुम्हारे लगाऊँ।" गैंदा ने मेरे सिर पर पानी चपड़कर कहा।

"और बिंदी?" मैंने आँखों को झ़पकाकर कहा।

"हाँ...हाँ...और क्या।" उसने इतमीनान दिलाया।

एक ज़रा-सी देर में हम दोनों सिंदूर से माँग भर और बिंदियाँ लगा सिर पर ओढ़नियाँ मढ़कर सलीके से एक कोने में बैठ गये और एक-दूसरे का मुँह देख-देखकर अपनी सुन्दरता का अंदाजा लगाकर शरमाना ही पड़ा।

सामने से भैया नज़र आये और गैंदा सुर्ख हो गई। हमने जल्दी-जल्दी माथे की बिंदियाँ छुटा डालीं और खिसियानी हँसी हँसने लगे।

भैया मुझे धकेलकर गैंदा के पास बैठ गये। वह शरमाने लगी। भैया ने दाँत पीसकर दोनों गालों में चुटकी ली और वह "ऊँ-ऊँ" करके सुकड़ गई।

"ऐ है, यह क्या?" भैया ने नफ़रत से पिसी हुई ईंट की ढेरी जूते से बिखेरकर कहा। उनकी उजली कमीज भी खराब हो गई। वह उसी पर चिढ़ बैठे थे।

"यह तो सिंदूर है। हमने बनाया है।" मैंने गर्व से कहा।

भैया उँगली से सिंदूर से खेलने लगे और पैर से गैंदा का पैर दबाया।

"ला मैं तेरे लगाऊँ" भैया ने सिंदूर लेकर गैंदा के लगा दिया।

"ऊँ" और उसने हथेली से सिंदूर छुटा दिया।

"भैया! गैंदा तो विधवा है। वह सिंदूर कब लगाती है?" मैंने अपनी काबलियत

जताई।

"लगाएगी कैसे नहीं चुड़ैल!" और उन्होंने उसके दोनों हाथ पकड़कर उसे पीछे ढकेला। उसने अपना मुँह छुपा लिया।

"गैंदा, फिर मैं तुमसे बोलूँगा भी नहीं।" और गैंदा ने आखिर को मुँह खोल ही दिया।

"गैंदा" भैया ने पास सरककर कहा—"ब्याह करेगी?"

"हट!" और वह शरमा गई।

मैं भी ईर्ष्या में शरमाने की कोशिश करने लगी। हम दोनों घंटों ब्याह की बातें करके शरमाया करते थे। भैया को तो वह बातें मालूम भी न होंगी जो हमने आपा और नन्ही को करते हुए पलंग के नीचे छुपकर सुनी थीं।

"हट कैसी?" भैया ने कोहनी का ठोंका देकर कहा—"करेगी ब्याह?"

बहू के छड़ों की झंकार की आवाज़ से हम तीनों चौंक पड़े। वह कुएँ पर आ रही थी।

"गैंदा!" उसने पुकारा और दूसरे क्षण हमारे सिरों पर आ गई।

"अरे राँड यहाँ बैठी है। चल इस्त्री दहका।" बह गुर्राई।

गैंदा जल्दी से कतराकर जाने लगी। मगर उसने लपककर उसे जा लिया और बाल पकड़कर दो झटके दिये।

"और यह माँग-चोटी तूने कैसी करी है?" उसने धौल मारकर कहा। गैंदा गोता मारकर निकली, चली गई। मैं और भैया तड़प उठे।

बहू से मेरे बदन में आग लगती थी। वह जब गैंदा को मारती, मैं ज़रूर उसका कुछ न कुछ नुकसान कर देती। आज भी जैसे ही उसकी आँख बची मैंने मुट्ठी भर राख उसके साफ और सुथरे कलफ में झोंक दी और भैया ने कालरों पर खराब इस्त्री के कसूर में नत्था के दो झापड़ कस-कसकर लगाये।

"सूँघो!" गैंदा ने अपनी फटी हुई कुर्ती का गरेबान मेरी नाक से लगाकर कहा।

"सूँ...इत्तर कहाँ से आया?" मैंने बिलबिलाकर पूछा।

"भैया!" और वह ज़ोर से खिलखिलाने लगी। मैं भी ईर्ष्या को दबाकर हँस दी।

"गैंदा!" भैया ने बरामदे से पुकारा।

"यह कोट इस्त्री के लिए ले जा।" वह मेरी तरफ अर्थपूर्ण नज़रों से मुस्कराती हुई चली गई।

गैंदा ऐसे चली जैसे लचकी जा रही हो। मैं जब चलती थी तो धपाधप, जैसे घोड़ा दौड़ रहा हो। मैं तो...ऊँह, मेरा जी घबराने लगा और मैं जलकर बाग में पानी देने की हौंदी में एक लकड़ी उठाकर घँगोलने लगी। सुबह की पिसी हुई ईंट का सिंदूर अभी तक वहीं पड़ा था। भैया ने गैंदा के इत्तर लगाया और मेरे लगाना शायद भूल गये। भूल क्यों गये, जानबूझकर नहीं लगाया हालाँकि उनकी सगी बहन हूँ। और गैंदा...वह तो उनकी कोई भी नहीं। मुझे भैया से नफरत हो गई और मैं ज़ोर-ज़ोर से लकड़ी घुमाने लगी।

''हाँ हाँ! क्या करती हो बीबी?'' मेवाराम ने पीछे से आकर कहा।

मैं गौर से मेवा को देखने लगी। मेवा भी तो मेरा कोई नहीं। मैंने सोचा। मगर मैं उसके हाथ देखकर उदास हो गई। क्या मजाल जो यह कमबख्त ज़रा अपने हाथ माँजकर मैल छुड़ाये। हर वक्त मिट्टी खोदता रहता है। मगर ख़ैर।

''मेवा!'' मैंने नरमी से कहा—''ज़रा यहाँ आ'' और मैं ग़ौर से लकड़ी से चू रही बूँद को टपकते हुए देखने लगी।

''क्या?'' वह लापरवाही से मुड़ा और टोपी आँखों पर सरकाकर गुद्दी खुजाने लगा।

''यह सिंदूर मेरे माथे पर लगा दे।'' मैंने हिम्मत भरे लहजे में हुक्म दिया। वह घे-घे कर हँसने लगा और चला मुड़कर।

''सुन भई..मैं तो...मेवा...ज़रा ठहरना।'' एक नये विचार के अधीन मैंने कहा।

''क्या है बीबीजी।'' वह ज़रा मुड़कर बोला।

''मेवा...ब्याह करेगा?'' मैंने धड़कते हुए दिल से पूछा।

''ब्याह...मेरा ब्याह तो हो भी गया।'' वह खुरपी का दस्ता पेड़ के तने से ठोंकने लगा।

''कब?'' मैंने मुर्दा आवाज़ में कहा।

''अरे राम मुद्दतें गुजर गईं।'' उसने ऐसे कहा जैसे कोई बात ही नहीं।

''अच्छा तो तू विधवा है?'' मैंने फैसला किया।

''अरे नहीं'' वह हँसने लगा—''कौन कोठरिया में मालिन बैठी है।''

''क्या मालिन से तेरा ब्याह हुआ था?'' मैंने अचंभे से कहा।

''हूँ।'' और वह चल दिया।

अच्छा तो वह बुढ़िया जिसे मैं मेवाराम की अम्माँ समझती थी, उसकी बीवी थी। कैसी अजीब दुनिया है। मैंने सोचा और हौदी में लकड़ी डालकर ज़ोर से घुमाने लगी...मैंने झुककर अपना गरेबान सूँघा कि शायद वहाँ भी किसी इत्तर की खुशबू हो मगर दूर-दूर किसी खुशबू का नाम न था। हाँ, सबेरे जो सालन गिर गया था उसकी अलबत्ता बिसाँध थी। मैं चिढ़ गई।

गैंदा चुपके-चुपके भैया के कमरे में तौलिया में लपेटे हुए कपड़े रखने जा रही थी। मेरे दिल में खुदबुदी हुई और दबेपाँव बिल्ली की तरह मैं भी पहुँची और दराज़ में से झाँकने लगी।

गैंदा फर्श पर बैठी कपड़े गिन-गिनकर अलग कर रही थी। भैया कोने में खड़े सिर खुजा रहे थे।

''हट! गलत गिन रही है?'' भैया ने उसके दोनों हाथ पकड़कर कहा। उसने एक नज़र भैया को देखा और त्यौरी पर बल डालकर हँस दी। उन्होंने उसे खींचा तो वह सुकड़कर दरी पर औंधे मुँह लेट गई और किसी तरह न उठी। भैया ने उसकी कमर में गुदगुदी की तो वह तड़प उठी ! भैया जो आगे आये तो उसने एक थप्पड़ उनके गालों पर रसीद किया।

अचंभा है कि मैं चौंककर नीचे न गिर पड़ी। ''भैया के थप्पड़?'' जिनके डर से सारा घर काँपता है उन्हें गैंदा ने थप्पड़ मार दिया। मैं भागने के लिए तैयार हो गई। मैंने

सोचा अब भैया ने उसका गला घोंटा और अब घोंटा। उन्होंने कचकचाकर उसके दोनों हाथ पकड़ लिये और अपनी तरफ घसीट लिया। मैंने साँस रोक ली। मगर...अरे लो...मैं हैरानी और खौफ की मिली-जुली भावनाओं से जख्मी होकर सरपट भागी और कमरख के घने पेड़ के नीचे आकर दम लिया। मेरा कलेजा बल्लियों उछल रहा था। कानों में जैसे कोई इंजन चल रहा हो। बदन काँप रहा था और ज़बान खुश्क थी। मैं देर तक इसी तरह डरी बैठी रही।

आँखें बंद करके सोचा और फिर आँखें फाड़-फाड़कर सोचा। मगर खाक जो समझ में आया हो। आखिर क्यों मेरी समझ में इतनी ढेर-सी बातें नहीं आतीं? खामोश और गर्म दोपहर में निढाल होकर अजीब-अजीब पहेलियों से उलझती रही, एक भी तो हल न हुई। रोना आने लगा जैसे किसी ने मुझे खूब ही तो मारा हो।

गैंदा बरामदे में से लपककर उतरी। मैं समझ गई कि मेरे सवालों का जवाब वही दे सकती है। गैंदा मुझे कितनी बातें बताती थी।

"क्या हुआ?" मैंने बेचैनी से पूछा।

"कुछ नहीं?" वह मक्कारी से इतराई। मगर फौरन ही एक एकांत कोने में बैठकर हम दोनों अजीब-अजीब बातें समझने की कोशिश करने लगे। गैंदा ने उफ्फोह! कितनी बातें बताईं।

"अरे! मगर आखिर क्यों?" मैंने सब कुछ सुनकर सोचा।

गैंदा कलफ चढ़ाने चली गई और फिर मैं ऐसी बैठी रह गई जैसे रास्ता गुम कर दिया हो।

मैंने सोचा छोटी-छोटी कमरखें बीनकर हार ही बनाऊँ या फिर उस नाली को पूरा कर लूँ जिसे मैंने कल पानी देने के लिए खोदा था या फिर एक नज़र बालकमीरी की झाड़ी के नीचे डाल आऊँ या नहीं तो लाओ यही मालूम करूँ कि 'तीतरनी' ने अंडे कहाँ देने शुरू किये हैं। मगर नहीं, मेरा दिल किसी बात में न लगा। न जाने क्यों हर खेल से मेरा जी उकता गया था और जी चाहता था चुपकी, आँखें बंद किये हुए कोई सपना देखती रहूँ जिसमें कोई नन्ही-मुन्नी दुल्हन हो और फिर उसी ख्याल की दुनिया में गुम हो जाऊँ। आखिर क्या करूँ? गैंदा को देखो मगर मैं क्या करूँ? मेवा के पाँव की चाप सुनाई दी और मैं जैसे चौंक पड़ी। एक ख्याल, एक उम्मीद की मिटी हुई-सी झलक और मैं ज़मीन पर दोनों हाथों से मुँह ढाँपकर औंधी लेट गई।

"चच...चच हा...बीबी जमीन पर? उठो, उठो।" उसने मुझे देखकर कहा।

मुझे मालूम हुआ, कोई मुझे उठा रहा है और मैं नहीं उठती। मेरी पीठ में किसी ने गुदगुदी-सी की...मगर ऊँह...।

"उठो नहीं तो कहता हूँ भैया से कि कपड़े मैले कर रही है।" उसने धमकी दी और वैसा ही लठ का लठ दूर खड़ा रहा।

वह बड़ी लापरवाही से बाँस की खपची छील रहा था मगर उस अंदाज़ से नहीं जैसे भैया सिर खुजा रहे थे।

"उठती हो कि सचमुच ही जाकर कह दूँ।" और वह चला शिकायत करने। ज़रा सोचिए मेरा कैसा जी जला।

"सूअर! तू कौन होता है..आँ-आँ...।" मैंने चनचनाकर कहा और एक पत्थर कस के उसके घुटने पर खींच मारा।

"अरे बाप रे, ठहर तो जाओ, कैसा पिटवाता हूँ। दोपहर में या फिर घाम में घूमती है और रेत में लोटें लगाती है। जो कुछ कहो तो...ठहरो" वह सी-सी करता चला गया।

यह मेवाराम सदा का ठस है। क्या मजाल जो मुझसे सीधे मुँह बात कर जावे। बड़ा वही तो है न। मैं ऐसी जली कि मोतिया की सारी कलमें जो उसने घंटों की मेहनत के बाद लगाई थीं, एक-एक करके खसूट डालीं। ऐसे इंसान का यही इलाज है। मैंने सोचा और बिसूरती हुई अंदर भाग गई।

कौन था जो मुझसे हमदर्दी करता। भैया ने तो कभी मुँह न लगाया। अम्माँ ने लाड़ ही न किया। नतीजा यह हुआ कि बला की जिद्दी हो गई। स्वभाव में जो उलझन पैदा हुई तो सबसे ही बैर बाँध लिया।

बाजी जो अब के आईं तो उन्होंने मुझे अपने साथ ले जाने का इरादा किया क्योंकि मैं दिन भर वाही-तबाही घूमती थी और लड़ती फिरती थी। मुझे गैंदा के छूटने का बड़ा अफसोस था मगर सफ़र की खुशी कुछ ऐसी सवार हुई कि सब कुछ भूल गई।

गैंदा, भैया, मेवा और सारी पुरानी बातें दो साल की मुद्दत में सपना हो गईं और जब मैं वापिस आई तो दुनिया ही बदल गई थी। भैया देहली भेज दिये गये थे। उनके कमरे में मेहमान ठहरते थे। मेवाराम नमूनिया से मर गया था क्योंकि उसने अपनी मिट्टी से खेलने की आदत न छोड़ी थी और सर्दी लग गई। अचंभा है कि मैं खुशी और हैरानी से पागल न हो गई। जब मैंने सुना कि गैंदा के बच्चा हुआ था तो खुशी प्रकट करने पर मुझे डाँटा गया। मैं खाक न समझी कि क्यों? हाँ इतना तो सुना–

"ऐ है बहुतेरी तो उसने कोशिश की...मगर वह तो...।" आगे मैंने नहीं सुना कि शेखनी ने क्या कहा।

"ऐ है वह तो मारे डालता था। बड़ी आफतें उठीं।" बीवी ने कहा–"मैंने फौरन उसे देहली चलता किया। पढ़ने वाला बच्चा। यह नीच जात कमीनियाँ शरीफों को यूँ हैं..." और फिर बावजूद साँस रोककर सुनने के मैं आगे न समझ सकी।

"गैंदा का बच्चा?" मैं बिस्तर पर लेटी बार-बार दोहराने लगी। मुझे हैरानी पर हैरानी थी मगर यह बच्चा।...आखिर क्यों?

"वह तो अगर सरकार को खबर हो जाती तो जाने क्या होता। इसीलिए तो मैंने जल्दी से उसे दफ़ान किया।" मुझे बीवी की आवाज़ फिर सुनाई दी।

अब मैं समझी, ओहो। मेरी नज़रों के सामने सारी बीती बातें सिनेमा की तसवीरों की तरह फिर गईं और मेरा दिल बैठने लगा लेकिन फौरन ही गैंदा के बच्चे को देखने के लिए मैं बेकरार हो गई। मेरी नज़रों में नन्हा-मुन्ना-सा बच्चा फिरने लगा जैसा हमने रेल

में लाहौर जाते वक्त देखा था। ज़रा-सा बच्चा मगर कितना प्यारा। हमारे यहाँ तो कोई भी बच्चा नहीं। कोई बच्चा मेहमान भी नहीं आता। मुझे गैंदा के बच्चे पर प्यार आने लगा। अँधेरे में मुझे ऐसा महसूस हुआ जैसे किसी के नन्हे हाथ मेरी ठोड़ी और गर्दन पर रेंग रहे हैं। मैं चुपके लेटी रही कि कहीं वह छोटी-छोटी फरिश्तों जैसी उँगलियाँ मेरे हिलने-डुलने से भाग न जाएँ।

रात को सपने में बच्चे ही बच्चे, सैकड़ों बच्चे। अजीब-अजीब शक्लों के, गैंदा की शक्ल के, मेरी शक्ल के, भैया की शक्ल के; यहाँ तक कि मरे हुए मेवाराम की शक्ल के। सैकड़ों बच्चे, किलबिल करते, कुछ बालों वाले गोल-मटोल सिर, ज़रा-ज़रा-से हाथ, रेत के बे-शुमार ज़र्रों की तरह सारे ब्रह्मांड में बिखरे हुए थे।

सुबह मैं छुपकर गैंदा के बच्चे को देखने चली गई।

गैंदा अपनी कोठरी में दरवाज़े की तरफ पीठ किये झुकी हुई कुछ कर रही थी। मेरे पैरों की चाप सुनकर वह चौंक पड़ी और डरकर मुझे देखने लगी और जल्दी से उसने अपने कपड़े समेट लिये। मैंने सामने जाकर देखा तो एक बहुत ही छोटा अध-नंगा इंसान उसके घुटने पर पड़ा अपना कलेहिया-सा मुँह फाड़ रहा है।

"ओई कितना मुन्ना-सा है।" मैंने उसके पास उकडूँ बैठते हुए कहा।

गैंदा कितनी दुबली हो गई थी जैसे लकड़ी। वह घबराई हुई थी। उसने मेरी तरफ से मुँह फेर लिया।

"हाय! जान है तेरा बच्चा तो।" मैंने खुशी से चीखकर कहा और ज़मीन पर बैठ गई। जी चाहा गैंदा और उसके बच्चे को उठाकर कलेजे से लगा लूँ। मुझे न जाने क्यों रोना आने लगा।

"ज़रा मुझे दे गैंदा।" मैंने हाथ बढ़ाकर कहा। मगर वह खामोश बैठी अपने आँसू पोंछती रही।

"अरे! रो रही है तू! मुझे तो रुदन आने लगा। एक तो गुड्डू बच्चा है और फिर रो रही है, ला मुझे दे।"

वह सिर झुकाये मुंह पोंछती रही और बच्चे को छुआ तक नहीं। मैंने चाहा बच्चे को गोद में ले लूँ—ई-ई। वह तो ऐसा गिलगिला जैसे गोश्त की बोटी और किसी तरह न उठा।

"ओह गैंदी। जरा उठा दे।" मैंने अपने पुराने खुशामद भरे अंदाज में कहा।

गैंदा ने मुझे ग़ौर से देखा, जैसे वह मेरी आँखों में कुछ तलाश कर रही हो। शायद जो कुछ वह ढूँढ रही थी उसे मिल गया और उसने ऐसी आसानी से बच्चे को उठाकर मुझे दे दिया कि मैं उसकी अभ्यस्तता पर हैरान रह गई जैसे रुई का गोला, हल्का-फुल्का दुबला-सा बच्चा।

मैं उसे टाट पर लिये बैठी रही और गैंदा ने मुझे लाखों-करोड़ों अजीब-अजीब बातें बताईं। किस तरह वह महीनों मारी गई। चौदह, पंद्रह वर्ष की गैंदा खुद भी बहुत-सी बातें

नहीं समझती थी। मुझे कैसे बताती। हम दोनों "क्यों" "कैसे" और "अरे" पर आकर रुक जाते।

जब बहू का काला-कलूटा बच्चा हुआ था जो कुछ दिन बाद ही मर गया तो कैसे गाने-बजाने हुए थे। बहू को मनों घी और गुड़ ठुँसाया गया था और अब जो गैंदा के इतना गोरा यह नन्हा-सा "लल्लू" आया तो कुछ भी नहीं, गैंदा पिटी और भूखी रखी गई और मरते-मरते बची तब यह नन्हा-सा लल्लू आया। लल्लू के पास दो ही कुर्ते थे। ठंड में मरा जाता था। रात भर रोता था। बहू उसे हर वक्त कोसती थी कि मर जाये तो छुट्टी हो जाये। गैंदा ने चुपके से लल्लू के पैर में काला डोरा भी बाँधा था कि कहीं उसे नज़र न लगे। उसने साफ-साफ स्वीकार किया था कि जहाँ लल्लू दुनिया भर में सबसे ज्यादा प्यारा है वहाँ मैं भी और भैया भी। भैया के नाम पर उसकी आँखें अपनी पुरानी रोशनी पर चमकने लगीं और वह उनकी लगातार चर्चा करती रही।

"वह अब छुट्टियों में भी नहीं आते।"

"हाँ, अब आएँगे। पार साल मंसूरी चले गये थे।" मैंने बच्चे की उँगलियाँ गिनते हुए कहा।

"तुम उन्हें चिट्ठी लिखोगी! क्यों बीबी?" उसने शौक से पूछा।

"हाँ, हाँ।" मैंने ज़ोर से सिर हिलाया।

"हाँ तो लिख देना लल्लू तुम्हें बहुत-बहुत सलाम करता है और बहुत ही याद करता है।"

"अच्छा।" मैंने कहा, हालाँकि लल्लू चूँ करना भी न जानता था।

"और यह भी लिखना कि इसके लिए अब के लाल बनियान लाएँ जैसी बसंती का छोरा पहने है।"

"और...यह कि...।" उसने शोक-भरी नज़रों से शून्य में देखते हुए कहा—"अबकी बार छुट्टियों में दो-चार दिन के लिए ज़रूर आना।" जैसे वह किसी से प्रार्थना कर रही हो और हल्के हँस दी। वह न जाने क्या-क्या बकती रही और मैं लल्लू के बालों से खेलती रही।

"देख-देख गैंदा, लल्लू कैसे चचोड़ रहा है...आ आ।" मैंने उँगली में गुदगुदी महसूस करके कहा।

"भूखा है।"

गैंदा शरमा गई।

"ले भई, नहीं तो रो देगा फिर।"

गैंदा ने अपने दुबले-पतले हाथों से बच्चे को उठा लिया और थोड़ी ही देर में उसे कलेजे से चिपटा लिया और साड़ी में मुँह छुपाकर हँसती रही।

मैं बड़ी उत्सुकता से नन्हे लल्लू के पतले होठों को देखती रही और वह लम्बी साँसों से दूध पीता रहा। नन्ही-सी माँ फूहड़पने से उसे सँभाल रही थी।

□

घरवाली

जिस दिन मिर्ज़ा की नयी नौकरानी लाजो घर में आयी तो सारे मुहल्ले में खलबली मच गयी। मेहतर, जो मुश्किल से दो झाडुएँ मारकर भागता था, अब ज़गीन छीले फेंकता था। ग्वाला, जो दूध में पानी का छींटा देकर सिर मूँड़ जाया करता था; अब घर से कढ़ा हुआ दूध लाने लगा—ऐसा गाढ़ा कि रबड़ का गुमान होता था।

पता नहीं कि किस अरमान-भरी ने लाजो नाम रखा होगा? लाज और शर्म का तो लाजो की दुनिया में कोई मतलब न था। न जाने कहाँ और किसके पेट से निकली, सड़कों पर रूल कर पली। तेरे-मेरे टुकड़े खाकर इस क़ाबिल हो गयी कि छीन-झपटकर पेट भर सके। जब सयानी हो गयी तो उसका जिस्म उसकी वाहिद दौलत साबित हुआ। जल्दी ही वह तो हमउम्र आवारा लौंडों की सोहबत में ज़िन्दगी के अछूते राज़ जान गयी और बिन नकेल के ऊँटनी बन गई। मोल-तोल की उसे कतई आदत न थी। कुछ हाथ लग गया तो क्या कहने! नक़द न सही तो उधार ही सही। जो उधार की भी तौफ़ीक़ न हो तो ख़ैरात सही।

"क्यों री, तुझे शर्म नहीं आती?" लोग उससे पूछते।

"आती है!" वह निर्लज्जता से शरमा जाती।

"एक दिन खट्टा खाएगी!"

लाजो को कब परवाह थी? वह तो खट्टा-मीठा एक साँस में डकार जाने की आदी थी। सूरत बला की मासूम पाई थी। आँखें बिना काजल के कलौंच-भरी, छोटे-छोटे दाँत, मीठा रंग! क्या फ़ीवक्त क़िस्म की वरग़लाने वाली चाल पायी थी कि देखनेवालों की ज़बानें रुक जातीं और आँखें बकवास करने लगतीं।

मिर्ज़ा कुँवारे थे। हाथ से रोटियाँ थोपते-थोपते अत्तू हो गये थे। बस छोटी-सी बिसातखाने की एक दुकान थी, जिसे वह जनरल स्टोर कहते थे। घर जाकर शादी कराने की फुरसत नहीं मिलती थी। कभी व्यापार ऐसा मन्दा होता कि दिवाला निकलने की नौबत

आ जाती। कभी ऐसी टूटकर बिक्री होती कि सिर उठाने की मुहलत न मिलती; सिर पर सेहरा बँधवाने की तो बात ही कहाँ।

बख़्शी को लाजो एक बस-स्टॉप पर मिली थी। बीवी पूरे दिनों से थी; नौकरानी की ज़रूरत थी। जब बच्चा हो गया तो उसे मारकर निकाल दिया। लाजो तो पिटने और निकलने की आदी थी, मगर बख़्शी को कुछ उसकी लत-सी पड़ गयी थी। अब उसे समुन्दर पार बड़े मार्के की नौकरी मिल गयी थी, इसलिए उसने सोचा कि लाओ भाई, उसे मिर्ज़ा के यहाँ डाल आएँ। कंजरियों में मिट्टी पलीद कराते हैं, ज़रा यह मुफ़्त का माल भी चख देखें।

"लाहौल विला कूव्वत!...मैं नीच औरतों को घर में डालने का क़ायल नहीं!" मिर्ज़ा बिदक गये।

"अरे मियाँ हटाइए भी, सारा काम-काज करेगी!" बख़्शी ने समझाया।

"नहीं भाई! यह लानत कहाँ मेरे सिर मँढ़े जाते हो, अपने साथ क्यों नहीं ले जाते?"

"मेरा अकेले का टिकट आया है, सारे कुनबे का नहीं।"

इतने में लाजो बावर्चीख़ाने पर धावा बोल चुकी थी। लहँगे को लँगोट की तरह कसे हुए, लम्बा बाँस—जिसके सिर पर झाड़ू बँधी थी—लिये सारे घर में घुमाती फिर रही थी। बख़्शी ने जब उसे मिर्ज़ा के फ़ैसले की खबर दी तो उसने बिल्कुल नोटिस नहीं लिया। उसने पतीलियाँ मचान पर जमाने को कहा और खुद नल पर पानी लेने चली।

"अगर तू कहे तो वापस घर पहुँचा दूँ।"

"चल दूर हो! तू मेरा ख़सम है जो मैके छोड़ आएगा? जा अपना रास्ता ले, हम यहाँ से निपट लेंगे।"

बख़्शी ने मोटी-मोटी गालियाँ दीं कि हरामज़ादी अकड़ती काहे पे है। लाजो ने उससे भी तगड़ी गालियाँ दीं कि बख़्शी-जैसे लफंगे को भी पसीना छूट गया।

बख़्शी के जाने के बाद मिर्ज़ा की ऐसी सिट्टी गुम हुई कि वह एकदम भाग लिये मस्जिद में और बैठे सोचते रहे कि बेकार का ख़र्च बढ़ेगा। चोरी अलग करेगी! क्या बला सिर पर आ पड़ी? मग़रिब की नमाज़ के बाद घर लौटे तो दम भरकर रह गये! जैसे बी-अम्माँ मरहूमा वापस तशरीफ़ ले आयी हों। घर चन्दन हो रहा था। पानी पीने का कोरा मटका, जिस पर मँजा हुआ कटोरा झिलमिला रहा था, लालटेन साफ़ जगमगाती।

"मियाँ खाना उतार दूँ?"

लाजो ने घाट-घाट का पानी पिया था।

"खाना?"

"तैयार है। गर्म-गर्म रोटी डालती हूँ। अभी आप बैठिए।"

बिना जवाब सुने वह रसोईघर में चली गई।

आलू-पालक की तरकारी, धुली मूँग की दाल-जीरा और प्याज़ से बघारी हुई! बस,

अम्माँजी के हाथ से खायी थी। गले में निवाला अटकने लगा।

"पैसे कहाँ से लायी?" उन्होंने पूछा।

"बनिये से सामान उधार ले आयी।"

"मैं तुम्हारी वापसी का किराया दे दूँगा।"

"वापसी?"

"हाँ, मेरी हैसियत नहीं।"

"कौन माँगे है तनख्वा?"

"मगर...?"

"ज्यादा मिर्चे तो नहीं?" लाजो ने फुलका रकाबी में डालते हुए पूछा। गोया बात ख़त्म! जी चाहा कि कह दें, नेकबख़्त सिर से पैर तक मिर्चे-ही-मिर्चे लगी हुई हैं, मगर लाजो छपाछप ताज़ा फुलके लाने में लगी हुई थी; जैसे रसोई में कोई बैठा पका-पकाकर दे रहा हो।

"खैर सुबह देखा जाएगा।" मिर्ज़ा सोचकर अपने कमरे में चले गये। उमर में पहली बार एक औरत घर में सो रही थी। न जाने कैसा लग रहा था। थके हुए थे, सो गये।

"ना मियाँ, मैं ना जाने की!" उन्होंने जब सुबह को उसके घर जाने की बात छेड़ी, तो लाजो ने अल्टीमेटम दिया।

"मगर...।"

"क्या मेरे हाथ का खाना पसन्द नहीं आया?"

"यह बात नहीं।"

"घर की झाड़ू-बुहाड़ू ना की?"

"वह तो सब ठीक है मगर...।"

"तो फिर कौन सजा हुई...?" लाजो ने गर्म मिज़ाज में कहा।

पहली ही नज़र में लाजो दिल दे बैठी थी। मिर्ज़ा को नहीं, घर को। बग़ैर मालकिन का घर अपना ही हुआ न! घर मर्द का थोड़े ही होता है। वह तो मेहमान होता है। बख़्शी मुवा तो कीड़ों-भरा कबाब था। अलग कोठा करके रखा था और कोठा भी कम्बख़्त नन्दी कुमार की भैंस का। भैंस तो कभी की खुदा को प्यारी हो चुकी थी, मगर ऐसी बू छोड़ गयी थी कि लाजो की रग-रग में रच गयी थी। ऊपर से नखरे करता था सो अलग। यहाँ घर की रानी तो वही थी।

मिर्ज़ा निरे भोंदू थे, यह लाजो ने देखते ही ताड़ लिया था। वाकई मेहमानों की तरह आते, चुपचाप जो आगे रख देती, खा लेते। वे पैसे दे जाते और दो-चार बार हिसाब पूछा, फिर इत्मीनान हो गया कि लूटती नहीं। वे सुबह को जाते और शाम को आते।

लाजो दिन-भर घर को सँवारती, आँगन में नहाती। कभी जी चाहता तो पड़ोस में रामू की दादी के पास जा बैठती। रामू मिर्ज़ा के स्टोर में काम करता था। लाजो पर फौरन नर्म हो गया। तेरह-चौदह बरस का होगा। मुँह पर ढेरों मुँहासे। बुरी सोहबत में मिट्टी हो

गया था। उसी ने बताया कि मिर्ज़ा अक्सर कंजरी के यहाँ जाते हैं।

लाजो को बहुत बुरा लगा। बेकार का खर्चा! डाकिनें होती हैं ये कंजरियाँ! आखिर वह खुद किस मर्ज़ की दवा थी? उसने सोचा। आज तक जहाँ रही, सभी ख़िदमात खुश-अस्लूबी से सँभाली। लाजो को आये हफ़्ता गुजर गया था, लेकिन ऐसी बेकद्री उसकी कहीं नहीं हुई। मर्द व औरत के रिश्ते को उसने हमेशा खुले दिल से देखा। प्यार ही उसके लिए सबसे सुंदर अनुभव था। कुछ उमर से उसे इस प्यार से दिलचस्पी पैदा हो गयी थी। न माँ मिली न दादी-नानी, जो ऊँच-नीच समझातीं। इस मामले में लाजो बिल्कुल पड़ोस की बिल्ली थी, जो बिल्लों के दया-दृष्टि को अपना हक समझती थी। इधर-उधर से बहुत पैग़ामात उसे मिल रहे थे, मगर वह मिर्ज़ा की नौकरानी थी; नहीं गयी। उनको टाल दिया कि लोग हँसेंगे मिर्ज़ा पर।

मिर्ज़ा ऊपर से बर्फ का तूदा बने बैठे थे, अन्दर बेचारों के ज्वालामुखी दहक रहा था। जान-बूझकर वे घर से कटे-कटे-से रहते। अजीब दिल का आलम था। कुछ मुहल्ले के मनचलों का भी उनकी दहशत में हाथ था। जिधर देखो, लाजो के चर्चे। आज उसने दूधवाले का मुँह खसोटा, कल पनवाड़ी के थोबड़े पर गोबर उठाकर दे मारा! जिधर भी जाती, लोग हथेली पर दिल लेकर दौड़े पड़ते थे। स्कूल के मास्टरजी गली में मिल जाते तो उसे शिक्षा देने पर उतारू हो जाते। मस्जिद से निकलते हुए मुल्लाजी भी उसके कड़ों की आवाज़ सुनकर आयतलकुर्सी पढ़ने लगते।

मिर्ज़ा कुछ चिढ़े हुए से घर में घुसे। लाजो उसी दम नहाकर आयी थी। गीले बाल कन्धों पर पड़े थे। चूल्हा फूँकने की वजह से गाल तमतमा रहे थे। आँखें छलक रही थीं। मियाँ को बेवक्त आता देखकर उसने दाँत निकोस दिये। मिर्ज़ा बड़बड़ा कर गिरने से बचे। उन्होंने सिर झुकाकर रोटी खायी! फिर जाकर मस्जिद में बैठ गये। मगर दिल घर में पड़ा था। पता नहीं बैठे-बिठाये उन्हें घर क्यों एकदम याद आने लगा था? लौटे तो लाजो दरवाज़े पर खड़ी किसी से झगड़ रही थी। मिर्ज़ा को देखकर वह मटक गया।

"कौन था...?" उन्होंने शक्की शौहर की तरह पूछा।

"रघुवा।"

"रघुवा...?" मिर्ज़ा बरसों से दूध लेते थे, मगर ग्वाले का नाम भी मालूम नहीं था।

"दूध वाला!"

"हुक्का ताज़ा करूँ मियाँ?" लाजो ने बात टाली।

"नहीं। क्या कहता था?"

"पूछता था कितना दूध लाऊँ?"

"फिर तुमने क्या कहा...?"

"मैंने कहा, तेरी अरथी उठे! जितना रोज लाता है।"

"फिर?" मिर्ज़ा सुलग गये।

"फिर मैंने कहा, हरामी, अपनी अम्माँ-भैंसा को दूध पिला।"

"उल्लू का पट्ठा, बड़ा हरामी है रघुवा! बन्द कर दूध, हम स्टोर से वापसी पर ले आया करेंगे?"

रात को खाना खाने के बाद मिर्ज़ा ने बड़े ठस्से के साथ कलफदार कुर्ता पहना, इतर की फुरेरी कान में अटकाई और छड़ी सँभालकर खँखारते हुए चल दिये। लाजो जल-भुनकर कबाब हो गयी। पतिव्रता की तरह गुमसुम देखती रही और मन-ही-मन में उस कंजरी को कोसती रही। वह मिर्ज़ा को पसन्द नहीं? ऐसा तो कभी नहीं हुआ।

कंजरी अपने दूसरे ग्राहक को निपटा रही थी कि मिर्ज़ा बिगड़कर लाला की दुकान पर जा बैठे। महँगाई और सियासी उलट-फेर पर जी जलाकर वापस झुँझलाते हुए लौटे तो ग्यारह बज चुके थे। पानी की सुराही सिरहाने रखी हुई थी, मगर ध्यान न गया। बावर्चीखानेवाले एक दर्रे में एक मटका रखा था, गटगटाकर ठण्डा पानी पिया। मगर जी की आग और भड़क उठी।

लाजो की चिकनी सुनहरी टाँग दरवाज़े की आड़ से झाँक रही थी। बेढंगी-सी करवट पर उसके कड़े खनखनाये। टाँग और पसर गयी। मिर्ज़ा ने एक गिलास और चढ़ाया। वे लाहौल का विर्द (पाठ) करते हुए पलँग पर गिर पड़े।

करवटें ले-लेकर जिस्म छिल गया। पानी पी-पीकर पेट नक्कारा हो गया। दरवाज़े के पीछे से टाँग कुछ और अड़ंगे लगाने लगी। अनजाना खौफ़ गला दबोचने लगा। बड़ा ऊधम मचाएगी नामुराद, मगर शैतान ने पीछे से ढकेलना शुरू किया। अपने पलँग से एक दर्रे तक न जाने कितने मील के चक्कर काट चुके थे। अब उनमें दम नहीं था।

एक भोला-भाला-सा ख़याल उनके दिल में सिर उठाने लगा कि अगर लाजो की टाँग इतनी खुली न रहे तो उन्हें उतनी प्यास न लगे। इस ख़याल ने जैसे ही फन उठाया, उनकी हिम्मत बढ़ गयी। नामुराद जाग गयी तो न जाने क्या समझेगी? मगर अपने बचाव की ख़ातिर ख़तरा भी तो मोल लेना ही पड़ता है।

जूते पट्टी तले छोड़े और दबे पाँव वह साँस रोके आगे बढ़े। चुटकी से लहँगे की गोट पकड़कर खींच दी। दूसरे क्षण उन्हें पछतावा भी होने लगा कि शायद ग़रीब को गर्मी लग रही हो। थोड़ी देर बग़ैर निर्णायक अन्दाज़ में खड़े काँपते रहे, फिर दिल पर पत्थर रखकर वापस मुड़े।

अभी उनके ठिठकते कदम चौखट तक न पहुँचे थे कि कयामत टूट पड़ी। एक करवट लगाकर लाजो ने उन्हें जा लिया! मिर्ज़ा की घिग्घी बँध गयी। मिर्ज़ा के साथ ज़िन्दगी में ऐसी बेजा कभी न हुई थी। वह हायँ-हायँ करते रहे और लाजो ने उनकी लाज लूट ली। सुबह को मिर्ज़ा लाजो से ऐसे शरमा रहे थे जैसे नयी ब्याही दुलहिन! लाजो सीना-जोर विजेता की तरह गुनगुना रही थी और पराँठों में घी की तहें जमा रही थी। उसकी आँखों में रात की बात का कोई अक्स न था। वैसे ही रोज़ाना की तरह दहलीज़ पर बैठी मक्खियाँ उड़ाती रही। मिर्ज़ा डर रहे थे कि अब वह उँगली पकड़ पहुँचा पकड़ेगी।

दोपहर को जब वह उनके लिए खाना लेकर दुकान पर पहुँची तो उसकी चाल में

अजीब-सा ठुमका था। लाजो को देखकर लोग ख़्वाहमख़्वाह भी चीज़ों का भाव पूछने आ जाया करते थे। मारे-बाँधे कुछ ख़रीदना भी पड़ जाता था। बग़ैर कहे लाजो फौरन सामान नाप-तोलकर देने लगती। हर चीज़ के साथ ढेरों मुस्कराहटें और नखरे भी बाँध देती। इतनी-सी देर में वह इतनी बिक्री कर जाती कि मिर्जा से सुबह से शाम तक न हो पाती। आज उन्हें यह बात नागवार गुज़र रही थी।

मगर अब तो मिर्ज़ा के सो राजा के नहीं। क्या बोटी चढ़ गयी और रंग निकल आया। लोग वजह जानते थे और जले मरते थे। मिर्ज़ा की भी दिन-ब-दिन बौखलाहट बढ़ती जा रही थी। जितनी वह उनकी खिदमत करती गयी, वे उसके उतने ही दीवाने होते गये। उनके दिल में दुनिया का खौफ़ बढ़ता गया। उन्हें लाजो की बेतकल्लुफ़ियों का मस्त करने वाला अनुभव था। परले दर्ज़े की बेहया थी। खाना लाती तो बाज़ार में भूचाल आ जाता। किसी की चुटकी बजती, किसी को ठेंगा दिखाती, कूल्हे मटकाती, गालियाँ झाड़ती हुई आती तो मिर्ज़ा का खून खौल जाता। वे कहते—

"तुम खाना लेकर न आया करो।"

"काहे को?" लाजो का मुँह उतर जाता।

सारे दिन अकेली बैठी बौला जाती थी। बाज़ार में ज़रा रंग जमता था, हँसी-दिल्लगी चलती थी।

जब कभी वह खाना लेकर न आती तो मिर्ज़ा के दिल में तरह-तरह के शुब्हे उठने लगते। न जाने क्या गुल खेल रही होगी, वे सोचते। मिर्ज़ा वक़्त-बेवक़्त जासूसी करने आ धमकते। वह फ़ौरन उनकी थकान उतारने पर आमादा हो जाती। ऐसी फेंकैत लौंडिया से खौफ न आएगा?

एक दिन जो यों एकदम घर पहुँचे तो देखा, लाजो रद्दी काग़जवाले को बेनुक्त सुना रही है और रद्दीवाला दाँत निकोसे शर्बत के-से घूँट गुटक रहा है। मिर्ज़ा को देखा तो भागा। मिर्ज़ा ने उसी दम लपककर गर्दन नापी और कस-कस के दो झापड़ लगाये, दी एक लात।

"क्या क़िस्सा था?" मिर्ज़ा के नथुने फूले।

"मौतपड़ा दस आने सेर के दे रहा था। मैंने कहा, अपनी माँ को दे जाकर, हरामज़ादे!"

रद्दी का खुला भाव आठ आने सेर का था।

"तुमसे किसने कहा है रद्दी बेचने को?" मिर्ज़ा बड़बड़ाये और पैर खींचकर तस्मे खोलने लगे।

बस उस दिन तो उनके जलाल की सीमा न रही, जब उन्होंने लाजो को गली के लौंडों के साथ कबड्डी खेलते देखा। उसका लहँगा हवा में कुलाचें मार रहा था। बच्चे तो कबड्डी खेल रहे थे और बच्चों के बाप लहँगे की फैयाजी से लुत्फ उठा रहे थे। ये सब बारी-बारी से उसे कोठा दिलाने की पेशकश कर चुके थे, जो लाजो ने ठुकरा दी थी।

मिर्ज़ा निहायत शर्मिन्दगी से सिर झुकाये गुज़र गये। लोग उन पर हँस रहे थे। मियाँजी का गुर्रा तो देखो, जैसे वह उनकी ब्याहता ही तो है।

लाजो उनकी जान को रोग की तरह चिमट गयी थी। उसकी जुदाई के ख़याल से ही उनके पसीने छूटने लगते थे। स्टोर में तो अब बिल्कुल जी न लगता। सारे वक़्त लाजो का ख़याल सताता कि न जाने कब किसी भारी पेशकश पर नामुराद की राल टपक पड़े।

''मियाँ निकाह क्यों ना पढ़वा लेते?'' मिर्ज़ा के दुखड़ा रोने पर मीरन मियाँ ने राय दी।

''लाहौलविला कूव्वत! निकाह जैसी मुकद्दस (पवित्र) रस्म को इस बदकार औरत से कैसे सम्बद्ध किया जा सकता है? ज़माने-भर में लहँगा उछालकर अब वह उनकी दुल्हन कैसे बन सकती है?''

मगर जब शाम को वापसी पर लाजो गायब मिली तो उनके पैरों तले से ज़मीन खिसक गयी। लाला कम्बख़्त बहुत दिनों से सूँघ रहा था। कोई ढँकी-छुपी बात नहीं थी, उसने पुकारकर सबके सामने कहा था कि कोठा नहीं, वह कहे तो बँगला ले देगा। मीरन मियाँ बड़े दोस्त बनते थे, लेकिन चुपके से उन्होंने भी हैसियत अनुसार नज़राना पेश किया था।

मिर्ज़ा बौखलाये हुए बैठे थे कि लाजो आ गयी, वह रामू की दादी की पीठ मलने गयी थी। उस दिन मिर्ज़ा ने फैसला कर लिया कि खानदान की नाक कटे या सलामत रहे, लाजो को निकाह में लाना पड़ेगा।

''काहे को मियाँ?'' लाजो बौखलाकर बोली।

''क्यों? क्या कहीं और दीदे लड़ाने का इरादा है?'' मिर्ज़ा बिगड़कर बोले।

''थू...थू काहे को लड़ाऊँ दीदे!''

''वह राव जी, बँगला दिलाने को कहता है।''

''मैं थूकूँ भी न उसके बँगले पर, जूती मार दी मैंने तो उसके थोबड़े पर।''

''तो फिर...?''

मगर लाजो यह न समझा सकी कि ब्याह करने की क्या ज़रूरत है? वह तो जन्म से उनकी ही रहेगी। फिर ऐसी कौन-सी ख़ता हुई जो मियाँ को निकाह की ज़रूरत महसूस हुई? पर ऐसा मालिक तो न जाने कितने जनम भोगने पर मिलता है। लाजो ने बहुत ठोकरें खायी थीं। मिर्ज़ा उसे फरिश्ते मालूम होते थे। उसके सब आशिक उसके मालिक बन जाते थे, फिर उसे चार चोट की मार दिया करते थे।

मिर्ज़ा ने कभी उसे फूल की छड़ी भी न छुई और प्यार भी जी-भरकर किया। उसने दो जोड़े बनाकर दिये और सोने की मुंदरियाँ दिलायीं। सच्चे सोने का ज़ेवर तो उसकी सात पीढ़ी ने न पहना होगा।

उन्होंने रामू की दादी से कहा, तो वह भी हैरत में पड़ गयी।

''ए मियाँ काहे को गले में घण्टी बाँधो, क्या सुसरी नखरे करने लगी है? तो मार दो चुड़ैल को, ठीक हो जायगी। जहाँ जूतेकारी से काम चल जाय वहाँ निकाह की कहाँ गुंजाइश है?''

मगर मिर्ज़ा को तो एक ही रट लगी थी, अगर मेरी है तो मेरे निकाह में आ जाय।

''क्यों री, क्या तुझे धरम की ओट लगे है?''

"ना मैया ऐसी बात ना, मैं तो उन्हें अपना मानती हूँ।"

लाजो बड़ी मीठी तबीयत की थी। वह तो दो घड़ी के ग्राहक को भी दम-भर के लिए पति मानकर उसकी सेवा करती थी। उसने कभी अपने किसी आशिक़ के साथ कंजूसी नहीं की। धन नसीब न हुआ। तन और मन उसने रौंतकर न रखा। जिसे दिया, जी भरकर दिया। लिया भी तो जी भरकर ही था। मिर्ज़ा की तो बात ही निराली थी कि उन्हें देने और उनसे छीनने में जो मज़ा आता था, वह कोई लाजो के दिल से पूछता! उनके सामने सब ढीठ कुत्ते मालूम होते थे। वह अपनी हक़ीक़त जानती थी। शादी-ब्याह तो कुँवारियों के होते हैं और अपने होश में वह कभी कुँवारी थी ही नहीं! वह किसी की दुल्हन बनने के लायक़ नहीं।

वह बहुत हाथ-पाँव जोड़कर गिड़गिड़ाई मगर मिर्ज़ा पर निकाह का भूत सवार था। नेक साइत देखकर एक दिन इशा (रात) की नमाज़ के बाद निकाह हो ही गया। बस तमाम मुहल्ले-टोले में ऊधम मच गया। लौंडियाँ-बालियाँ ढोल लेकर सुहाग गाने लग गयीं। कोई दुल्हनवाली बन गयी, कोई दूल्हावाली।

मिर्ज़ा ने हँस-हँसकर नेग दिया और लाजो उर्फ़ कनीज़ फ़ातमा, मिर्ज़ा इरफ़ान बेग के निकाह में आ गयी।

मिर्ज़ा ने लहँगे पर पाबन्दी लगी दी और तंग मोरी का पाजामा-कुर्ता बनवा दिया। कनीज़ फातमा को टाँगों के बीच में खुला रखने की आदत थी। दो अलग-अलग पाँयचे, जिनमें दो टाँगों के बीच में कपड़ा आ जाए, निरा झंझट है। बार-बार उस फिजूल रुकावट को खींचे जाती। पहली फुर्सत में उसने पाजामा उतार अलगनी पर डाला और लहँगा उठाकर सिर से पहन ही रही थी कि मिर्ज़ा आ गये। उसने लहँगा कमर पर रोकने की बजाय छोड़ दिया।

"लाहौल विला कूव्वत" मिर्ज़ा गरजने लगे और चादर खींचकर उस पर डाल दी। न जाने क्या मिर्ज़ा ने भाषण झाड़ा, उसके कुछ पल्ले न पड़ा कि उसने क्या गलती की है? उसकी इस हरकत पर तो मिर्ज़ा की जान जाया करती थी। अब मिर्ज़ा ने अच्छा-भला लहँगा उठाकर सचमुच चूल्हे में झोंक दिया।

मिर्ज़ा भिन-भिन करते चले गये, वह चोर-सी बैठी रही गयी! चादर फेंककर उसने अपने जिस्म का निरीक्षण किया कि कहीं कोढ़ तो नहीं फूट आया! नल के नीचे नहाती हुई वह बार-बार आँसू पोंछती रही। सिरकीवाले का लौंड़ा मिठुवा पतंग उड़ाने के बहाने पास की छत पर से उसे नहाते देखा करता था। आज वह ऐसी उदास थी कि न उसे अँगूठा दिखाया और न जूती से धमकाया, न ही भागती हुई कोठे पर गयी, बल्कि चादर लपेट ली।

दिल पर पत्थर रखकर उसने शैतान की आँत जैसी मोरियाँ चढ़ायीं। मरे पर सौ दर्रे, ऊपर से कमरबन्द सटक गया। चिल्ला-चिल्लाकर गला पड़ गया तब बिल्लो आयी और कमरबन्द पड़ा।

'यह बन्दूक का गिलाफ किस बदमज़ाक ने ईजाद किया होगा, जितनी बार टट्टी जाऊँ, खोलूँ-बाँधूँ।'

मिर्ज़ा जब दुकान से लौटे तो फिर कमरबन्द सटक गया था। वह उँगली से पकड़ने की कोशिश कर रही थी। मिर्ज़ा को उस पर प्यार आ गया। चुमकारकर गोद में समेट लिया। बड़ी तिकड़मों से कमरबन्द हाथ में आया। तब उसे पाजामे से उतनी शिकायत न रही।

एक मुसीबत और खड़ी हो गयी। पहले जो लाजो की रमणित थीं, वह मिर्ज़ा की दुल्हन में बेहयाइयाँ बन गयीं। ये बाज़ारी औरतों के लटके शरीफज़ादियों पर ज़ेब नहीं देते। वह उनके ख्वाबों की रिवायती दुल्हन न बन पायी कि मिर्ज़ा प्यार की भीख माँगें। यह शरमाये, वह ज़िद करें! यह बिगड़ जाएगी। वे मनाएँ, यह रूठ जाय! लाजो तो सड़क का पत्थर थी। सेजों के फूल बनने के गुर नहीं जानती थी। डाँट-डाँटकर मिर्ज़ा ने लगामें लगायीं। आख़िरकार बंदरिया को सुधार ही लिया।

मिर्ज़ा अब निहायत ही संतुष्ट थे कि उन्होंने लाजो को शरीफ़ज़ादी बनाकर ही छोड़ा। यह और बात है कि अब उन्हें घर भागने की ज्यादा जल्दी नहीं होती। आम शौहरों की तरह यार-दोस्तों में भी उठ-बैठ लेते, कि लोग जोरू का गुलाम न कहें। माशूक के नाज उठाना और बात है, मगर बीवी की जूतियाँ मर्द बर्दाश्त नहीं कर सकता।

अपनी गैरहाज़िरियों की तलाफ़ी करने के लिए उन्होंने एक मामा (नौकरानी) रखने की तजवीज़ पेश की, मगर लाजो की आँखों में खून उतर आया। वह जानती थी कि मियाँ कंजरी के पास जाने लगे हैं। सारे मुहल्ले के मियाँ लोग जाते थे, मगर घर में वह किसी का अमल-दख़ल बर्दाश्त नहीं कर सकती। कोई उसके झमझमाते बर्तनों को हाथ लगाये, उसकी रसोई में क़दम रखे; तो उसकी टाँगें चीरकर फेंक देगी। वह मिर्ज़ा में साझा बर्दाश्त कर सकती थी, मगर घर की वही अकेली मालकिन थी।

फिर मिर्ज़ाजी जैसे लाजो को घर में रखकर भूल गये। हफ़्तों 'हूँ-हाँ' से आगे बात न होती। जब तक वह दाशता थी, सब आँखें सेंकते थे। जब किसी शरीफ़ के घर बैठ गयी तो मुहल्ले-टोले के उसूलों के तहत माँ, बहिन और बेटी हो गयी। कोई भूलकर भी टाट के पर्दे के पीछे से निगाह डालने की जहमत न करता। सिवा मिठुवा-सिरकीवाले के लौंडे के। वह अब भी वफ़ा निभा रहा था और कोठे पर पतंग उड़ाता। जब मिर्ज़ा चले जाते तो लाजो काम-काज से फ़ारिग़ होकर नल के नीचे नहाने बैठती। पर्दे के ख़याल से ही तो नल लगवाया था। और फिर लाजो ने कोठे की तरफ़ भी देखना छोड़ दिया था।

उस रात मिर्ज़ा यार-दोस्तों के साथ दशहरे के दिन जश्न मनाने गायब रहे थे। सुबह लौटे और जल्दी-जल्दी नहा-धोकर स्टोर चले गये। लाजो तो चढ़ी बैठी थी, बस तभी उसकी नज़र कोठे की तरफ चली गयी या शायद मिठुवा की नज़र में भाले लगे हुए थे। बस, उसके गीले जिस्म में घुस गये। लौंडे की बहुत दिन बाद उस दिन पतंग कट गयी। डोर टूटी तो लाजो की पीठ पर घस्सा मारती चली गयी। लाजो ने सिसकारी भरी और जान-बूझकर या

अनजाने में चादर बग़ैर उठकर कोठड़ी में लपक गयी। एक बिजली-सी कौंधी और सामने की कोठी पर गिरी। फिर उसे ख़याल आया कि नल तो खुला ही छोड़ आयी थी, अतः वापस फिर उल्टे पाँव भागी।

इसके बाद जब कभी लाजो हलवाई के यहाँ से कुछ मँगवाने को टाट का पर्दा सरकाती तो मिठुवा आस-पास ही मँडराता नज़र आता।

"ऐ मिठुवे, क्या दिन-भर गोबर का-सा चोथ बना बैठा रहे है? अरे जा ज़रा दो कचौरियाँ तो ला दे। चटनी में खूब सारी मिर्चें डलवाइयो!"

मिठुवा और भी हिल गया। अगर गलती से नहाते वक़्त कोठे पर न नज़र आता तो फड़फड़ा के जाग उठता। वह जो प्यार सारी उमर दोनों हाथों से लुटाती आयी थी, मिठुवा के लिए भी हाज़िर था। मिर्ज़ा अगर किसी वक़्त का खाना न खाते तो! वह फेंक थोड़े ही देती; किसी गरीब जरूरतमन्द को खिला देती थी। मिठुवा से ज्यादा उसकी इनायात का कौन ज़रूातमंद था?

मिर्ज़ा ने लाजो के पैर में ब्याह की जंजीरें डालकर सोच लिया कि अब हो गयी वह गिरहस्थिन। अपनी आँखों से न देखते तो यकीन भी न करते। लाजो ने जो उन्हें यों बेवक़्त चौखट पर खड़े देखा तो बेअख़तियार हँसी निकल गयी। उसने ख्वाब में भी न सोचा था कि मिर्ज़ा इस शिद्दत से बुरा मानेंगे। मिठुवा ताड़ गया और धोती उठाकर ऐसा भागा कि तीन गाँव पार करके ही दम लिया।

मिर्ज़ा ने लाजो को इतना मारा कि अगर उसने दुनिया के सर्द व गर्म न झेले होते तो वह अल्लाह को प्यारी हो जाती। उसी वक़्त यह खबर सारे गाँव में आग की तरह फैल गयी कि मिर्ज़ा ने अपनी घरवाली को मिठुवा के साथ पकड़ लिया और दोनों को जहन्नुम दाखिल कर दिया। मिर्ज़ा का मुँह काला हो गया। खानदान की नाक कट गयी। लोगों के झुंड के झुंड तमाशा देखने जमा हो गये। मगर यह देखकर उन्हें सख्त नाउम्मीदी हुई कि मिठुवा तिड़ी हो गया और घरवाली टूट-फूट गयी। 'मगर जी जाएगी, रामो की दादी उसे समेट लेगी।'

कोई सोचेगा कि इतने जूते खाने के बाद लाजो को मिर्ज़ा की सूरत से नफ़रत हो गयी होगी! तौबा कीजिए! जूताकारी से तो असल बन्धन बँधा, जो कि निकाह से भी न बँधा था। वह तो होश में आते ही मिर्ज़ा की खैरियत पूछने लगी। उसके सभी आका देर-सवेर उसके आशिक बन बैठते थे। उस इनायत के बाद तो तनख्वाह का सवाल ख़त्म हो जाता। मुफ्त की रगड़ाई ऊपर से। चार चोट की मार! मिर्ज़ा ने आज तक उसे फूल की छड़ी न छुआई थी। दूसरे आक़ा उसे यार-दोस्तों को मँगनी दे देते थे। मिर्ज़ा ने आज तक अपनी चीज़ समझा, उस पर अपना हक़ जाना। यह उसकी इज्जत अफ़ज़ाई थी! हालाँकि इस्तेमाल में नहीं थी, फिर भी उन्हें इतनी प्यारी थी। दर्द पर मिर्ज़ा की टीस हावी हो गयी। सबने उसे समझाया कि जान की अमान चाहती है तो भाग जा, मगर वह न मानी।

मीरन मियाँ मिर्ज़ा जी को रोके हुए थे। बग़ैर नाक-चोटी काट के कत्ल किये कोई

चारा न था। उनकी नाक कट गयी, लाजो ज़िन्दा बच गयी। अब वह दुनिया को कैसे मुँह दिखाएँगे?

"अमाँ एक मालजादी की खातिर फाँसी पर चढ़ जाओगे?"

"परवाह नहीं।"

"मियाँ तलाक़ दे दो साली को और छुट्टी।" मीरन मियाँ ने समझाया। "अरे कोई शरीफज़ादी होती तो और बात थी।"

मिर्ज़ा ने उसी वक़्त तलाक दे दी। मुब्लिग़ बत्तीस रुपये महर और उसके कपड़े-लत्ते रामू की दादी के घर पहुँचवा दिया।

लाजो को जो तलाक़ की ख़बर पहुँची तो जान में जान आ गयी। जैसे सिर से बोझ उतर गया। निकाह तो उसे रास ही नहीं आया था। यह सब इसी मारे हुआ। चलो पाप कटा!

"मियाँ तो नाराज़ नहीं?" उसने रामू की दादी से पूछा।

"तेरी सूरत ना देखना चाहूँ, कहीं निकल जा यहाँ से मुँह काला करके।" दादी ने कहा।

मिर्ज़ा की तलाक़ की खबर सारे मुहल्ले में सरपट दौड़ गयी। तुरन्त लाला ने पैग़ाम भिजवाया—

"बँगला तैयार है।"

"उसमें अपनी अम्माँ को बैठा दे!" लाजो ने कहलवा दिया।

मुब्लिग बत्तीस रुपये में से दस उसने बोर्डिंग और लॉजिंग के रामू की दादी को दिये। तंग पाजामे शकूरा की बहू के हाथ औने-पौने बेच लिये। पन्द्रह दिन में लोट-पोटकर खड़ी हो गयी। कम्बख़्त की जैसे धूल झड़ गयी! जूते खाकर और निखर आयी। कमर में सौ-सौ बल पड़ने लगे। पान का बीड़ा लेने या सेव-कचौरी लेने हलवाई की दुकान तक निकल जाती तो गली की चहल-पहल बढ़ जाती। मिर्ज़ा के दिल पर आरे चलते।

एक दिन पनवाड़ी से खड़ी इलायची के दानों पर झगड़ रही थी। वह मज़े ले रहा था। मिर्ज़ा कटे-कटे नज़र बचाकर निकल गये।

"अमाँ तुम्हें तो हो गया है ख़ब्त, अब तुम्हारी बला से, वह कुछ भी करती फिरे! तुमने तो तलाक़ दे दी, तुम्हारा अब उससे क्या रिश्ता?" मीरन मियाँ ने समझाया।

"वह मेरी बीबी थी, मैं कैसे बर्दाश्त कर सकता हूँ?" मिर्ज़ा बिगड़ गये।

"तो क्या हुआ, अब तो नहीं बीवी! और सच पूछो तो वह तुम्हारी थी ही नहीं।"

"और निकाह जो हुआ था।"

"कतई नाजायज़।"

"यानी कि...।"

"हुआ ही नहीं बिरादर, न जाने वह किसकी नाजायज़ औलाद होगी! नाजायज़ से निकाह हराम।" मीरन मियाँ ने फ़तवा जड़ा।

"तो निकाह हुआ नहीं?"

"कतई नहीं।"

बाद में मुल्लाजी ने भी साद (प्रमाणित) कर दिया कि हरामी औलाद से निकाह जायज़ नहीं।

"तो गोया हमारी नाक भी नहीं कटी।" मिर्ज़ा मुस्कराये! चलो सिर से बोझ हट गया।

"बिल्कुल नहीं।" मीरन मियाँ ने रोका।

"भाई कमाल है; तो फिर तलाक़ भी नहीं हुई?"

"भाई मेरे, निकाह ही नहीं हुआ तो फिर तलाक कैसे हो सकती है।"

"मुब्लिग बत्तीस रुपये महर के मुफ़्त ही में गये।" मिर्ज़ा को अफ़सोस होने लगा।

फ़ौरन यह खबर सारे मुहल्ले में छलाँगें मारने लगी कि मिर्ज़ा का उनकी घरवाली से निकाह ही नहीं हुआ, न तलाक हुई। मुब्लिग़ बत्तीस रुपये बेशक डूब गये।

लाजो ने जब यह खुशख़बरी सुनी तो नाच उठी। सीने पर से बोझ फिसल गया कि निकाह और तलाक एक डरावना ख्वाब था, जो खत्म हो गया और जान छूटी।

सबसे ज्यादा खुशी तो इस बात की थी कि मियाँ की नाक नहीं कटी। उसे मियाँ की इज्ज़त जाने का बड़ा दुख होता। हरामी होना कैसा वक़्त पर काम आया। खुदा-न-ख्वास्ता इस वक़्त वह किसी की जायज औलाद होती तो छुट्टी हो जाती।

रामू की दादी के घर में उसका दम घुट रहा था। ज़िन्दगी में कभी यों घर की मालकिन बनकर बैठने का मौका नहीं मिला था। उसे घर की फिकर लगी हुई थी। चोरी-चकोरी के डर से मियाँ ने इतने दिन से झाड़ू भी नहीं दिलवायी थी। कूड़े के अम्बार लग रहे होंगे। वह स्टोर जा रहे थे। लाजो ने रास्ता रोक लिया।

"फिर मियाँ, कल से काम पर आ जाऊँ?" वह इठलाई।

"लाहौल विला कूव्वत!" मिर्जा सिर न्योढ़ाये लम्बे-लम्बे डग मारते निकल गये। दिल में सोचा, कोई मामा तो रखनी ही होगी, यह बदजात ही सही। बात साफ़ हो गयी।

लाजो ने कल-वल का इन्तज़ार नहीं किया, छतों-छतों घर में कूद गयी। लहँगे का लँगोट किया और जुट गयी।

शाम को मिर्ज़ा लौटे तो ऐसा लगा कि मरहूमा (स्वर्गीया) बी-अम्माँ आ गयी हों। घर साफ़, चन्दन व लोबान की भीनी-भीनी खुशबू, कोरे मटके पर झिलमिलाता मँजा हुआ कटोरा...जी भर आया। चुपचाप भुना हुआ सालन और रोटी खाते रहे। लाजो अपनी हैसियत के मुताबिक दहलीज़ पर बैठी पंखा करती रही।

रात को दो टाट के पर्दे मिलाकर जब बावर्चीखाने में लेटी तो मिर्ज़ा पर फिर शिद्दत की प्यास का दौरा पड़ा। जी मारे लेटे उसके कड़ों की झनकार सुनते रहे; करवटें बदलते रहे।

जी कह रहा था कि बड़ी बेकद्री की थी उन्होंने उसकी!

"लाहौल विला कूव्वत..." यकायक वह भन्नाये हुए उठे और टाट पर से घरवाली को समेट लिया।

चाबड़े

कितनी बार कलम उठाती हूँ और रख देती हूँ। इससे ज्यादा नहीं लिख पाती कि चाबड़े को असल में 'चच्चा बड़े' कहना चाहिए था मगर लोग जल्दी में उन्हें चाबड़े ही कहते थे। उनका असली नाम तो तमीजुद्दीन इम्तियाजुद्दीन या मुम्ताजुद्दीन था अर्थात् 'उद्दीन' ज़रूर लगा हुआ था हालाँकि दीन-धर्म से उनका दूर का भी वास्ता न था। नमाज़ भी वह कभी भूले-भटके ही पढ़ लेते थे। रोजे जवानी में जवानी की वजह से और बुढ़ापे में दमे की वजह से रख नहीं सके। उनको हाथ लगाने से भी मजबूर थे क्योंकि दमे के साथ उन्हें मसाने की कमज़ोरी की शिकायत थी इसलिए वुजू टूट जाया करता था और सैकड़ों लतों के साथ औरतों की लत भी लगी हुई थी। अतः कमाने के बावजूद हज को जाने की सामर्थ्य न हुई।

शायद कभी 'चाबड़े' तंदुरुस्त भी हुए होंगे मगर मैंने तो उन्हें हमेशा छींकते-खाँसते बड़ी हरड़ खाते हुए देखा और चौबीस घंटों में चौदह घंटे मोरी पर बैठे देखा। जब वे चलते थे तो उनके पीछे मक्खियों का एक जुलूस चलता था और वातावरण सड़ी हुई मछलियों की बदबू से बोझल होता था। जिधर भैंस, घोड़ा और मुर्गियाँ रहती हैं उधर हमारी शानदार कोठी के अनावश्यक कोने में चाबड़े की कोठरी थी। पास ही काली कीचड़ से भरी एक मोरी थी जो नौकरों के पाखाने से गुजरकर पिछवाड़े में रिसती थी। न जाने चाबडे के जिस्म से कौन-सा तेजाब निकलता था कि जहाँ से वह मोरी काली नागन की तरह लहराती हुई गुजरती थी, आस-पास की सारी हरियाली जल जाती थी।

मगर सबसे ज्यादा शरम की जो बात थी वह यह कि चाबड़े हमारे बहुत करीब के रिश्तेदार थे। उनसे खून का रिश्ता था। हालाँकि खून का रिश्ता बाकी नहीं रहना चाहिए था क्योंकि बुजुर्गों का सारा खून काली कीचड़ की मोरी में बह चुका था। इसलिए यह खूनी का रिश्ता सरासर आरोप रह गया।

मगर कहते हैं कि किसी ज़माने में चाबड़े को इश्क भी हुआ था। उम्दा खाला,

उनकी चचेरी बहन से उनके फुफेरे भाई की, मँगनी हुई थी। उन दिनों मँगनी निकाह का दर्जा रखती थी। एक दिन चचा बड़े ने कनकउआ उड़ाते वक्त मुमटी पर से उम्दा खाला को धूप में पलंगड़ी की आड़ में नहाते देख लिया। पलंगड़ी कुछ ऐसी कोने से खड़ी थी कि उम्दा खाला के दूध जैसे पिंडे को सिर्फ बान के जाल को अक्स ढाँके हुए था। चाबड़े की कनकउआ कट गई, डोर लुट गई और वे बेसुध दूध पर तैरते हुए सुर्मई जाल में उलझे गोते खाते रहे। उम्दा खाला जल-मछली की तरह इस जाल में मचलती रहीं।

उस वक्त उम्दा खाला की उम्र दस-ग्यारह वर्ष थी। क्या ज़माना लौट गया है। आजकल की ग्यारह वर्ष की लौंडियाँ जाँघिये पहने लड़कड़े फिरती हैं, कोई उनकी तरफ फिर के भी नहीं देखता, इश्क तो बड़ी बात है।

चाबड़े ने सिर पटक दिया मगर उम्दा खाला के बाबा ने उनकी एक न सुनी और उम्दा खाला ब्याह कर अपनी फूफी के पास चली गईं। बस जानो उस दिन से चाबड़े का भेजा लौट गया।

कायदे से कहानी यहाँ आकर खत्म हो जाती है और मेरा कलम ठोकर खाकर सुस्ताने को रुक जाता है। आगे लिखने को रह ही क्या गया है। चाबड़े ने बहुत ही गैर-शायराना हरकतें कीं। न तो उन्होंने जंगल की खाक छानी और न ही सिर से तेशा मारकर जान दी। अगर वे भी राँझा, महीवाल या पुन्नू बन जाते तो आज उनकी भी अमर कहानियाँ लिखी जातीं जिसकी फिल्में बनतीं और तब मुझे इतनी दिक्कत उन पर कलम उठाते वक्त न पड़ती जितनी अब पड़ रही है।

दो-चार दिन मुँह औंधाये पड़े रहने के बाद उन्हें इश्क की गर्द झाड़कर उठना ही पड़ा क्योंकि दादा-अब्बा ने अल्टीमेटम दे दिया कि अगर वे मजनूँ बनने का प्रोग्राम रखते हैं तो उन्हें इतने जूते पड़ेंगे कि सारा इश्क नाक के रास्ते निकल जाएगा। वह कहावत मशहूर है कि मार से भूत भागता है तो फिर भला 'हजरत-ए-इश्क' की क्या मजाल थी जो दादा-अब्बा के नालदार जूते के आगे कुछ ग़र्रा दिखाते। चाबड़े को उन्होंने अपने पहलवान दोस्त को सौंप दिया और समझा दिया कि ऐसे घिस्से दो कि सारा जंग उतर जाए।

जंग उतर गया और देखते ही देखते चाबड़े छहफुटे पहलवान बन गये। जब वे मुहल्ले में अँगड़ाई लेते तो लोग अपनी कँवारी बेटियों को कोठरियों में बंद करके ताला लगा लेते। शहर में कोई दंगा-फसाद होता, जड़ में चाबड़े का हाथ होता। रंडियों के कोठे तो स्टेशन थे जहाँ वे दम भर को रुकते और आगे बढ़ जाते। उनकी आमदनी का वसीला क्या था किसी को मालूम नहीं था मगर वे हमेशा चालीस हजार के लट्ठे का घुटा और महीन से महीन विलायती तनज़ेब का कुर्ता पहने जगर-मगर करती कामदार जूती मगर सिर पर बजाय टोपी के शिकारी हैट पहनते। सफेद उजले कपड़ों में उनका काला शरीर आबनूस की तरह चमका करता। उनकी रंगत में कालापन और कुछ नीलापन झलकता था जैसे साँप ने डस लिया हो। चमड़ी के रंग से एक रंग ज्यादा गहरी मूँछें और बाल। जोरदार आवाज़ जैसे गले में लाउडस्पीकर लगा हो। दिल पर जख्म खाकर चाबड़े भरी बंदूक बन गये।

''शादी हो जाएगी तो सँभल जाएगा।'' दादी बी कहतीं और वे उन्हें ललचाने के लिए उनके सामने रंग-बिरंगी लड़कियों के नक्शे खींचा करतीं। मगर चाबड़े वही एक बात। कहते–

''शादी तो हो सकती है अम्माँ जी।''

''किससे करनी है, मुझे बता तो सही।'' वे शौक से पूछतीं।

''उम्दा खानम से।''

और दादी सिर पीट लेतीं–''जवानी मरे, ब्याही औरत को दाग लगाता है। तेरी जबान को आग लगे।''

''तो बेवा हो सकती है उम्दा खानम।'' चाबड़े की काली-काली मूँछों में दाँत चमकते और दादी बी काँप उठतीं। चाबड़े का क्या भरोसा। एक दिन एक रंडी उनसे रूठ गई। यह गये तो इनकी तरफ से मुँह फेरकर अपने नये ग्राहक से लाड़ करने लगी। चाबड़े ने चोटी पकड़ उसे अपनी तरफ मोड़ लिया। ग्राहक भी उलझ पड़ा। चाबड़े ने उठाकर उसे दो मंज़िले से नीचे पटक दिया। रंडी ने पुलिस को खिला-पिलाकर बात दबा दी। चाबड़े ने उसे मोटी-सी गाली दी। फिर बहुत पछताये कि बिना बात बेचारी गाली की जिल्लत हो गई।

चाबड़े ज्यादा घर से बाहर रहने लगे। कभी साल-दो साल में आ जाते तो तीन-चार यार-दोस्त और चापलूस साथ चिपके होते। ढेरों रुपये लाते। सारे मुहल्ले के लकड़ी के संदूक में जमा करा देते। सबेरे मुट्ठी भर रुपये लेकर उसके पैसे भुना लेते और खुद मसजिद की सीढ़ियों पर बैठ जाते और लौंडों की भीड़ उन्हें घेर लेती। एक पैसा एक चपत के हिसाब से दाम चुका देते। जब मारते-मारते हाथ थक जाते तो मौसम का फल और मिठाई मँगाकर बाँट दी जाती। जो कम पड़ जाते तो काठ के संदूक से दूसरी मुट्ठी निकल आती और जब उम्दा खानम का नाम आता, चच्चा दादी बी से कहते ''उम्दा खानम से कहो उस नामुराद को छोड़ दे वर्ना किसी दिन गया तो उम्दा खानम को पार कर दूँगा।''

और दादी बी भी जूती लेकर चाबड़े पर टूट पड़तीं–''हे तुझे हैजा हो, तुझे ढाई घड़ी की समेटे, बाल-बच्चों वाली को दाग़ लगाता है।''

और चच्चा हँसते हुए मुट्ठी भर रुपया लेकर भाग जाते। जब पैसे खत्म हो जाते तो चाबडे एकदम गायब हो जाते। दादी बी उनके पैसे को हराम समझती थीं। फकीर को देते हुए भी घिन महसूस करतीं। शरीर के कपडों के अलावा वे कुछ साथ न ले जाते। उनके जाने के बाद दादी बी उनके कपडे और बिस्तर लपेटकर खैरात-घर भेज देतीं।

चावड़े को स्थाई प्रकार की चीज़ों से नफ़रत थी। एक बार जो आये तो एक मैली-कुचैली को भी साथ ले आये। किसी को उसके रिश्ते का कुछ पता नहीं था। हाँ, रात को वह उनके पैर दबाती थी। मालूम हुआ कि धोबी की औरत लाहिया को भगा लाये हैं। दादी बी ने माथा कूट लिया।

''निकाल दो साली को।'' चाबड़े लापरवाही से बोले।

मगर उसने वह बावेला मचाया कि तोबा ही भली। उसका मियाँ एकाध बार आया, कहने लगा—"अब मेरे काम की नहीं रही" और कुछ रुपये लेकर चला गया। उसका एक लड़का भी था जिसे चाबड़े कभी साथ लिये चले आते। ढेर सारे खिलौने दिलाते। उससे खूब लाड़-प्यार करते फिरते। एकदम जी उकता जाता तो चपत मारकर भगा देते। चाबड़े शराब पीते थे इसलिए दादी बी ने उनका चूल्हा अलग कर दिया था।

बुढ़िया उनके लिए गोश्त भूनकर परांठे तलती और आधी रात तक भूखी-प्यासी उनका इंतजार करती और जब वे नशे में चूर रंडी के कोठे से लौटते तो भुना गोश्त और पराँठे खिलाकर उनके पैर दबाती। चाबड़े उसकी खिदमत से ज़रा भी प्रभावित न होते और ज़रा-सी बात पर मार-मारकर भुर्ता कर देते। और एक दिन वही हुआ जिसका दादी बी को डर था। मुहर्रम के दिन थे। चाबड़े सारा दिन शराब पीकर ढोल पीटते रहे और ताजिये उठाते रहे। रात को थके-हारे लौट रहे थे कि उन्हें एक हाथ रिक्शा टूटी हुई नज़र आई। गली सुनसान थी और सवारी दीवार से लगी रिक्शा की मुरम्मत का इंतजार कर रही थी। बुरका वाली चाबड़े को देखकर एकदम दीवार से फिसलकर बैठ गई।

"क्या बात है?" चाबड़े ने रिक्शावाले से पूछा।

"हजूर रिक्शा उलट गई।" रिक्शा वाला चाबड़े को जानता था। मगर उनके घूँसे को भी जानता था।

"अबे यह तो मैं भी देख रहा हूँ।"

"हजूर मिर्जा (मिर्ज़ा) साहब के घर की सवारी है। अब उन्हें कैसे पहुँचाऊँ।"

"कौन से मिर्ज़ा साहब?"

"हजूर मुर्तजा बेग।"

"हैं...उम्दा खानम।" चाबड़े ने घुटे हुए गले से कहा और उनका नशा हिरण हो गया। दो-चार मोटी-मोटी गालियाँ रिक्शा और उसके मालिक को दी और फिर अहमकों की तरह सिर खुजाने लगे। उनकी जुबान को ताला लग गया।

"हजूर दूसरे रिक्शा आगे निकल गये। भीड़ में मैं पीछे रह गया।"

चाबड़े सिर खुजाते और मुँह ही में गालियाँ बकते रहे। सोचने लगे कि भला इस वक्त सवारी कहाँ मिलेगी कि इतने में ताँगे में दो आदमी जाते दिखाई दिये। चाबड़े ने ताँगा रुकवाकर उनसे कहा—"उतरो।" वे ऐंठने लगे तो चाबड़े ने दोनों के सिर पकड़कर टकरा दिये और उम्दा खाला से कहा—"चलो बैठो।" उम्दा खाला बुरी तरह काँपने लगीं। अगर पास कोई कुआँ-खाई होती तो जान दे देतीं। मगर आज तो मूजी के हाथों जान के लाले पड़ गये।

"सीधी तरह ताँगे में बैठ जाओ। मैं खा नहीं जाऊँगा उम्दा खानम।" चाबड़े गरजे। दरूद और आयतउलकुर्सी पढ़ती खाला ताँगे में बैठीं। चचा साथ ताँगे का बम पकड़े चले। जगह थी पर खुद न बैठे ताँगे में।

और सारे रास्ते उनके मुँह को लगा ताला न खुला और उम्दा खानम के बुरके की

नक्काब आँसुओं में भीगती रही। उनकी सारी धमकियाँ, सारे डरावे हवा में उड़ चुके थे। वे ताँगे के साथ भाग रहे थे और आँखें नीची थीं। मकान से थोड़ी दूर उनके कदम रुक गये। जेब से दो रुपये निकालकर उन्होंने ताँगे वाले को दिये और जब खाला उतरकर ड्योढ़ी में चली गईं तो चाबड़े सिर झुकाये अपने घर की तरफ चल दिये। रात को जब बुद्धिया ने उनके पैर दबाने चाहे तो उन्होंने उसे एक लात रसीद की और मुँह मोड़कर पड़े रहे।

बुद्धिया स्थाई चीज बनकर चाबड़े की जान को चिमट गई। चाबड़े ने उसे चार चोर की मार दी और निकालना चाहा मगर वह टस से मस न हुई।

"चाहे मेरी बोटियाँ काट डालो मिर्ज़ा जी, अब मैं और कहीं की तो रही नहीं। जात-बिरादरी ने बाहर कर दिया। तुमने मेरा खराबा किया है। छाती पर चढ़कर खून पी जाऊँगी पर इस जन्म में तो नहीं छोड़ूँगी।"

चाबड़े सहमकर चुप रह गये।

बुद्धिया की इस दिलेरी का उन पर रौब पड़ गया। कुछ उम्र का तक़ाज़ा, कुछ रुपये की रेल-पेल में कमी। चाबड़े उसे झेल गये। बुद्धिया उनकी बीवी की तरह खिदमत करती। फटा-पुराना पहनती, कभी उसे ख्याल भी न आता कि घर के बूढ़े बच्चे उसे बुद्धिया कहते हैं। घर की बहू-बेटियों से दूर वह हमेशा ज़मीन पर बैठती मगर उसके सेवा-भाव में कमी न आई। चाबड़े ने उसे मारना भी कम कर दिया। कभी एकाध झापड़ धर देते। रुपया-पैसा भी उसी के हाथ में रहता। बड़ी झक-झक से शाम के नशे का खर्चा देती। चाबड़े खफ़ा होते लेकिन कुछ कर न पाते बल्कि उसे जेवर बनवाकर भी देने शुरू किये और ज़बरदस्ती पहनने को कहते। उसका एक लड़का फैक्टरी में नौकर हो गया था। चाबड़े उसे बहुत चाहते थे। अपना मौरूसी मकान उसके नाम कर दिया था और बिल्कुल बेटे की तरह समझते थे। एक दिन जब बड़े तरंग में थे तो बुद्धिया ने दही डालकर गोश्त भूना और गरम-गरम पराँठे उतारे। चाबड़े वहीं चूल्हे के पास बैठकर चटखारे ले-लेकर खाने लगे।

"भई वाह! कमाल कर दिया बुद्धिया आज तूने—भाई वाह...क्या बोटी गलाई है, तुझे तो इनाम मिलना चाहिए। बोल क्या माँगती है?"

"जो माँगूँ सो दोगे मिर्ज़ा जी?"

"हाँ, हाँ...वे तेरे कंगन कल आ जाएँगे।"

"वे तो बेकार बनवा दिये।"

"फिर क्या माँगती है?"

"मिर्ज़ा जी मुझसे निकाह कर लो।" बुद्धिया ने लजाकर कहा।

"बुढ़ापे में गुनाह नहीं किया जाता।"

"निकाह! गुनाह!"

चाबड़े का मुँह फटा का फटा रह गया। निवाला हाथ से छूट पड़ा। उनका काला चेहरा तनूर की तरह दमक उठा। चूल्हे से लकड़ी खींचकर उन्होंने बुद्धिया बेगम का पलेथन कर दिया। अगर लोग-बाग न बचा लेते तो शायद जान ही से मार देते—"गुनाह की बच्ची!

कहती है निकाह कर लो। साली हमारा अपमान करती है और हमने इसी कमबख़्त के लिए क्या कुछ नहीं किया। हमने इसके लड़के को अपना जायज़ वारिस बनाया। फैक्टरी में नौकरी दिलवाई, जो कुछ कमाया इसकी हथेली पर रखा फिर भी निकाह की ज़रूरत है, हमारे ऊपर विश्वास नहीं। हमसे पक्के कागज लिखवाती है?''

मरते मर गई फिर बुद्धिया ने निकाह की इच्छा न की।

वक्त की नदी उछलती-कूदती बल खाती रही, बहती रही। बुद्धिया के मरने के बाद चावड़े जैसे यतीम हो गये। कोई उनकी देखभाल बुद्धिया की तरह कैसे कर सकता। नन्हे बच्चे की तरह आँचल की छाँव में रखती। उनकी गत बन गई और वे एक रिश्तेदार के दरवाज़े से दूसरे के दरवाज़े की ठोकरें खाते लुढ़कते-पड़ते हमारी कोठी के सबसे सड़ाँदे कोने में पहुँचकर वहीं बस गये।

चाबड़े की ज़िन्दगी के आखिरी दिन कितने वीरान और प्यार-मुहब्बत से खाली थे। कई दिन से अकेले कोठी में पड़े दम तोड़ते रहे। कभी कोई झाँक आता। कौन था जो दिन-रात उनके सिरहाने बैठता। पुरानी यादों के जाल में उलझे चाबड़े तड़पते रहे, तिलमिलाते रहे।

''उम्दा खानम से कहलवा दो अब ज्यादा इंतजार की शक्ति नहीं। इतना न आजमाओ ...आप अभी आ जाओ।''...हालाँकि उम्दा खानम उनसे पाँच साल पहले मर चुकी थीं। अपने हाथों से मिट्टी देकर आये थे।

''बुद्धिया से कहो, यह सारे दरवाजे क्यों बन्द कर दिये...दम घुट रहा है।''

दूध जैसे पिंडे पर सुर्मई जाल गहरा होता गया...कनकउआ कट गई और डोर लुट गई।

□

चौथी का जोड़ा

सहदरी के चौके पर आज साफ-सुथरी जाजम (बेल-बूटों वाली चादर) बिछी थी। टूटी-फूटी खपरैल की झिरियों में से धूप के आड़े-तिरछे कतले पूरे दालान में बिखरे हुए थे। मुहल्ले-टोले की औरतें खामोश और सहमी हुई-सी बैठी थीं। जैसे कोई बड़ी घटना होने वाली हो। माँओं ने बच्चे छातियों से लगा लिये थे। कभी-कभी कोई दुबला-पतला-सा चिड़चिड़ा बच्चा अनाज की कमी की दुहाई देकर चिल्ला उठता था।

"नहीं-नहीं मेरे लाल।" दुबली-पतली माँ उसे अपने घुटनों पर लिटाकर यूँ हिलाती जैसे धान मिले चावल सूप में फटक रही हो और बच्चा हुंकारें भरकर खामोश हो जाता।

आज कितनी आस भरी निगाहें कुबरा की माँ के चिंतित चेहरे को तक रही थीं। छोटे अर्ज की ढोल के पाट जोड़ लिये गये थे मगर अभी सफेद गज़ी का निशान लगाने की किसी को हिम्मत न पड़ती थी। काट-छाँट के मुआमले में कुबरा की माँ का मर्तबा बहुत ऊँचा था। उनके सूखे-सूखे हाथों ने न जाने कितने दहेज सँवारे थे। कितने छटी-छोछक तैयार किये थे और कितने ही कफ़न काटे थे। जहाँ कहीं मुहल्ले में कपड़ा कम पड़ जाता और लाख जतन पर भी काट पूरी न बैठती कुबरा की माँ के पास केस लाया जाता। कुबरा की माँ कपड़े की कान निकालतीं, कलफ तोड़तीं, कभी तिकोन बनातीं, कभी चौखटा करतीं और दिल ही दिल में कैंची चलाकर आँखों से नाप-तोल कर गुरकरा पड़तीं।

"आस्तीन और घेर तो निकल आएगा, गरेबान के लिए कतरन मेरी बुकची से ले लो।" और मुश्किल आसान हो जाती। कपड़ा तराश कर कतरनों की पिंडी बनाकर पकड़ा देतीं।

पर आज तो सफेद गज़ी का टुकड़ा बहुत छोटा था और सबको यकीन था कि आज तो कुबरा की माँ की नाप-तोल हार जाएगी। जब ही तो सब दम साधे उनका मुँह ताक रही थीं। कुबरा की माँ के दृढ़तापूर्ण चेहरे पर चिंता का कोई निशान न था। चार गिरह गज़ी के टुकड़े को वे नज़रों से काट रही थीं। लाल टूल का प्रतिबिम्ब उनके नीले ज़र्द

चेहरे पर लालिमा की तरह फूट रहा था। वे उदास-उदास गहरी झुर्रियाँ घटाओं की तरह एकदम उजागर हो गईं जैसे घने जंगल में आग भड़क उठी हो और उन्होंने मुस्कराकर कैंची उठा ली।

मुहल्ले वालियों के जमघटे से एक लम्बी संतोष की साँस उभरी। गोद के बच्चे भी ठसक गये। चील जैसी निगाहों वाली कँवारियों ने झटपट सुई के नाकों में डोरे पिरोये, नई ब्याही दुल्हनों ने उंगुश्ताने पहन लिये। कुबरा की माँ की कैंची चल पड़ी थी।

सहदरी के आखिरी कोने में पलंग पर हमीदा पैर लटकाये हथेली पर ठोड़ी रखे दूर कुछ सोच रही थी।

दोपहर का खाना निपटाकर इसी तरह बी अम्माँ सहदरी की चौकी पर जा बैठती हैं और बुकची खोलकर रंग-बिरंगे कपड़ों का जाल बिखेर दिया करती हैं। कौड़ी के पास बैठी बर्तन माँजती हुई कुबरा कन-अँखियों से इन लाल कपड़ों को देखती तो सुर्ख छिपकली-सी उसकी जर्दी मटियाले रंग में लपक उठती।

रुपहली कटोरियों के जाल जब पोले-पोले हाथों से खोलकर अपने कंधों पर फैलातीं तो उनका मुर्झाया हुआ चेहरा एक अजीब अरमान भरी रोशनी से जगमगा उठता। गहरी संदूकों जैसी कटोरियों का प्रतिबिंब नन्ही-नन्ही मशालों की तरह जगमगाने लगता। हर टाँके पर जरी का काम हिलता और मशालें कँपकँपा उठतीं।

याद नहीं कब उसके शबनमी दुपट्टे बने टके, तैयार हुए और लकड़ी के भारी कब्र जैसे संदूक की तह में डूब गये। कटोरियों के जाल धुँधला गये। गंगा-जमुनी किरणें मन्द पड़ गईं। तई-तेल के लच्छे उदास पड़ गये मगर कुबरा की बरात न आई। जब एक जोड़ा पुराना हो जाता तो इसे चाले का जोड़ा कहकर सेंत दिया जाता और फिर एक नये जोड़े के साथ नई आशाओं की शुरूआत हो जाती। बड़ी छान-बीन के बाद नई दुल्हन छाँटी जाती। सहदरी के चौके पर साफ-सुथरी जाज़म बिछती। मुहल्ले की औरतें हाथ में पानदान और बगलों में बच्चे दबाये झाँझे बजाती आन पहुँचतीं।

"छोटे कपड़े की गोट तो उतर आएगी पर बच्चियों का कपड़ा न निकलेगा।"

"लो बुआ। लो और सुनो। तो क्या निगोड़ी मारी टूल की चूलें पड़ेंगी?" और फिर सब के चेहरे चिन्तित हो जाते। कुबरा की माँ खामोश अभ्यस्त कारीगर की तरह आँखों ही आँखों के फीते से चौड़ाई-लम्बाई नापतीं और बीवियाँ आपस में छोटे कपड़े के बारे में खुसर-फुसर करके कहकहा लगातीं।

ऐसे में कोई मनचली कोई सुहाग या बन्ना छेड़ देती। कोई और चार हाथ आगे वाली समधन को गालियाँ सुनाने लगती। बेहूदा गंदे मजाक और चुहलें शुरू हो जातीं। ऐसे अवसरों पर कँवारी बालियों को सहदरी से दूर सिर ढाँककर खपरैल में बैठने का हुक्म सुना दिया जाता और जब कोई नया कहकहा सहदरी से उभरता तो बेचारियाँ एक ठंडी साँस भरकर रह जातीं। अल्लाह यह कहकहे उन्हें खुद कब नसीब होंगे।

इस चहल-पहल से दूर कुबरा शरम की मारी मच्छरों वाली कोठरी में सिर झुकाये

बैठी रहती। इतने में काट-तराश अत्यन्त नाजुक पड़ाव पर पहुँच जाती। कोई कली उलटी कट जाती और उसके साथ ही बीवियों की मत भी कट जाती। कुबरा सहमकर दरवाज़े की आड़ से झाँकती।

यही तो मुश्किल थी। कोई जोड़ा अल्लाह मारा चैन से न सिलने पाया। जो कली उलटी कट जाए तो जान लो नाइन की लगाई हुई बात में ज़रूर कोई अड़ंगा लगेगा। या तो दूल्हा की कोई रखैल निकल आएगी या उसकी माँ ठोस कड़ों का अड़ंगा बाँधेगी। जो गोट में कान आ जाए तो समझ लो या तो मेहर पर बात टूटेगी या भरत के पायों के पलंग पर झगड़ा होगा। चौथी के जोड़े का शगुन बड़ा नाजुक होता है। बी अम्माँ की सारी अभ्यस्तता और सुघड़ापा धरा रह जाता। न जाने ऐन वक्त पर क्या हो जाता कि धनियाँ बराबर बात तूल पकड़ जाती। बिस्मिल्लाह के जोर से सुघड़ माँ ने दहेज जोड़ना शुरू कर दिया था। ज़रा-सी कतर भी बचती तो तीते दानी या शीशी का गिलाफ सीकर धनक गोखरू से सँवारकर रख देतीं। लड़की का क्या है खीरे-ककड़ी की तरह बढ़ती हैं, जो बारात आ गई तो यही सलीका काम आएगा।

और जब से अब्बा गुज़रे सलीका का भी दम फूल गया। हमीदा को एकदम अपने अब्बा याद आ गये। अब्बा कितने दुबल-पलते जैसे मुहर्रम का अलम (झंडा)। एक बार झुक जाते तो खड़ा होना मुश्किल था। सवेरे ही सवेरे उठकर नीम की दातुन तोड़ लाते और हमीदा को घुटने पर बिठाकर जाने क्या सोचा करते। फिर सोचते-सोचते नीम की दातुन का कोई फौंसड़ा हलक में चला जाता और वे खाँसते ही चले जाते। हमीदा बिगड़कर उनकी गोद से उतर जाती। खाँसी के धक्कों से यों हिल-हिल जाना उसे बिल्कुल पसंद न था। उसके नन्हे से गुस्से पर वे और हँसते और खाँसी सीने में बुरी तरह उलझती जैसे गर्दन कटे कबूतर फड़फड़ा रहे हों, फिर बी अम्माँ उन्हें सहारा देतीं। पीठ पर धप-धप हाथ मारतीं।

"तौबा है ऐसी भी क्या हँसी?"

उच्छू के दबाव से सुर्ख आँखें ऊपर उठाकर अब्बा बेकसी से मुस्कराते, खाँसी तो रुक जाती मगर वे देर तक बैठे हाँपा करते।

"कुछ दवा-दारू क्यों नहीं करते? कितनी बार कहा है तुमसे?"

"बड़े शफाखाने का डॉक्टर कहता है सूइयाँ लगवाओ और रोज़ तीन पाव दूध और आधा छटाँक मक्खन।"

"ऐ खाक पड़े इन डॉक्टरों की सूरत पर, भला एक तो खाँसी और ऊपर से चिकनाई। बलगम न पैदा कर देती? किसी हकीम को दिखाओ।"

"दिखाऊँगा।" अब्बा हुक्का गुड़गड़ाते और फिर उच्छू लगता।

"आग लगे इस मुए हुक्के को। इसी ने तो यह खाँसी लगाई है। जवान बेटी की तरफ भी देखते हो आँख उठाकर।"

और अब अब्बा कुबरा की जवानी की तरफ करुणा भरी नजरों से देखते। कुबरा

जवान थी। कौन कहता था वह जवान थी। वह तो जैसे बिस्मिल्लाह के दिन ही से अपनी जवानी की आगमन की सुनाऊनी सुनकर ठिठककर रह गई थी। न जाने कैसी जवानी आई थी कि न तो उसकी आँखों में किरणें नाचीं, न उसके गालों पर जुल्फें परेशान हुईं, न उसके सीने पर तूफान उठे और न कभी उसने सावन-भादों की घटाओं से मचल-मचलकर प्रीतम या साजन माँगे। वह झुकी-झुकी सहमी-सहमी जवानी जो न जाने कब दबे पाँव उस पर रेंग आई, वैसे ही चुपचप न जाने किधर चल दी। मीठा बरस नमकीन हुआ और फिर कड़वा हो गया।

अब्बा एक दिन चौखट पर औंधे मुँह गिरे और उन्हें उठाने के लिए किसी हकीम या डॉक्टर का नुस्खा काम न आ सका।

और हमीदा ने मीठी रोटी के लिए ज़िद करनी छोड़ दी।

और कुबरा के पैगाम न जाने किधर रास्ता भूल गये। जानो किसी को मालूम नहीं कि इस टाट के पर्दे के पीछे किसी की जवानी आखिरी सिसकियाँ ले रही है और एक नई जवानी साँप के फन की तरह उठ रही है। मगर बी अम्माँ का दस्तूर न टूटा, वह उसी तरह रोज दोपहर को सहदरी में रंग-बिरंगे कपड़े फैलाकर गुड़ियों का खेल खेला करतीं।

कहीं न कहीं से जोड़ जमा करके शबे-बरात के महीने में क्रेप का दुपट्टा साढ़े सात रुपये में खरीद ही डाला। बात ही ऐसी थी कि बगैर खरीदे गुजारा न था। मझले मामू का तार आया कि उनका बड़ा लड़का राहत पुलिस की ट्रेनिंग के सिलसिले में आ रहा है। बी अम्माँ को तो जैसे एकदम घबराहट का दौरा पड़ गया। जानो चौखट पर बारात आन खड़ी हुई और उन्होंने अभी दुल्हन की माँग की अफशाँ भी नहीं करतीं। घबराहट से तो उनके छक्के छूट गये। झट अपनी मुँहबोली बहन बिंदो की माँ को बुला भेजा कि "बहन मेरा मरी का मुँह देखो जो इस घड़ी न आओ।"

और फिर दोनों में खुसर-फुसर हुई। बीच में एक नज़र दोनों कुबरा पर भी डाल लेतीं। जो दालान में बैठी चावल फटक रही थी। वह इस काना-फूसी की जुबान को अच्छी तरह समझती थी।

उसी वक्त बी अम्माँ ने कानों की चार माशा की लौंगें उतारकर मुँहबोली बहन के हवाले की कि जैसे-तैसे करके शाम तक तोला भर गोखरू, छः माशा सिलमा सितारा और पाव गज़ नेफ़े के लिए टविल ला दें। बाहर की तरफ वाला कमरा झाड़-पोंछकर तैयार किया। थोड़ा-सा चूना मँगाकर कुबरा ने अपने हाथों से कमरा पोत डाला। कमरा तो चिट्टा-सा हो गया मगर उसकी हथेलियों की खाल उड़ गई और जब शाम को मसाला पीसने बैठी तो चक्कर खाकर दोहरी हो गई। सारी रात करवटें बदलते गुजरी। एक तो हथेलियों की वजह से दूसरे सुबह की गाड़ी से राहत आ रहे थे।

"अल्लाह! मेरे अल्लाह मियाँ! अब के तो मेरी आपा का नसीबा खुल जाए। मेरे अल्लाह मैं सौं रकअत नफल (नमाज) तेरी दरगाह में पढ़ूँगी।" हमीदा ने सुबह की नमाज़ पढ़कर दुआ माँगी।

सुबह जब राहत भाई आये तो कुबरा पहले ही से मच्छरों वाली कोठड़ी में जा छुपी थी। जब सेवइयों और पराँठों का नाश्ता करके बैठक में चले गये तो धीरे-धीरे नई दुल्हन की तरह पैर रखती कुबरा कोठड़ी से निकली और जूठे बर्तन उठा लिये।

"लाओ मैं धो दूँ बी आपा!" हमीदा ने शरारत से कहा।

"नहीं।" वह शरम से झुक गई।

हमीदा छेड़ती रही, बी अम्माँ मुस्कराती रहीं और क्रेप के टुपट्टे में लप्पा टाँकती रहीं। जिस रास्ते कान की लौंगें गई थीं उसी रास्ते फूल-पत्ता, और चाँदी की पाजेब भी चल दीं और फिर हाथों की दो-दो चूड़ियाँ भी जो मँझले मामू ने रँडापा उतारने पर दी थीं। रूखी-सूखी खुद खाकर आये दिन राहत के लिए पराँठे तले जाते, कोफ्ते भुना पुलाव महकते। खुद सूखा निवाला पानी के साथ उतारकर वे होने वाले दामाद को गोश्त के लच्छे खिलातीं।

"ज़माना बड़ा खराब है बेटी!" वे हमीदा को मुँह फुलाते देखकर कहा करतीं—"हम भूखे रहकर दामाद को खिला रहे हैं।" बी आपा सुबह सवेरे उठकर जादू की मशीन की तरह जुट जाती हैं, निहार मुँह पानी का घूँट पीकर राहत के लिए पराँठे तलती हैं, दूध औटाती हैं ताकि गोटी-सी मलाई पड़े। उनका बस नहीं था कि वह अपनी चर्बी निकलकर इन पराँठों में भर दें और क्यों न भरें। आखिर को वह एक दिन उनका अपना हो जाएगा। जो कुछ कमाएगा उनकी हथेली पर रख देगा। फल देने वाले पौधे को कौन नहीं सींचता? फिर एक दिन जब फूल खिलेंगे और फलों से लदी हुई डाली झुकेगी तो यह ताना देने वालियों के मुँह पर कैसा जूता पड़ेगा। और इस ख्याल ही से मेरी बी आपा के चेहरे पर सुहाग खिल उठता। कानों में शहनाइयाँ बजने लगतीं और वे राहत भाई के कमरे को पलकों से झाड़तीं। उनके कपड़ों को प्यार से तह करतीं जैसे वे उनसे कुछ कहते हों। वे उनके बदबूदार चूहों जैसे सड़े हुए मोजे धोतीं, बसाँदी बनियान और नाक से लिथड़े हुए रुमाल साफ करतीं। उसके तेल में चपचपाते हुए तकिये के गिलाफ पर "स्वीट ड्रीम" काढ़तीं पर मुआमला चारों कोने चौकस नहीं बैठ रहा था। राहत सुबह अंडे पराँठे डटकर खाता और शाम को आकर कोफ्ते खाकर सो जाता और बी अम्माँ की मुँहबोली बहन बुद्धिपूर्ण ढंग में खुसर-फुसर करतीं।

"बड़ा शर्मीला है बेचारा।" बी अम्माँ दलीलें पेश करतीं।

"हाँ, यह तो ठीक है पर भाई कुछ तो पता चले रंग-ढंग से, कुछ आँखों से।"

"ऐ नौज खुदा न करे मेरी लौंडिया आँखें लड़ाए। उसका आँचल भी नहीं देखा है किसी ने।" बी अम्माँ गर्व से कहतीं।

"ऐ! तो पर्दा तोड़वाने को कौन कहे है।"बी आपा के पके हुए मुहासों को देखकर उन्हें बी अम्माँ की दूरदर्शिता की दाद देनी पड़ती।

"ऐ बहन, तुम तो सचमुच में बहुत भोली हो। यह मैं कब कहूँ हूँ। यह छोटी निगोड़ी कौन-सी बकरीद को काम आएगी।" वे मेरी तरफ देखकर हँसतीं....."अरी ओ नकचढ़ी। बहनोई से कोई बातचीत, कोई हँसी-मज़ाक, ऊँ, अरी चल री दीवानी।"

"ऐ तो मैं क्या करूँ खाला?"

"राहत मियाँ से बातचीत क्यों नहीं करती?"

"भई हमें तो शरम आती है..."

"ऐसे वह तुझे फाड़ ही तो खाएगा ना।" बी अम्माँ चिढ़कर बोलतीं।

"नहीं तो मगर...." मैं लाजवाब हो गई, और फिर मिस्कोट हुई बड़ी सोच-विचार के बाद खली के कबाब बनाये गये। आज बी आपा भी कई बार मुस्करा पड़ीं, चुपके से बोलीं—"देखो हँसना नहीं, नहीं तो सारा खेल बिगड़ जाएगा।"

"नहीं हूँसूँगी।" मैंने वादा किया।

"खाना खा लीजिए।" मैंने चौकी पर खाने की सेनी रखते हुए कहा। फिर जो पट्टी के नीचे रखे हुए लोटे से हाथ धोते वक्त मेरी तरफ सिर से पाँव तक देखा तो मैं भागी वहाँ से।

मेरा दिल धक-धक करने लगा। अल्लाह तौबा, क्या खन्नास आँखें हैं।

"जा निगोड़ी मारी अरी देख तो सही, वह कैसा मुँह बनाता है। ऐ है सारा मज़ा किरकिरा हो जाएगा।"

आपा बी ने एक बार मेरी तरफ देखा। उनकी आँखों में प्रार्थना थी। लौटी हुई बारातों का गुब्बार था और चौथी के पुराने जोड़ों की माँद उदासी। मैं सिर झुकाये फिर खम्बे से लगकर बड़ी हो गई।

राहत खामोश खाते रहे। मेरी तरफ न देखा। खली के कबाब खाते देखकर मुझे चाहिए था कि मज़ाक उड़ाऊँ, कहकहा लगाऊँ कि—

"वाह जी वाह दूल्हा भाई! खली के कबाब खा रहे हो" मगर जानो किसी ने मेरा गला दबोच लिया हो।

बी अम्माँ ने जलकर मुझे वापिस बुला लिया और मुँह-ही-मुँह में मुझे कोसने लगीं। अब मैं उनसे क्या कहती कि वह तो मज़े से खा रहा है। कमबख्त।

"राहत भाई कोफ्ते पसंद आये?" बी अम्माँ के सिखाने पर मैंने पूछा।

"जवाब नहीं।"

"अरी ठीक से ज़ाकर पूछ।" बी अम्माँ ने ठोका दिया।

"बताइए न?"

"आपने लाकर दिये और हमने खाये, मज़ेदार ही होंगे।"

"अरे वाह रे जंगली।" बी अम्माँ से न रहा गया।

"तुम्हें पता भी न चला किस मज़े से खली के कबाब खा गये।"

"खली के? अरे तो रोज़ काहे के होते हैं? मैं तो आदी हो चला हूँ खली और भूसा खाने का।"

बी अम्माँ का मुँह उतर गया, बी आपा की झुकी हुई पलकें ऊपर न उठ सकीं, दूसरे रोज़ बी आपा ने रोज़ाना से दुगुनी सिलाई की और फिर जब शाम को खाना लेकर

गई तो बोले—

"कहिए आज क्या लाई हैं? आज तो लकड़ी के बुरादे की बारी है।"

"क्या हमारे यहाँ का खाना आपको पसंद नहीं आता?" मैंने जलकर कहा।

"यह बात नहीं, कुछ अजीब-सा मालूम होता है, कभी खली के कबाब तो कभी भूसे की तरकारी।"

मेरे तन-बदन में आग लग गई। हम सूखी रोटी खाके इसे हाथी की खुराक दें, घी टपकते पराँठे ठस्साएँ, मेरी बी आपा को जोशांदा नसीब नहीं, इसे दूध मलाई निगलवाएँ ...। मैं भिन्ना कर चली आई।

बी अम्माँ की मुँहबोली बहन का नुस्खा काम आ गया। और राहत ने दिन का ज़्यादा हिस्सा घर में ही गुजारना शुरू कर दिया। बी आपा तो चूल्ले में झुकी रहतीं। बी अम्माँ चौथी का जोड़ा सिया करतीं और राहत की गलीज़ आँखें मेरे दिल में तीर की तरह चुभा करतीं। बात-बे-बात छेड़ना, खाना खिलाते वक्त, कभी पानी तो कभी नमक के बहाने से और साथ-साथ जुमलाबाजी। मैं खिसियाकर बी आपा के पास जा बैठती। जी चाहता किसी दिन साफ कह दूँ कि किसकी बकरी और कौन डाले दाना घास "ऐ बी मुझसे तुम्हारा यह बैल न नाथा जाएगा।" मगर बी आपा के उलझे हुए बालों पर चूल्हे की उड़ी हुई राख ...नहीं...मेरा कलेजा धक से हो गया। मैंने उनके सफेद बाल लट के नीचे छुपा दिये। नास जाए इस कमबख्त नज़ला का, बेचारी के बाल पकने शुरू हो गये।

राहत ने फिर किसी बहाने से मुझे पुकारा..."ऊँ", मैं जल गई पर बी आपा ने कटी हुई मुर्गी की तरह जो पलटकर देखा तो मुझे जाना ही पड़ा।

"आप हमसे खफा हो गईं?" राहत ने पान का कटोरा लेकर मेरी कलाई पकड़ ली। मेरा दम निकल गया और भागी तो हाथ झटककर।

"क्या कह रह थे..." बी आपा ने शरम और लज्जा से घुटी आवाज़ में कहा। मैं चुपचाप उनका मुँह ताकने लगी।

"कह रहे थे किसने पकाया है खाना? वाह-वाह! जी चाहता है खाता ही चला जाऊँ। पकाने वाली के हाथ खा जाऊँ...ओह नहीं...खा नहीं बल्कि चूम लूँ।" मैंने जल्दी-जल्दी कहना शुरू किया और बी आपा का खुरदरा हल्दी-धनियाँ की बिसाँद में सड़ा हुआ हाथ अपने हाथ से लगा लिया। मेरे आँसू निकल आए। "यह हाथ" मैंने सोचा, जो सुबह से शाम तक मसाला पीसते हैं, पानी भरते हैं, प्याज काटते हैं, बिस्तर बिछाते हैं, जूते साफ करते हैं। यह बे-कस गुलाम सुबह से शाम तक जुटे ही रहते हैं। इनकी बेगार कब खत्म होगी? क्या इनका कोई खरीदार न आएगा, क्या उन्हें कभी कोई प्यार से न चूमेगा? क्या इनमें कभी मेंहदी न रचेगी? क्या इनमें कभी सुहाग का इत्तर न बसेगा? जी चाहा जोर से चीख पड़ूँ।

"और क्या कह रहे थे?" बी आपा के हाथ तो इतने खुरदरे थे पर आवाज़ रसीली और मीठी थी कि अगर राहत के कान होते तो...मगर राहत के न कान थे, न नाक, सब दोज़ख जैसा पेट था।

''और कह रहे थे अपनी बी आपा से कहना कि इतना काम न किया करें और जोशांदा पिया करें।''

''चल झूठी।''

''अरे वाह, झूठे होंगे आपके वह...।''

''अरी चुप मुर्दार।'' उन्होंने मेरा मुँह बंद कर दिया।

''देख तो स्वेटर बन गया है उन्हें दे आ। पर देख तुझे मेरी कसम मेरा नाम न लीजियो।''

''नहीं बी आपा, उन्हें न दो वह स्वेटर। तुम्हारी मुट्ठी भर हड्डियों को स्वेटर की कितनी जरूरत है?'' मैंने कहना चाहा पर न कह सकी।

''आप बी! तुम खुद क्या पहनोगी।''

''अरे मुझे क्या जरूरत है चूल्हे के पास तो वैसे ही झुलसन रहती है।''

स्वेटर देखकर राहत ने अपनी भौं शरारत से ऊपर तानकर कहा—

''क्या यह स्वेटर आपने बुना है?''

''नहीं तो।''

''तो भई, हम नहीं पहनेंगे।''

मेरा जी चाहा उसका मुँह नोच लूँ। कमीने, मिट्टी के तादे। यह स्वेटर उन हाथों ने बुना है जो जीते-जागते गुलाम हैं। इसके एक-एक फंदे में किसी नसीबों जली के अरमानों की गर्दनें फँसी हुई हैं। यह उन हाथों का बुना हुआ है जो नन्हे पालना झुलाने के लिए बनाये गये हैं। उन्हें थाम लो गधे कहीं के और यह दो पतवार बड़े से बड़े तूफान के थपेड़ों से तुम्हारी जिंदगी की नाव को बचाकर पार लगा देंगे। यह सितार की गत न बजा सकेंगे, मणिपुरी और भरतनाट्यम की मुद्रा न दिखा सकेंगे, इन्हें प्यानो पर नाच करना नहीं सिखाया गया, इन्हें फूलों से खेलना नसीब नहीं हुआ मगर यह हाथ तुम्हारे जिस्म पर चर्बी चढ़ाने के लिए सुबह से शाम तक सिलाई करते हैं। साबुन और सोड़ा में डुबकियाँ लगाते हैं। चूल्हे की आँच सहते हैं। तुम्हारी गिलाजतें धोते हैं ताकि तुम उजले चिट्टे बगुला भगत का ढोंग रचाये रहो। मेहनत ने उनमें जख्म डाल दिये हैं। उनमें कभी चूड़ियाँ नहीं खनकती हैं। उन्हें कभी किसी ने प्यार से नहीं थामा।''

मगर मैं चुप रही। बी अम्माँ कहती हैं मेरा दिमाग तो मेरी नई-नई सहेलियों ने खराब कर दिया है। वे मुझे कैसी नई-नई बातें बताया करती हैं। कैसी डरावनी मौत की बातें, भूख और काल की बातें। धड़कते हुए दिल के एकदम चुप हो जाने की बातें।

''यह स्वेटर तो आप ही पहन लीजिए, देखिए न आपका कुर्ता कितना बारीक है?''

जंगली बिल्ली की तरह मैंने उसका मुँह, नाक, गिरेबान और बाल नोंच डाले और अपनी पलंगड़ी पर जा गिरी। बी आपा ने आखिरी रोटी डालकर जल्दी-जल्दी तसले में हाथ धोये और आँचल से पोंछती मेरे पास आ बैठीं।

''वे बोले?'' उनसे रहा न गया तो धड़कते हुए दिल से पूछा।

"बी आपा! यह राहत भाई बड़े खराब आदमी हैं।" मैंने सोचा मैं आज सब कुछ बता दूँगी।

"क्यों?" वे मुस्कराईं।

"मुझे अच्छे नहीं लगते...देखिए मेरी सारी चूड़ियाँ चूर हो गईं।" मैंने काँपते हुए कहा।

"बड़े शरारती हैं।" उन्होंने रोमांटिक आवाज़ में शरमाकर कहा।

"बी आपा। सुनो बी आपा, राहत अच्छे आदमी नहीं हैं।" मैंने सुलगकर कहा—"आज मैं बी अम्माँ से कह दूँगी।"

"क्या हुआ?" बी अम्माँ ने जाये-नमाज बिछाते हुए कहा।

"देखो मेरी चूड़ियाँ बी अम्माँ।"

"राहत ने तोड़ डालीं?" बी अम्माँ खुशी से चहककर बोलीं।

"हाँ।"

"खूब किया। तू उसे सताती भी तो बहुत है। ऐ हे! तो दम काहे को निकल गया। बड़ी मोम की बनी हुई हो कि हाथ लगाया और पिघल गई।" फिर चुमका कर बोली—"खैर तू भी चौथी में बदला ले लीजिओ। वह कसर निकालिओ कि याद करें मियाँ जी।" यह कहकर उन्होंने नियत बाँध ली।

मुँहबोली बहन से फिर कानाफूसी हुई और मामलात को आशा भरे रास्ते पर चलते देखकर बड़े हर्ष से मुस्कराया गया।

"ऐ हे तू तो बड़ी टस है। ऐ हम तो अपने बहनोइयों का खुद की कसम नाक में दम किया करते थे।"

और वह मुझे बहनोइयों से छेड़-छाड़ के हथकंडे बताने लगीं कि किस तरह उन्होंने सिर्फ छेड़छाड़ के अचूक नुस्खे से उन दो ममेरी बहनों की शादी कराई जिनकी नाव पार लगने के सारे मौके हाथ से निकल चुके थे। एक तो उनमें से हकीम जी थे जहाँ बेचारे को लड़कियाँ-बालियाँ छेड़तीं, शरमाने लगते और शरमाते-शरमाते कँपकँपाहट के दौरे पड़ने लगते और एक दिन मामू साहब से कह दिया कि मुझे गुलामी में ले लीजिए।

दूसरे वायसराय के दफ्तर में क्लर्क थे जहाँ सुना कि बाहर आये हैं लड़कियाँ छेड़खानी शुरू कर देती थीं। कभी गलोरियों में मिर्चें भरकर भेज दीं। कभी सेंवइयों में नमक डालकर खिला दिया।

ऐ लो वे तो रोज़ आने लगे, आँधी आये, पानी आये, क्या मजाल जो वे न आएँ। आखिर एक दिन कहलवा ही दिया। अपने एक जान-पहचान वाले से कहा कि उनके यहाँ शादी करा दो। पूछा कि "भाई किस से?" तो कहा "किसी से भी करा दो।" और ख़ुदा झूठ न बुलाये तो बड़ी बहन की सूरत थी कि देखो तो जैसे बेचा चला जाता है। छोटी तो बस सुभान अल्लाह। एक आँख पूरब तो दूसरी पच्छम। पन्द्रह तोले सोना दिया है बाप ने और बड़े साहब के दफ्तर में नौकरी अलग दिलवाई।

"हाँ भई, जिसके पास पन्द्रह तोले सोना हो और बड़े साहब के दफ्तर में नौकरी,

उसे लड़का मिलते क्या देर लगती है?'' बी अम्माँ ने ठंडी साँस भरकर कहा।

''यह बात नहीं है बहन। आजकल के लड़कों का दिल बस थाली का बैंगन होता है जिधर झुका दो झुक जाएगा।''

मगर राहत तो बैंगन नहीं, अच्छा-खासा पहाड़ है। झुकाव देने पर कहीं मैं ही न पिस जाऊँ। मैंने सोचा, फिर मैंने आपा की तरफ देखा। वे खामोश दहलीज पर बैठी आटा गूँध रही थीं। उनका बस चलता तो जमीन की छाती फाड़कर अपने कँवारेपने की लानत समेत उसमें समा जातीं।

क्या मेरी आपा मर्द की भूखी है? नहीं वह भूख के एहसास से पहले ही सहम चुकी है। मर्द की कल्पना उसके जहन में एक उमंग बनकर नहीं उभरी बल्कि रोटी-कपड़े का सवाल बनकर उभरी है। वह एक बेवा की छाती का बोझ है। इस बोझ को धकेलना ही होगा।

मगर इशारों इंगतों के बावजूद राहत मियाँ न तो खुद मुँह से फूटे और न उनके घर ही से पैगाम आया। थक-हारकर बी अम्माँ ने पैरों के तोड़े गिरवी रखकर पीर मुश्किल-कुशा की नियाज़ दिला डाली। दोपहर भर मुहल्ला टोले की लड़कियाँ सहन में ऊधम मचाती रहीं। बी आपा शरमाई लजाई मच्छरों वाली कोठड़ी में अपने खून की आखिरी बूंदें चुसाने को जा बैठीं। बी अम्माँ कमजोरी में अपनी चौकी पर बैठी चौथी के जोड़े में आखिरी टाँके लगाती रहीं। आज उनके चेहरे पर मंजिलों के निशान थे। आज मुश्किल-कुशाई होगी। बस आँखों की सुइयाँ रह गई हैं, वे भी निकल जाएँगी। आज फिर उनकी झुर्रियों में मशाले थरथरा रही थीं। बी आपा की सहेलियाँ उन्हें छेड़ रही थीं और वे खून की बची-खुची बूँदों को ताव में ला रही थीं। आज कई रोज से बुखार नहीं उतरा था। थके-हारे दीये की तरह उनका चेहरा एक बार टिमटिमाता और बुझ जाता। इशारे से उन्हेंने मुझे अपने पास बुलाया। अपना आँचल हटाकर नियाज़ के मलीदे की तश्तरी मुझे थमा दी।

''इस पर मौलवी साहब ने दम किया है।'' उनकी बुखार से दहकती हुई गर्म-गर्म साँस मेरे कानों में लगी।

तश्तरी लेकर मैं सोचने लगी...मौलवी साहब ने दम किया है यह पवित्र मलीदा, अब राहत के तंदूर में झोंका जाएगा। वह तंदूर जो छः महीने से हमारे खून के छीटों से गर्म रखा गया। यह दम किया हुआ मलीदा मुराद पूरी करेगा। मेरे कानों में खुशी के नक्कारे बजने लगे। मैं भागी-भागी कोठे से बारात देखने जा रही हूँ। दूल्हा के मुँह पर लम्बा-सा सेहरा पड़ा है जो घोड़े की गर्दन के बालों को चूम रहा है...।

चौथी का लाल जोड़ा पहने फूलों से लदी शरम से निढाल आहिस्ता-आहिस्ता कदम तोलती बी आपा चली आ रही हैं...चौथी का ज़रीदार जोड़ा झिलमिल कर रहा है। बी अम्माँ का चेहरा फूलों की तरह खिला है। बी आपा की लज्जा से बोझल निगाहें एक बार ऊपर उठती हैं, धन्यवाद का एक आँसू ढलककर अफशाँ के जरों में कमकमे की तरह उलझ जाता है।

यह सब तेरी ही मेहनत का फल है, बी आपा की खामोशी कह रही है...हमीदा का

गला भर आया...।

"जाओ न मेरी बहना" बी आपा ने उसे जगा दिया। और वह चौंककर ओढ़नी के आँचल से आँसू पोंछती हुई ड्योढ़ी की तरफ बढ़ी।

"यह...यह मलीदा" उसने उछलते हुए दिल को काबू में रखते हुए कहा...उसके पैर काँप रहे थे जैसे वह साँप की बाँबी में घुस आई हो और फिर पहाड़ खिसका...और मुँह खोल दिया। वह एक कदम पीछे हट गई। मगर दूर कहीं बारात की शहनाइयों ने चीख लगाई जैसे कोई उनका लगा घोंट रहा हो। काँपते हाथों से पवित्र मलीदे का निवाला बनाकर उसने राहत के मुँह की तरफ बढ़ाया।

एक झटके से उसका हाथ पहाड़ की गुफा में डूबता चला गया...नीचे बदबू और अँधेरे की अथाह गुफा की गहराइयों में और एक बड़ी-सी चट्टान ने उसकी चीख को घोंट दिया।

नियाज के मलीदे की रकाबी हाथ से छूटकर लालटेन के ऊपर गिरी और लालटेन ने जमीन पर गिरकर दो-चार सिसकियाँ भरीं और बुझ गई। बाहर आँगन में मुहल्ले की बहू-बेटियाँ "मुश्किल-कुशा" की शान में गीत गा रही थीं।

सुबह की गाड़ी से राहत मेहमाननवाज़ी का शुक्रिया अदा करता हुआ रवाना हो गया। उसकी शादी की तारीख तै हो चुकी थी और उसे जल्दी थी।

इसके बाद इस घर में कभी अंडे न तले गये, पराँठे न सिंके और स्वेटर न बुने गये। तपेदिक की बीमारी ने जो एक समय से बी आपा की ताक में भागी आ रही थी एक ही झपट्टे में उन्हें दबोच लिया और उन्होंने अपना ना-मुराद वजूद उसकी आगोश में सौंप दिया।

और फिर उसी सहदरी में चौकी पर साफ-सुथरी जाजम बिछाई गई। मुहल्ले की बहू-बेटियाँ जुड़ीं। कफन का सफेद लट्ठा मौत के आँचल की तरह बी अम्माँ के सामने फैल गया। सहनशीलता के बोझ से उनका चेहरा काँप रहा था, बायीं भौं फड़क रही थी। गालों की सुनसान झुर्रियाँ भाँय-भाँय, कर रही थीं जैसे उनमें लाखों अजगर फुंकार रहे हों।

लट्ठे को निकालकर उन्होंने चौपरता किया और उनके दिल में अनगिनत कैंचियाँ चल गईं। आज उनके चेहरे पर भयानक संतोष और हरा-भरा इत्मीनान था जैसे उन्हें पक्का यकीन हो कि दूसरे जोड़ों की तरह चौथी का यह जोड़ा सेंता न जाएगा।

एकदम सहदरी में बैठी लड़कियाँ बालिगाँ मैनाओं की तरह चहकने लगीं। हमीदा भूतकाल को झटककर उनके साथ जा मिली...लाल टविल पर...सफेद गज़ी का निशान। उसकी सुर्खी में ना जाने कितनी दुल्हनों का सुहाग रचा है और सफेदी में कितनी नामुराद कँवारियों के कफ़न की सफेदी डूबकर उभरी है और फिर सब एकदम खामोश हो गये। बी अम्माँ ने आखिरी टाँका भर के डोरा तोड़ लिया। दो मोटे-मोटे आँसू उनके रूई जैसे नर्म गालों पर रेंगने लगे। उनके चेहरे की झुर्रियों में से रोशनी की किरणें फूट निकलीं और वे मुस्करा दीं जैसे आज उन्हें संतोष हो गया हो कि आज उनकी कुबरा का लाल जोड़ा तैयार हो गया है और कोई दम में शहनाइयाँ बज उठेंगी। □

छुईमुई

अरामकुर्सी रेल के डिब्बे से लगा दी गयी और भाभीजान ने कदम उठाया। ''इलाही खैर! ...या गुलाम दस्तगीर...बारह इमामों का सदका। बिस्मिल्लाह-बिस्मिल्लाह...बेटीजान, सँभल के...कदम थाम के...पाँयचा उठा के...सहज-सहज।'' बी-मुगलानी नक़ीब की तरह ललकारीं। कुछ मैंने घसीटा कुछ भाई साहब ने ठेला। तावीजों और इमामज़ामिनों का इश्तेहार बनी भाभीजान तने हुए गुब्बारे की तरह हाँफती सीट पर लुढ़क बैठीं।

''पाक-परवरदिगार! तेरा शुक्र'' बी-मुगलानी के मुँह से और हमारे दिलों से निकला। बगैर हाथ-पैर हिलाये हाँप जाने की आदत शायद वो साथ लेकर तो पैदा न हुई होंगी और न अन्नाओं, दायाओं की लाड-भरी गोदों में उनका अचार पड़ा। फिर भी औसत दर्जे की खूबसूरत दुबली-पतली लड़की चन्द ही साल में फफोले की तरह नाजुक बन गयी। बात ये हुई कि सीधी माँ के कूल्हे से तोड़कर भाई जान के पलँग की जीनत बना दी गयीं और वहाँ एक शगुफ्ता फूल की तरह पड़े महकने के सिवा उन पर ज़िन्दगी का और कोई बार न पड़ा। बी-मुगलानी शादी के दिन से उन्हें पालने-पोसने पर मुकर्रर कर दी गयीं। सुबह-सवेरे, यानी जब बड़े लोगों की सुबह होती है, सिलपची में मुँह धुलाकर वहीं मसहरी पर जोड़ा बदलकर चोटी कंघी, सोलह सिंगार करके भरपूर दिल्ली के नाश्ते का ख़्वान सामने चुन दिया जाता, जिसे साफ़ करके मेरी फूले-फूले कल्लोंवाली भाभी हथेली पर ठुड्डी रखे बैठी मुस्कराया करतीं।

लेकिन ये मुस्कराहटें शादी के दूसरे ही साल फीकी पड़ गयीं और इनका सिलसिला हर वक्त थूकने और कै करने में गुज़रने लगा। महकते हुए फूलों में लदी माहपारा के बजाय इसी रोग में मुब्तला बीवी को पाकर भाईजान भी बदलने लगे। मगर अम्माँ बेगम और बी-मुगलानी के यहाँ तो जानो बहार आ गयी। पहले ही महीने से गंदीले पोतड़े इस जोरो-शोर से सिलने लगे, जानो कल ही परसों में जच्चगी होनेवाली है। मारे तावीज़ों के जिस्म पर तिल धरने की जगह न रही। आये दिन के टोने-टोटके दम बुलाने लगे। वैसे ही भाभीजान

के दुश्मन काहे को चलने-फिरने के शौकीन थे, अब तो बस करवट भी लें तो मुगलानी बी-अल्लाह-बिस्मिल्लाह की ऊँची आवाज़ से घर सर पर उठा लेतीं और बस दिन-भर वो कच्चे घड़े की तरह सैंतकर रखी जातीं। सुबह-शाम पीर-फकीर दम-दुरूद करने और फूँकें मारने आते।

लेकिन बावजूद कि बी-मुगलानी का पहरा सख़्त था, कच्चा घड़ा वक़्त से पहले ही खुल गया और अरमानों पर पानी फिर गया। डाल फिर खाली रह गयी। बौर झड़ गया। पर जान बची, लाखों पाये। अल्लाह और देगा। घर की दौलत है, अल्लाह ने और दिया। पहरा पहले से चौकन्ना हो गया। मगर फिर हाथ खाली। तीसरी दफ़ा तो मामला ज़रा काबिले-गौर बन गया। मारे दवाओं के भाभीजान का पलेथन निकल गया। रंग एक सिरे से गायब। सिर्फ़ फूली-फूली उबली हुई शकरकन्द-जैसी रह गयी। भाभीजान की शाम रात के बारह बजे होने लगी। बी-मुगलानी और अम्माँ बेगम के तेवर भी ज़रा चढ़ने-उतरने लगे और भाभीजान को मसहरी पर पड़े-पड़े भाईजान की दूसरी शादी के शादियाने सुनाई देने लगे।

और जब अल्लाह-अल्लाह करके फिर वो दिन आया तो पीरों-मुरीदों के अलावा देहली के डॉक्टर भी अपने सारे तीर-तुफंग लेकर तैनात हो गये। खुदा के करम से अगला महीना लगा और भाभीजान साबुन के बुलबुले की तरह रूई के फूलों पर रखी जाने लगीं। किसी को क़रीब खड़े होकर छींकने या नाक सिनकने की भी इजाज़त न थी कि कहीं ऐसा न हो कि प्रतिक्रिया से बुलबुला शक़ न हो जाये।

अब डॉक्टरों ने कहा—खतरा निकल गया, तो अम्माँ बेगम ने भी सोचा कि जच्चगी अलीगढ़ में ही हो। जरा-सा तो सफ़र है। यद्यपि भाभीजान दिल्ली छोड़ते लरजती थीं, जहाँ के डॉक्टरों ने इनका इतना सफ़र सही-ओ-सालिम करवा दिया था। अब आँखों की सूइयाँ ही तो रह गयी थीं। दूसरे, वो ज़माने के तेवर देख रही थीं। अगर अबके जरा वार खाली गया तो भाईजान को उनके सीने पर सौत लाने में कोई बहाना भी आड़े न रहेगा। अब तो वो नाम चलानेवाले की आड़ लेकर सबकुछ कर सकते थे। ख़बर नहीं, बेचारे को इतना अपना नाम जिन्दा रखने और उसे चलाने की क्यूँ फिक्र पड़ी थी? हालाँकि खुद उनका कोई ऊँचा नाम था ही नहीं। दुनिया में मसहरी की जीनत का जो एक अहम फ़र्ज है, अगर वो भी न पूरा कर सकीं तो यकीनन उन्हें सुख की सेज छोड़नी पड़ेगी। ये चन्द साल नौजवानी और हुस्न के बलबूते पर वो डटी रहीं, पर अब तो ज़रा तख्त के पाये डगमगाते जा रहे थे और वो उन्हें उलट देने को तैयार था। और फिर इस तख्त से उतरकर बेचारी के पास दूसरी जगह कहाँ थी। सीना-पिरोना तो उन्होंने न सीखा और न उसमें जी लगे। दो बोल पढ़े थे, सो वो भी भूल-भाल गयी थीं। सच तावे यह है कि दुनिया में अगर उनका कोई खिलाने-पिलानेवाला न रहे तो वो सिर्फ़ एक काम अख्तियार कर सकती हैं। यानी वही खिदमत जो वो भाईजान की करती हैं, खल्के-खुदा की करें। अतः वो जी-जान से इस बार एक ऐसा हथियार उपलब्ध करने पर तुली हुई थीं, जिसके सहारे उनके खाने-पहनने का इन्तजाम

तो हो जाता। बाप न सही दादा तो पालेंगे ही।

जबर्दस्ती का ठेंगा सिर पर! अम्माँ बेगम का नादिरशाही हुक्म आया और हम लोग यूँ लदे-फँदे अलीगढ़ चल पड़े। नये तावीज़ों और टोटकों से लैस होकर भाभीजान में भी इतनी हिम्मत हो गयी। "इलाही खैर!" बी-मुगलानी इंजन की टक्कर से बेखबरी में धड़ाम से गिरीं और भाभीजान ने लेटे-लेटे दोनों हाथों से घड़ा दबोच लिया।

"हे हे ये गाड़ी है कि बला! चिल्ला इलाही पीरों का सदका...ऐ मुश्किलकुशा..." बी-मुगलानी भाभीजान का पेट पकड़ के बुदबुद करके दुरूद और कलामे-पाक की आयतें पढ़ने लगीं। खुदा-खुदा करके गाज़ियाबाद आ गया।

तूफान मेल का नाम भी खूब है। दनदनाती चली जाती है। रुकने का नाम ही नहीं लेती। डिब्बा पूरा अपने लिए रिज़र्व था। भीड़-भाड़ का खदशा ही न था। मैं खिड़की के सामनेवाली गाड़ी में भरी हुई मखलूक के भुताले में तल्लीन और बी-मुगलानी इंजन की सीटी के खौफ़ से कान बन्द किये बैठी थीं। भाभीजान को तो दूर ही से भीड़ को देखकर चक्कर आ गया और वो वहीं पटरी पर पसर गयीं। ज्यों ही रेल रेंगी, डिब्बे का दरवाज़ा खुला और एक गँवारी घुसने लगी। कुली ने बहुतेरा घसीटा मगर वो चलती रेल के पायदान पर ढीठ छिपकली की तरह लटक गयी और बी-मुगलानी की 'हैं-हैं' की परवाह न करके अन्दर रेंग आयी और गुसलखाने के दरबाजे से पीठ लगाकर हाँफने लगी।

"ऐ है मुई, तौबा है" बी-मुगलानी मिनमिनायी, "ऐ निगोड़ी; क्या पूरेदिन से है?"

हाँफती हुई बेदम औरत ने अपने पपड़ियाँ जमे होठों को बमुश्किल मुस्कराहट में फैलाया और पुष्टि में सिर हिलाया।

"ऐ खुदा की सुनो, दीदा तो देखो सरदार का...तौबा है अल्लाह तौबा!" और वो बारी-बारी अपने गालों पर थप्पड़ मारने लगीं। औरत ने कुछ जवाब न दिया। सिर्फ़ दर्द की शिद्दत से तड़पकर गुसलखाने का दरवाजा दोनों हाथों से पकड़ लिया। साँस और बेतरतीब हो गया और पेशानी पर पसीने के क़तरे ठण्डी मिट्टी पर ओस की बूँदों की तरह फूट आये।

"अरे क्या पहलौठी का है?" बी-मुगलानी ने उसके अल्हड़पन से खौफ़ज़दा होकर कहा और इस बार पीड़ा का ऐसा हमला पड़ा कि वो जवाब ही न दे सकी। उसके चेहरे की सारी रगें खिंचने लगीं, लम्बे-लम्बे आँसू उसकी उबली हुई आँखों से फूट निकले। बी-मुगलानी 'हैं-हैं, हुई, हाय' करती रहीं और वो दर्द की लहर को घोंटती रही। मैं बिसूर रही थी और भाभीजान सिसकियाँ ले रही थीं।

"ऐ है, बी कुँआरी क्या मजे से बैठी देख रही हो! ऐ बेटी, उधर मुँह करके बैठो।" और कुँआरी ने जल्दी से मुँह उधर कर लिया। फिर ज्यूँ ही दर्द की लहर से तड़पकर उसने आवाज़ निकाली, गर्दन काबू में न रह सकी और बी-मुगलानी ने सलवातें सुनानी शुरू कीं। "ऊँह तौबा! जैसे एक बच्चे को दुनिया में दाखिल होते देखकर मटख ही तो जाएगा।" भाभीजान दुपट्टा मुँह पर लपेटे बिसूर रही थीं। बी-मुगलानी नाक पर बुरका रखे खी-खी

थूक रही थीं और रेल के फर्श की जान को रो रही थीं।

एकदम ऐसा मालूम हुआ कि सारी दुनिया सिकुड़कर खड़ी हो गयी। फ़िज़ा घटकर टेढ़ी-मेढ़ी हो गयी। शिद्दते-एहसास से मेरी कनपटियाँ लोहे की सलाखों की तरह अकड़ गयीं और बे-अख्तियार आँसू निकल पड़े। मैंने सोचा, औरत अब मरी, कि एकदम से फ़िजा का ऐंठन रुक गई। बी-मुगलानी की नाक का बुरका फिसल पड़ा और बिल्कुल भाभीजान की सलीमशाही जूतियों के पास लाल-लाल गोश्त की बोटी आन पड़ी। हैरत और मसर्रत की मिली-जुली चीख़ मेरे मुँह से निकली और झुककर उस नन्ही-सी कायनात को देखने लगी, जिसने अपना लम्बा-चौड़ा दहाना खोलकर हाय-तौबा डाल दी।

बी-मुग़लानी ने मेरी चोटी पकड़कर मुझे कोने में ठूँस दिया और उस औरत पर गालियों और मलामतों का तूमार लेकर टूट पड़ीं। मैंने सीट के कोने से आँसुओं की चिलमन से झाँककर देखा तो वो औरत मरी न थी, बल्कि उसके सूखे हुए होठ, जिन्हें उसने चबा डाला था, आहिस्ता-आहिस्ता मुस्कराहट में फैल रहे थे। उसने नन्हे-से सायल (याचक) की बावेला से बेचैन होकर आँखें खोल दीं। आड़ी होकर उसने उसे उठा लिया। कुछ देर को अपने अनुभवहीन हाथों से उसे साफ करती रही। फिर उसने ओढ़नी से धज्जी फाड़कर नाल को कसकर बाँध दिया। इसके बाद वो बेकसी से इधर-उधर देखने लगी। मुझे अपनी तरफ, मुखातिब देखकर वो एकदम खिलखिलाकर हँस पड़ी—"कोई छुरी-चक्कू है बीबीजी?"

बी-मुगलानी गालियाँ देती रह गयीं। भाभीजान ने बिसूरकर मेरा आँचल खींचा, पर मैंने नाखून काटने की कैंची उसे पकड़ा दी।

उसकी उम्र मेरे ही इतनी होगी या शायद साल-छः महीने बड़ी हो। वो अपने अल्हड़, अनुभवहीन हाथों से एक बच्चे का नाल काट रही थी, जो उसने चन्द मिनट पहले जना था। उसे देखकर मुझे वो भेड़-बकरियाँ याद आने लगीं जो बग़ैर दाई और लेडी डॉक्टर की मदद से घास चरते-चरते पेड़-तले जच्चाखाना रमा लेती हैं और नवजात शिशु को चाट-चाटकर किस्सा ख़त्म करती हैं।

बुज़ुर्ग लोग कुँवारी लड़कियों को बच्चे की पैदाइश देखने से मना करते हैं और कहते हैं कि जेबुन्निसा ने अपनी बहन के यहाँ बच्चा पैदा होते देख लिया था, तो वे ऐसी भयभीत हुई कि सारी उम्र शादी ही न की। शायद जेबुन्निसा की बहन मेरी भाभीजान-जैसी होंगी, वरना अगर वो इस फ़क़ीरनी के बच्चे पैदा होते देख लेतीं तो मेरी ही हमख़याल हो जातीं, कि सब ढोंग रचाते हैं। बच्चे पैदा करना उतना ही आसान है, जितना भाभीजान के लिए रेल पर सवार होना या उतरना।

और मुझे तो कुछ ऐसी भयानक किस्म की शर्म की बात भी न मालूम हुई। इससे कहीं ज्यादा बेहूदा बातें बी-मुगलानी और अम्माँ हर वक्त मुख़्तलिफ़ औरतों के बारे में किया करती थीं, जो मेरे कच्चे कानों में जाकर भुने चनों की तरह फूटा करती थीं।

थोड़ी देर तो वो बच्चे को फूहड़पन से दूध पिलाने की कोशिश करती रही। आँसू खुश्क हो चुके थे और वो कभी-कभी हँस रही थी, जैसे उसे कोई गुदगुदा रहा हो। फिर

बी-मुगलानी के डाँटने पर वो सहम गयी और बच्चे को चीथड़ों में लपेटकर अलग सीट के नीचे रख दिया और उठ खड़ी हुई। भाभीजान की चीख़ निकल गयी।

इतने में बी-मुगलानी भाभीजान को टटोलती-सहलाती रहीं। उसने बाथरूम से पानी लाकर डिब्बे को साफ़ करना शुरू किया। भाभीजान की जरीकार सलीमशाही धो-पोंछकर कोने से लगाकर खड़ी कर दीं। फिर उसने पानी और चीथड़ों की मदद से डिब्बे से हमल-जच्चगी के निशान दूर कर डाले। हम तीनों मुकद्दस बीबियाँ सीटों पर लदी अहमकों की तरह उसे देखती रहीं। इसके बाद वो बच्चे को छाती से लगाकर बाथरूम के दरवाजे के सहारे हो बैठी, जैसे कोई घर का मामूली काम-काज करके जी बहलाने फुर्सत से बैठ जाए और चने चबाते ऊँघ गयी। खुरजे पर गाड़ी के धचके से वो चौंक पड़ी। गाड़ी रुकते-रुकते उसने डिब्बे का दरवाजा खोला और पैर तौलती उतर गयी।

टिकट-चेकर ने पूछा, "क्यों री टिकट?" और उसने मसर्रत से बेताब होकर झोली फैला दी, जैसे वो कहीं से झड़बेरी के बेर चुराकर लायी हो। टिकट-चेकर मुँह फाड़े खड़ा रह गया और वो हँसती, पीछे मुड़-मुड़कर देखती भीड़ में गुम हो गयी।

"खुदा की सँवार इन खानगोइयों की सूरत पर! ये हरामी-हलाली जनती फिरती हैं। मुई जादूगरनियाँ!" बी-मुगलानी बड़बड़ायीं। रेल ने ठोकर ली और चल पड़ी।

भाभीजान की सिसकियाँ एक साफ़ चीख में उभर आयीं। "है-है मौला, खैर तो है बेगम दुल्हन!" बी-मुगलानी उनका दुःखी चेहरा देखकर लरजीं।

और वहाँ खैर गायब थी।

और भाभीजान के मूर्ख चेहरे पर भाईजान की दूसरी शादी के ताशे-बाजे खिजाँ बरसाने लगे!

किस्मत की खूबी देखिए टूटी कहाँ कमन्द।
दो-चार हाथ जब के लबे-बाम रह गया।

नयी रूह दुनिया में क़दम रखते ही झिझक गयी और मुँह बिसूरकर लौट गयी। मेरी पंचफुल्ला रानी ने जो तिलस्मे-होशरुबा किस्म की जच्चगी देखी तो मारे हैबत के हमल गिर गया।

□

जड़ें

सबके चेहरे फक थे। घर में खाना भी नहीं पका था। आज छठा दिन था। बच्चे स्कूल छोड़े घरों में बैठे अपनी और सारे घर वालों की ज़िन्दगी मुसीबत किये दे रहे थे। वही मार-कुटाई, धौल-धप्पा, ऊधम और कलाबाजियाँ जैसे 15 अगस्त आया ही न हो। कमबख्तों को यह भी ख्याल नहीं कि अंग्रेज चले गये और चलते-चलते ऐसा गहरा घाव मार गये जो बरसों रिसेगा। हिन्दुस्तान पर शल्य-क्रिया कुछ ऐसे लुंजे-हाथों और कुंद निश्तर से हुई है कि हज़ारों रगें कट गई हैं, खून की नदियाँ बह रही हैं किसी में इतनी ताकत नहीं कि टाँका लगा सके।

कोई और मामूली दिन होता तो कमबख्तों से कहा जाता कि बाहर काला मुँह करके गदर मचाओ लेकिन चंद रोज से शहर का वातावरण इतना खराब था कि शहर के सारे मुसलमान एक तरह से नज़रबंद थे। घरों में ताले पड़े थे और बाहर पुलिस का पहरा था। अतः कलेजे के टुकड़ों को सीने पर कोदू दलने के लिए छोड़ दिया गया था। वैसे सिविल लाइन में शान्ति ही थी जैसी कि आम तौर पर रहती है। यह तो गंदगी वहीं ज्यादा उछलती है जहाँ ये बच्चे होते हैं। जहाँ गरीबी होती है वहीं अज्ञान के घोड़ों पर तथाकथित धर्म के ढेर बजबजाते हैं। और यह ढेर कुरेदे जा चुके थे। ऊपर से पंजाब से आने वालों की दिन-प्रतिदिन बढ़ती संख्या अल्पसंख्यकों के दिल में भय बिठा रही थी। गंदगी के ढेर तेजी से कुरेदे जा रहे थे और दुर्गंध रेंगती-रेंगती साफ़-सुथरी सड़कों पर पहुँच चुकी थी। दो जगह खुल्लम-खुल्ला प्रदर्शन भी हुए। लेकिन मारवाड़ की रियासतों के हिन्दू-मुसलमान की इस कदर मिलती-जुलती सामाजिकता है कि उन्हें नाम, सूरत या लिबास से भी बाहर वाले मुश्किल से पहचान सकते हैं। बाहर वाले अल्पसंख्यक लोग जो आसानी से पहचाने जा सकते थे ने तो पंद्रह अगस्त की बू पाकर ही पाकिस्तान की हदों से खिसक गये थे। रहे रियासत के पुराने बाशिंदे तो न ही उनमें इतनी समझ और न इतनी हैसियत थी कि पाकिस्तान और हिन्दुस्तान की कठिन समस्या उन्हें कोई बैठकर समझाता। जिन्हें समझाना था वे समझ

चुके थे और वे सुरक्षित हो चुके थे। बाकी जो यह सुनकर गये थे कि चार सेर का गेहूँ और चार आने की हाथ भर लम्बी नान पाव मिलती है, वे लौट रहे थे क्योंकि वहाँ जाकर उन्हें यह भी पता चला कि चार सेर का गेहूँ खरीदने के लिए एक रुपये की भी ज़रूरत होती है और हाथ भर लम्बी नान पाव के लिए पूरी चवन्नी देनी पड़ती है। और यह रुपया अठन्नियाँ न ही किसी दुकान पर ही मिलीं और न खेतों में उगीं। उन्हें हासिल करना इतना ही मुश्किल है जितना ज़िन्दा रहने के लिए दौड़-धूप।

इसलिए जब खुल्लम-खुल्ला इलाकों से अल्पसंख्यकों को निकालने की राय हुई तो बड़ी मुश्किल आन पड़ी। ठाकुरों ने साफ कह दिया कि साहब प्रजा ऐसी गुथी मिली रहती है कि मुसलमानों को बीनकर निकालने के लिए वाकायदा स्टाफ की ज़रूरत है जो कि बेकार का खर्चा है। वैसे आप अगर कोई टुकड़े ज़मीन के शरणार्थियों के लिए खरीदना चाहें तो वे खाली कराये जा सकते हैं। जानवर ही तो रहते हैं जब कहिए जंगल खाली करा दिया जाए।

अब बाकी रह गये चंद गिने-चुने खानदान जो या तो महाराजा के चेले चाँटों में से थे और जिनके जाने का सवाल न था। वे जो जाने को तुले बैठे थे बस उनके बिस्तर बँध रहे थे। हमारा खानदान भी इसी फेहरिस्त में आता था। जब तक बड़े भाई अजमेर से न आये थे कुछ ऐसी जल्दी न थी मगर उन्होंने तो आकर बौखला ही दिया। फिर भी किसी ने ज्यादा महत्त्व न दिया। वैसे तो शायद किसी के कान पर जूँ न रेंगती और बरसों सामान न बँध चुकता। पर अल्ला भला करे छब्बा मियाँ का वे पैंतरा न चलते तो बड़े भाई शायद ही जाने वाले थे। कह-कहकर हार गये थे तो मियाँ छब्बा ने क्या किया कि एकदम स्कूल की दीवार पर ''पाकिस्तान जिन्दाबाद'' लिखने का फैसला कर लिया। रूपचंद जी के बच्चों ने उसका विरोध किया और फौरन बिगाड़ कर अखण्ड हिन्दुस्तान लिख दिया। नतीजा ये कि चल गया जूता और एक-दूसरे को खत्म करने की कोशिश की गई। बात बढ़ गई। यहाँ तक कि पुलिस बुलाई गई और जो चंद गिनती के मुसलमान बचे थे, उन्हें लारी में भरकर घरों में भिजवा दिया गया।

अब सुनिए कि ज्यों ही बच्चे घर में आये हमेशा हैजा प्लेग के हवाले करने वाली माँएँ ममता से व्याकुल होकर दौड़ीं और उन्हें कलेजे से लगा लिया गया। और कोई दिन होता तो रूपचंद जी के बच्चों से छब्बा लड़कर आता तो दुल्हन भाभी जूतियों से वो मरहम पट्टी करतीं कि तौबा भली और उठाकर उन्हें रूपचंद जी के पास भेज दिया जाता कि पिलाएँ उसे अरण्डी का तेल और कोनीन मिक्सचर। क्योंकि रूपचन्द हमारे खानदानी डॉक्टर ही नहीं अब्बा के पुराने दोस्त थे। डॉक्टर साहब की दोस्ती अब्बा से, उनके बेटों की हमारे भाइयों से, बहुओं की हमारी भावजों से और नई पौध की नई पौध से आपस में दाँतकाटी रोटी थी। दोनों खानदानों की मौजूदा तीन पीढ़ियाँ एक-दूसरे से ऐसी घुली-मिली थीं कि संदेह भी न था कि हिन्दुस्तान के बँटवारे के बाद इसमें फूट पड़ जाएगी। हालाँकि दोनों खानदानों में मुसलिम लीगी कांग्रेसी और महासभाई मौजूद थे और धार्मिक तथा राजनीतिक

बहसें भी जम-जमकर होतीं मगर ऐसे ही जैसे फुटबाल-क्रिकेट मैच होते हैं। इधर अब्बा कांग्रेसी थे तो उधर डॉक्टर साहब। और बड़े भाई लीगी थे तो इधर ज्ञान चन्द महासभाई। इधर मँझले भाई कम्युनिस्ट थे तो उधर गुलाबचन्द सोशलिस्ट और फिर इसी हिसाब से मर्दों की बीवियाँ और बच्चे भी उसी पार्टी के थे। आम तौर पर जब ''मुचेइआ'' होता तो कांग्रेस का पलड़ा भारी पड़ता। कम्युनिस्ट और सोशलिस्ट भी गालियाँ खाते मगर कांग्रेस ही में घुस पड़ते। रह जाते महासभाई और लीगी। ये दोनों हमेशा साथ देते। यद्यपि वे एक-दूसरे के दुश्मन होते फिर भी दोनों मिलकर कांग्रेस पर हमला करते।

लेकिन इधर कुछ साल से मुसलिम लीग का जोर बढ़ता गया और उधर महासभा का। कांग्रेस का तो बिल्कुल पटड़ा हो गया। बड़े भाई के नेतृत्व में घर की सारी नई पौध, सिवाय दो-एक निष्पक्ष प्रकार के कांग्रेसियों को छोड़कर नेशनल गार्ड की तरह डट गई। उधर ज्ञान चन्द की सरदारी में सेवक संघ का छोटा-सा दल डट गया मगर दोस्ती और मुहब्बत में फर्क न आया।

''अपने लल्लू की शादी तो मुन्नी ही से करूँगा'' महासभाई ज्ञान चन्द मुन्नी के लीगी बाप से कहते। ''सोने की पाजेब लाऊँगा।''

''यार मुलम्मा की न ठोक देना'' अर्थात बड़े भाई ज्ञान चन्द की साहूकारी पर हमला करते और उधर नेशनल गार्ड दीवारों पर ''पाकिस्तान जिन्दाबाद'' लिख देते और सेवक संघ का दल उसे बिगाड़कर अखंड हिन्दुस्तान लिख देता। यह उस वक्त की बात है जब मुसलिम लीग का लेन-देन एक हँसने-हँसाने का शुगल था।

अब्बा जी और रूपचन्द जी यह सब कुछ सुनते और मुस्कराते और सारे एशिया को एक बनाने के मनसूबे बाँधने लगते।

अम्माँ और चाची राजनीति से दूर धनिये-हल्दी और बेटियों के जहेजों की बातें किया करतीं और बहुएँ एक-दूसरे के फैशन चुराने की ताक में लगी रहतीं। नमक-मिर्च के साथ-साथ डॉक्टर साहब के यहाँ से दवाएँ भी मँगवाई जातीं। रोज किसी को छींक आई और दौड़ा डॉक्टर साहब के पास या जहाँ कोई बीमार हुआ और अम्माँ ने दाल भरी रोटी या दही बड़े बनवाने शुरू किये और डॉक्टर साहब से कहलवा दिया कि खाना हो तो आ जाइए। अब डॉक्टर साहब अपने पोतों का हाथ पकड़े आ पहुँचे।

चलते वक्त बीवी कहतीं—''खाना न खाना, सुना।''

''हूँ तो फिर फीस कैसे वसूल करूँ। देखो जी, लाला और चुन्नी को भेज देना।''

''हाय राम, तुम्हें तो लाज भी नहीं आती।'' चाची बड़बड़ातीं। मजा तो तब आता जब कभी अम्माँ की तबीयत खराब हो जाती। अम्माँ काँप जातीं। ''ना भई मैं उस मसखरे से इलाज नहीं कराऊँगी।'' मगर फिर घर के डॉक्टर को छोड़कर कौन शहर से बुलाने जाता। अतः सुनते ही डॉक्टर साहब दौड़े आते।

''अकेली-अकेली पुलाव जर्दा उड़ाओगी तो आप बीमार पड़ोगी।'' वे जलाते।

''जैसे तुम खाऊ हो वैसा ही औरों को समझते हो'' अम्माँ पर्दे के पीछे से भिन्नातीं।

"अरे यह बीमारी का तो बहाना है। भाई तुम वैसे ही कहलवा दिया करो। मैं आ जाया करूँगा। यह ढोंग काहे को रचाती हो" वे आँखों में शरारत जमा करके मुस्कराते और अम्माँ जलकर हाथ खींच लेतीं और सलवातें (गालियाँ) सुनातीं। अब्बा मुस्कराकर रह जाते।

एक मरीज को देखने आते तो सारे घर के मरीज उठ खड़े होते। कोई अपना पेट लिये चिल्ला रहा है तो किसी की फुंसी छिल गई। किसी का कान पक रहा है तो किसी की नाक सूजी हुई है।

"क्या मुसीबत है डिप्टी साहब। एक आध को जहर दे दूँगा। मुझे सलोतरी (घोड़ों का डॉक्टर) समझ रखा है कि दुनिया भर के जानवर टूट पड़ें।" वे देखते जाते और बड़बड़ाते।

और जहाँ कोई नये बच्चे के आगमन की सूचना मिलती वे सम्पूर्ण उत्पादन के सामान को गालियाँ देने लगते।

"हूँ मुफ्त का डॉक्टर है। पैदा किये जाओ कमबख्त के सीने पर कोदू दलने के लिए।"

मगर जैसे ही दर्द शुरू होता तो अपने बरामदे से हमारे बरामदे के चक्कर काटने लगते। चीख-चिंघाड़ से सबको बौखला देते। मुहल्ले टोलियों वालों का आना मुश्किल। बनने वाले बाप के आते-जाते तड़ा-तड़ चपतें और मूर्खतापूर्ण साहस पर फटकार।

पर ज्यों ही बच्चे की पहली आवाज़ उनके कान में पहुँचती, वे बरामदे से दरवाज़े पर, और दरवाज़े से कमरे में आ जाते और उनके साथ ही अब्बा भी बावले होकर आ जाते। औरतें कोसती-पीटती पर्दे में हो जातीं। जच्चे को देखकर वे उसकी पीठ ठोकते "वाह मेरी शेरनी" और बच्चे की नाल काटकर नहलाना शुरू कर देते। वालिद साहब घबराकर फूहड़ नर्स का कार्य निभाते। फिर अम्माँ चिल्लाना शुरू कर देतीं।

"लो गज़ब खुदा का ये मर्दुए हैं कि जच्चाखाने में पिले पड़ते हैं।" और मामले की नजाकत को महसूस करके दोनों डाँट खाये हुए बच्चों की तरह भागते बाहर।

और फिर जब अब्बा पर फालिज का हमला हुआ तो रूपचन्द जी, हस्पताल से अवकाश पा चुके थे और उनकी सारी प्रैक्टिस उनके और हमारे घर तक सीमित होकर रह गई थी। इलाज तो और डॉक्टर भी कर रहे थे मगर नर्स के और अम्माँ के साथ डॉक्टर साहब ही जागते और जिस वक्त से वे अब्बा को दफनाकर आये खानदानी मुहब्बत के अतिरिक्त उन्हें जिम्मेदारी का भी एहसास हो गया था। बच्चों की फीस माफ कराने स्कूल दौड़े जाते। लड़कियों-बालियों के जहेज के लिए ज्ञान चन्द की वाक्यशक्ति बंद रखते। घर का कोई खास काम बगैर डॉक्टर साहब की राय के न होता। पच्छमी दरवाज़े को तुड़वाकर जब दो कमरे बढ़ाने का सवाल उठा तो डॉक्टर साहब की राय से दबा दिया गया।

"इससे तो ऊपर दो कमरे बढ़वा लो।" उन्होंने राय दी और उस पर अमल हुआ। फज्जन एफ. ए. में साँस लेने को तैयार न था। डॉक्टर साहब जूता लेकर पिल पड़े, मामला तय हो गया। फरीदा मियाँ से लड़कर घर आन बैठी। डॉक्टर साहब के पास उसका मियाँ

पहुँचा और दूसरे दिन उसकी मँझली बहू शीला जब ब्याह कर आई तो दाई का झगड़ा भी समाप्त हो गया। बेचारी हस्पताल से भागी आती। फीस तो दूर की चीज है, ऊपर से छठे दिन कुर्ता-टोपी लेकर आती।

पर आज जब छब्बा लड़कर आये तो उनकी ऐसी आवभगत हुई जैसे सेनानी मैदान मारकर आया है। सबने उसका विस्तार पूछा और बहुत-सी जबानों के आगे सिर्फ अम्माँ की जबान चुप रही। आज से नहीं 15 अगस्त से, जब डॉक्टर साहब के घर पर तिरंगा और अपने घर पर लीग का झंडा लगा था, उसी दिन से उनकी जबान को चुप लग गई थी। इन दो झंडों के बीच मीलों लम्बी चौड़ी खाड़ी-बाधक थी जिसकी भयानक गहराई को वे अपनी गमगीन आँखों से देख-देखकर लरजा करतीं। फिर शरणार्थियों का गलबा हुआ। बड़ी बहू के मायके वाले महावलपुर से माल लुटाकर और मुश्किल से जान बचाकर जब आये तो खाड़ी का मुख और चौड़ा हो गया। फिर रावलपिंडी से निर्मला के ससुराल वाले अधमरी हालत में आये तो इस खाड़ी में अजगर फुंकार मारने लगे। जब छोटी भाभी ने अपने बच्चे का पेट दिखाने को भेजा तो शीला भाभी ने जल्दी से नौकर को भगा दिया।

और किसी ने भी इस मामले पर वाद-विवाद नहीं किया। सारे घर की बीमारी एकदम रुक गई। बड़ी भाभी तो अपने हिस्टीरिया के दौरे भूलकर झटपट सामान बाँधने लगीं।

''मेरे ट्रंक को हाथ न लगाना'' अम्माँ की जबान आखिर को खुली और सब हक्क-बक्का रह गये।

''क्या आप नहीं जाएँगी।'' बड़े भैया कटुता से बोले।

''नौज मैं सिंधों में मरने जाऊँ, अल्लाह मारियाँ बर के पाजामे फड़काती फिरे हैं।''

''तो मँझले के पास ढाका चली जाएँ।''

''ए वे ढाका काहे को जाएँगी, कहेंगी मुंडी काटे बंगाली तो चावल हाथों से लसेड़-लसेड़ कर खावे हैं।'' मँझले की सास ममानी बी ने कटाक्ष किया।

''तो रावलपिंडी चलो फ़रीदा के यहाँ।'' खाला बोलीं।

''तौबा मेरी अल्लाह पाक पंजाबियों के हाथों किसी की मिट्टी पलीद न कराये। मिट गए दोजखियों की तो जबान बोले हैं।'' आज तो मेरी मितभाषी अम्माँ फटाफट बोलीं।

''ऐ बुआ तुम्हारी तो वही कहावत हो गई कि नीचे कि ऊँचे चल लिये कि पेड़ तले बैठी तेरा घर न जानूँ। ए बी यह फटु गुलहरी की तरह नखरे कि बादशाह ने बुलाया है। लो भई झमझम करता...हाथी भेजा कि चकचक, यह तो काला घोड़ा भेजा, चकचक यह तो लातें झाड़े कि...।''

यद्यपि वातावरण खराब था फिर भी कहकहा पड़ गया। मेरी अम्माँ का मुँह फूल गया।

''क्या बच्चों की-सी बातें हो रही हैं।'' नेशनल गार्ड के बड़े सरदार बोले।

''जिनका सिर न पैर। क्या इरादा है। यहाँ रहकर कट मरें।''

''तुम लोग जाओ। अब मैं कहाँ जाऊंगी? मेरा आखिरी वक्त है।''

''तो आखिरी वक्त में काफिरों से गत बनवाओगी।'' खाला बी पोटलियाँ गिनती जाती हैं और पोटलियों में सोने चाँदी के जेवर से लेकर हड्डियों का मंजन, सूखी मेथी और मुलतानी मिट्टी तक थी। इन चीजों को वे ऐसे कलेजे से लगाकर ले जा रहे थे जैसे पाकिस्तान का स्टरलिंग बैलेंस कम हो जाएगा। तीन बार बड़े भाई ने जलकर उनकी पुराने रोहड़ की पोटलियाँ फेंकीं पर वे ऐसे चिघाड़ीं जैसे यह दौलत न गई तो पाकिस्तान गरीब रह जाएगा और मजबूरन बच्चों की मूत में डूबी हुई गदेलों की रुई के पुलिंदे बाँधने पड़े। बर्तन बोरियों में भरे गये, पलंगों के पाये पट्टियाँ खोलकर झलंगों में बाँधे गये और देखते ही देखते जमा-जमाया घर टेढ़ी-मेढ़ी गठरियों और बुगचों में तब्दील हो गया।

अब तो सामान के पैर लग गए हैं। और कुलाँचें भरता-फिरता है। जरा सुस्ताने को बैठा है और फिर उठकर नाचने लगेगा।

पर अम्माँ का ट्रंक ज्यों का त्यों रखा रहा।

''आपका इरादा यहाँ मरने का है तो कौन रोक सकता है'' भाई साहब ने आखिर में कहा।

और मेरी मासूम सूरत की भोली-सी अम्माँ भटकती-सी आँखों से गँदले आसमान को तकती रहीं जैसे वे खुद अपने आप से पूछती हैं ''कौन मार डालेगा? और कब?''

''अम्माँ तो सठिया गई हैं। इस उम्र में अक्ल ठिकाने नहीं।'' मँझले भाई कान में फुसफुसाये।

''क्या मालूम उन्हें कि काफ़िरों ने मासूमों पर तो और जुल्म ढाये हैं। अपना वतन होगा तो जान-माल का तो इतमीनान रहेगा।''

अगर मेरी मितभाषी अम्माँ की जबान तेज होती तो वे ज़रूर कहतीं ''अपना वतन है किस चिड़िया का नाम? लोगो! बताओ तो वह है कहाँ? अपना वतन जिस मिट्टी में जन्म लिया जिसमें लोट-पोटकर बढ़े-पले वही अपना वतन न हुआ तो फिर जहाँ चार दिन को जाकर बस जाओ वह कैसे अपना वतन हो जाएगा? और फिर कौन जाने वहाँ से भी कोई निकाल दे। कहे जाओ नया वतन बसाओ। अब यहाँ प्रभाती का दीया बनी बैठी हूँ। एक नन्हा-सा झोंका आया और वतन का झगड़ा समाप्त। और यह वतन उजड़ जाने और बसाने का खेल कुछ दिलचस्प भी तो नहीं। एक दिन था मुगल अपना वतन छोड़कर नया वतन बसाने आये थे। आज फिर चलो वतन बसाने। वतन न हुआ पैर की जूती हो गई। जरा तंग पड़ी उतार फेंकी, दूसरी पहन ली''—मगर वे खामोश रहीं और उनका चेहरा पहले से ज्यादा थका हुआ मालूम होने लगा जैसे सदियों से वतन की खोज में खाक छानने के बाद थककर बैठी हों और इस तलाश में खुद को भी खो चुकी हों।

सिर आये पैर गये मगर अम्माँ अपनी जगह पर ऐसे जमी रहीं जैसे बड़ के पेड़ की जड़ आँधी-तूफान में खड़ी रहती है।

पर जब बेटे, बेटियाँ, बहुएँ, दामाद, पोते, पोतियाँ, निवासे-निवासियाँ पूरे का पूरा काफिला बड़े फाटक से निकलकर पुलिस की निगरानी में लारियों में सवार होने लगा तो

उनके कलेजे के टुकड़े उड़ने लगे। बेचैन नज़रों से उन्होंने खाड़ी के उस पार बेकसी से देखा। सड़क बीच का घर इतनी दूर लगा जैसे दूर क्षितिज पार कोई हैरान बादल का टुकड़ा। रूपचन्द जी का बरामदा सुनसान पड़ा था। दो-एक बार बच्चे बाहर निकले मगर हाथ पकड़कर वापिस घसीट लिये गये। पर अम्माँ की आँसू भरी आँखों ने उनकी आँखों को देख लिया जो दरवाज़ों की झिरियों और चिकों के पीछे गीली हो रही थीं। जब लारियाँ धूल उड़ाकर काफिले को ले सिधारीं तो एक बाईं ओर की मुर्दी हिस ने साँस ली। दरवाज़ा खुला और बोझल कदमों से रूपचन्द जी चोरों की तरह सामने के खाली ढंढार घर को ताकने निकले और थोड़ी देर तक गुबार के बगूले में बिछड़ी हुई सूरतों को ढूढ़ते रहे और फिर उनकी असफल निगाहें अपराधियों के अंदाज में उजड़े नगर में भटकती हुई वापिस जमीन में धँस गईं।

जब सारी ज़िन्दगी की पूँजी खुदा की दया-दृष्टि के हवाले करके अम्माँ उजाड़ सहन में आकर खड़ी हुईं तो उनका बूढ़ा दिल नन्हे बच्चे की तरह सहमकर कुम्हला गया था जैसे चारों तरफ़ से भूत आकर उन्हें दबोच लेंगे। चकराकर उन्होंने खंभे का सहारा लिया। सामने नज़र पड़ी तो कलेजा मुँह को आया, यही तो वह कमरा था जिसे वे दूल्हा की प्यार भरी गोद में लाँग कर आई थीं। यहीं तो अल्पायु भयभीत आँखों वाली भोली-सी दुल्हन के चाँद से चेहरे पर से घूँघट उठा ज़िन्दगी भर की गुलामी लिख दी गई थी। वहाँ सामने बाजू के कमरे में पहलौठी की बेटी पैदा हुई थी और बड़ी बेटी की याद एकदम हूक बनकर कलेजे में कूद गई। वह कोने में उसका नाल गड़ा था। एक नहीं दस नाल गड़े थे और दस आत्माओं ने यहीं पहली साँस ली थी। दस गोश्त-पोस्त की मूर्तियों ने, दस इंसानों ने इसी पवित्र कमरे में जन्म लिया था। इसी पुण्य कोख से जिसे छोड़कर आज वे चले गये थे जैसे वह पुरानी कुचली थी जिसे काँटों में उलझाकर वे सब सटासट निकले चले गये। शांति और सुख की तलाश में, रुपया के चार सेर गेहूँ के पीछे और वह नन्ही-नन्ही हस्तियों की प्यारी-प्यारी आगूँ-आगूँ से कमरा अब तक गूँज रहा था। लपककर वे कमरे में गोद फैलाकर दौड़ पड़ीं। फिर उनकी गोद खाली थी। वह गोद जिसे सुहागनें पवित्रता से छूकर हाथ कोख को लगाती थीं, आज खाली थी। कमरा पड़ा भाँय-भाँय कर रहा था। भयभीत होकर वे लौट पड़ीं। मगर छूटी हुई कल्पना के कदम न लौटा सकीं। वे दूसरे कमरे में लड़खड़ा गईं। यहीं तो ज़िन्दगी के साथी ने पचास बरस के निबाह के बाद मुंह मोड़ा था। यहीं दरवाज़े के सामने क़फन में लिपटी लाश रखी थी। सारा कुन्बा घेरे खड़ा था। खुशनसीब थे वे जो प्यारों की गोद में सिधारे पर ज़िन्दगी के साथी को छोड़ गये। जो आज बेकफ़न लाश की तरह लावारिस पड़ी रह गई। पैरों ने जवाब दे दिया और वहीं बैठ गईं जहाँ लाश के सिरहाने दस बरस इन कँपकँपाते हाथों ने चिराग़ जलाया था पर आज चिराग़ में तेल न था और बत्ती खत्म हो चुकी थी।

और सामने रूपचन्द अपने बरामदे में ज़ोर-ज़ोर से टहल रहे थे, गालियाँ दे रहे थे अपने बीवी-बच्चों को, नौकरों को, सरकार को और सामने फैली बेज़ुबान सड़क को, ईंट-

पत्थर को और चाकू-छुरी को। यहाँ तक कि पूरा विश्व उनकी गालियों की बम्बारी के आगे सहमा-दुबका बैठा था और ख़ास तौर पर उस ख़ाली घर को जो सड़क के उस पार खड़ा उनको मुँह चिढ़ा रहा था जैसे खुद उन्होंने अपने हाथों से उसकी ईंट से ईंट टकरा दी हो। वे कोई चीज़ अपने दिमाग़ से झटक देना चाहते थे। सारी शक्तियों की मदद से नोचकर फेंक देना चाहते थे। मगर असफलता से झुँझला उठते थे। शत्रुता की जड़ों की तरह जो चीज़ उनके अस्तित्व में जम चुकी थी वे उसे पूरी ताकत से खींच रहे थे मगर साथ-साथ जैसे उनका मांस खिंचा चला आता हो। वे कराहकर छोड़ देते थे। फिर एकदम उनकी गालियाँ बंद हो गईं। टहलना थम गया और वे मोटर में बैठकर चल दिये।

रात को जब गली के नुक्कड़ पर सन्नाटा छा गया तो पिछले दरवाज़े से रूपचन्द की पत्नी दो परोसी हुई थालियाँ नीचे-ऊपर रखे चोरों की तरह दाखिल हुई। दोनों बूढ़ी औरतें खामोश एक-दूसरे के सामने बैठ गईं, जबानें बन्द रहीं, आँखें सब कुछ सुन रही थीं। दोनों थालियों का खाना ज्यों का त्यों रखा था। औरतें जब किसी की बुराई करती हैं तो उनकी ज़बान कैंची की तरह चल निकलती है पर जहाँ भावनाओं ने हमला किया वहाँ मुँह में ताले पड़ गये।

रात भर न जाने कितनी देर परेशानियाँ अकेला पाकर आक्रमण करती रहीं। न जाने रास्ते ही में तो सब न खत्म हो जाएँगे। आजकल तो इक्का-दुक्का नहीं पूरी-पूरी रेलें कट रही हैं। पचास बरस खून से सींचकर खेती तैयार की और आज वे देश निकाला लेकर नई ज़मीन की तलाश में गिरती-पड़ती चल पड़ी थीं। कौन जाने नई ज़मीन इन पौधों को रास आए न आए। कुम्हला तो न जाएँगे ये परदेशी पौधे? छोटी बहू का अल्ला रखे अनगिना महीना है न जाने किस जंगल में जच्चा-खाना बने। घर-बार, नौकरी-व्यापार सब कुछ छोड़कर चल पड़े नये वतन में। चील कौवों ने कुछ छोड़ा भी होगा या मुँह ताकते ही लौट आएँगे और जो लौटकर आएँगे तो फिर से जड़ें पकड़ने का अवसर मिलेगा या नहीं? कौन जाने ये बूढ़ा कटा हुआ पेड़ बहार के लौट आने तक ज़िन्दा भी रहेगा कि नहीं। घंटों सरन बदलियों की तरह पारवों से लिपटकर न जाने क्या-क्या बकती रहीं फिर ढेर होकर पड़ गईं। नींद कहाँ? सारी रात बूढ़ा शरीर जवान बेटियों की कटी-फटी लाशें, नवयुवा बहुओं के नंगे जुलूस और पोतों-नवासों के चिथड़े उड़ते देखकर थर्राता रहा। न जाने कब अचेतन ने हमला कर दिया कि एकदम ऐसा मालूम हुआ दरवाज़े पर दुनिया भर का गदर ढह पड़ा है। जान प्यारी न सही पर बिना तेल का दीया भी बुझते वक्त काँप तो उठता ही है। और सीधी-सीधी मौत ही क्या कम बेरहम होती है जो ऊपर से वह इंसान का भूत बनकर सामने आए। सुना है बुढ़ियों तक को बाल पकड़कर सड़क पर घसीटते हैं। यहाँ तक कि खाल छिलकर हड्डियाँ झलक आती हैं और फिर वही दुनिया के कष्ट आ जाते हैं जिनके ख्याल से दोज़ख के फरिश्ते भी ज़र्द पड़ जाएँ।

दस्तक की घनगरज बढ़ती जा रही थी। यमदूत को जल्दी पड़ी थी ना। और फिर आप से आप सारी चिटखनियाँ खुल गईं, बत्तियाँ जल उठीं जैसे दूर कुएँ की तह में से

किसी की आवाज़ आई, शायद बड़ा लड़का पुकार रहा था। नहीं यह तो छोटे और मँझले की आवाज़ थी। दूसरी दुनिया के लुप्त-से कोने से।

तो मिल गया सबको वतन? इतनी जल्दी? मँझला, उसके पीछे छोटा साफ तो खड़े थे। गोदों में बच्चों को उठाये बहुएँ, फिर एकदम सारा घर जी उठा। सारी आत्माएँ जाग उठीं और दुखियारी माँ के इर्द-गिर्द जमा हो गईं। छोटे-बड़े हाथ प्यार से छूने लगे, एकदम से खुश्क होठ में नन्ही-नन्ही कोंपलें फूट निकलीं। खुशी की अधिकता से सारे हवास तितर-बितर होकर अँधेरे में भँवर डालते डूब गये।

जब आँख खुली तो नब्ज़ पर जानी-पहचानी अँगुली रेंग रही थी।

"अरी भाभी, मुझे वैसे ही बुला लिया करो यह ढोंग काहे को रचती हो।" रूपचन्द जी परदे के पीछे से कह रहे थे।

"और भाभी आज तो फीस दिलवा दो। देखो तुम्हारे नालायक लड़कों को लोनी जंक्शन से पकड़कर लाया हूँ। भागे जाते थे बदमाश कहीं के? पुलिस सुपरिंटेंडेंट का भी विश्वास नहीं करते थे।"

फिर बूढ़े होठ में कोंपलें फूट निकलीं। वे उठकर बैठ गईं, थोड़ी देर खामोश ही रहीं फिर दो गरम-गरम मोती लुढ़ककर रूपचन्द जी के झुर्रियोंदार हाथ पर गिर पड़े।

□

थोड़ी–सी पागल

उसे ऐसा महसूस हुआ जैसे वह कब्र में दफ़न है। शायद उसे भूले से दफ़न कर दिया गया है। अगर वह मर चुकी है तो फिर सीने में आग-सी क्यों दहक रही है, साँस में रेल-सी क्यों भरती जा रही है, शायद वह मरी नहीं। अभी दम तोड़ रही है।

उसे अपने मरने के खयाल से बड़ा दुख पहुँचा। अभी उसके मरने के दिन नहीं थे। अभी पिछले हफ्ते तो उसकी तेरहवीं सालगिरह थी। अम्माँ ने उसका गुलाबी चारख़ाना का फ्रॉक रातोंरात सिया था और उस पर सुर्ख पीले फूल काढ़े थे। फ्रॉक बिल्कुल नया मालूम हो रहा था हालाँकि अम्माँ ने अपनी हाउस कोट काटकर उसके लिए फ्रॉक बनाया था। एक तरह यह नया ही था क्योंकि पहले वह फ्रॉक नहीं हाउस कोट था।

नहीं वह मरी नहीं थी। मर जाती तो उसे गुलाबी चारखाने का फ्रॉक क्योंकर याद आता? मरने के बाद तो कुछ भी याद नहीं आता होगा। उसने करवट बदलने की कोशिश की मगर उसके सीने पर एक भारी बल्ली पड़ी हुई थी। फिर वह ज़ोर लगाती रही। आहिस्ता-आहिस्ता उसने अपने आस-पास अटे हुए मलबे से अपने हाथ-पैर छुड़ाये, बल्ली दीवार से अड़ी हुई थी इसलिए उस पर गिरी नहीं। वह रेंग-रेंगकर आगे खिसकती रही फिर बेहोश हो गई।

जब उसे होश आया तो उसके चारों तरफ आवाज़ें फैली हुई थीं। लोग कुछ कह रहे थे। वह मलबे से आज़ाद एक स्ट्रेचर पर पड़ी हुई थी। तब उसे याद आया। आसमान से आग बरस रही थी। बम बूँदों की तरह टपक रहे थे। फिर एक बम उस छोटे से मकान पर गिरा था जिसमें वह अपने परिवार के साथ रहती थी। मम्मा, पापा, आंद्रे, मीशा और नन्ही कातिया और बूढ़ी दादी जो प्यारी-प्यारी कहानियाँ सुनाया करती थी।

''कातिया, कातिया'' वह तड़पकर स्ट्रेचर से उछल गई। उसके सीने में जैसे किसी ने भाला मारा। नन्ही मुन्नी कातिया। वह तो मलबे के नीचे खौफ से बेहाल होगी। वह गिरती-पड़ती मलबे के ढेर की तरफ भागी। किसी ने रोक डाली, क्योंकि स्ट्रेचर कम थे

और ज़ख्मी ज्यादा "गलीना, गलीना" किसी ने उसे पुकारा। मगर उसके पास जवाब देने की फुरसत न थी। वह दोनों हाथों से मलबे को कुरेदने लगी। उसके नाखून टूट गये और अँगुलियाँ लहूलुहान हो गईं। इस मलबे के ढेर के नीचे उसकी दुनिया दफ़न थी। अचानक उसे कातिया की गुड़िया के पैर नज़र आये। कातिया को गुड़िया जान से ज्यादा प्यारी थी। उसी टूटी-पुरानी गुड़िया पर कातिया बस जान छिड़कती थी। जहाँ गुड़िया हो वहाँ कातिया का होना लाज़मी था और वही हुआ, उसे कातिया का नन्हा-सा हाथ नज़र आया। लाल दस्ताना थोड़ा-सा उतर गया था। उसने हवास गुम नहीं किये। उसने धीरे-धीरे मलबा सरकाया।

वहाँ कातिया का गुड़िया वाला हाथ तो था, कातिया नहीं थी। यह कैसे हो सकता है? हाथ है गुड़िया है तो फिर कातिया क्यों नहीं? वह पागलों की तरह मलबा हटाने लगी। उसके सारे शरीर पर नन्हे-नन्हे ज़ख्म खून देने लगे। टूटी हुई पसलियाँ चटखने लगीं। उसने कातिया का अकेला हाथ सीने से लगाकर चूम लिया और आँसुओं से उसकी आँखों की रेत ढलने लगी। फिर मीठी-मीठी नरम बेहोशी ने उसे अपनी गोद में सँभाल लिया।

गलीना जो 13 वर्ष की थी, जो बिना बात हँसा करती थी, जो जर्मन बमों के गिरने से पहले बड़ी लकड़ी की मेज़ के नीचे दुबक जाया करती थी। उसे मालूम था कि चिंघाड़ते हुए बम गिरें तो फौरन पलंग या मेज़ के नीचे लेट जाना चाहिए। साइरन की आवाज़ सुनते ही रोशनी बुझा देनी चाहिए और तब बम मूर्खों की तरह इधर-उधर गिरते रहेंगे और कातिया की बड़ी-बड़ी नीली आँखें ऊँघने लगेंगी और वह वहीं गुड़िया को छाती से लगाये सो जाएगी।

फिर जब बमों के धमाके थक जाएँगे तब मम्मा उन्हें मेज़ के नीचे से निकालकर मसहरी पर सुला देगी।

कितनी बार बम गिरे लेकिन गलीना का घर हमेशा बच जाया करता था। उसके घर के मामले में बम अंधे हो जाते होंगे। उसे यक़ीन था बमों को उसका घर न मिल पायेगा लेकिन ये यकीन मलबे का ढेर बन गया। वह ढेर जिसमें उसकी दुनिया दफ़न हो गयी।

हस्पताल क्या था, जानवरों का एक बाड़ा था जिसे हस्पताल बना दिया गया था। जानवर सब जर्मन लुटेरे निगल गये थे। इस हस्पताल में ज़्यादातर बच्चे और बूढ़े थे। गलीना के सीने पर बँधा पलस्तर पत्थर के बोझ की तरह उठने-बैठने में आड़े आता। मगर दूसरे ज़ख्मियों को देखकर उसे अपनी चोट बिल्कुल फ़जूल मालूम होती थी। वह चल-फिर तो सकती थी। बहुत से बच्चे तो टाँगें और हाथ भी खो बैठे थे। उसकी आँखें तो सलामत थीं वरना कितने मरीज़ तो अंधे थे। हँसते बच्चे अपाहिज हो गये थे। गलीना का गाँव दुश्मन के कब्जे में आ चुका था। उसने पहली बार जर्मनों को देखा तो उसे बड़ी हैरानी हुई थी कि वे बिल्कुल इन्सानों जैसे लगते थे। अगर वे इन्सान थे, तो अपने जैसे इन्सानों को नरक के कष्टों में क्यों डाल रहे थे, यह बात उसकी समझ में किसी तरह न आती थी।

उसने अपने खानदान की लाशें देखीं और उसकी आँखों से एक आँसू न निकला, वह उसके रिश्तेदार नहीं लग रहे थे। बूढ़ी दादी तो बिल्कुल पिसकर रह गई थीं। उसकी बूढ़ी हड्डियाँ एकदम चूरचूर हो चुकी थीं।

और कातिया, नन्ही-मुन्नी गुड़िया जैसी कातिया वह कैसे मर सकती थी। कोई भी नहीं मर सकता। बूढ़ी दादी तो खैर बहुत बूढ़ी थी, पर मम्मा तो बहुत जवान थीं और पापा के बाजुओं में कितना दम था। आंद्रे कैसे एकदम लंबा होता चला जा रहा था। ऐसा लगता था कि एक दिन उसका सिर छत फाड़कर ऊपर झाँकने लगेगा। कभी वह दरवाज़े में से बेध्यानी में दाख़िल हो जाता था तो खटाक से उसका सिर फूट जाता था। तब सारा घर हँसता।

सारा घर। कहाँ था वह सारा घर? कहाँ था वह हरा-भरा गाँव? लगता था जैसे किसी देव ने अपनी बड़ी-सी एड़ी तले कुचल डाला था। उसकी कमर तोड़ दी थी। मगर ये टूटा हुआ बूढ़ा गाँव जिन्दा था, साँस ले रहा था और उसे कुचलने वाली एड़ी दर्द कर रही थी उसमें टीसें उठ रही थीं, पीप सड़ रही थी।

आंद्रे को ट्रक ड्राइवर बनने का शौक़ था। जब कभी वह कोई ट्रक देखती तो उसका दिल भर आता। वह बड़े प्यार से ट्रक पर हाथ फेरती, बाल्टी में पानी भरकर मिट्टी खुरचती, फिर कपड़े से उसका एक-एक हिस्सा चमकाती। यह क्लच है, यह ब्रेक है, चाबी घुमाने से ट्रक में धड़कन पैदा हो जाती है, पेट्रोल खून की तरह ट्रक की रगों में फैल जाता है, ट्रक गर्रा कर फर्राटे मारने लगता है।

फिर धीरे-धीरे ट्रक से उसका प्यार बढ़ा, सब कल-पुर्जों से उसकी जान-पहचान बढ़ी। होते-होते बड़ी गहरी दोस्ती हो गई। जब मुल्क से जर्मन कूड़ा-करकट हटने लगा तो उसने ट्रक चलाना सीख लिया था। जिस दिन उसने पहली बार अकेले ट्रक में सामान पहुँचाया तो उसे ऐसा महसूस हुआ कि उसका भाई आंद्रे उसके पहलू में बैठा हँस रहा है। उसके सफ़ेद हमवार दाँत उसकी धूप-सी सँवलाई सूरत पर जगमगा रहे हैं।

वह ज़रा-सी भूल-चूक करती तो जैसे आंद्रे उसे ख़बरदार कर देता। न-न लड़की ऐसे नहीं। आंद्रे उसे हमेशा 'ऐ लड़की' कहा करता था। उसकी काली साँप की तरह लहराती चोटियाँ खींचा करता था। जिस दिन उसने ट्रक चलाना सीखा था, उसका कुछ अकेलापन दूर हो गया था। जैसे अब वह बिल्कुल अकेली न हो। उसने आंद्रे को पा लिया हो। वह हरदम उसके साथ रहता।

देश के नौजवान दुश्मन से जूझ रहे थे इसलिए औरतों ने बहुत काम सँभाल रखे थे। ट्रकों और छोटे हवाई जहाजों के जरिए भिन्न-भिन्न मोर्चों पर सामान पहुँचाने का काम औरतें और नौजवान लड़कियाँ ही किया करती थीं। गलीना को ख्याल आया कि आंद्रे जब छोटा था तब ट्रक चलाने के सपने देखा करता था। मगर बाद में तो उसे हवाई जहाज चलाने का जनून सवार हो गया था। गलीना अब सोलह बरस की थी। अगर आज आंद्रे जिन्दा होता तो बाईस वर्ष का मजबूत जवान होता।

देश का नये सिरे से निर्माण हो गया था। जर्मनों द्वारा विनाश के निशान तेज़ी से मिटाये जा रहे थे। बर्लिन पर बमों की वर्षा शुरू हो गई थी। शत्रु हारकर हर तरफ से भाग रहा था।

लेकिन अब गलीना को पायलट बनने की धुन सवार थी। ऐसा मालूम होता था जैसे उसने आंद्रे से वादा खिलाफी की हो और वह उसके साथ ट्रक में बैठा हुआ शिकायत की नज़रों से उसे देख रहा हो। वह फिर अकेली हो गई। आंद्रे उससे रूठ गया था।

मगर जब उसने अपने इरादों को प्रकट किया तो किसी ने उसका मजाक ना उड़ाया। उसने छः महीने में अच्छी तरह हवाई जहाज चलाना सीख लिया। वह पागलों की तरह किसी काम पर जुट जाती तो बस रात-दिन एक धुन सवार रहती।

छः महीने के अन्दर उसने हवाई जहाज चलाना ही नहीं, शत्रु के कब्जे में आये हुए देश के हिस्सों पर हमले करना शुरू कर दिये। वह अँधेरी रातों में अकेली उड़ जाती और दुश्मन के छक्के छुड़ा देती। वह हवाई जहाज को इतना नीचे उतार देती कि गलती की आशंका न रहती। वह खतरनाक से खतरनाक मोर्चा अपने सर ले लेती और सफल लौटती।

गलीना बहुत सर्वप्रिय बन गई थी। कई लोग उसके प्रेम में दीवाने हो गये थे। मगर जवाब में वह ऐसी भौंचक्की होकर देखती कि उनका सारा जोश ठंडा हो जाता। प्रेम प्यार के मैदान में वह अभी कोरी थी। बहुत से लोगों से उसकी दोस्ती थी लेकिन प्रेम करने की उसमें योग्यता नहीं थी।

"प्रेम के लिए तो फुर्सत चाहिए।" वह सोचती। "इत्मीनान से एक दिन कर लिया जाएगा। ऐसी जल्दी क्या है, उमर पड़ी है। अभी तो सिर्फ आंद्रे का कर्जा चुकाया है और उसी से जी नहीं भरा।"

फिर उसकी बेक़रार तबीयत ने उसे नये चक्कर में डाल दिया। एक दिन वह अपने कुछ दोस्तों के साथ सर्कस देखने गयी। जब झूले पर करतब शुरू हुए तो उसका कलेजा मुँह को आ गया। वह जल्दी-जल्दी आस्तीन से निरन्तर बहने वाले आँसुओं को पोंछती रही। अपने आँसुओं के रेले में उसे करतब ठीक से दिखाई भी नहीं दे रहे थे।

दूर किसी जन्म में जब ज़िन्दगी कहकहों से भरी थी तब उसका भाई मीशा आँखें फाड़-फाड़कर यही करतब देख रहा था। वापिस आकर उसने इतनी कलाबाजियाँ खाईं कि बूढ़ी दादी भयभीत हो गई। कहीं बच्चे का भेजा ना लौट जाये। इससे मीशा पर सर्कस में भर्ती होने का जनून सवार हो गया। वह खेल-कूद के मैदान में हर साल मैडल जीता करता। सर्कस देखकर जैसे उसका दिमाग लौट गया था।

बूढ़ी दादी को सर्कस के नाम से डर लगता था। उसका प्रेमी ऐसे ही झूलों पर झूलते मौत की गोद में जा सोया था।

बहुत ज़ोर की बहसें हुईं। मम्मा भी दादी की हाँ में हाँ मिलाने लगीं।

"बच्चा हाथ-पैर तोड़ बैठेगा।" दादी जिद कर रही थी।

"भेजा उल्टा हो जाएगा।" मम्मा को रट लगी थी।

"भेजा उल्टा नहीं हुआ करता।" पापा निरंतर समझाते रहे थे, "बचपन में सभी को सर्कस में करतब करने का शौक होता है। कुछ दिन में जी भर जाएगा।"

"ज़िन्दगी तबाह हो जाएगी।" मम्मा ने कहा।

लेकिन एक दिन मीशा गायब हो गया। पता चला कि वह सर्कस के साथ मोस्को जा रहा था। बड़ी मुश्किल से उसे इस वादे पर वापिस लाये कि वह उसे सर्कस इंस्टीट्यूट में भर्ती करवा देंगे।

उस वक्त हिटलर ने योरोप को निगलना शुरू कर दिया था। मीशा ज़रूर सर्कस प्रशिक्षण हासिल करता लेकिन हालात संतोषजनक नहीं थे। देश दुश्मन के हमले के लिए बिल्कुल तैयार न था।

और फिर हिटलर ने रूस पर हमला कर दिया। एक निष्ठुर और घातक भूत था जो घुटनों चलते बच्चों पर टूट पड़ा। एक फौलादी इंजन था जो हँसते मासूम इंसानों को पीसता चला गया। गलीना जैसे लाखों शांतिप्रिय परिवार पिसकर खाक हो गये। लाखों कैदी बना दिये गये जो गुलामों की तरह ज़बर्दस्ती मेहनत पर जुटा दिये।

मगर घुटनियों चलता बच्चा देखते-देखते हाथ टेककर उठ खड़ा हुआ और लोहे की दीवार बन गया और फिर इस दीवार पर सिर पटककर सशस्त्र जर्मन फौज बेकार हो गई। बच्चों और बूढ़ों में नौजवानों जैसा साहस पैदा हो गया। बर्लिन पर फौजों का कब्जा हो गया।

लेकिन मीशा के शरीर के तो पूरे टुकड़े भी नहीं मिले थे। उसकी अधूरी लाश अब तक गलीना की आँखों में तैर रही थी।

सबने कहा—"पागल है वह जो इतनी जबर्दस्त हवाबाज होकर सर्कस में सिवाय झाड़ू लगाने के क्या करेगी।"

"यह कला तो कच्ची हड्डियाँ माँगती है।"

"मगर मीशा तो सिर्फ ग्यारह वर्ष का था।"

"तुम मीशा नहीं गलीना हो।"

"इससे कोई फर्क नहीं पड़ता" वह यही कहती रही।

गलीना की जिद के आगे सबको हार माननी पड़ी। वह पागल थी, इस जंग ने लाखों दिमागों को झँझोड़ डाला था। वह भूल गई थी कि वह गलीना है। उसे तो मीशा का कर्ज उतारना था। मीशा जो सर्कस के सपने देखा करता था, जो दरवाजे की चौखट पर झूला करता था। जिसकी लाश के बहुत से टुकड़े नहीं मिले और तीन साल की सख्त मेहनत के बाद एक दिन गलीना ने मीशा का कर्ज उतार दिया।

नीचे जाल बँधा हुआ था और गलीना झूले पर पींग ले रही थी। हज़ारों चेहरे उसकी तरफ उठे हुए थे, हज़ारों मीशा उसे गर्व और शौक से देखते रहे। उसने कमरबंद से बँधी हुई रस्सी का हुक निकाल दिया। उसके हाथ झूले के बोझ से छूटकर अपने मुकाबिल करतबबाज के हाथों से टकराये, वह सोच रही थी वह मीशा है। बीस साल का हवा में झूलता हुआ मीशा। उस समय वह गलीना नहीं मीशा थी। उसने साबित कर दिया कि अगर इरादे में दृढ़ता हो तो आयु की कैद समाप्त हो जाती है।

उसके करतबों की पूरे देश में धूम मच गई। दो साल तक गलीना सर्कस के साथ

घूमती रही। लोगों ने उसे इतना खुश कभी नहीं देखा था।

लोग ठीक ही कहते थे कि गलीना थोड़ी-सी पागल थी। यूँ भी आवश्यकता से अधिक भावुक लोग थोड़े से पागल होते हैं। इस पागलपन में सांसारिक कष्टों से छुटकारा मिलता है। इंसान में जीने की हिम्मत पैदा होती है। जख्मों को भरने का अवसर मिलता है। यादें रोचक रंग इख़्तियार कर लेती हैं।

फिर उसकी मुस्कराहट मंद पड़ने लगी। उसे नींद न आने की शिकायत हो गई। वह जब आँखें बंद करती तो कातिया की गुड़िया और कातिया का लाल दस्ताने वाला हाथ नज़र आता। वह घबराकर आँखें खोल देती। आँखें मीचते उसे डर लगता। उसे खोया-खोया पाकर सर्कस के मैनेजर ने सख़्ती से आगाह किया कि वह झूले का आईटम प्रस्तुत करते समय कमर से बँधी डोरी का हुक न निकाले।

उसके होठों से हँसी गायब हो गई। आँखें कहीं दूर ढूँढ़ा करतीं और कुछ न पाकर भटकने लगतीं। उसकी भूख बंद हो गई और स्वास्थ्य गिरने लगा। मैनेजर ने उस पर जोर डाला कि वह शांतिपूर्ण स्थान पर जाकर कुछ महीने आराम करे। जिस दिन उसकी दुनिया उजड़ी वह अकेली रह गई थी। उसने एक दिन भी सुख चैन से छुट्टी न मनाई थी। उसके दोस्त उसका दिल बहलाने के लिए उसे कभी अकेला न छोड़ते। उसने अपने सपनों की किसी से चर्चा न की थी।

और एक दिन उसे अपने सपनों का फल मिल गया। वह बालशोई थियेटर में स्वान लेक बैले देख रही थी और एकदम से तीतरी की तरह हल्की-फुल्की नन्ही-सी कातिया उसे स्टेज पर नज़र आई। उसके हाथ में गुड़िया की बजाय आब-ए-ख्वाँ का स्कार्फ था। मम्मा हमेशा कहा करती थीं कि कातिया बैले डांसर बनेगी। वह हर समय अपने नन्हे-नन्हे पंजों पर फिरकियाँ लिया करती थी, यहाँ तक कि उसका सिर घूमने लगता और वह टूटे हुए फूलों की तरह फर्श पर गिर जाती।

उस दिन उसने पहली बार सपने में कातिया को सम्पूर्ण और साबित देखा। वह लाल दस्तानों वाले हाथ हवा में उठाये अपने पंजों के बल नृत्य कर रही थी। सपना देख-देखकर उसका जी न भरा। सोते-जागते कातिया की नीली आँखें उसका पीछा किया करतीं। उसे सर्कस से घृणा होने लगी। उसने मीशा का कर्जा उतार दिया था। बात खत्म हो चुकी थी और कातिया के कर्ज का बोझ उसका दम घोंटे देता था।

उसके दोस्तों ने बहुत समझाया, वह मान गई मगर अपने इरादे से बाज़ आना उसके बस की बात नहीं थी। उसके जनून की जीत हुई और उसने बैले स्कूल में दाखिला ले लिया। इतने समय सर्कस में काम करने के कारण उसके शरीर में एक लोच पैदा हो चुका था, एक क़ुदरती लचक रच गई थी। उसने पाँच साल की सख़्त मेहनत से बैले के तमाम गुणों की जानकारी प्राप्त कर ली। वह जो उसे पागल समझते थे उसकी कला के कायल हो गये। इतने साल उसने अपने गुणों को इधर-उधर क्यों भटकने दिया।

वह नृत्य करते वक़्त गलीना न रहती उसमें कातिया की आत्मा समा जाती। क़ुदरत

ने उसे बैले के लिए ही पैदा किया था। वह अब तक कहाँ रास्ता भूले थी। वह अपने काले बालों को छुपाने के लिए ब्लोंड विग पहन लेती और कहने वालों का कहना था कि नृत्य के लिए उसकी भूरी आँखें नीले रंग की हो जातीं। वह सत्ताईस की थी मगर स्टेज पर जाकर सत्रह-अठारह वर्ष की नव-खिली कली बन जाती।

कातिया भी अगर ज़िंदा रहती तो इतनी ही उमर की होती जिस दिन उसने स्वानलेक का नृत्य बालशोई थियेटर में किया तो पूरे हाल ने खड़े होकर तालियों से उसकी प्रशंसा की। तालियों की आवाज़ दूर होती चली गई और वह अँधेरे में गर्क हो गई। वह झुकी तो फिर उठ न सकी।

जब उसे होश आया तो वह एक शांत कमरे में एक सफ़ेद बिस्तर पर पड़ी थी। उसे जागता देखकर एक नर्स ने उसे उठने से मना करते हुए कहा--

''शुभ प्रभात।''

''शुभप्रभात, मैं कहाँ हूँ?''

''तुम अस्पताल में हो, आज छठा दिन है तुम्हें आये हुए।''

''छठा दिन? मैं छः दिन तक सोती रही?'' उसने अपने हाथों में लगे ग्लुकोस के आले को देखा। ''तब ही मुझे इतनी जोर की भूख लग रही है।''

उसने बड़ी रुचि से शोरबा पीया। तबीयत खुश हो गई थी। वह बिना कारण हँसने लगी।

''मैं घर जा सकती हूँ?''

''नहीं।''

''क्यों?''

''तुम्हारी पिंडलियों की नसें फूल गई हैं। ऑपरेशन होगा।''

''ऑपरेशन?''

''हाँ। वरना तुम फिर से नृत्य न कर सकोगी। तुमने अपने पैरों के साथ बड़ी ज्यादती की है।''

तीन महीने तक उसकी पिंडलियों की प्लास्टिक सर्जरी होती रही। डॉक्टर इतनी अच्छी नर्तकी को स्टेज के योग्य बनाने में तुले हुए थे। उसकी सुडौल पिंडलियों को फिर से सुंदर बनाने की धुन सवार थी। उन्हें यकीन था कि साल भर के अन्दर वह फिर से स्टेज पर पहुँच जाएगी। उसकी पिंडलियों पर कनखजूरों जैसे टेढ़े-मेड़े निशान थे। जिन्हें मिटाने पर डॉक्टर जुटे हुए थे।

मगर गलीना दिल ही दिल में शर्मिंदा हो रही थी। उसे अपनी पिंडलियों से कोई रुचि न रही थी। उसके दिमाग में नया कीड़ा रेंग रहा था। उसने कातिया का कर्ज उतार दिया। अब उसे बिल्कुल चिन्ता न थी। अपने पूरे परिवार को पा लेने के बाद रास्ते में वह कहीं खुद को खो आई है। वह खुद कहाँ? गलीना तो कहीं नहीं मिलती। निस्संदेह अब तो लोग उसे खब्ती समझेंगे। उसे हस्पताल से एकदम प्यार हो गया था। वह अब

तक हस्पताल से दूर जिंदा कैसे रही, उसे तो बचपन से डॉक्टर बनने की इच्छा थी, उसने अब तक जो सीखा उसका अपना न था। उसने अपने लिए कभी कुछ न किया। तो उसके जीवन का अर्थ ही क्या था? दुनिया हँसेगी तो कोई परवाह नहीं। उसने निर्णय कर लिया। वह हार्ट स्पेशलिस्ट बनेगी। युद्ध ने कितने दिलों को तहस-नहस कर दिया। वह उनकी सेवा करेगी तब वह खुद को पा लेगी। फिर उसकी अस्थिर और बेचैन तबीयत को करार आ जाएगा।

पाँच वर्ष में उसका सपना पूरा हो गया। वह अपनी मंजिल पर पहुँच गई। फिर उसने पहली बार अपने पूरे परिवार को हँसता-खेलता सही-सलामत निरन्तर कई रातों तक सपनों में देखा। जब वह भयानक बम उसकी दुनिया पर नहीं गिरा था तब ज़िन्दगी बहारों से भरी हुई थी।

पतझड़ का मौसम शुरू हुआ था कि उसकी ज़िन्दगी में एकदम बहार आ गई।

तुर्की के महान क्रान्तिकारी कवि नाज़िम हिकमत के लिए ज़िन्दगी कठिन हो गई और उन्हें रूस में आश्रय लेना पड़ा। उनकी पत्नी और बच्चा वहीं फँसे रह गये। जब वे रूस पहुँचे तो दिल ने उन्हें जिन्दा होते भी मौत से दो-चार कर दिया था। फौरन मुल्क के प्रसिद्ध हार्ट स्पेशलिस्टों ने उनकी तरफ ध्यान दिया। उन डॉक्टरों में गलीना भी थी। डॉक्टरों की पूरी टीम उनके इलाज पर जुट गई। एक महान और भावुक कलाकार चाहे वह किसी देश का शहरी हो, पूरी इन्सानियत का प्यारा होता है।

नाज़िम हिकमत शायर ही नहीं मुकम्मल शेर थे। लम्बा कद, सुर्ख सफेद चेहरा। घने भूरे बाल और बच्चों जैसी मासूम नीली आँखें। उन्हें देखकर गलीना पर बिजली-सी गिरी। उसे याद आया कि उसने पूरे परिवार का कर्ज चुकाया। केवल अपना कर्ज चुकाना भूल गयी। उसने बत्तीस वर्ष की होकर किसी से प्यार न किया।

जिस लगन से वह हर काम करने की आदी थी उसी जोर-शोर से वह नाज़िम हिकमत पर अदबदाकर आशिक हो गई। अगर उसने डॉक्टरी न पढ़ी होती तो नाज़िम हिकमत कहाँ मिलते। उसने भाग-दौड़ करके अपने आपको उनका स्पेशल डॉक्टर नियुक्त करवा लिया और उनके अस्तित्व में गर्क हो गई।

नाज़िम हिकमत की हालत बहुत नाज़ुक थी। किसी समय भी हवा के एक झोंके से उनके जीवन की लौ गुल हो सकती थी। गलीना डॉक्टर थी मगर उसने उनकी नर्सिंग की जिम्मेदारी भी अपने सिर ले ली थी। गलीना खुद अपने हाथ से उन्हें ''स्पंज बाथ' देती, उनके सुनहरे बालों को सुलझाती, अपने हाथ से खिलाती-पिलाती। उसके लिए दुनिया में सिवाय नाज़िम हिकमत के कुछ बाकी न रहा। हर वस्तु धुँधली होकर दूर चली गई। केवल एक व्यक्ति फोकस में उभर आया। वह थोड़ी-सी पागल तो हमेशा से थी अब बिल्कुल दीवानी हो गई।

नाजिम हिकमत नवयुवक नहीं थे। पचास के पेटे में होंगे। उन्हें हिलने-डुलने यहाँ तक कि बात करने की भी इजाजत न थी। उनकी हालत सँभलने की बजाय दिन-प्रति-दिन

गिरती जा रही थी। महीनों वे ज़िन्दगी और मौत के बीच लटकते रहे। वे कभी यूँ ही आँखें खोलते जैसे उनकी नज़र जा चुकी हो। उन्हें कुछ खबर न थी कि उनके आस-पास क्या हो रहा है। डॉक्टर नियम से उनका निरीक्षण करते और चुप रह जाते। मरीज़ में जीने की इच्छा समाप्त हो चुकी थी। इस आयु में अपनों से दूर, पत्नी और बच्चों से दूर उन्हें जीवन खुश्क और बेरंग नज़र आता था।

गलीना के कमरे में एक बनफशे का पौधा लगा हुआ था। पत्तियाँ झड़ चुकी थीं। टहनियाँ सूख गई थीं। उसने कई बार सोचा उसे उठाकर खिड़की से बाहर फेंक दे लेकिन जी न चाहा। उसे ऐसा लगता था कि पौधे में अभी जान बाकी है।

वह सोचती अगर इस पौधे में कलियाँ फूट निकलीं तो समझो नाज़िम हिकमत सेहत पा जाएँगे। जाने क्यों उसे वहम हो गया कि उनका इस पौधे से कोई रिश्ता है। वह जी-जान से पौधे को सींचने लगी। उसे अपना कुछ होश न था। लिबास बदलना भूल जाती। कंघी करना भूल जाती मगर मरीज की देखभाल में बाल बराबर फर्क न आता। उनकी नन्हे बच्चे की तरह देखभाल करती। डॉक्टर निराश हो चुके थे। नाज़िम हिकमत दिन-प्रतिदिन डूबते जा रहे थे। उनकी रंगत धुले कपड़े की तरह सफेद हो गई थी। पलकें लर्जतीं मगर नीली झीलों के किवाड़ न खुलते।

गलीना बनफशे के पौधे को अपने आँसुओं से सींचती। उस पौधे में उसकी जान थी। उसकी सेहत दिन-प्रतिदिन गिरती जा रही थी—उसे खाने-पीने का होश न था। दुनिया बर्फ से ढकी अस्थाई मौत सो रही थी। बसंत ऋतु दूर थी। अभी तो बर्फ भी पिघलनी शुरू नहीं हुई थी। बर्फ का कफन उसका दम घोंटे देता था। उसे हमेशा बर्फ से प्यार था लेकिन उस साल वह एक दिन भी स्केटिंग के लिए नहीं निकली। उसके दोस्त उसे समझाकर थक गये। ''अपना स्वास्थ्य गँवा बैठोगी, कोई मरीज के साथ यूँ नहीं मरता।''

''मरीज तो मैं हूँ, वे मेरे चिकित्सक हैं।''

और एक दिन कमरे के वातावरण में एक चमत्कार ने जन्म लिया। हैरानी से उसके मुँह से चीख निकल गई। बनफशे के पौधे में सुई की नोंक के बराबर कोंपल निकल रही थी।

वह खुशी से पंजों के बल नाचने लगी। वह दबेपाँव मरीज के कमरे में गई। दिल बे-काबू हो गया तो झुककर उसने सफेद होठों पर अपने काँपते होठ रख दिये। सुनहरी पलकें काँपीं। नीली झीलों के किवाड़ अधखुले हो गये, एक क्षण के लिए उसकी काली आँखों से उलझीं, काँपता हुआ हाथ होठों पर कुछ ढूँढ़ने लगता। नाज़िम हिकमत ने एक ठंडी साँस भरी और फिर अचेतना में डूब गये।

मृत्यु हार गई और गलीना का प्यार जीत गया। वह पंजों के बल अपने कमरे में नाचती रही। आईने के सामने झुककर उसने सिर से पाँव तक अपने को देखा। वह सोलह वर्ष की लग रही थी।

उसने अपने काले बाल धोये। ब्रुश से खूब चमकाये। लालिमा के रंग का फ्रॉक पहना।

और फिर जब वह उनका ब्लड-प्रेशर चेक कर रही थी कि नाज़िम हिकमत ने आँखें खोल दीं। देर तक दोनों की आँखें उलझी रहीं। गलीना मूर्खों की तरह खिलखिला कर हँस दी।

1955 में जब मैं रूस गई तो एक दिन अली सरदार जाफरी बौखलाये हुए आये और बोले—"जल्दी चलो।"

"कहाँ?"

इस तरह हम कोई आठ-दस मील मास्को से दूर नाज़िम हिकमत के वाशा में पहुँचे। बरामदे में भूरे रंग की नीली-सी फ्रॉक पहने एक बूटे से कद वाली लड़की खड़ी थी।

"यह गलीना है।" ओकसाना ने कहा जो वहाँ पहले से मौजूद थी।

बड़ी खूबसूरत मुलाकात थी। हम कालीनों पर तकियों के सहारे घरेलू अंदाज में बैठ गये।

"थोड़ी-सी पागल है" ओकसाना ने मेरे कान में कहा।

गलीना नाज़िम हिकमत को फुसलाकर कुछ पिलाने की कोशिश कर रही थी और वे बच्चों की तरह मुँह फुला रहे थे मगर उनकी नीली शफाफ आँखें शरारत से नाच रही थीं। फिर उसने उनकी नब्ज देखी और संतोष से सिर हिलाकर हमारे लिए सुर्ख मशरूब (पेय) लेने चली गई। ओकसाना ने अपनी बात की व्याख्या में मुझे गलीना के अस्थिर स्वभाव का विस्तार बताया।

हम वहाँ चार-पाँच घंटे बैठे रहे। समय कैसे उड़ता चला गया, पता भी नहीं चला। नाज़िम हिकमत अपने काव्य सुनाते रहे। गलीना कभी ताजा गिलास भरती, कभी कुछ खाने की चीज़ें लाती। घर में कोई नौकर नहीं था।

ओकसाना ने कहा, "यह पगली नाज़िम की किसी चीज़ को हाथ नहीं लगाने देती। उनके कपड़े भी खुद धोती है। बाल काटती है। यहाँ तक कि उन्हें बच्चों की तरह हाथ से खिलाती है।"

गलीना ने एक सैंडविच बढ़ाई और बे-ख्याली में नाज़िम हिकमत ने मुँह खोल दिया। गलीना मेरी तरफ देखकर मुस्करा दी।

फिर गलीना मुझे अपना घर दिखाने लगी। वाशा बड़ी खूबसूरती से सजाया गया था। हर दीवार पर नाजिम हिकमत के बेटे का चित्र लगा हुआ था।

"यह हमारा बेटा है।" गलीना ने बड़े गर्व से कहा।

"क्या वह स्कूल से अभी तक नहीं लौटा?"

"वह तुर्की में है।" वह उदास हो गई।

तब मुझे मालूम हुआ कि नाज़िम हिकमत की बीवी और बेटा तुर्की में लगभग कैदियों का-सा जीवन बिता रहे हैं।

"मगर एक दिन वे दोनों यहाँ पहुँच जाएँगे" वह चहकी।

"मगर नाज़िम तो तुम्हें चाहते हैं?"

"नहीं वे अपनी बीवी के प्रेमी हैं।" एक पल को उसकी आँखों में उदासी और

निराशा की बिजली-सी कौंधी। दूसरे क्षण वह हँस पड़ी।

मैंने पूछा—"यह इकतरफा इश्क कैसा? ताली तो दोनों हाथों से बजती है।"

"क्यों?" वह कुछ नहीं समझी।

"तुम उनसे प्यार कैसे कर सकती हो जब वे तुम्हें कुछ नहीं देते।"

"जो कुछ दे सकते हैं, मैं उतना ही माँगती हूँ। मैंने कर्ज़ नहीं दिया जो सूद वसूल करूँ।"

"तुम्हारे आत्म-सम्मान को ठेस नहीं लगती।"

"प्यार में कुछ दिया जाता है तो जवाब में भी कुछ मिलता है" मैंने कहा।

"ऊँह! अब यह नाप-तोल कौन करे। मुझे जो कुछ मिलता है, जितना भी मिलता है, दोनों हाथों से समेटकर मन भर लेती हूँ।" वह फिर मेरे लिए सुर्ख मशरूब लेने चली गई।

"मैंने कहा था न गलीना थोड़ी पागल है।"

"काश दुनिया के सब इंसान थोड़े से पागल हो जाएँ।" मुझे ओकसाना की सूरत धुँधली-सी दिखाई दे रही थी। जैसे कहीं करीब बारिश हो रही हो।

□

दोज़खी

जब तक कॉलेज सिर पर सवार रहा, पढ़ने-लिखने से फुर्सत ही न मिली जो अदब की तरफ ध्यान किया जाता और कॉलेज से निकलकर बस दिल में यह बात बैठ गई कि हर वह चीज़ जो दो साल पहले लिखी गई पुरानी बद-मज़ाक और झूठी है। नया साहित्य केवल आज और कल में मिलेगा। इस नये साहित्य ने इतना गड़बड़ाया कि न जाने कितनी किताबें सिर्फ नाम देखकर ही वाह्यात समझकर फेंक दीं और सबसे बेकार जो नज़र आईं वे अज़ीम बेग चुग़ताई की थीं। ''घर की मुर्गी दाल बराबर'' वाली बात। घर के हर कोने में उनकी किताबें रुलती फिरतीं मगर सिवाय अम्माँ और दो-एक पुराने फैशन की भाभियों के किसी ने उठाकर भी न देखीं। यही ख्याल होता कि भला इनमें होगा ही क्या। यह साहित्य नहीं फक्कड़ मज़ाक, पुराने इश्क के सड़ियल किस्से और जी जलाने वाली बातें होंगी यानी बिना पढ़े ही राय कायम। मुझे खुद यकीन नहीं आया कि मैंने अज़ीम भाई की किताबें क्यों न पढ़ीं। शायद इसमें थोड़ा-सा गरूर भी शामिल था और आत्म-प्रशंसा भी। यह ख्याल होता था कि यह पुराने हैं, हम नये हैं।

एक दिन यों ही लेटे-लेटे उनका एक मज़मून ''यक्का'' नज़र आया। मैं और असीम पढ़ने लगे। न जाने किस धुन में थे कि हँसी आने लगी और इस कद्र आई कि पढ़ना कठिन हो गया। हम पढ़ ही रहे थे कि अज़ीम भाई आ गये और अपनी किताब पढ़ते देखकर खिल गये। मगर हम जैसे चिढ़ गये और मुँह बनाने लगे। वे एक होशियार व्यक्ति थे, बोले—लाओ मैं तुम्हें सुनाऊँ और यह कहकर दो-एक मज़मून जो हमें सुनाये तो सही अर्थों में हम ज़मीन पर लोटने लगे। सारी बनावट गायब हो गई। एक तो उनके मज़मून और फिर उनकी ही जुबानी। मालूम होता था हँसी की चिनगारियाँ उड़ रही हैं। जब वे खूब मूर्ख बना चुके तो बोले—''तुम लोग तो कहते हो कि मेरे मज़मून में कुछ नहीं...'' और उन्होंने छेड़ा। हमारे मुँह उतरकर ज़रा-ज़रा से निकल आये और बुरी तरह चिढ़ गये, झुँझलाकर उल्टी-सीधी बातें करने लगे। जी जल गया और फिर इसके बाद और भी उनकी

किताबों से घृणा हो गई।

मैंने उनके मज़मूनों की उनकी ज़िंदगी में कभी प्रशंसा न की, हालाँकि वे मेरे मज़मून देखकर ऐसे खुश होते थे कि बयान नहीं, इस कद्र प्यार से प्रशंसा करते थे। मगर यहाँ तो उनकी हर बात से चिढ़ने की आदत थी, मैं समझती थी कि वे मेरा मज़ाक उड़ाते हैं। और खुदा की कसम जब ये शख्स किसी का मज़ाक उड़ाता था तो जी चाहता था कि बच्चों की तरह ज़मीन पर मचल जाएँ और रोएँ। किस कद्र व्यंग्य, कैसी कड़वी मुस्कराहट और कटते हुए वाक्य। मैं तो हर समय डरती थी कि मेरा मज़ाक उड़ाया और मैंने बद-जुबानी की।

कभी कहते थे कि "मुझे डर लगता है कि कहीं तुम मुझसे अच्छा न लिखने लगो" और मैंने केवल चंद मज़मून लिखे थे इसलिए दिल जलता था कि यह मेरा मज़ाक उड़ा रहे हैं।

उनकी मृत्यु के बाद न जाने क्यों मरने वाले की चीजें प्यारी हो गईं, उनका एक-एक लफ्ज चुभने लगा और मैंने ज़िंदगी में पहली बार उनकी किताबें दिल लगाकर पढ़ी। दिल लगाकर पढ़ने की भी खूब रही। यानी दिल लगाने की भी आवश्यकता न थी। दिल खुद-ब-खुद खिंचने लगा। उफ़! तो यह कुछ लिखा है इन रुलने वाली किताबों में। एक-एक लफ्ज पर उनकी तस्वीर आँखों में खिंच जाती और पल भर में वह ग़म और दुःख में डूबी हुई मुस्कराने की कोशिश करती हुई आँखें। वह शोक-ग्रस्त काली घटाओं की तरह मुझयि हुए पीले चेहरे पर पड़े हुए घने बाल। वह पीली नीलाहट लिये हुए ऊँची मस्तक, मुझयि हुए उदास होठ जिनके अंदर समय से पहले ही टूटे हुए ना-हमवार दाँत और वे पतले सूखे-सूखे हाथ और औरतों जैसे नाजुक दवाओं में बसी हुई लम्बी अँगुलियों वाले हाथ और फिर उन हाथों पर सूजन आ गई थी। पतली-पतली खपची जैसी टाँगें जिनके सिर पर सूजन से फूले हुए बदसूरत पैर जिनको देखने के डर की वजह से हम लोग उनके सिरहाने ही की तरफ जाया करते थे। और सूखे हुए पिंजरे जैसे सीने पर धुँकनी का भ्रम होता था। कलेजे पर हजारों कपड़ों बनियानों की तहें और उस सीने में फड़कता हुआ चुलबुला दिल। या अल्लाह यह शख्स क्योंकर हँसता था? कोई भूत है या जिन्न जो हर खुदाई ताकत से कुश्ती लड़ रहा है। नहीं मानता मुस्कराये जाता है। अत्याचारी और निर्दय खुदा चढ़-चढ़कर खाँसी और दमा का कष्ट दे रहा है और यह दिल कहकहे नहीं छोड़ता। कौन-सा दीन-दुनिया का दुख था जो कुदरत ने बचा रखा था मगर फिर भी न रुला सकी। इस दुख में, इस जलन में हँसते ही नहीं हँसाते रहना किसी इंसान का काम नहीं। मामू कहते "जिंदा लाश" ए खुदा अगर लाशें भी इस कद्र जानदार, बेचैन और फड़कने वाली होती हैं तो फिर दुनिया एक लाश क्यों नहीं बन जाती।

मैं एक बहिन की हैसियत से नहीं एक औरत बनकर उनकी तरफ नज़र उठाकर देखती तो दिल काँप उठता था। किस कदर ढीठ था उनका दिल। उसमें कितनी जान थी। मुँह पर गोश्त नाम को न था मगर कुछ दिन पहले चेहरे पर सूजन आ जाने से चेहरा खूबसूरत

हो गया था। कनपटियाँ भर गई थीं। पिचके हुए गाल मोटे हो गये थे। एक मौत की-सी गिला चेहरे पर आई थी और रंगत में कुछ अजीब तिलिस्मी सब्जगी-सी आ गई थी। मगर आँखें, मालूम होता था किसी बच्चे की शरीर आँखें हैं जो जरा-सी बात पर नाच उठती थीं और फिर कभी उनमें नौजवान लड़कों की-सी शोखी जाग उठती थी और यही आँखें कभी दौरे की शिद्दत से घबराकर चीख उठतीं। उनकी शीशे की तरह साफ नीली सतह गदली जर्द हो जाती और बे-कस हाथ काँपने लगते। सीना फटने पर आ जाता। दौरा खत्म हुआ कि फिर वही रोशनी, फिर वही नाच, फिर वही चमक।

अभी कुछ दिन हुए मैंने पहली बार "खानम" पढ़ी। हीरो वह खुद नहीं। उनमें इतनी जान ही कब थी मगर वह हीरो उनकी कल्पना का हीरो है। वह उनकी दबी हुई भावनाओं की काल्पनिक प्रतिमा है। जैसे एक लँगड़ा स्वप्न में खुद को नाचता-कूदता-दौड़ता हुआ देखता है। ऐसे ही वे बीमारी में गिरफ्तार निढाल पड़े अपने हमज़ाद को शरारतें करता देखते थे। काश! एक बार और सिर्फ एक बार उनकी खानम इस हीरो को देख लेती।

शायद औरों के लिए खानम कुछ भी नहीं, लेकिन सिवाय लिखने वाले के और बाकी के सारे कैरेक्टर असली और जिन्दा हैं। भाई साहब, भाभी जान, नानी अम्माँ, रोशनी, वालिद साहब, भतीजे, भंगी, बहिश्ती, यह सबके सब हैं। यही होता था बिल्कुल यही। और अब भी सब घरों में ऐसा ही होता है। कम से कम मेरे घर में तो था और एक-एक शब्द घर की सच्ची तस्वीर है। जब अज़ीम बेग लिखते थे तो सारा घर और हम सब उनके लिए एक्टिंग किया करते थे। हम हिलते-डुलते खिलौने थे और वे एक चित्रकार जिसने बिल्कुल असल की नकल कर दी। जितनी दफ़ा "खानम" को पढ़ती हूँ यही मालूम होता है, खानदान का ग्रुप देखती हूँ। वे, भाभी और खानम झगड़ रही हैं। वे भाई साहब शरारतें ईजाद कर रहे हैं और लेखक खुद? सिर झुकाये खामोश चित्र चित्रण में लीन है।

"खुर्पा बहादुर" जिसका पहला टुकड़ा 'रूह-ए-लताफत' में छपा है यह सब काल्पनिक है। लाचार और मजबूर इंसान अपने हमज़ाद से दुनिया भर की शरारतें करवा लेता है। वह खुद तो दो कदम भी नहीं चल सकता लेकिन हमज़ाद चोरियाँ करता, शरारतें करता है। खुद तो एक उँगली का बोझ नहीं सहार सकता मगर हमज़ाद जी भरकर मार खाता है और टस से मस नहीं होता। लेखक की अभिलाषा थी कि काश! वह भी इतना ही मज़बूत होता कि दूसरे भाइयों की तरह डेढ़-डेढ़ सौ जूते खाकर कमर झाड़कर उठ खड़ा होता। तंदुरुस्त लोग क्या जानें एक बीमार के दिल में क्या-क्या अरमान होते हैं। परकटा परिंदा जैसे नहीं तो सपनों में तो दुनियाभर की सैर कर आता है। यही हाल उनका था—वे जो कुछ न थे, कहानी में वही बनकर दिल की आग बुझा लेते थे। कुछ तो चाहिए ना जीने के लिए।

शुरू से ही रोते धोते पैदा हुए, रुई के गालों पर रखकर पाले गये। कमज़ोर देखकर हर कोई क्षमा कर देता। तगडे भाई सिर झुकाकर पीट लेते। कुछ भी करें वालिद साहब कमज़ोर जानकर क्षमा कर देते। हरेक दिलजोई में लगा रहता। मगर बीमार को बीमार कहो

तो उसे खुशी कब होगी। इन महरबानियों से कमज़ोरी का एहसास और बढ़ता। बगावत और बढ़ती। गुस्सा बढ़ता मगर बे-बस! सबने उनके साथ गांधी जी वाली 'नान वायलेंस' शुरू कर दी थी। वे चाहते थे कि कोई तो उन्हें भी इंसान समझे। उन्हें भी कोई डाँटे। कोई ज़िंदा लोगों में शुमार करे इसलिए एक तरकीब निकाली और वह यह कि फसादी (उपद्रवकारी) बन गये। जहाँ चाहा दो आदमियों को लड़ा दिया। अल्लाह ने दिमाग दिया था और फिर इसके साथ असाधारण कल्पना और तेज जुबान। चटखारे ले- लेकर कुछ ऐसी तरकीबें चलते कि झगड़ा ज़रूर होता। बहिन-भाई माँ-बाप सबको नफरत हो गई। अच्छा-खासा घर जंग का मैदान बन गया और सब मुसीबतों के जिम्मेदार खुद। बस सारी आत्म-प्रशंसा की भावनाएँ संतुष्ट हो गईं। और कमज़ोर, लाचार, हरदम का रोगी, थियेटर का विलेन हीरो बन गया और क्या चाहिए? सारी कमज़ोरियाँ हथियार बन गईं। जुबान बद से बदतर हो गई। दुनिया में हर कोई नफ़रत करने लगा। सूरत से जी मिचलाने लगा। हँसते-बोलते लोगों को दम भर में दुश्मन बना लेना बायें हाथ का काम हो गया।

लेकिन मकसद यह तो न था कि वास्तव में दुनिया उन्हें छोड़ दे। घर वालों ने जितना उनसे खिंचना शुरू किया उतने ही वे उनसे लिपटे। आखिर में तो खुदा माफ करे उनकी सूरत देखकर नफ़रत आती थी। वे लाख कहते मगर दुश्मन नज़र आते थे। बीवी शौहर न समझती, बच्चे बाप न समझते। बहिन ने कह दिया तुम मेरे भाई नहीं और भाई आवाज़ सुनकर नफ़रत से मुँह मोड़ लेते। माँ कहती साँप जना था मैंने।

मरने से पहले दयनीय स्थिति थी। बहिन होकर नहीं इंसान बनकर कहती हूँ—"जी चाहता था कि जल्दी से मर चुकें, आँखों में दम है मगर दिल दुखाने से नहीं चूकते। दोज़ख का कष्ट बन गए हैं। हजारों कहानियों और अफसानों का हीरो एक विलेन बनकर संतुष्ट हो चुका था। वह चाहता था अब भी कोई उसे प्यार करे, बीवी पूजा करे, बच्चे मुहब्बत से देखें। बहिनें वारी जाएँ और माँ कलेजे से लगाए।

माँ ने तो सचमुच कलेजे से लगा लिया। भूला-भटका रास्ते पर आ लगा। आखिर माँ थी। मगर औरों के दिल से नफरत न गई। यहाँ तक कि फेफड़े खत्म हो गये। सूजन बढ़ गई। आँखें चुँधिया गईं और अंधों की तरह टटोलने पर भी रास्ता न मिला। हीरो बनकर भी हार उनकी ही रही। जो चाहा न मिला। उसके बदले नफ़रत और घृणा मिली। इंसान किस कदर लोभी होता है इतनी प्रसिद्धि और नाम होने के बावजूद हिकारत की ठोकरें खाकर जान दी। सुबह चार बजे आज से 42 वर्ष पहले जो नन्हा-सा बच्चा था वह ज़िन्दगी का नाटक खेल चुका था। 29 अगस्त को सुबह छः बजे शमीम भाई ने आकर कहा—"मुन्ने भाई खत्म हो रहे हैं, उठो!"

"वे कभी भी खत्म नहीं होंगे...बेकार मुझे जगा रहे हो..." मैंने बिगड़कर सुबह की ठंडी हवा में फिर सो जाने का इरादा किया।

"अरे! कमबख्त तुझे याद कर रहे हैं..." शमीम ने कुछ परेशान होकर हिलाया।

"उनसे कह दो कि अब प्रलय के दिन मिलेंगे...अरे शमीम, वे कभी नहीं मर सकते।"

मैंने दृढ़ता से कहा।

मगर जब मैं नीचे आई तो उनकी जुबान बंद हो चुकी थी। कमरा सामान से खाली कर दिया गया था। सारा कूड़ा-करकट, किताबें हटा दी गई थीं। दवा की बोतलें लाचाँरी की तस्वीर बनी लुढ़क रही थीं। दो नन्हे बच्चे परेशान हो-होकर दरवाज़े को तक रहे थे। भाभी उन्हें जबरदस्ती चाय पिला रही थीं। माँ पलंग की चादर बदल रही थीं। सूखी आहें उनके कलेजे से निकल रही थीं। आँसू बंद थे।

''मुन्ने भाई'' मैंने उन पर झुककर कहा। एक क्षण को आँखें अपनी धुरी पर रुकीं, होठ सुकड़े और फिर वहीं मृत्यु अवस्था छा गई। हम सब बैठकर चार घंटे तक सूखे बे-जान हाथों की जंग देखते रहे। मालूम होता था। यमदूत भी पराजित हो रहे हैं। जंग थी कि खत्म ही न होती थी।

''खत्म हो गये मुन्ने भाई''...न जाने किसने कहा।

और आज मैं उनकी किताबें देखकर कहती हूँ, असंभव। वे कभी नहीं मर सकते। उनकी जंग अब भी जारी है। मेरे लिए तो वे मरकर ही जिये और न जाने कितनों के लिए वे मरने के बाद पैदा होंगे और बराबर पैदा होते रहेंगे। उनका संदेश था ''दुःख से लड़ो, नफरत से लड़ो और मरकर भी लड़ते रहो।'' यह कभी न मर सकेगा। उनकी विद्रोही आत्मा को कोई नहीं मार सकता। वे नेक नहीं थे। पारसा न होते अगर उनकी सेहत अच्छी होती। वे झूठे थे, उनकी ज़िन्दगी भी झूठी थी। सबसे बड़ा झूठ थी। उनका रोना झूठा, हँसना झूठा। लोग कहते हैं माँ-बाप को दुःख दिया, बीवी को दुःख दिया, बच्चों और सारे जग को दुःख दिया। वे एक...अफारीत (भूत-प्रेत) थे जो दुनिया पर एक कष्ट बनकर नाजिल हुए थे और दोज़ख (नरक) के सिवाय उनका कहीं ठिकाना नहीं। अगर दोज़ख में ऐसे ही लोगों का ठिकाना है तो एक बार ज़रूर इस दोज़ख में जाना पड़ेगा, सिर्फ यह देखने के लिए कि जिस शख्स ने दुनिया की दोज़ख में यूँ हँस-हँसकर तीर खाये और तीर-अंदाजों को कड़वे तेल में तला वह दोज़ख में कष्ट देने वालों को क्या कुछ न चिढ़ा-चिढ़ाकर हँस रहा होगा। बस मैं वह कटु व्यंग्य से भरी हँसी देखना चाहती हूँ जिसे देखकर दोज़ख का दरोगा भी जल उठता होगा।

मुझे यकीन है, वह अब हँस रहा होगा, कीड़े उसकी खाल को खा रहे होंगे। हड्डियाँ मिट्टी में मिल रही होंगी। मुल्लाओं के फतवों से उसकी गर्दन दब रही होगी। आरों से उसका जिस्म चीरा जा रहा होगा, मगर वह हँस रहा होगा। आँखें शरारत से नाच रही होंगी। नीले मुर्दा ओठ तल्खी से हिल रहे होंगे, मगर कोई उसे रुला नहीं सकता।

वह व्यक्ति जिसके फेफड़ों में नासूर, टाँगें मुद्दत से अकड़ी हुई, बाँहें इंजेक्शनों से गुदी हुई, कूल्हों में अमरूद बराबर फोड़ा, आखिरी दम, और च्यूंटियाँ जिस्म में लगना शुरू हो गईं, क्या हँसकर कहता है...''यह च्यूँटी साहबा भी किस कदर बे-सब्र हैं। यानी समय से पहले ही अपना हिस्सा लेने आन पहुँचीं...'' यह मरने से दो दिन पहले कहा...दिल चाहिए, पत्थर का कलेजा हो। मरते वक्त जुमले (वाक्य) कसने के लिए।

उनका एक जुमला हो तो लिखा जाए। एक लफ्ज हो तो याद आए। पूरी की पूरी किताबें ऐसे ही चुटकुलों से भरी पड़ी हैं। दिमाग था कि इंजन। बिना आग-पानी के हर वक्त चलता रहता था और जबान थी कि कैंची—इस कदर नपे-तुले जुमले निकालती थी कि जमकर रह जाते थे।

नये लिखने वालों के आगे उनकी गाड़ी नहीं चली। दुनिया बदल गई है, ख्यालात बदल गये हैं। हम लोग बद-जुबान हैं और मुँहफट। दिल दुखता है हम तो रो देते हैं। सर्मायादारी, पूँजीवाद, सोशलिज्म और बेकारी ने हम लोगों को झुलसा दिया है। हम जो कुछ लिखते हैं दाँत पीस-पीसकर लिखते हैं, अपने गुप्त दुःखों, कुचले हुए जज़्बात को जहर बनाकर उगलते हैं। वे भी दुखी थे। नादान बीमार और दरिद्र। पूँजीवाद से मजबूर मगर फिर भी इतनी हिम्मत थी कि ज़िंदगी का मुँह चिढ़ा देते थे। दुःख में ठट्ठा लगा लेते थे। वे अफसानों ही में नहीं हँसते थे, ज़िंदगी के मामले में हँसकर दुःख को नीचा कर देते थे। बातों के इस क़दर शौकीन कि दुनिया का कोई इंसान हो उससे दोस्ती। "खुर्पा बहादुर" में जो शाह-ए-लकरान के हालात हैं वह एक मीरासन से मालूम हुए। उससे ऐसी दोस्ती थी कि बस बैठे हैं और घंटों बकववास हो रही है। लोग हैरान हैं कि या अल्लाह! यह बुढ़िया मीरासन से क्या बातें हो रही हैं मगर जो कुछ उन्होंने लिखा है उसी मीरासन ने उन्हें बताया है।

और तो और भंगन, बहिश्तन, राह चलतों को रोककर बातें करते थे। यहाँ तक कि कुछ दिन हस्पताल में रहे। वहाँ रात को जब खामोशी हो जाती, आप चुपके से सारे मरीजों को समेटकर गप्पें उड़ाया करते। हज़ारों किस्से सुनते और सुनाते। वही किस्से "स्वाना की रूहें", "महारानी का सपना", "चमकी" और "बरेडे" बन गये। वह हर चीज़ ज़िंदगी से लेते थे और ज़िंदगी में कितने झूठ हैं यही बात है उनकी कहानियों में। बहुत-सी बातें कल्पना से दूर मालूम होती हैं, क्योंकि उनकी काव्य-कल्पना हर बात पर विश्वास करती थी।

उनकी नावलें कई जगह पर वाह्यात हैं। फ़ज़ूल-सी। खासकर "कोलतार" तो बिल्कुल रद्दी है मगर उसमें भी वास्तविकता को असली सूरत में गड़बड़ करके लिख दिया है। "शरीर बीवी" तो बिल्कुल फ़ज़ूल है, मगर अपने ज़माने की बड़ी चलती हुई चीज़ थी।

"चमकी" एक दहकता हुआ शोला है। यकीन नहीं आता कि इस कदर सूखा इंसान जिसने अपनी बीवी के अलावा किसी की तरफ़ आँख उठाकर भी नहीं देखा, कल्पना में किस कदर अय्यास बन जाता है। उफोह! वे चमकी की निगाहों के पैग़ाम। वह हीरो की उसकी हरकतों से मुग्ध हो जाना। और फिर लेखक की ज़िन्दगी—किस कदर मुकम्मल झूठ। यह अज़ीम भाई नहीं उनका भूत होता था जो उनके जिस्म से दूर होकर हुस्न-ओ-इश्क की अय्याशियाँ करता है।

अज़ीम भाई की लोकप्रियता यूँ भी वर्तमान साहित्य में यानी बिल्कुल नये साहित्य में न थी कि वे खुली बातें न लिखते थे। वे औरत का सौन्दर्य देखते थे मगर उसका शरीर

बहुत कम देखते थे। शरीर की बनावट की दास्तानें पुरानी मसनवियों "गुल बकावली" "ज़हर-ए-इश्क" इत्यादि में बहुत प्रत्यक्ष थीं और फिर उन्हें पुरानी कह दिया गया लेकिन अब यह फैशन निकला है कि वही पुराना सीना का उतार-चढ़ाव, पिंडलियों की गाऊदी, रानों का गुदाज़ 'नया अदब' बन गया है। वे उसे अश्लील समझते थे और अश्लीलता से डरते थे, यद्यपि भावनाओं की अश्लीलता उनके यहाँ आम है और बहुत गंदी बातें भी लिखने में नहीं झिझकते थे। वे औरत की भावनाओं में तो अश्लीलता देखते थे मगर खुद उसे कपड़े पहने देखते थे। वे मुझसे ज्यादा बे-तकल्लुफी से बात नहीं करते थे और मुझे बहुत बच्चा ही समझते थे। कभी किसी यौन विषय पर तो वे किसी से बहस ही न करते थे। एक दोस्त से सिर्फ इतना कहा कि नये लेखक बड़े जोशीले हैं लेकिन भूखे हैं और ऊपर से उन पर यौन प्रभाव बहुत है, जो कुछ लिखते हैं "अम्माँ खाना" मालूम होता है। यह भी कहा करते थे कि हिन्दुस्तानी साहित्य में हर ज़माने में यौन बहुत प्रत्यक्ष रहता है। यहाँ के लोग यौन से बहुत प्रभावित हैं। हमारी शाइरी, चित्रकला प्राचीन पूजा से भी यौन-भूख का पता चलता है। अगर ज़रा देर इश्क-ओ-मुहब्बत को भूल जाएँ तो सर्वप्रिय नहीं रह सकते। यही वजह है कि बहुत जल्द साहित्य में उनका रंग गायब होकर "अलिफ लैला" का रंग चढ़ गया।

उन्हें हिज़ाब इम्तियाज़ अली से खास लगाव था। मैं आदरणीय से क्षमा माँगकर कहूँगी कि मरने वाले का राज़ है। कहा करते थे "यह औरत बहुत प्यारे झूठ बोलती है" उन्हें शिकायत थी कि मैं बहुत उल्टे-सीधे झूठ बोलती हूँ। मेरे झूठ भूखे की पुकार हैं और उनके झूठ भूखे की मुस्कराहटें। अल्लाह जाने उनका क्या मतलब होता था।

हम उनके अफसानों को आम तौर पर झूठ कहा करते थे। जहाँ उन्होंने कोई बात शुरू की और स्वर्गीय वालिद साहब हँसे फिर "कस्र-ए-सहरा" लिखने लगे। वे उनकी गप्पों को "कस्र-ए-सहरा" कहते थे। अज़ीम भाई कहते "सरकार दुनिया में झूठ बगैर कोई रंगीनी नहीं। बात को दिलचस्प बनाना हो तो झूठ उसमें मिला दो।"

वे यह भी कहते थे कि स्वर्ग और नरक का बयान भी तो "कस्र-ए-सहरा" है।

इस पर मामू कहते—"अरे इस जिंदा लाश को मना करो कि यह कुफ्र हैं।" इस पर वे मामू के ससुराल वालों का मज़ाक उड़ाते थे।

उन्हें पीरी मुरीदी ढोंग मालूम होती थी लेकिन कहते थे कि दुनिया का हर ढोंग एक मज़ेदार झूठ है और झूठ ही मज़ेदार है।

कहते थे—"मेरी सेहत इजाजत देती तो मैं अपने बाप की कब्र पुजवा देता। बस दो साल कव्वाली करा देता और चादर चढ़ाता। मज़े से आमदनी होती...।"

उन्हें धोखाबाज़ और मक्कार आदमी से मिलकर बड़ी खुशी होती थी, कहते थे, "धोखा और मक्कारी मज़ाक नहीं। अक्ल चाहिए इन चीजों के लिए...।"

उन्हें नाच गाने का बड़ा शौक था, मगर किस नाच से? यह जो फ़कीर बन्ने आते हैं, उनका। आम तौर पर पैरो देकर धूल में नाचते हुए फकीरों को इस शौक से देखा करते

थे कि उनकी निमग्नता देखकर ईर्ष्या होती थी। न जाने उन्हें इस नंगे-भूखे नाच में क्या कुछ नज़र आता था।

मैंने उन्हें कभी नमाज़ पढ़ते नहीं देखा। कुरआन शरीफ लेटकर पढ़ते थे और बे-अदबी से उसके साथ-साथ सो जाते थे। लोगों ने भर्त्सना की तो उस पर कागज़ चढ़ाकर कह दिया करते थे—"कुछ नहीं कानूनी किताब है।" झूठ तो खूब निभाते थे।

हदीस बहुत पढ़ते थे और लोगों से बहस करने के लिए अजीब-अजीब हदीसें ढूँढ़कर याद कर लेते थे और सुनाकर लड़ा करते थे। उनकी हदीसों से लोग बड़े परेशान थे। कुरआन की आयतें भी याद थीं और बे-तकान हवाला देते थे। शक करो तो सिरहाने से कुर्रान निकालकर दिखा देते थे।

यज़ीद के बड़े प्रशंसक थे और इमाम हुसैन की शान में बकवास किया करते थे। लोगों से घंटों बहस होती थी, कहते थे—"मैंने सपने में देखा कि हज़रत इमाम हुसैन खड़े हैं उधर से यज़ीद आया। आपके पैर पकड़ लिये, गिड़गिड़ाये, हाथ जोड़े तो आप का खून जोश मारने लगा और उसे उठाकर सीने से लगा लिया। बस मैंने भी उस दिन से यजीद की इज्जत शुरू कर दी। जन्नत में उनका मिलाप भी हो गया। फिर हम क्यों लड़ें?"

राजनीति से कम दिलचस्पी थी—कहते थे...बाबा हम लीडर बन नहीं सकते तो फिर क्या कहें। लोग कहेंगे तुम ही कुछ करके दिखाओ और यहाँ कमबख़्त खाँसी और दमा नहीं छोड़ता। बहुत साल हुए कुछ मजमून "रियासत" में राजनीति और अर्थशास्त्र पर लिखे थे, वे न जाने क्या हुए। मज़हब का जनून-सा था मगर आखिर में आकर बहस कम कर दी थी और कहते थे—"भई तुम लोग तो हट्टे-कट्टे हो और मैं मरने वाला हूँ और जो कहीं स्वर्ग-नरक सब निकल आये तो क्या करूँगा...अतः चुप ही रहो...।" पर्दा के लिखाफ तो कभी से थे मगर आखिर में कहते थे..."यह पुरानी बात हो गई। अब पर्दा रोके से नहीं रुक सकता। इस मामले पर हम तौबा कर चुके...अब तो नई परेशानियाँ हैं।" लोग कहते थे नरक में जाओगे तो फ़र्माते—"यहाँ कौन-सा अल्लाह मियाँ ने स्वर्ग दे दिया है जो वहाँ दोज़ख की धमकियाँ हैं, कुछ परवाह नहीं हम तो आदी हैं। अल्लाह मियाँ अगर हमें दोज़ख में जलाएँगे तो उनकी लकड़ी और कोयला बेकार जाएगा क्योंकि हम तो हर कष्ट के आदी हैं..." कभी कहते—"अगर दोज़ख में रहें तो हमारे कीटाणु तो मर जायेंगे। जन्नत में तो हम सारे मौलवियों को दिक में लपेट लेंगे।"

यही वजह है कि सब उन्हें बाग़ी और दोज़ख़ी कहते हैं। वे कहीं पर भी जाएँ। मैं देखना चाहती हूँ कि वहाँ भी उनकी वही कैंची जैसी जुबान चल रही है? क्या वे वहाँ हूरों से इश्क लड़ा रहे हैं या दोज़ख के फरिश्तों को जलाकर मुस्करा रहे हैं, मौलवियों से उलझ रहे हैं। दोज़ख के शोलों में उनकी खाँसी गूँज रही है। फेफड़े फूल रहे हैं, और फ़रिश्ते उन्हें इंजेक्शन घोंप रहे हैं। फर्क ही क्या है एक दोज़ख से दूसरी दोज़ख में? दोज़ख़ी का क्या ठिकाना?

□

दो हाथ

राम अवतार लाम पर से वापस आ रहा था। बूढ़ी मेहतरानी अब्बा मियाँ से चिट्ठी पढ़वाने आयी थी। राम अवतार को छुट्टी मिल गयी। जंग खत्म हो गयी थी न, इसलिए राम अवतार तीन साल बाद वापस आ रहा था। बूढ़ी मेहतरानी की चीपड़-भरी आँखों में आँसू टिमटिमा रहे थे। मारे कृतज्ञता के वह दौड़-दौड़कर सबके पाँव छू रही थी; जैसे उन पैरों के मालिकों ने ही उसका इकलौता पूत लाम से ज़िन्दा सलामत मँगवा लिया।

बुढ़िया पचास बरस की होगी, पर सत्तर की मालूम होती थी। दस-बारह कच्चे-पक्के बच्चे जने, उनमें से बस रामअवतरवा बड़ी मन्नतों, मुरादों से जिया था। अभी उसकी शादी रचाये साल-भर भी नहीं बीता था कि राम अवतार की पुकार आ गयी। मेहतरानी ने बहुत वावेला मचाया, मगर कुछ न चली और जब राम अवतार वर्दी पहनकर आख़िरी बार उसके पैर छूने आया तो वह उसकी शानो-शौकत से अत्यंत अभिभूत हुई। जैसे वह करनल ही तो हो गया था!

शागिर्दपेशे में नौकर मुस्करा रहे थे। राम अवतार के आने के बाद जो ड्रामा होने की उम्मीद थी, सब उसी पर आस लगाये बैठे थे। हालाँकि राम अवतार लाम पर तोप-बन्दूक छोड़ने नहीं गया था, फिर भी सिपाहियों का मैला उठाते-उठाते उसमें कुछ सिपाहियाना आन-बान और अकड़ पैदा हो गयी थी। भूरी वर्दी डाटकर वह पुराना रामअवतरवा वाकई न रहा होगा। नामुमकिन है, वह गोरी की करतूत सुने और उसका जवान खून हतक से खौल न उठे।

ब्याहकर आयी तो क्या मुसमसी थी गोरी। जब तक राम अवतार रहा, उसका घूँघट फुट-भर लम्बा रहा और किसी ने उसके रुख पर नूर का जलवा न देखा। जब खसम गया तो कैसी बिलख-बिलखकर रोई थी; जैसे उसकी माँग का सिन्दूर हमेशा के लिए उड़ रहा हो। थोड़े दिन रोई-रोई आँखें लिये, सर झुकाये मैले की टोकरी फिर ढोती। आहिस्ता-आहिस्ता

उसके घूँघट की लम्बाई कम होने लगी।

कुछ लोगों का खयाल है कि यह सारा बसन्त रुत का किया धरा है। कुछ स्पष्टवादी कहते थे, गोरी थी ही छिनाल। राम अवतार के जाते ही कयामत हो गयी। कम्बख्त हर वक्त ही-ही, हर वक्त इठलाना। कूल्हे पर मैले की टोकरी लेकर, काँसे के कड़े छनकाती जिधर से निकल जाती, लोग बदहवास हो जाते। धोबी के हाथ से साबुन की पट्टी फिसलकर हौज में गिर जाती। बावर्ची की नज़र तवे पर सुलगाती हुई रोटी से उचट जाती। भिश्ती का डोल कुएँ में डूबता ही चला जाता। चपरासियों तक की बिल्ला लगी पगड़ियाँ ढीली होकर गर्दन में झूलने लगतीं। और जब ये संपूर्ण कयामत घूँघट में से बान फेंकती गुज़र जाती तो पूरा शागिर्दपेशा एक बेजान लाश की तरह सकते में रह जाता। फिर एकदम चौंककर वह एक-दूसरे की दुर्गति पर तानाजनी करने लगते। धोबन मारे गुस्से के कलफ की कूँडी लौट देती। चपरासन छाती से चिमटे लौंडे को बेबात धमूके जड़ने लगती और बावर्ची की तीसरी बीवी पर हिस्टीरिया का दौरा पड़ जाता।

नाम की गोरी थी, पर कम्बख्त स्याह बहुत थी। जैसे उल्टे तवे पर किसी फूहड़िया ने पराँठे तलकर उसे चमकता हुआ छोड़ दिया हो। चौड़ी फुकना-सी नाक, फैला हुआ दहाना, दाँत माँजने का उसकी सात पुश्त ने फैशन ही छोड़ दिया था। आँखों में काजल थोपने के बाद भी दायीं आँख का भैंगापन ओझल न हो सका। फिर भी टेढ़ी आँख से न जाने कैसे ज़हर में बुझे तीर फेंकती थी कि निशाने पर बैठ ही जाते थे। कमर भी लचकदार न थी, खासी कुठला-सी थी। जूठन खा-खाकर दुम्बा हो रही थी। चौड़े भैंस के-से खुर; जिधर से निकल जाती कड़वे तेल की सड़ाँध छोड़ जाती। हाँ, आवाज़ में बला की कूक थी। तीज-त्योहार पर लहककर कंजरियाँ गातीं तो उसकी आवाज़ सबसे ऊँची लहराती चढ़ती चली जाती।

बुढ़िया मेहतरानी, यानी उसकी सास बेटे के जाते ही उससे बेतरह बदगुमान हो गयी। बैठे-बिठाये सावधानी से गालियाँ दे देती। उस पर नज़र रखने के लिए पीछे-पीछे फिरती। मगर बुढ़िया अब टूट चुकी थी। चालीस बरस मैला ढोने से उसकी कमर स्थाई तौर पर एक तरफ चलकर वहीं थम गयी थी। हमारी पुरानी मेहतरानी थी। हम लोगों के आँवल नाल उसी ने गाड़े थे। ज्यों ही अम्माँ के दर्द लगते, मेहतरानी दहलीज पर आकर बैठ जाती और बाज वक्त लेडी डॉक्टर तक को निहायत उपयोगी हिदायतें देती। प्रेतों को दफ़ा करने के लिए कुछ तावीज़ भी लाकर पट्टी से बाँध देती। मेहतरानी की घर में खासी बुजुर्गाना हैसियत थी।

इतनी लाडली मेहतरानी की बहू यकायक लोगों की आँखों में काँटा बन गई। चपरासन और बावर्चन की तो बात और थी, हमारी अच्छी-भली भावजों का माथा उसे इठलाते देखकर ठिनक जाता। अगर वह उस कमरे में झाड़ू देने जाती, जिनमें उनके मियाँ होते तो वे बड़बड़ाकर दूध पीते बच्चे के मुँह से छाती छीनकर भागतीं कि कहीं वह डायन उनके शौहरों पर टोना-टोटका न कर रही हो।

गोरी क्या थी, बस एक मरखना लम्बे-लम्बे सींगोंवाला बिजार था, कि छुट्टा फिरता था। लोग अपने काँच के बरतन-भाँड़े दोनों हाथों से समेटकर कलेजे से लगाते और जब हालात ने नाज़ुक सूरत पकड़ी तो शागिर्दपेशे की महिलाओं का एक बाकायदा वफ़द अम्माँ के दरबार में हाज़िर हुआ। बड़े जोर-शोर से खतरा और उसके खौफ़नाक नताइज पर बहस हुई। पति-रक्षा की एक कमेटी बनायी गयी, जिसमें सब भावजों ने धूम-धाम से वोट दिये और अम्माँ को अवैतनिक अध्यक्ष का ओहदा सौंपा गया। सारी औरतें स्तरानुसार ज़मीन पीढ़ियों और पलँग की अदावाइन पर बैठीं। पान के टुकड़े तकसीम हुए और बुढ़िया को बुलाया गया। निहायत इत्मीनान से बच्चों के मुँह में दूध देकर सभा में खामोशी कायम की गयी और मुकद्दमा पेश हुआ।

"क्यों री चुड़ैल, तूने कामुक बहू को छूट दे रखी है कि हमारी छातियों पर कोदो दले, इरादा क्या है तेरा? क्या मुँह काला कराएगी?"

मेहतरानी तो भरी ही बैठी थी, फूट पड़ी—"क्या करूँ बेगम साहब, हरामखोर को चार चोट की मार भी दई मैं तो, रोटी भी खाने को ना दई, पर राँड मेरे तो बस की नहीं।"

"अरे रोटी की क्या कमी है उसे", बावर्चन ने ईंटा फेंका। सहारनपुर की खानदानी बावर्चन और फिर तीसरी बीवी। क्या तीहा था कि अल्लाह की पनाह! फिर चपरासन, मालन और धोबन ने मुक़द्दमे को और संगीन बना दिया। बेचारी मेहतरानी बैठी सबकी लताड़ सुनती और अपनी खारिशज़दा पिण्डलियाँ खुजलाती रही।

"बेगम साहब, आप जैसी बताओ वैसी करने से मोय ना थोड़ेई, पर का करूँ, का राँड का टेंटुआ दबाये देवूँ?"

टेंटुआ दबाने के सुंदर विचार से महिलाओं में खुशी की एक लहर दौड़ गयी और सबको बुढ़िया से अत्यंत हमदर्दी पैदा हो गयी।

अम्माँ ने राय दी, "मुई को मैके फिंकवा दे।"

"ए बेगम साहब, कहीं ऐसा हो सके है?" मेहतरानी ने बताया कि बहू मुफ्त हाथ नहीं आयी है। सारी उमर की कमाई पूरे दो सौ झोंके हैं, तब मुसटण्डी हाथ आयी है। इतने पैसों में तो दो गाय आ जातीं, मजे से भर-कलसी दूध देतीं। पर ये राँड तो दुलत्तियाँ ही देती है। अगर इसे मैके भेज दिया गया तो इसका बाप इसे फौरन दूसरे मेहतर के हाथ बेच देगा। बहू सिर्फ बेटे के बिस्तर की जीनत ही तो नहीं, दो हाथोंवाली है पर चार आदमियों का काम निपटाती है। राम अवतार के जाने के बाद बुढ़िया से इतना काम क्या सँभलता। ये बुढ़ापा तो अब बहू के दो हाथों के सदके में बीत रहा है।

महिलाएँ कोई नासमझ न थीं। मामला नैतिकता से हटकर आर्थिकता पर आ गया था। वाकई बहू का वजूद बुढ़िया के लिए लाज़िमी था। दो सौ रुपये का माल, किसका दिल है कि फेंक दे। उन दो सौ के अलावा ब्याह पर जो बनिये से लेकर खर्च किया था, जजमान खिलाये थे, बिरादरी को राजी किया था, ये सारा खर्चा कहाँ से आएगा। राम अवतार को जो तनख्वाह मिलती थी, वह सारी उधार में डूब जाती थी। ऐसी मोटी-ताज़ी बहू अब

तो चार सौ से कम में न मिलेगी। पूरी कोठी की सफाई के बाद, और आसपास की चार कोठियाँ निपटाती है। राँड काम में चौकस है वैसे।

फिर भी अम्माँ ने अल्टीमेटम दे दिया कि अगर इस लुच्ची का जल्दी-जल्दी कोई इन्तजाम न किया गया तो कोठी के अहाते में नहीं रहने दिया जायेगा।

बुढ़िया ने बहुत वावेला मचाया और जाकर बहू को मुँह भर-भरकर गालियाँ दीं। झोंटे पकड़कर मारा-पीटा भी। बहू उसकी जरखरीद थी; पिटती रही, बड़बड़ाती रही और दूसरे दिन सारे मामले की धज्जियाँ बिखेर दीं। बावर्ची, भिश्ती, धोबी और चपरासियों ने तो अपनी बीवियों की मरम्मत की। यहाँ तक कि बहू के मामले पर मेरी सभ्य भाभियों और शरीफ भाइयों में भी खटपट। भाभियों के मैके तार जाने लगे। ग़रज बहू हरे-भरे खानदान के लिए सुई का काँटा बन गयी।

मगर दो-चार दिन के बाद बूढ़ी मेहतरानी के देवर का लड़का रतीराम अपनी ताई से मिलने आया, फिर वहीं रह पड़ा। दो-चार कोठियों में काम बढ़ गया था सो वह भी उसने सँभाल लिया। अपने गाँव में आवारा ही तो घूमता था। उसकी बहू अभी नाबालिग थी, इसलिए गौना नहीं हुआ था।

रतीराम के आते ही मौसम एकदम लोट-पोटकर बिल्कुल ही बदल गया। जैसे घनघोर घटाएँ हवा के झोंकों के साथ तितर-बितर हो गयीं। बहू के कहकहे खामोश हो गये। काँसे के कड़े गूँगे हो गये। और जैसे गुब्बारे से हवा निकल जाए तो वह चुपचाप झूलने लगता है, ऐसे, बहू का घूँघट झूलते-झूलते नीचे की तरफ बढ़ने लगा। अब वह बजाये नथ बिना बैल के निहायत शर्मीली बहू बन गयी। तमाम महिलाओं ने संतोष की साँस लिया। स्टाफ के मर्दुए उसे छेड़ते भी तो वह छुईमुई की तरह लजा जाती और ज्यादा आँख दिखाते तो वह घूँघट में से भैंगी आँख को और तिरछा करके रतीराम की तरफ देखती, जो फौरन बाजू खुजलाता सामने आकर डट जाता। बुढ़िया संतुष्ट अन्दाज़ में दहलीज़ पर बैठी अधखुली आँखों से यह आनन्ददायक ड्रामा देखती और गुडगुड़ी पिया करती। चारों तरफ ठण्डा-ठण्डा सुकून छा गया, जैसे फोड़े का मवाद निकल गया हो।

मगर अब बहू के खिलाफ़ एक नया महाज़ कायम हो गया और वह अमले की मर्द जात पर सम्मिलित था! बात-बेबात बावर्ची, जो उसे पराँठे तलकर दिया करता था, कूँडी साफ़ न करने पर गालियाँ देने लगा। धोबी को शिकायत थी कि वह कलफ़ लगाकर कपड़े रस्सी पर डालता है, ये हरामजादी खाक उड़ाने आ जाती है। चपरासी मरदाने में दस-दस मर्तबा झाड़ू दिलवाते फिर भी वहाँ की गलाजत का रोना रोते रहते। भिश्ती जो उसके हाथ धुलाने के लिए कई मश्कें लिये तैयार रहता था; अब घण्टों सहन में छिड़काव करने को कहती, मगर टालता रहता ताकि वो सूखी ज़मीन पर झाडू दे तो चपरासी गर्दा उड़ाने के जुर्म में उसे गालियाँ दे सके।

मगर बहू सिर झुकाये सबकी डाँट-फटकार एक कान सुनती दूसरे कान उड़ा देती। न जाने सास से क्या जाकर कह देती कि वह काँय-काँय करके सबका भेजा चाटने लगती।

अब उसकी नज़र में बहू निहायत पारसा और नेक हो चुकी थी।

फिर एक दिन दरोगाजी दाढ़ीवाले, जो तमाम नौकरों के सरदार थे और अम्माँ के खास मुशीर समझे जाते थे, अब्बा के हुजूर में हाथ जोड़कर हाज़िर हुए और उस भयानक बदमाशी और गलाजत का रोना रोने लगे जो बहू और रतीराम के नाजायज तअल्लुकात से सारे शागिर्दपेशे को गन्दा कर रही थी। अब्बा ने मामला सेशन सुपुर्द कर दिया—यानी अम्माँ को पकड़ा दिया। महिलाओं की सभा फिर से जुड़ी और बुढ़िया को बुलाकर उसके लत्ते लिये गये।

"अरी निगोड़ी, खबर भी है तेरी ये कामुक बहू क्या गुल खिला रही है?"

मेहतरानी ने ऐसे चुँधराकर देखा जैसे कुछ नहीं समझती गरीब, कि किसका जिक्र हो रहा है! और जब उसे साफ-साफ बताया गया कि चश्मदीद गवाहों का कहना है कि बहू और रतीराम के तअल्लुकात नाजायज़ हद तक खराब हो चुके हैं, दोनों बहुत ही आपत्तिजनक हालात में पकड़े गये हैं, तो उस पर बुढ़िया बजाय अपनी बेहतरी चाहने वालों को शुक्रिया अदा करने के बहुत चराग-पा हुई, बड़ी वावेला मचाने लगी कि रामअवतरवा होता तो उन लोगों की खबर लेता जो उसकी मासूम बहू पर तोहमत लगाते हैं। बहू निगोड़ी तो अब चुपचाप रामअवतार की याद में आँसू बहाया करती है। कामकाज भी जान तोड़कर करती है। किसी को शिकायत नहीं होती। ठठोल भी नहीं करती। लोग उसके नाहक दुश्मन हो गये हैं। बहुत समझाया मगर वह तो मातम करने लगी कि सारी दुनिया इसकी जान की लागू हो गयी है। आखिर बुढ़िया और उसकी मासूम बहू ने लोगों का क्या बिगाड़ा है। वह तो किसी के लेने में न देने में। आज तक उसने किसी का भाँड़ा नहीं फोड़ा, उसे क्या जरूरत जो किसी के फटे में पैर घुसाती फिरे। कोठियों के पिछवाड़े क्या नहीं होता? मेहतरानी से किसी का मैला नहीं छुपता। इन बूढ़े हाथों ने बड़े लोगों के गुनाह दफ़न किये हैं। ये दो हाथ चाहें तो रानियों के तख्त उलट दें। पर नहीं, उसे किसी से बैर नहीं। अगर उसके गले पर छुरी दबाई गयी तो शायद गलती हो जाये, वैसे वह किसी के राज अपने बूढ़े कलेजे से बाहर नहीं निकलने देगी।

उसका तीहा देखकर फौरन छुरी दबानेवालों के हाथ ढीले पड़ गये। सारी महिलाएँ उसको पुचकारने लगीं। बहू कुछ भी करती थी, उनके अपने किले तो महफूज थे, तो फिर शिकायत कैसी? फिर कुछ दिन के लिए बहू के इश्क की चर्चा कम होने लगी। लोग कुछ भूलने लगे। मगर ताड़नेवालों ने ताड़ लिया कि कुछ दाल में काला है। बहू का भारी-भरकम जिस्म भी दाल में काले को ज्यादा न छुपा सका और लोग बुढ़िया को समझाने लगे। मगर उस नये मौजूँ पर बुढ़िया बिल्कुल उड़नघाइयाँ बताने लगी। बिल्कुल ऐसी बन गयी, जैसे एकदम ऊँचा सुनती हो। अब वह ज्यादातर खाट पर लेटी बहू और रतीराम पर हुक्म चलाया करती। कभी खाँराती छींकती बाहर धूप में आ बैठती तो वह दोनों उसकी ऐसी देख-रेख करते, जैसे वह कोई पटरानी हो।

भली बीवियों ने उसे खूब समझाया—रतीराम का मुँह काला कर और इससे पहले

कि रामअवतार लौटकर आये, बहू का इलाज करवा डाल। वह खुद इस फन में माहिर थी। दो दिन में सफ़ाई हो सकती थी। मगर बुढ़िया ने कुछ समझकर ही न दिया। बिल्कुल इधर-उधर की शिकायतें करने लगी कि उसके घुटनों में पहले से ज़्यादा ऐंठन होती है। और कोठियों में लोग बहुत ही ज़्यादा बादी चीज़ें खाने लगे हैं। किसी-न-किसी कोठी में दस्त लगे ही रहते हैं। उसकी टाल-मटोल पर जलकर उपदेश देने वाले मरमण्ड हो गये। माना कि बहू औरत जात है, नादान है, भोली-बड़ी-बड़ी शरीफ़जादियों से खता हो जाती है, लेकिन उनकी आला खानदान की प्रतिष्ठित सासें यों कान में तेल डालकर नहीं बैठ जातीं। पर न जाने यह बुढ़िया क्यों सठिया गयी है। जिस बला को वह बुढ़िया बड़ी आसानी से कोठी के कूड़े की तह में दफ़न कर सकती थी, उसे आँखें मींचे पलने दे रही है।

राम अवतार के आने का इन्तजार था। हर वक्त धमकियाँ तो देती रहती थी—"आन दे रामअवतरवा का, कहाँगी, तोरी हड्डी-पसली एक कर दैहे।"

और अब रामअवतरवा लाम पर से जिन्दा वापस आ रहा था। फ़िज़ा ने साँस रोक ली थी। लोग एक भयानक हंगामे के प्रतीक्षक थे।

मगर लोगों को सख्त कोफ्त हुई जब बहू ने लौंडा जना। बजाय उसे ज़हर देने के बुढ़िया की मारे खुशी के बाँछें खिल गयीं। राम अवतार के जाने के दो साल बाद पोता होने पर वह कतई आश्चर्यचकित न थी। घर-घर फटे-पुराने कपड़े और बधाई समेटती फिरी। उसका भला चाहने वालों ने उसे हिसाब लगाकर बहुत समझाया कि लौंडा राम अवतार का हो ही नहीं सकता, मगर बुढ़िया ने कतई समझकर न दिया। उसका कहना था, 'असाढ में राम अवतार लाम पर गया, जब बुढ़िया पीली कोठी के नये अंग्रेजी वजा के संडास में गिर पड़ी थी, अब चैत लग रहा है और जेठ के महीने में बुढ़िया को लू लगी थी मगर बाल-बाल बच गयी थी। जभी से उसके घुटनों का दर्द बढ़ गया। बैदजी पूरे हरामी हैं, दवा में खड़िया मिलाकर देते हैं।" इसके बाद वह बिल्कुल असल सवाल से हटकर खेलाऊँ की तरह औल-फौल बकने लगती। किसके दिमाग में इतना बूता था कि वह बात उस बुढ़िया को समझाता, जिसे न समझने का वह फैसला कर चुकी थी।

लौंडा पैदा हुआ तो उसने राम अवतार को चिट्ठी लिखवायी—"राम अवतार को बाद चुम्मा प्यार के मालूम हो कि यहाँ सब कुशल है और तुम्हारी कुशलता भगवान से नेक चाहते हैं और तुम्हारे घर में पूत पैदा हुआ है। सो तुम इस खत को तार समझो और जल्दी से आ जाओ।"

लोग समझते थे कि राम अवतार ज़रूर चिराग-पा होगा, मगर सब उम्मीदों पर ओस पड़ गयी, जब राम अवतार का खुशी से भरा खत आया कि वह लौंडे के लिए मोज़े और बनियाइन ला रहा है। जंग खत्म हो गई और अब वह बस आने ही वाला है। बुढ़िया पोते को घुटनों पर लिटाये खाट पर बैठी राज किया करती। भला इससे ज्यादा हसीन बुढ़ापा क्या होगा कि सारी कोठियों का काम तुरत-फुरत हो रहा हो, महाजन का सूद पाबन्दी से चुक रहा हो और घुटने पर पोता सो रहा हो।

खैर, लोगों ने सोचा राम अवतार आएगा, असलियत मालूम होगी। अब राम अवतार जंग जीतकर आ रहा था। आख़िर सिपाही है, क्यों न खून खौलेगा। लोगों के दिल धड़क रहे थे। शागिर्दपेशे की फ़िजा, जो बहू की तोताचश्मी की वजह से गयी थी, दो-चार खून होने और नाकें कटने की आस में जाग उठी।

लौंडा साल-भर का होगा जब राम अवतार लौटा। शागिर्दपेशे में खलबली मच गयी। बावर्ची ने हाँड़ी में ढेर-सा पानी झोंक दिया, ताकि इत्मीनान से मुँहपीटे का लुत्फ़ उठाये। धोबी ने कलफ का बर्तन उतारकर मुँडेर पर रख दिया और भिश्ती ने डोल कुएँ के पास रख दिया। राम अवतार को देखते ही बुढ़िया उसकी कमर से लिपटकर चिंघाड़ने लगी, मगर दूसरे लम्हे खीसें काढ़े लौंडे को राम अवतार की गोद में देकर ऐसे हँसने लगी, जैसे कभी रोयी ही न हो।

राम अवतार लौंडे को देखकर ऐसे शरमाने लगा, जैसे वही उसका बाप हो। झटपट उसने सन्दूक खोलकर सामान निकालना शुरू किया। लोग समझे, खुकरी या चाकू निकाल रहा है। मगर जब उसने उसमें से लाल बनियान और पीले मोज़े निकाले तो सारे अमले की मरदाना शक्ति पर जरब कारी लगी—हत्तेरी की, साला सिपाही बनता है, हींजड़ा ज़माने-भर का!

और बहू जैसे सिमटी-सिमटाई नयी-नवेली दुल्हिन ने काँसी की थाली में पानी भरकर राम अवतार के बदबूदार फ़ौजी बूट उतारे और चरन धोकर पिये।

लोगों ने राम अवतार को समझाया और उसे गावदी कहा, मगर वह गावदी की तरह खीसें काढ़े हँसता रहा, जैसे उसकी समझ में न आ रहा हो। रतीराम का गौना होनेवाला था, सो वह चला गया था।

राम अवतार की इस हरकत पर ताज्जुब से ज्यादा लोगों ने गुस्सा किया। हमारे अब्बा, जो आमतौर पर नौकरों की बातों में दिलचस्पी नहीं लिया करते थे, वह भी जज़-बज़ हो गये। अपनी सारी कानूनदानी का दाँव लगाकर राम अवतार को कायल करने पर तुल गये—

"क्यों बे, तू तीन साल बाद लौटा है न?"

"मालूम नहीं हजूर, थोड़ा कम-जियादा...इत्ता ही रहा होगा।"

"उधर लौंडा साल-भर का है।"

"इत्ता ही लगे है सरकार, पर बड़ा बदमास है ससुरा।" राम अवतार शरमाये।

"अबे तू हिसाब लगा ले।"

"जब...क्या लगाऊँ सरकार!" राम अवतार ने मरघिल्ली आवाज़ में कहा।

"उल्लू के पट्ठे, यह कैसे हुआ?"

"अब जे मैं का जानूँ सरकार, भगवान की देन है।"

"भगवान की देन! तेरा सर...यह लौंडा तेरा नहीं हो सकता।"

अब्बा ने उसे चारों ओर से घेरकर कायल करना चाहा कि लौंडा हरामी है, तो वह कुछ-कुछ कायल-सा हो गया। फिर वह मरी हुई आवाज़ में अहमकों की तरह बोला—"तो

अब का करूँ सरकार...हरामजादी को मैंने बड़ी मार दी।'' वह गुस्से से बिफरकर बोला।

''अबे उल्लू का पट्ठा है तू...निकाल बाहर क्यों नहीं करता कम्बख्त को?''

''नहीं सरकार, कहीं ऐसा हो सके है?'' राम अवतार घिघियाने लगा।

''क्यों बे?''

''हजूर, ढाई-तीन सौ फिर दूसरी सगाई के लिए कहाँ से लाऊँगा और बिरादरी जिमाने में सौ-दो सौ अलग खर्च हो जाएँगे।''

''क्यों बे, तुझे बिरादरी क्यों खिलानी पड़ेगी? बहू की बदमाशी का तावान तुझे क्यों भुगतना पड़ेगा?''

''जे मैं न जानूँ सरकार, हमारे में ऐसा ही होवे है।''

''मगर लौंड़ा तेरा नहीं राम अवतार...उस हरामी रतीराम का है।'' अब्बा ने आजिज़ आकर समझाया।

''तो का हुआ सरकार...मेरा भाई होता है रतीराम, कोई गैर नहीं, अपना ही खून है।''

''निरा उल्लू का पट्ठा है!'' अब्बा भिन्ना उठे।

''सरकार लौंडा बड़ा हो जावेगा, अपना काम समेटेगा।'' राम अवतार ने गिड़गिड़ाकर समझाया। ''वह दो हाथ लगायेगा, सो अपना बुढ़ापा तैर हो जायेगा।'' शर्म से राम अवतार का सर झुक गया।

और न जाने क्यों, एकदम राम अवतार के साथ अब्बा का भी सर झुक गया, जैसे उनके जेहन पर लाखों-करोड़ों हाथ छा गये...ये हाथ हरामी हैं न हलाली। ये तो बस जीते-जागते हाथ हैं जो दुनिया के चेहरे से गलाजत धो रहे हैं, उसके बुढ़ापे का बोझ उठा रहे हैं।

ये नन्हे-मुन्ने मिट्टी में लिथड़े हुए स्याह हाथ धरती की माँ में सिन्दूर सजा रहे हैं।

□

नन्ही की नानी

नन्ही की नानी के माँ-बाप का नाम तो अल्लाह जाने क्या था। लोगों ने कभी उन्हें इस नाम से याद नहीं किया। जब छोटी-सी गलियों में नाक सड़सड़ाती फिरती थीं तो बफ़ातन की लौंडिया के नाम से पुकारी गईं। फिर कुछ दिन ''बशीरे की बहू'' कहलाईं। फिर बिस्मिल्लाह की माँ के लक़ब से याद की जाने लगीं। और जब बिस्मिल्लाह जापे के अन्दर ही नन्ही को छोड़कर चल बसी तो वे ''नन्ही की नानी' के नाम से आखिर दम तक पहचानी गईं।

दुनिया का कोई ऐसा पेशा नहीं था जो नन्ही की माँ ने अख्तियार न किया हो। कटोरा-गिलास पकड़ने की उम्र से वे तेरे-मेरे घर में दो वक्त की रोटी और पुराने कपड़ों के एवज में ऊपर के काम पर धर ली गईं। यह ऊपर का काम कितना नीचा होता है यह कुछ खेलने-कूदने की उम्र से काम पर जोत दिये जाने वाले ही जानते हैं। नन्हे मियाँ के आगे झुनझुना बजाने की अरुचिकर ड्यूटी से लेकर बड़े सरकार के सिर की मालिश तक ऊपर के काम की सूची में आ जाते हैं।

ज़िन्दगी की भाग-दौड़ में कुछ भूनना-झुलसना भी आ गया और ज़िन्दगी के कुछ साल मामा-गीरी में बीत गये। पर जब दाल में छिपकली बघार दी और रोटियों में मक्खियाँ परोने लगीं तो मजबूरन रिटायर होना पड़ा। इसके बाद तो नन्ही की नानी बस लगाई-बुझाई करने, इधर की उधर पहुँचाने के सिवा किसी काम की न रहीं। यह लगाई-बुझाई का पेशा भी खास लाभदायक होता है। मुहल्ले में खटपट चलती ही रहती है। विरोधी कैम्प में जाकर अगर होशियारी से मुखबरी की जाये तो खूब आव-भगत होती है लेकिन यह पेशा भी कितने दिन चलता। नानी लुतरी कहलाने लगीं और दाल गलती न पाकर नानी ने आखिरी और सबसे लाभदायक पेशा यानी सभ्य ढंग से भीख माँगनी शुरू कर दी।

खाने के वक्त नानी नाक फैलाकर सूंघतीं कि किस घर में क्या पक रहा है। सबसे बढ़िया खुशबू की डोर पकड़कर वे घर में आन बैठतीं।

''ऐ बीवी घुइयाँ डाली हैं गोश में'' वे बेतकल्लुफी से पूछतीं।

''नहीं बुआ घुयिएँ निगोड़ी आजकल गलें कहाँ हैं। ऐ आलू डाले हैं।''

''सुबहान अल्लाह। क्या खुशबू है। अल्लाह रखे बिस्मिल्लाह के बाबा को आलुओं

से इश्क था। रोज़ यही कि बिस्मिल्लाह की माँ आलू-गोश ! जब देखो आलूगोश...हा...अब तो महीनों गुज़र जावें आलूगोश जो आँखों से भी दिख जावे...ऐ बीबी कोथमीर (हरा धनिया) छोड़ दिया?'' वे एकदम चिंतित हो जातीं।

''नहीं बुआ कोथमीर निगोड़ा सब मारा गया। मुआ सक्के का कुत्ता क्यारी में लोट गया।''

''हे बिना कोथमीर के भला आलूगोश क्या खाक मजा देगा। हकीम जी के यहाँ मनों लगा है।''

''ऐ नहीं नानी। हकीम जी के लौंडे ने कल शब्बना मियाँ की पतंग में कटकी लगा दी। इस पर मैंने कहा खबरदार जो छज्जे पर कदम रखा तो...।''

''ऐ! मैं कोई तुमाए नाम से थोड़ी माँगूँगी।''

और नानी बुरका सँभाल सलीपर सटपटाती हकीम जी के यहाँ जा पहुँचीं। धूप खाने के बहाने खिसकती-खिसकती क्यारी के पास मुँडेर तक पहुँच जातीं। पहले एक पती तोड़कर सूँघने के बहाने चुटकी में मसलतीं। हकीम जी की बहू की आँख बची और मारा नानी ने कोथमीर पर बटका। कोथमीर प्रस्तुत करने के बाद ज़ाहिर है दो निवाले की हकदार हो ही जातीं।

नानी अपने हाथ की सफाई के लिए सारे मुहल्ले में मशहूर थीं। खाने-पीने की चीज़ देखी और लुकमा मार गईं। बच्चे के दूध की पतीली मुँह से लगाई दो घूँट गटक लिये। शक्कर की फंकी मार ली। गुड़ की डेली तालू से चिपका ली। मजे से धूप में बैठी चूस रही हैं। डली उठाई नेफे में उड़स ली। दो चपातियाँ लीं और आधी नेफ़े के इधर आधी उधर, ऊपर से मोटा कुर्ता आहिस्ता-आहिस्ता हमेशा की तरह कराहती कूँकती खिसक गईं। सब जानते थे पर किसी को मुँह खोलने की हिम्मत न थी क्योंकि नानी के बूढ़े हाथों में बिजली की-सी तेजी थी और बिना चबाये निगल जाने में वे कोई ऐब नहीं समझती थीं, दूसरे जरा से संदेह पर ही वे शोर मचाने पर तुल जाती थीं और इतनी कसमें खाती थीं और कुर्रान उठाने की धमकियाँ देती थीं कि तौबा भली। अब कौन उनसे झूठा कुरआन उठवाकर अपनी कब्र में कीड़े पड़वाए।

लुतरी, चोर और चकमाबाज होने के अलावा नानी परले दर्जे की झूठी भी थीं। सब से बड़ा झूठ तो उनका वह बुरका था जो हरदम उनके ऊपर सवार रहता था। कभी इस बुरके में नक्काब भी थी। पर ज्यों-ज्यों मुहल्ले के बूढ़े चल बसे या नीम अंधे हो गये तो नानी ने नक्काब को खैरबाद कह दिया। मगर कंगूरोंदार फैशनेबल टोपी उनकी खोपड़ी पर चिपकी रहती। आगे चाहे महीन कुर्ते के नीचे बनियान न हो पर पीछे बुरका बादशाहों की झोल की तरह लहराता रहे और यह बुरका सिर्फ सत्तर ढाँपने के लिए नहीं था बल्कि दुनिया का हर संभव और असंभव काम भी इसी से लिया जाता था, ओढ़ने-बिछाने और गुड़ी-मुड़ी करके तकिया बनाने के इलावा जब कभी खैर से नहातीं तो इसे तौलिया के तौर पर इस्तेमाल करतीं। पंजवक्ती नमाज के लिए जा-ए-नमाज़ और जब मुहल्ला के कुत्ते दाँत

निकोसें तो उनसे बचाव के लिए अच्छी-खासी ढाल। कुत्ता पिंडली पर लपका और नानी के बुरके का घेरा उसके मुँह पर फुंकारा। नानी को बुरका बहुत प्यारा था। फुर्सत में बैठकर हसरत से उसके बुढ़ापे पर विसूरा करतीं, जहाँ कोई चंदी कतर मिली, सावधानी से पैबंद चिपका लिया। वे उस दिन के ख्याल ही में काँप उठती थीं जब यह बुरका भी चल बसेगा। आठ गज़ लट्ठा कफ़न को जुड़ जावे यही बहुत जानो।

नानी का कोई स्थाई हेडक्वार्टर नहीं। सिपाही जैसी ज़िन्दगी है। आज उसके दालान में तो कल उसकी सहनची में। जहाँ जगह मिली पड़ाव डाल लिया, जब धतकार पड़ी कूच करके आगे चल पड़ीं। आधा बुरका ओढ़ा, आधा बिछाया लम्बी तान ली।

मगर बुरके से भी ज्यादा वे जिसकी चिंता में घुलती थीं वह थी उनकी इकलौती नवासी 'नन्ही'। कुड़क मुर्गी की तरह नानी पर फैलाये उसे पोरे तले दबाये रहतीं। क्या मजाल जो नज़र से ओझल हो जाये मगर जब हाथ और पैरों ने जवाब दे दिया और मुहल्ले वाले चौकन्ने हो गये। उनकी जूतियों की घिस-घिस सुनकर ही चाक चौबंद होकर मोर्चों पर डट जाते। नानी के इशारे से माँगने को सुना-अनसुना कर जाते तो नानी को इसके सिवा कोई चारा न रहा कि नन्ही को पुश्तैनी पेशे यानी ऊपर के काम पर लगा दें। बड़े सोच-विचार के बाद उसे डिप्टी साहब के यहाँ रोटी और कपड़े और डेढ़ रुपया महीने पर छोड़ ही दिया। पर वह हर दम साये की तरह लगी रहतीं। नन्ही नज़र से ओझल हुई और वे बिलबिलाईं। पर नसीब का लिखा कहीं बूढ़े हाथों से मिटता है। दोपहर का वक्त था डिप्टाइन अपने भाई के घर बेटे का पैगाम लेकर गई हुई थीं। नानी मुँडेर पर जामुन की छाँव में झपकी ले रही थीं। डिप्टाइन तो अपने मामू के यहाँ बेटे की बात लेकर गई हुई थीं। सरकार खसखसाने में आराम फर्मा रहे थे। नन्ही पंखे की डोरी थामे ऊँघ रही थी। पंखा रुक गया और सरकार की नींद टूट गई। शैतान जाग उठा और नन्ही की किस्मत सो गई।

कहते हैं बुढ़ापे के आसेब से बचने के लिए तरह-तरह की दवाओं और शक्तिवर्द्धक तेलों के साथ हकीम वैद्य चूजों की यखनी भी तजवीज़ करते हैं। नौ वर्ष की नन्ही चूज़ा ही तो थी।

मगर जब नन्ही की नानी की आँख खुली तो नन्ही गायब। मुहल्ला छान मारा मगर कोई सुराग न मिला, मगर रात को जब नानी थकी माँदी कोठरी को लौटीं तो कोने में दीवार से टिकी हुई नन्ही जख्मी चिड़िया की तरह अपनी फीकी फीकी आँखों से घूर रही थी। नानी की घिग्घी बँध गई और अपनी कमज़ोरी छिपाने के लिए वे उसे गालियाँ देने लगीं। "मालजादी उछाल छक्का। यहाँ आनकर मरी है। ढूँढ़ते-ढूँढ़ते पिंडलियाँ सूज गईं। ठहर तो जा, सरकार से कैसी चार चोट की मार लगवाती हूँ।"

मगर नन्ही की चोट ज्यादा देर न छुप सकी। नानी सिर पर दोहत्तड़ मार-मार कर चिंघाड़ने लगीं। पड़ोसन ने सुना तो सिर पीटकर रह गई।

अगर साहबज़ादे की डगमगाहट होती तो डाँटडपट हो जाती। मगर डिप्टी साहब

मुहल्ले के मुखिया...तीन निवासों के नाना, पंजवक्ता नमाज़ी।

अभी पिछले दिनों ही मस्जिद में चिट्टाइयाँ और लोटे रखवाये। मुँह से फूटने वाली बात नहीं।

लोगों की दया दृष्टि की आदी नानी ने आँसू पीकर नन्ही की कमर सेंकी। आटे गुड़ का हलवा खिलाया और अपनी जान को सब्र करके बैठ रहीं। दो-चार दिन लोट-पीट कर नन्ही उठ खड़ी हुई और चंद दिनों में सब कुछ भूल गई।

मगर मुहल्ला की शरीफजादियाँ न भूलीं। छुप-छुपकर नन्ही को बुलातीं "ले यह चूड़ियाँ पहन लीजो,-नानी को क्या खबर होगी" बीवियाँ बेकरार होकर फुसलातीं।

"क्या हुआ...कैसे हुआ..." का विवरण पूछा जाता। नन्ही कच्ची-कच्ची मासूम तफसीलें देती। बीवियाँ नाकों पर दोपट्टे रखकर खिलखिलातीं।

नन्ही भूल गई...मगर कुदरत न भूल सकी। कच्ची कली वक्त से पहले तोड़कर खिलाने से पंखुड़ियाँ झड़ जाती हैं। ठूँठ रह जाता है। नन्ही के चेहरे से भी न जाने कितनी मासूम पंखुड़ियाँ झड़ गईं। चेहरे पर फटकार और रोड़ापन। नन्ही बच्चे से लड़की नहीं बल्कि छलाँग मारकर एक औरत बन गई। वह वक्त के अभ्यस्त हाथों की सँवारी भरपूर औरत नहीं बल्कि टेढ़ी-मेढ़ी मूरत जिस पर किसी देव ने दो ग़ज लम्बा पाँव रख दिया हो। ठिंगनी, मोटी कचौड़ी जैसे कच्ची मिट्टी का खिलौना कुम्हार के पाँव तले दब गया हो।

मैली साफी से कोई नाक पूँछे चाहे कूल्हे कौन पूछता है। राह चलते उसकी चुटकियाँ भरते, मिठाई के दोने पकड़ाते। नन्ही की आँखों में शैतान थिरक उठता मगर अब नानी बजाये उसे हलवे माँडे ठुँसाने के उसका धोबी घाट करतीं। मगर मैली साफ़ी की धूल भी न झड़ती। जानवर, रबड़ की गेंद, टपा खाया और उछल गई।

चंद साल ही में नन्ही की चौमुखी से मुहल्ला काँप उठा। सुना कि डिप्टी साहब और साहबज़ादे में कुछ ठन गई। फिर सुना कि मुल्ला जी को रजवा कहार ने मारते-मारते छोड़ा। फिर सुना सिद्दीक पहलवान का भांजा स्थाई हो गया।

आये दिन नन्ही की नाक कटते-कटते बचती और गलियों में लट्ठ पोंगा होता।

और फिर नन्ही के तलवे जलने लगे। पैर धरने की रत्ती भर जगह न रही। सिद्दीक पहलवान के भांजे की पहलवानी और नन्ही की जवानी ने मुहल्ले वालों की बोलती बंद कर दी। सुनते हैं दिल्ली-बम्बई में इस साल माल की थोक खपत है। शायद दोनों वहीं चले गये।

जिस दिन नन्ही भागी उस दिन नानी के फरिश्तों को भी संदेह न हुआ। दो-तीन दिन से निगोड़ी चुप-चुप-सी थी। नानी से बद-जबानी न की। चुप-चाप आप ही आप बैठी हवा में घूरा करती।

"ऐ! नन्ही रोटी खा ले।" नानी कहतीं।

"नानी बी, भूख नहीं।"

"ऐ। नन्ही, अब देर हो गई, सो जा।"

"नानी बी नींद नहीं आती।"

रात को नानी के पैर दबाने लगी।

"नानी बी...ऐ नानी बी जरी 'सुब्हानक उल्लहम" सुन लो...याद है कि नहीं।" नानी ने सुना फर-फर याद।

"जा बेटी अब सो जा" नानी के करवट ले ली।

"अरी मरती क्यों नहीं?" नानी ने थोड़ी देर बाद उसे आँगन में खटपट करते सुनकर कहा। खाँगी ने अब आँगन भी पलीद करना शुरू कर दिया। कौन हरामी है जिसे घर में घुसा लाई है?"

पर आँगन में घूर-घूरकर देखने पर नानी सहमकर रह गईं। नन्ही रात की नमाज पढ़ रही थी और सुबह नन्ही गायब हो गई।

कभी कोई दूर से आता है तो खबर आ जाती है। कोई कहता है नन्ही को एक बड़े नवाब साहब ने डाल लिया है। टम-टम है। मनों सोना है। बेगम की तरह रहती है।

कोई कहता है हीरा मंडी में देखा था।

कोई कहता है फारस रोड पर और किसी ने उसे सोना गाची में देखा। मगर नानी कहती है नन्ही को हैजा हुआ था चार घड़ी लोट-पोट कर मर गई।

नन्ही का सोग मनाने के बाद नानी कुछ खब्ती भी हो गईं। लोग राह चलते-चलते छेड़खानी करते।

"ऐ। नानी निकाह कर लो..." भाभी जान छेड़तीं।

"किससे कर लूँ? ला अपने खसम से करा दे।" नानी बिगड़तीं।

"ऐ नानी मुल्लाजी से कर लो–अल्लाह कसम तुम पर जान देते हैं।" और नानी की गालियाँ शुरू हो जातीं। वे पैंतरे गालियों में निकालतीं कि लोग भौंचक्के रह जाते।

"मिल तो जाए भड़वा...दाढ़ी न उखेड़ लूँ तो कहना।" मगर जब मुल्ला जी कभी गली के नुक्कड़ पर मिल जाते तो नानी सचमुच शर्मा-सी जातीं।

मुहल्ले के लड़के बालों के अलावा नानी के जन्म-जन्मान्तर के दुश्मन तो मुए निगोड़े बंदर थे जो पीढ़ियों से इसी मुहल्ले में पलते-बढ़ते आये थे और जो हर व्यक्ति का कच्चा-चिट्ठा जानते थे। मर्द खतरनाक होते हैं और बच्चे बद-जात मगर औरतें सिर्फ डरपोक होती हैं, पर नानी भी इन्हीं बंदरों में पलकर बुढ़ियाई थीं। उन्होंने बंदरों को डराने के लिए किसी बच्चे की गुलेल हथिया ली थी और सिर के बुरका का पगड़ बाँधकर ये गुलेल तानकर जब उचकतीं तो बंदर थोड़ी देर को हैरान ज़रूर रह जाते और फिर बे-ध्यान होकर टहलने लगते।

और बंदरों से उनकी आये दिन बासी टुकड़ों पर चख-चख चलती रहती। मुहल्ले में जहां-कहीं शादी-ब्याह चिल्ला-चालीसवाँ होता, नानी जूठे टुकड़ों का ठेका ले लेतीं। लंगर खैरात बँटती तो भी चार-चार बार चकमा देकर हिस्सा लेतीं। मनों खाना बटोर लाने के बाद वे उसे हसरत से तकतीं। काश! उनके पेट में भी अल्लाह पाक ने कुछ ऊँट जैसा

इंतजाम किया होता तो कितने मज़े रहते। मज़े से चार दिन की खोराक पेट में भर लेतीं छुट्टी होती। अल्लाह पाक ने अन्न का इतना ऊट-पटाँग इंतजाम करने के बाद पेट की मशीन क्यों इस कदर अपूर्ण बना डाली कि एक-दो वक्त के खाने से ज्यादा का भंडार जमा करने का ठौर-ठिकाना नहीं। इसलिए नानी टाट के बसेरों पर जूठे टुकड़े फैलाकर सुखा लेतीं। फिर उन्हें मटकियों में भर लेतीं। जब भूख लगी जरा से सूखे टुकड़े चुर-मुर किये पानी का छींटा दिया। चुटकी भर लून-मिर्च बुरका और स्वादिष्ट भोजन तैयार। लेकिन गर्मियों और बरसात के दिनों में बहुत बार यह नुस्खा उन्हें हैजा का शिकार बना चुका था अतः वे मजबूरन इन टुकड़ों को औने-पौने में बेच डालतीं ताकि लोग अपने कुत्तों और बकरियों को खिला दें मगर आम तौर पर कुत्तों और बकरियों के पेट नानी के ढीठ पेट का मुकाबला न कर पाते और मूल्य पर तो क्या भेंट के तौर पर भी लोग इन टुकड़ों को स्वीकार करने पर तैयार न होते। वही जान से प्यारे जूठे टुकड़े जिन्हें बटोरने के लिए नानी को हज़ारों गालियाँ और ठोकरें सहनी पड़तीं और जिन्हें धूप में सुखाने के लिए उन्हें पूरी बंदर जाति से लड़ाई मोल लेनी पड़ती थी। जहाँ टुकड़े फैलाये गये बंदरों के कबीले को बेतार बर्की पहुँची। अब क्या है बंदरों के झुंड के झुंड दीवारों पर डटे बैठे हैं। खपरैलों पर धमा-चौकड़ी मचा रहे हैं। छप्पर खसूट रहे हैं और आते-जाते पर खुखया रहे हैं? नानी भी उस वक्त "मर्द-ए-मैदान" बनी सिर पर बुरका का डाठा बाँधे हाथ में गुलेल लिये मोर्चे पर डट जातीं। सारा दिन "लगे-लगे" करके शाम को बचा-खुचा कूड़ा बटोर बंदरों की जान को कोसती नानी थककर अपनी कोठरी में सो रहतीं।

बंदरों को उनसे कुछ जाती किस्म की दुश्मनी-सी हो गई थी। अगर यह बात न होती तो क्यों दुनिया भर के स्वादिष्ट पदार्थों को छोड़कर सिर्फ नानी के टुकड़ों पर ही हमला करते और क्यों बद-जात लाल पिछाये वाला उन्हीं का जान से ज्यादा प्यारा तकिया ले भागता। वह तकिया जो नन्ही के बाद नानी का इकलौता प्यारा दुनिया में रह गया था। वह तकिया जो बुरका के साथ उनकी जान पर हमेशा सवार रहता जिसकी सिलाइयों को वे हर वक्त टाँका मारती रहती थीं। कई बार नानी किसी कोने में बैठी तकिये से ऐसे खेला करतीं जैसे वे नन्ही-सी बच्ची हैं और वह तकिया उनकी गुड़िया। वे अपने सारे दुःख इस तकिये ही से कहकर जी हल्का करती थीं। जितना-जितना उन्हें तकिये पर लाड़ आता वे उसके टाँके पक्के करती जातीं।

किस्मत के खेल देखिए। नानी मुँडेर से लगी बुरके की आड़ में नेफे से जुएँ चुन रही थीं कि बंदर धम से कूदा और तकिया ले, यह जा वह जा। ऐसा मालूम हुआ कोई नानी का कलेजा नोचकर ले गया हो। वे धाड़ीं, वे चिल्लाईं कि सारा मुहल्ला इकट्ठा हो गया।

बंदरों का कायदा है कि आँख बची और कटोरा गिलास ले भागे और छज्जे पर बैठे दोनों हाथों से कटोरा दीवार पर घिस रहे हैं। कटोरे का मालिक नीचे खड़ा चुमकार रहा है। प्याज़ दे रोटी दे जब बंदर मियाँ का पेट भर गया कटोरा फेंक अपनी राह ली।

नानी ने मटकी भर टुकड़े लुटा दिये पर हरामी बन्दर ने तकिया ना छोड़ा। सौ जतन किये गये मगर उसका जी न पिघला और उसने मजे से तकिये के गिलाफ प्याज के छिलकों की तरह उतारने शुरू किये। वही गिलाफ जिन्हें नानी ने चुंघी आँखों से घूर-घूर कर पक्के टाँकों से गूँथा था। ज्यों-ज्यों गिलाफ उतरते जाते थे नानी की बद-हवासी और बिलबिलाहट में तीव्रता आती जाती और आखिरी गिलाफ भी उतर गया और बंदर ने एक-एक करके छज्जे पर से पटकने शुरू किये। रुई के गाले नहीं बल्कि शिब्बन की फतुही, नब्बु सक्के का अँगोछा, हुसैना बी की अँगिया, मुन्नी बी की गुड़िया का गरारा, रहमत की ओढ़नी और खैराती का कछना...

खैरन के लौंडे का तमंचा, मुंशी जी का मफलर और इब्राहीम की कमीज की आस्तीन, और कफ भी।

सिद्दीक की तहमद का टुकड़ा। आमिमा बी की सुर्मादानी और बफातन की कजलौटी, सकीना बी की अफशाँ की डिबिया—मुल्ला जी की तस्बीह, इमाम और बाकर मियाँ की सज्दा गाह।

बिस्मिल्लाह का सूखा हुआ माल और कलावा में बँधी हुई नन्ही की पहली सालगिरह की हल्दी की गाँठ, दूब और चाँदी का छल्ला और बशीर खान का गिलट का तगमा जो उसे जंग से जिन्दा लौटकर आने पर सरकार ए आलिया से मिला था।

मगर किसी ने इन चीज़ों को न देखा, बस देखा तो उस चोरी के माल को जिसे वर्षों की छापामारी के बाद नानी ने लखलूट जोड़ा था।

"चोर...बे-ईमान...कमीनी..."

"निकालो बुढ़िया को मुहल्ले से।"

"पुलिस में दे दो।"

"अरे इसकी तोशक भी खोलो इसमें न जाने क्या-क्या होगा?" गरज जो जिसके मुँह में आया, कह गया।

नानी की चीखें एकदम रुक गईं। आँसू खुश्क, सिर नीचा और जुबान बंद। काटो तो खून नहीं। रातभर ज्यों की त्यों पड़ी रहीं। दोनों घुटने मुट्ठियों में दाबे हिल-हिलकर सूखी-सूखी हिचकियाँ लेती रहीं। कभी अपने माँ-बाप का नाम लेकर, कभी मियाँ को याद करके...कभी बिस्मिल्लाह और नन्ही को पुकारकर बैन करतीं...। दम भर को ऊँघ जातीं। फिर जैसे पुराने नासूरों से च्योंटे चटकने लगते और वे बिलबिलाकर चौंक उठतीं। कभी चहकी पहकी रोतीं, कभी खुद से बातें करने लगतीं। फिर आप ही आप मुस्करा उठतीं और फिर अंधेरे में पुरानी याद का भाला खैंच मारता और वे बीगार कुत्ते की तरह नीम-इंसानी आवाज़ से सारे मुहल्ले को चौंका देतीं। दो दिन इसी हालत में बीत गये। मुहल्ला वालों को आहिस्ता-अहिस्ता शरम का एहसास होना शुरू हुआ। किसी को भी तो इन चीज़ों की अधिक ज़रूरत न थी। वर्षों की खोई हुई चीज़ों को कभी का रो-पीट कर भूल चुके थे। वे बेचारे कौन से लखपति थे। तिनके का बोझ भी ऐसे मौके पर इंसान को शहतीर लगता है। लोग इन चीज़ों के बगैर जिन्दा थे। शिब्बन की फतुही अब सर्दियों से धींगामुश्ती करने के काबिल कहाँ थी। वह इसके मिलने के इंतजार में अपनी बढ़वार थोड़ी रोके बैठा था। हुसैना बी ने अँगिया चोली के महत्त्व को बेकार समझकर इसे खैरबाद कह दिया था। मुन्नी

का गरारा किस काम का? वह तो कभी की गुड़ियों की उम्र से गुजरकर जवानी की उम्र को पहुँच चुकी थी। मुहल्ले वालों को नानी की जान लेनी थोड़ी मंजूर थी।

पुराने ज़माने में एक देव था। उस देव की जान थी एक भँवरे में। सात समुंदर पार एक गुफ़ा में एक संदूक था। उस संदूक में एक और संदूक और संदूक में डिबिया, जिसमें एक भँवरा था। एक बहादुर शहजादा आया और उसने पहले भँवरे की एक टाँग तोड़ी उधर देव की एक टाँग जादू के जोर से टूट गई। फिर उसने दूसरी टाँग तोड़ी और देव की दूसरी टाँग भी टूट गई। फिर उसने भँवरे को मसल डाला और देव मर गया।

नानी की जान भी तकिये में थी और बंदर ने वह जादू का तकिया दाँतों से चीर डाला और नानी के कलेजे में गर्म सलाख उतर गई।

दुनिया का कोई दुःख जिल्लत कोई बदनामी ऐसी न थी जो नसीब ने नानी को न बख्शी हो। जब सुहाग की चूड़ियों पर पत्थर गिरा था तो समझी थीं अब कोई दिन की मेहमान हैं। पर जब बिस्मिल्लाह को कफन पहनाने लगीं तो यकीन हो गया कि ऊँट की पीठ पर यह आखिरी तिनका है और जब नन्ही मुँह पर कालख लगा गई तो नानी समझीं बस आखिरी घाव है।

ज़माने भर की बीमारियाँ जन्म के वक्त से ही झेलीं। सात बार तो चेचक ने उनकी सूरत पर झाड़ूँ फेरी। हर साल तीज-त्यौहार के अवसर पर हैजे का हमला होता।

तेरा-मेरा गो-मूत धोते-धोते उँगलियों के पोटे सड़ गये। बर्तन माँजते-माँजते छलनी हो गई। हर साल अँधेरे उजाले में ऊँची-नीची सीढ़ियों से लुढ़क पड़तीं। दो-चार दिन लोट-पोट कर फिर घिसटने लगतीं। पिछले जन्म में नानी ज़रूर कुत्ते की कल्ली रही होंगी। जभी तो इतनी सख्त जान थीं कि मौत का क्या वास्ता जो उनके करीब फटक जाए। चीथड़े लगाये फिरेंगी मगर मुर्दा का कपड़ा तन से न छू जाए। कहीं मरने वाला सिलवटों में मौत न छुपा गया हो जो नाज़ों की पाली नानी को आन दबोचे। मगर अंत यूँ बंदरों के हाथों होगा, इसकी किसे खबर थी? सुबह-सबेरे बहिश्ती मशक डालने गया तो देखा नानी खपरैल की सीढ़ियों पर अकड़ूँ बैठी हैं। मुँह खुला हुआ है, मक्खियाँ अब खुंली आँखों के कोनों में घुस रही हैं। यूँ नानी को सोता देखकर लोग उन्हें मुर्दा समझकर डर जाया करते थे। मगर नानी हमेशा हड़बड़ाकर बलगम थूकती जाग पड़ती थीं। और हँसने वाले को हज़ार गालियाँ दे डालती थीं।

मगर उस दिन सीढ़ियों पर अकड़ूँ बैठी हुई नानी दुनिया को एक स्थाई गाली देकर चल बसीं। ज़िन्दगी में कोई कल सीधी न थी, करवट-करवट काँटे थे, मरने के बाद कफन में भी नानी अकड़ूँ लिटाई गईं। हजार खेंचतान पर भी अकड़ा हुआ जिस्म सीधा न हुआ।

कयामत के दिन बिगुल फूँका गया—नानी हड़बड़ाकर खँखारती हुई उठीं जैसे लंगर की भनक कान में पहुँच गई हो...फरिश्तों को गालियाँ देतीं उल्टी-सीधी पुल-सरात पर से अकडू घिसटती, खुदा के हजूर में लपकीं। इंसानियत का इतना बड़ा तिरस्कार देखकर खुदा का सिर शर्म से झुक गया और वह खून के आँसू रोने लगा।

और खुदा के वे खून में डूबे हुए आँसू नानी के कच्चे ढेर पर टपके जहाँ सुर्ख-सुर्ख लाले के फूल लहलहाने लगे।

□

नन्ही–सी जान

“तो आपा, फिर अब क्या होगा?”

“अल्लाह जाने क्या होगा! मुझे तो सुबह से डर लग रहा है।” नुज़हत ने कंघी में से उलझे हुए बाल निकालकर उँगली पर लपेटने शुरू किये। दिमाग़ी उलझन की वजह से उसके हाथ कमज़ोर होकर काँप रहे थे और बालों का गुच्छा फिसला जाता था।

“अब्बा सुनेंगे तो बस अन्धेर हो जाएगा। खुदा करे, उन्हें न मालूम हो। मुझे उनके गुस्से से तो डर ही लगता है।”

“तुम समझती हो, यह बात छिपी रहेगी? अम्मी को तो कल ही शक हुआ था कि कुछ दाल में काला है। पर वह सौदे के दाम देने में लग गईं और शायद फिर भूल गईं। और आज तो...”

“हाँ आपा, छिपनेवाली बात तो नहीं। मैं तो यह कहती हूँ, जब रसूलन के अब्बा को खबर होगी, तब क्या होगा? खुदा कसम भूत है वह तो...मार ही डालेगा...हमेशा ऐसे ही मारता है कि...”

“और उसने किसी को बताया भी तो नहीं। कैसी पक्की है! पिछली बार जब दीन मुहम्मद का किस्सा हुआ, तो भी चुपके से खाला के यहाँ भाग गयी...भाई जान दोनों को निकालने को कहते थे।” बाल जमाने के लिए वह ऊपर से महीन दाने की कंघी फेरने लगी।

“हाँ, और उस बेचारे की इतनी-सी तो तनख़्वाह है। भाई जान पुलिस में देने को कहते थे, और देख लेना, अबकी वह छोड़नेवाले नहीं। बहन, हद हो गई, मालूम है अब्बा जान का गुस्सा!”

“तो आपा, वह पुलिस में दे देंगे?” सलमा की आवाज़ बेकाबू हो गई।

“और नहीं, तो फिर क्या?”

“फिर, फिर क्या होगा?...बेचारी रसूलन...आपा...पुलिस के नाम से तो मेरा भी जी डरता है।”

“डरने की बात ही है...पुलिस किसी की नहीं होती...वह तुम्हें याद है, नन्हू की बहू

ने हँसली चुराई थी, तो दोनों गये थे जेलखाने।''

''हथकड़ियाँ डालकर ले जाते हैं...क्यों, आपा?''

''हथकड़ियाँ और बेड़ियाँ।''

''लोहे की होती हैं न?''

''हाँ, पक्के फ़ौलादी लोहे की।''

''फिर कैसे उतरती होंगी, मर जाते होंगे, तभी उतरती होंगी। क्या करेगी, बेचारी रसूलन?''

''और क्या, बेचारी...भई, मज़ाक थोड़े ही है...और तुमने देखा, उसने गाड़ा किस सफ़ाई से बेचारे को। हिम्मत तो देखो, हमें भी न बताया। अरे, उसने तो किसी को बताया ही नहीं।''

''कैसी बेरहम है...हाँ...बेचारा बच्चा...उसका जी भी न दुखा...नन्ही-सी जान!''

''क्या मुश्किल से जान निकली होगी!''

''मुश्किल से क्या निकली होगी। एक उँगली के इशारे से बेचारा खतम हो गया होगा।''

''चलो, ज़रा उससे पूछें, कैसे मारा उसने?''

दोनों डरी, सिमटी आँख बचाती, तलुओं से जूतियाँ चिपकाये गोदाम की तरफ चलीं, जहाँ अनाज की गोल के पास टाट पर रसूलन पड़ी हुई थी। पास ही दो-तीन नन्ही-नन्ही चुहियाँ गिरा-पड़ा अनाज और मिर्च के दाने लेने को डरी-डरी घूम रही थीं। दोनों को देखकर ऐसे भागीं, जैसे वे मार ही तो देतीं। यद्यपि आनेवालियों के दिल चुहियों से भी ज्यादा बोदे थे। थोड़ी देर तक वे रसूलन के पीले चेहरे और पपड़ी जमे होठों को देखती रहीं। रसूलन नौकरानी थी, पर वे बचपन से दोस्त ही रहीं। और वैसे थोड़ी-बहुत रसूलन ही मज़े में थी। वह पर्दा नहीं करती थी और मज़े से दुपट्टा फेंककर आम के पेड़ तले कूदा करती। ये दोनों, जब से इनके मामूँ रामपुर से आये थे, पर्दे में रहती थीं और गुलाब सागरवाली नानी ने आकर सबको मोटी कलफ़दार मलमल की ओढ़नियाँ बना दी थीं और बाहर कदम रखना जुर्म था। यह रसूलन ही थी, जो उनपर तरस खाकर दो-चार कोयल-मारी अँबियाँ उन्हें भी खिड़की से दे देती थी, जहाँ वे परकटे तोतों की तरह टुकुर-टुकुर देखा करती थीं और मामूँ की मूँछ की नोक भी दिख जाय तो वे गड़ाप से पीछे कूद पड़ती थीं...और अब रसूलन पर यह विपदा पड़ी थी।

''रसूलन!...ए रसूलन!...कैसा है जी?''

''जी!'' रसूलन ने जैसे आह खींचकर कहा, ''अच्छी हूँ, नुजहत बी।''

''क्या बुख़ार तेज़ है...और दर्द अब भी है या गया?''

''हाँ नुज़हत बी। सलमा बी...''

''अरे भई फिर कुछ कर न। कह दे माँ से कि हकीम साहब के यहाँ से ला दे कोई दवा।''

''नहीं, बीबी...मार डालेगी माँ तो...वैसे ही गुस्से में रहती है...और अब तो और

भी ...''

''हाँ! गरीब लड़की! मरती हो, तो कोई दवा लाकर न दे...हद है जुल्म की!'' सलमा की आँखें भर आईं।

''मगर कब तक छिपाएगी...मिट्टी भी तो ठीक से नहीं डाली तूने।''

''क्या?'' तो क्या सबको मालूम हो गया था? रसूलन और भी पीली पड़ गयी। उसके सुरमयी गाल मिट्टी के रंग के हो गये।

''अब बस हम से मत बनो। हमें सब मालूम है।''

''हैं? आपको...नुजहत बी, आपने कहाँ देखा?'' वह काँपकर उठने लगी।

''और क्या, हमें कल ही मालूम हो गया था और हम पिछवाड़े जाकर देख आये। मैं और सलमा गये थे।''

''हाँ...हमने देख लिया!'' सलमा जल्दी से बोली कि कहीं वह पीछे न रह जाय और रसूलन समझे, बस सबकुछ आपा ही देख सकती हैं।

''शी! इतनी ज़ोर से न बोलो...'' दोनों खुद ही डरकर सिमटने लगीं।

''हम और आपा कल गये थे शाम को। फिर हमने ढूँढ़ा, तो मेहँदी के पास हमें शक हुआ। फिर क़मीज़ का कोना दिखाई दिया...जिसके चीथड़ों में लपेटा है तूने।''

''हाँ, दीन मुहम्मद की फटी हुई क़मीज़...ओह! मेरे तो रोंगटे खड़े हो गये...बेचारे की गर्दन यों टेढ़ी हो गयी थी।'' नुज़हत ने ज़िबह की हुई मुर्ग़ी की तरह गर्दन अकड़ायी।

''फिर...फिर सलमा बी...फिर आप ने कह दिया होगा सब से...हाय! मेरे मालिक! मेरी माँ!''

''हम ऐसे छिछोरे नहीं हैं, रसूलन...तेरी शिकायत कैसे कर देते...और फिर जबकि हमें मालूम है कि तू अकेली ही कुसूरवार नहीं...यह दीन मुहम्मद...''

''उस बदमाश का मेरे सामने नाम न लीजिए...बीबी...''

''हम तो कितनी दफ़ा कह चुके तुझे, उस कुत्ते से न बोला कर, हमेशा तुझे ज़लील कराता है...मगर...''

''अच्छा बीबी, अब उस मुए से बोलूँ, तो रसूलन नहीं, भंगन की जनी...बस...तो अब आप कह देंगी सब से, और जो सरकार को मालूम हो गया, तो खैर नहीं। हाय मेरे अल्लाह!...मैं तो मर ही जाऊँ...''

एक तो अँधेरा, दूसरे निडर चुहियाँ, फिर रसूलन मरने की धमकी दे! नुज़हत की उँगलियों की पोरीं ठण्डी पड़ गयीं और सलमा की आँखों में मिर्चें लगने लगीं।

''कैसी बातें करती है, रसूलन!'' सलमा की नाक जल उठी।

''क्या करूँ, बीबी, जी करता है, अपना गला घोंट लूँ।'' और वह जी छोड़कर सिसकियाँ भरने लगी।

''हैं-हैं! रसूलन! क्या बातें मुँह से निकालती हो! खुदा सबका मददगार है। वही सबकी मुसीबत दूर करता है, मुझे तो उस नामुराद दीन मुहम्मद पर गुस्सा आ रहा है। जैसे उसका तो कुछ कुसूर ही नहीं।'' नुज़हत ने कहा।

"हाँ भई, लड़कों को कौन कुछ कहता है। दीन मुहम्मद कुछ भी कर दे, भाई जान हिमायती, अब्बा जान तरफ़दार। और बेचारी रसूलन!...ख़याल ही से मेरा कलेजा कटा जाता है। याद है, आपा, पिछली दफ़ा कैसा ग़दर मचा था। और रसूलन की माँ भी गरीब क्या करे? सच कहती हैं अम्मी। लड़कियाँ जन्म से खोटा नसीब लेकर आती हैं।"

सलमा के गालों पर सचमुच आँसुओं की लकीरें बहने लगीं। तीनों के गले भर आये और नुज़हत की नाक में चिउँटियाँ-सी रेंगने लगीं, मानो किसी ने पानी चढ़ा दिया हो। तीनों चुहियाँ भी शायद भूल से मिर्च का दाना चबा गयीं। आँसू-भरी उदास आँखों से, दूर बैठी सिसकारी भरती रहीं। आँखें, भूरी मूँछें बेजारी में भुट्टे के बालों की तरह काँप रही थीं।

"मेरी नुजहत बी, बताइए अब मैं क्या करूँ? मुझे तो दादी बी की पिटारी से ज़रा-सी अफ़ीम ला दीजिए। सचमुच खाकर सो ही रहूँ।" रसूलन निचला होठ काटने लगी।

"नहीं, रसूलन, ख़ुदकुशी हराम है। अब तो बात, मालूम होता है, दब-दब गयी, और किसी को पता भी न चलेगा और तू अच्छी हो जाएगी।" सलमा बोली।

"क्या करूँ अच्छी होकर, इस रात-दिन की जूतियों से तो मौत भली।"

"मगर मैं पूछती हूँ...यह तूने कैसे मारा...ऐ है, ज़रा-सा था..." नुजहत का आखिर को जी न माना।

"मैंने?...बीबी आप...हो-हो...हो-हो!" रसूलन बीमार कुतिया की तरह रोने लगी।

"चुप रहो, आपा! तुम और बेचारी का दिल दुखा रही हो। मत रो, रसूलन!" सलमा आगे खिसक आई।

"चलो, अम्मी आ रही हैं।" नुज़हत और सलमा दरवाज़े के पीछे दुबक गयीं। अम्मी लोटा लिये निकली चली गयीं।

"ठहरो, बीबी, कहोगी तो नहीं किसी से?" रसूलन ने गिड़गिड़ाकर सलमा के पाजामे की मोरी पकड़ ली।

"नहीं...अरे छोड़...अरे..."

दोनों स्तब्ध रह गईं। चुहियाँ पीपों के पीछे भाग गयीं।

"हूँ...तो यह मामला है! अच्छा, कहूँगा अम्मी से।" भाई जान स्टिक में कडुआ तेल लगाने गोदाम में आये थे।

"भाई जान! उन्होंने सारी बातें सुन लीं। चुप, रसूलन। आपा, चलो।"

दोनों दुबककर निकलने लगीं। एक चुहिया भाई जान की स्टिक को नफ़रत से घूरती पुरानी पलँग के बानों में घुस गयी।

"क्या आप...अच्छा, तो यह कहिए, साजिशें हो रही हैं...मगर मैंने सुन लिया है। वह दीन मुहम्मद की क़मीज़...मेहँदी के नीचे।" भाई जान तेल की तलाश में पीपे टटोलने लगे।

"तो...तो आप देर से खड़े थे...?" सलमा ने चाहा, उसके चेहरे की सफ़ेदी आँचल में जज़्ब हो सके, तो क्या कहने!

"और क्या, बरामदे में था मैं...अब तुम पकड़ी गयीं...बताओ, क्या साज़िश थी?"

“भाई जान...”

“कुछ नहीं, सच-सच बता दो, नहीं तो अभी अम्मी से जाकर कहता हूँ...बोलो, क्या बात है?”

“अच्छे भाई जान!...देखिए ग़रीब रसूलन...हाय अल्लाह!” नुज़हत का जी चाहा ज़ोर से चने की गोली से माथा फोड़ डाले।

“यह रसूलन...सुअरनी है। मेरे सारे जूते पलँग के नीचे भर देती है। इस चुड़ैल की तो खाल खिंचवा दूँगा। ठहर जा...क्या गाड़ कर आयी है...शर्तिया...”

“नहीं, भाई जान!...अच्छा आप क़सम खाइए कि कहेंगे नहीं किसी से!” सलमा ने बढ़कर प्यार से भाई जान के गले में बाँहें डाल दीं।

“हटो, नहीं खाते हम क़सम!...मत बताओ हमें। हम खुद जानते हैं। आज से नहीं, कई दिन से...”

“हाय मेरे मौला!” रसूलन औंधी पड़कर फूट-फूटकर रोने लगी।

“अच्छे भाई जान, आप हमारा ही मरा मुँह देखें, जो किसी से कहें...सुनिए, हम सब बता देंगे।” दूसरी तरफ से नुज़हत ने गला दाबा।

“बात यह है।” और कान में सलमा ने खुरुर-पुसुर करके कुछ बताना शुरू किया।

“अरे?...अब?” भाई जान की नाक फड़की और भवें टेढ़ी-मेढ़ी लहरें लेने लगीं।

“कल शाम को...” नुजहत ने हौले से बताया।

“अब्बा जान क्लब गये थे और अम्मी सो रही थीं।” सलमा के गले में सूखा आटा फँसने लगा।

“हूँ, फिर...अब क्या उन्हें पता नहीं चल जाएगा?” भाई जान दोनों को झिटककर बोले।

“मगर आप...आप न कहिएगा। आप को रज़िया आपा की क़सम।” सलमा ने कहा।

“रज़िया...रज़िया...हैं! हुश्त...हटो...हम किसी की क़समें नहीं खाया करते।” और वह हाथ झटकाते चले “हम जरूर कहेंगे...वाह, हटो, हम जा रहे हैं।”

“आपा, तुम भी क्या हो!...इतनी ज़ोर-ज़ोर से बोलती हो कि सब उन्होंने सुन लिया।” भाई जान के जाने के बाद तो सलमा की आँखें आँसुओं में डूब गईं।

“ये भाई किसी के नहीं होते। स्वेटर बुनवाएँ, बटन टँकवाएँ, वक़्त-बेवक़्त अण्डे तलवाएँ, रुपया उधार ले जाएँ और कभी भूलकर भी वापस न करें। क्या मिस्कीन सूरत बना लेते हैं, जैसे बड़ी मुसीबत पड़ी है, नुज़हत गुड़िया, ज़रा एक रुपया उधार दे दो। सच कहता हूँ, कल एक के बदले दो दे दूँगा...हुँह! और दुगुने तो दुगुने, असल ही दे दें, तो बहुत जानो।” नुज़हल बिलकुल ही बग़ावत पर तुल गयी।

रसूलन की माँ रोटियों के लिए पलेथन लेने आयी। बेचारी के सारे मुँह पर झुर्रियाँ पड़ी हुई थीं और चेहरे से नफ़रत और गुस्सा बरस रहा था।

“अरे रसूलन की माँ, इसका बुखार नहीं उतरता। तुम कुछ करती भी नहीं।” नुज़हत

ने डाँटा।

"अरे बेटा, क्या करूँ। हरामखोर ने मुझे तो कहीं का न रक्खा। जहाँ नौकरी की, इसी के गुनों से निकाली गयी।...घड़ी भर को चैन नहीं।"

"मगर रसूलन की माँ, तुम चाहो कि यह मर जाए, तो तुम भी नहीं छूटोगी, हाँ और क्या।"

"मर जाए, तो पाप ही न कट जाय। कलमुँही ने मुझे मुँह दिखाने का न रक्खा। ...थानेदारिनी तो अब भी मुझे रखने को कहती हैं, पर इस कमीनी के मारे कहीं नहीं जाती ...जब देखो, मुझे तो इन नसीबों का रोना है। जवान बेटा चल दिया और यह मारी गयी रह गयी, मेरे कलेजे पर मूँग दलने को।

"तो ज़हर दे दे ना मुझे...हो....हो-हो!" रसूलन ने बेबसी से रोकर कहा।

"अरे मैं क्या दूँगी ज़हर, इन करतूतों से देख लेना, जेल जाएगी और वहीं सड़-सड़ के मरेगी। लो, अन्धेर खुदा का! मुझसे कहा तक न इसने! हटो बीबी, मुझे आटा लेने दो।"

"यह क्या हो रहा है यहाँ, सलमा...नुज़हत...हूँ, कितनी दफ़ा कहा है कि शरीफ़ बेटियाँ रज़ीलों-कमीनों के पास नहीं उठती-बैठतीं, मगर नहीं सुनतीं। जब देखो, सर जोड़े बातें हो रही हैं, जब देखो दुखड़े रोये जा रहे हैं।...चलो, यहाँ से निकलो...ऊई, इसे हुआ क्या, जो लाश बनी पड़ी है, बन्नो?"

"जी...जी, बुखार है, बीबीजी, कमबख्त को!" रसूलन की माँ जल्दी-जल्दी आटा छानने लगी।

"बुखार तो नहीं मालूम होता। खासा तबाक़-सा चेहरा बना रखा है। यह क्यों नहीं कहती कि बन्नो..."

"बीबीजी...यह देखिए यह..." दीन मुहम्मद बीच में चिल्लाया।

"आपा!...वह...वह ले आया!" सलमा ने जैसे क़ब्र से निकाली लाश को देखकर डर से घिघियाना शुरू कर दिया और नुज़हत से लिपट गयी।

"अरे क्या है?"

"यह...देखिए पिछवाड़े, मेहँदी के तले।"

"है-है!...कमबख्त...ऊई!" अम्माँ जान के हाथ से लोटा छूट पड़ा। वे मरी हुई चुहिया तो देख न सकती थीं।

"यह...यह, इस रसूलन ने, बीबीजी...मेहँदी के नीचे गाड़ा...यह देखिए!"

रसूलन का जी चाहा वह भी नन्ही-सी चुहिया होती और सट से मटकों के पीछे जा छिपती।

"चल झूठे!...कैसा बन रहा है...जैसे खुद बड़ा मासूम है।" नुज़हत चिल्लायी।

"तो क्या मैंने मारा है? वाह साहब, वाह!...वाह, नुज़हत बी! और फिर अपनी ही क़मीज़ में लपेट देता कि झट पकड़ा जाऊँ!...बीबीजी, यह रसूलन ने गाड़ा।"

"चल, नामुराद! तुझे कैसे मालूम, मेरी बच्ची ने गाड़ा है? तेरी अम्माँ-बहना ने गाड़ा

होगा। और मेरी लौंडिया के सिर थोप रहा है। उसका जी परसों से अच्छा नहीं है। अलग पड़ी है कोठरी में।" रसूलन की माँ दहाड़ी और ज़ोर-ज़ोर से छलनी से आटा उड़ाने लगी, ताकि सब के दम घुटने लगें और भाग खड़े हों। वह अपनी पीठ से रसूलन को छिपाये रही। कहते हैं, दाई ने उसके गले में बाँस घँघोल दिया था, तभी तो ऐसा चीख़ती थी। मुहल्ले की ज्यादातर लड़ाइयाँ वह केवल अपने गले के जोर से जीत जाया करती थी।

"सरकार, मैं शर्त बदता हूँ। इसी का काम है यह...यह देखिए, मेरी क़मीज़ भी चुराकर फाड़ डाली। जाने दूसरी आस्तीन कहाँ गयी?" दीन मुहम्मद बोला।

"हरामख़ोर, उसी का नाम लिये जाता है। कह दिया, परसों से तो वह पड़ी मर रही है। मुर्गियाँ भी मैंने बन्द की और अपने हाथ से गोदाम की झाड़ निकाली।...मुआ काम है कि दम को लगा है।" रसूलन की माँ झूठ-सच उड़ाने लगी।

"इसीलिए तो मक्कर साधे पड़ी है डर के मारे, नहीं तो हमें क्या मालूम नहीं इसका मरज़...चुपके से गाड़ आयी कि सरकार को मालूम हो गया, तो जान की खैर नहीं।" बीबीजी जूतियों में से पानी टपकाने लगीं। "इस चुड़ैल से तो मैं तंग आ गयी हूँ। रसूलन की माँ, यह कीड़ोंभर कबाब मैं घड़ी भर नहीं रखने की। लो भला ग़ज़ब ख़ुदा का है कि नहीं!"

"सुअर कहीं का!...यह दीन मुहम्मद..." सलमा बड़बड़ायी।

सलमा और न जाने क्या बड़बड़ाती कि अम्माँ जान ने डाँट बतायी "बस बी, बस, तुम न बोलो, कह दिया कि कुँआरियाँ हर बात में टाँग नहीं अड़ाया करतीं...चलो यहाँ से, तुम्हारा कुछ बीच नहीं...रसूलन की माँ, बस आज ही इसे इसकी खाला के यहाँ पहुँचा दे, कितना कहा, हरामख़ोर का ब्याह कर दे कि पाप कटे।" बीबीजी बुरी तरह ताने देने लगीं।

"कहाँ कर दूँ, बीबीजी, आप ही तो कहती हैं कि छोटी है। सरकार कहते हैं, अभी न कर, जेल हो जाएगी। और मैं तो मुई की कर दूँ, कोई कुबूले भी, मुझे तो इसने कहीं मुँह दिखाने का न रखा।" रसूलन की माँ रो-रोकर छलनी झाड़ने लगी।

"अरी, और यह मरा कैसे? रसूलन, ज़रा-सी जान को तूने मसलकर रख दिया और तेरा कलेजा न दुखा।"

"अँह-ऊँ-ऊँ!" बेचारी रसूलन कुछ भी न बता सकी।

"बन रही है, बीबी...बड़ी नन्ही-सी है न।" दीन मुहम्मद फिर टपका।

"ऊँ-ऊँ!...अल्लाक़सम बीबीजी...यह...यह दीन मुहम्मद।"

"लगा दे मेरे सिर...अल्लाह क़सम, बीबीजी, यह इसी की हरकत है...झूठी!"

"ख़ुदा की मार तुझपर, झाडूपीटे एकदम मेरी लौंडिया का नाम लिये जाता है। बड़ा साहूकार का जना आया वहाँ से! हर वक्त मेरी लौंडिया के पीछे पड़ा रहता है।" रसूलन की माँ चिंग्घाड़ती हुई फट पड़ी।

"बस-बस! जब तक बोलती नहीं, बढ़ती ही जाती हैं...तुम्हारी लौंडिया है भी बड़ी सैयदानी!..."

"देखो, दीन मुहम्मद की माँ, तुम्हारा कोई बीच नहीं...ज़माने भर का लुच्चा मुआ..."

"बीच कैसे नहीं, और तुम्हारी लौंडिया...अभी जो घर के सारे पोल खोल दूँ, तो बग़लें झाँकती फिरो, कहो कि नौकर होकर नौकर को उगाड़ती हैं...और..." रसूलन की माँ चिंग्घाड़ सकती थी, तो दीन मुहम्मद की माँ की कमज़ोर मगर एक लय की आवाज़ कानों में लगातार पानी की तरह गिरकर पत्थर तक को घिस डालती थी। चें-चें-चें जब शुरू होती थी, तो लगता था, दुनिया एक पुराना चर्खा बन गयी है, जिसमें कभी तेल नहीं दिया जाता।

"आया निगोड़मारा कहीं से!..." रसूलन की माँ दब नहीं रही थी। ज़रा योंही कुछ सोच रही थी।

"और क्या, नन्ही बनकर मेरे लौंडे का नाम ले रही है, जैसे हमसे कुछ छिपा है। पिछले जाड़ों में भी इसी ने ऐसे ही झटपट कर दिया और कानों-कान ख़बर न हुई, और तुम खुद छिपा गयीं। मेरा लड़का मुई पर थूकता भी नहीं।"

"देखिए बीबीजी, अब यह बढ़ती ही चली जा रही है। मुई क़साइन कहीं की! माना चलो, चटपट भी किया, क्या कोई तुम्हारे ख़सम का था..."

"मेरे तो नहीं, हाँ, तुम्हारे ख़सम का था, जो पोटली में बाँध अन्धे कुएँ में झोंक आयी और लौंडिया को झट-से ख़ाला के यहाँ भेज दिया। ज़रा-सी फितनी, और गुन तो देखो!" दीन मुहम्मद की माँ की आवाज़ लहरायी।

"बस जी, बस! यह कंजरखाना नहीं...तुम्हारे ख़सम का, न इनके ख़सम का। चलो, अपना-अपना काम करो।...भला बतलाओ, सरकार को पता चला, तो...अल्लाह जानता है. ..क़ियामत रखी समझो...टाँग बराबर छोकरी, क्या मज़े से मार-मूर ठिकाने लगा दिया और तोप भी आयी...अन्धेर है कि नहीं...ऐ, चल हट उधर!.." बीबी जल्दी से लपकी।

"कुछ नहीं, अब्बा मियाँ, यह रसूलन..." भाई जान हाकी स्टिक पर अब तक तेल मल रहे थे।

"ऐ चुप भी रह लड़के! कचहरी से चले आते हैं। आते ही झल्ला जाएँगे।"

"यह देखिए, सरकार यह मारकर पिछवाड़े गाड़ आयी।...मैंने आज देखा।"

"अरे!...इधर लाना ओफ़्फ़ोह यह किसने मारा?"

"सरकार, रसूलन ने...वह अन्दर बनी बैठी है।"

"ओ मुर्दे, क्यों झूठे दोस मढ़ता है। बिजली गिरे तेरी जान पर!" रसूलन की माँ दाँत पीसती झपटी।

"मुर्दी होगी तेरी चहेती, जिसके ये करतूत हैं!...लाडो के गुन तो देखो!..."

"चुप रहो, क्या भटियारियों की तरह चीख़ रही हो! अभी पता चला जाता है। बुलाओ रसूलन को।"

"सरकार...हुजूर!" रसूलन की माँ काँपने लगी।

"बुलाओ!...बाहर निकालो, सब मालूम हो जाएगा।"

"सरकार, जी अच्छा नहीं निगोड़ी का!" बीबी जी उठीं हिमायत करने।

"जी-वी सब अच्छा है।...बुलाओ उसे..."

"रसूलन, ओ रसूलन!...चल बाहर, सरकार बुलाते हैं।" दीन मुहम्मद दरोगा की तरह

चिल्लाया।

रसूलन घुटी-घुटी आहें भरने लगी, चीख़ें रोकने में उसके होठ पटर-पटर बोलने लगे। मगर हक्मे-हाकिम मर्ग मफ़ाजात (हाकिम का हुक्म मौत की तरह अटल) कराहती, सिसकती, लड़खड़ाती जैसे अब गिरकर जान दे देगी। नुज़हत ने लपककर सहारा दिया। बुख़ार से पिंडा तप रहा था और मुँह पर नाम को खून नहीं।

"बन रही है, सरकार!" दीन मुहम्मद अब भी न पसीजा।

"अरे, इधर आ!...इधर, हाँ, बता...साफ़-साफ़ बता दे, नहीं तो बस!"

"पुलिस में दे देंगे, सरकार।" दीन मुहम्मद टपका और रसूलन की माँ ने एक दोहत्तड़ उसकी झुकी हुई कमर पर लगाया कि औंधे मुँह गिरा सरकार के पास।

"जवानामर्ग (जवानी में मरे), तुझे हैज़ा समेटे!..."

रसूलन की टाँगें काँप रही थीं और मुँह से बात नहीं निकलती थी।

"हाँ, साफ़ बता दे, नहीं तो सच कहते हैं, हम पुलिस में दे देंगे।" सरकार बोले।

रसूलन की हिचकी बँध गयी और हिचकियों के कारण वह बोल भी न सकी।

"बेगम, इसे पानी दो...हाँ, अब बता...कैसे मारा?"

पानी पीकर ज़रा जी थमा। बड़ी देर तक पानी चढ़ाती रही कि जवाब से बची रहे।

"हाँ बता, जल्दी बता!" सबने कहा।

"सरकार!..."

"हाँ, बता..."

"सरकार!...ईं-ईं...हो...हो-हो!...मैं...मेरे सरकार...मैं डरबा...फिर...डरबा बन्द कर रही थी ..तो काली मुर्गी भागी। मैंने जल्दी से दरवाज़ा भेड़ा...तो...यह पिच गया...ओ-हो...हो!..."

"सरकार, बिलकुल झूठ। यह ऐसी बुरी तरह मुर्गियों को हँकाती है कि क्या बताएँ।" दीन मुहम्मद कहाँ मानता था, "मना करता हूँ कि हौले-हौले..."

"च-च-च! क्या खूबसूरत बच्चा था! मनारका मुर्गी का था। अभी आपने कानपुर से मँगवाया था...आज इस रसूलन को खाना मत देना, यही सज़ा है इस चुड़ैल की...और दीन मुहम्मद, आज से मुर्ग़ियाँ तू बन्द किया कर, सुना?"

"वाह-वाह! निगोड़े ने मेरी लौंडिया को हलकान कर दिया। सदके किया था निगोड़ा, बोटी का तिक्का! ज़रा सा मुर्गी का बच्चा और इतना शोर! चल री, चल! आज ही मुर्दार को ख़ाला के घर पटकूँ। ऐसी जगह झोंकूँ (धप! धायँ! एँ-हें, रसूलन की आवाज़) कि याद ही करे। अजीरन कर दी मेरी ज़िन्दगी...मुँह काला करवा दिया..."

रसूलन की सिसकियाँ और माँ के कोसने बड़ी देर तक हवा में नाचते रहे।

□

फ़िरदौस

''बस अब तो एक ही रास्ता रह गया है, खुदकुशी।'' वह सिसकियाँ भरकर बेहाल हो गया। मैं खामोश रही।

''अब नहीं सहा जाता।''

मैं फिर भी ख़ामोश रही।

''ऐ आपा, मेरी जान पर बनी हुई है और तुम हो कि बस...''

''अरे भई तो मैं क्या करूँ, मेरे पास तो फ्रूट साल्ट से ज्यादा खतरनाक दवा भी नहीं।''

''अल्लाह! तुम्हें मज़ाक सूझ रहा है और यहाँ जान पर बनी है।''

''जान पर बनी है तो फिर क्यों परेशान होती हो। अल्लाह ने चाहा तो मौत खुद ही आ जाएगी। वैसे खुदकुशी हराम भी है। यों मरोगी तो सीधी जन्नत में जाओगी, कि शौहर पर जान छिड़कनेवाली बीवियाँ जन्नती होती हैं।''

''सच कहती हूँ, वह हरामज़ादा एक दिन मेरी जान लेकर छोड़ेगा।''

''फिर तो तुम्हें जन्नत में ज़मुर्रद का महल मिलगा। शौहर यानी मजाज़ी खुदा की बख़्शी हुई मौत तो ऐन शहादत के रुतबे पर पहुँचा देगी।''

उन्हें हँसी आ गयी। धुआँधार बारिश में सूरज जगमगा उठा। सलीमा खातून, दो बच्चों की माँ, बला की सुंदर वेशभूषा और कम उम्र लगती थीं। शौहर नामुराद आये-दिन शराब पीकर ठुकाई करते। सास सगी खाला थी, पर निरी सिरके की बोतल धरी थी। कम उम्र में बेवा हो गयी और इकलौते बेटे की चाहत में जवानी फूँक दी। भली बीवियाँ उनके आँचल पर नमाज़ पढ़ती थीं। मीलाद शरीफ़ किस सोज़ से पढ़ती थीं। तक़सीम के वक़्त यह बूढ़ी नानी को छोड़कर न जा सकी कि उन्होंने माँ के बाद पाला-पोसा। शुरू ही से सलीमा को आँख के तारे इकलौते वाहिद खाँ के लिए माँग लिया था।

बूढ़ी नानी को बेटा-बेटी नये मुल्क में कहाँ ढोते फिरते। पुराने आबाई मकान में

से होते हुए सब चले गये। खुदा जाने क्या घपला हुआ कि बुढ़िया को एक खस्ता मकान में नाकारा सामान के साथ छोड़ गये।

रिश्ते में वाहिद खाँ सलीमा के मामू लगते थे। सात-आठ बरस बड़े होंगे। अब मुझे ज़्यादा विस्तार तो याद नहीं, निहायत अरुचिकर विस्तार होगा। लखनऊ में सलीमा ने एफ. ए. तक तालीम पायी और फिर वाहिद खाँ बी. ए. के बाद किसी फर्म से बम्बई में जुड़ गये और शादी करके माँ समेत आ गये। दो बच्चे हुए। सलीमा ने ट्रेनिंग लेकर म्युनिसिपल स्कूल में नौकरी कर ली। वाहिद की आमदनी अच्छी थी। दो बच्चे, टूटी-फूटी दादी क्या सँभाल पाती।

सलीमा से मेरी मुलाकात एक स्कूल के जलसे में हुई थी। बड़ी अदबनवाज़ थी। कभी मुशायरों में मिलना हो जाता। वह मुहम्मद अली रोड पर रहती थी। कभी उधर जाना होता तो मैं थकान उतारने उसके यहाँ चली जाती और कभी मेरीन ड्राइव पर चाय का प्रोग्राम बनता तो वह मेरे पास भी आ जाती। मगर उसके शौहर कुछ खिंचे-से रहते। नौकरी कभी किसी स्कूल में आरजी तौर पर कर लेती, कभी ट्यूशन कर लेती। उसकी सास को ये मक्कारियाँ कतई पसन्द नहीं थीं। अपने चाव से शादी की थी लड़की पसन्द करके। अपनी भतीजी थी, पर न जाने क्यों डरती थी कि ये हसीन जादूगरनी बेटे को उल्लू का गोश्त न खिला दे। सलीमा बताती थी कि मेरी ख्वामख्वाह शिकायतें करती रहती है। मुझसे भी बड़ी बी ने कुछ आजाद औरतों पर कटी-कटी बातें कीं। मैंने कतई नोटिस नहीं लिया और दिल बहलानेवाली बातें कीं।

"भई, मेरे बच्चे तो आपा ने पाले, बस यही शिकायत थी कि खिला-खिलाकर मोटा कर दिया। लड़कियाँ अब फाका करती हैं। बेचारियाँ दूध-मक्खन को तरसती हैं।" वह सुघड़ाये पर जोर देतीं। बच्चों की परवरिश माँ का फ़र्ज। घरदारी पर जोर देतीं। घरदारी बावर्ची और आया मिलकर बहुत अच्छी कर लेते हैं। मैं तो मोटापे के डर से अच्छा खाना पकाने पर बावर्ची को डाँटती हूँ। ख्वामख्वाह जस्सावाला के क्लीनिक जाकर गोश्त छुड़ाना पड़ेगा।

सलीमा ने कई बार दबी ज़बान से कहा, वह बहू को मेरी किस्मत से बचाना चाहती है।

एक दिन वह बार-बार अपने रँडापे का रोना रो रही थीं कि कैसे उन्होंने बेटे की खातिर दूसरा निकाह नहीं किया।

"अरे वाह! क्यों नहीं किया?"

"माँ-बाप की लाज समेटे जवानी राख कर दी।"

"आपने बहुत ग़लती की। क्या पहले निकाह से आपके बाप की लाज भंग हो गयी थी?"

"ऐ खुदा न करे...वह तो वालदैन के हुक्म की तामील की, हमने अपनी गरज़ी से थोड़े ही खसम ढूँढ़ा।" उन्होंने चोट की, क्योंकि उन्हें मालूम था कि मैंने खुद खसम ढूँढ़ा था।

"मगर हमारे रसूलल्लाह को तो ख़दीजतुलकुबरा ने ख़ुद पैग़ाम भेजा था।"

"ऐ भई, वह तो पैग़म्बर रसूल के अज़ीम इन्सान बन्दे, हम गुनाहगार उनकी पाँव की खाक के बराबर..."

"मगर तलाक़ का हक़ और दूसरे निकाह की इजाज़त और आज़ादी सबसे पहले इस्लाम ने औरत और मर्द दोनों को बराबर दी।"

"ख़ुदा के वास्ते मेरी जान छोड़ो!" वह फूट-फूटकर रोने लगीं और सलीमा की सिट्टी गुम हो गयी।

वाहिद का चेहरा सुर्ख़ हो गया और मैं डरी कि कहीं बुढ़िया मुझे पिटवा न दे। वह फूट-फूट रो रही थी। मुझे भी अपनी सिट्टी गुम हुई नज़र आयी।

"अच्छा भाई ख़ुदा हाफ़िज़!"

"चाय आपा...चाय तो..."

"फिर रश बढ़ जाएगा, फिर कभी।" और मैं हटी वहाँ से।

मैं भूल-भाल गयी, मगर एक दिन सलीमा दहाड़ों-दहाड़ रोती चली आ रही है।

"ऐ भाई क्या हुआ?"

"कुछ नहीं।"

"तो क्या इतने दिन बाद मिलने आयी हो, इसलिए यह मुहब्बत के आँसू हैं?"

"मेरी जान पर बनी है और आप हँस रही हैं।"

"भाई, मुझे रोना तो आ रहा है मगर मेरी आँखों की ग्रंथियाँ कुछ खराब हैं। आँसू नहीं निकलते। यक़ीन मानो, मेरा दिल तो फूट-फूटकर रो रहा है। हालाँकि मुझे यह भी नहीं मालूम कि तुम रो क्यों रही हो?"

"ती लीजिए, जी खोलकर हँसिए।" उन्होंने बुर्का दूर फेंका। उनके सिर पर पट्टी बँधी थी। बाँहों और पिंडलियों पर बड़े-बड़े नील पड़े थे। नाक के पास लम्बी-सी खरोंच थी, जिस पर मरक्यूरी क्रीम ने और रौनक बढ़ा दी थी। कोई डेढ़ साल बाद उन्हें देखकर उलझन हो रही थी।

"हड्डी-पसली? तो..." वह फूट-फूटकर रोने लगी। मेरा जी दुख रहा था, जल रहा था, मगर मैं हँसती रही। फिर बोतल से पानी उँड़ेलकर थरमस में बर्फ का टुकड़ा डाला। पानी पीकर उनका ज़रा जी सँभला।

"आपा...मैं तो मर जाऊँगी...अब नहीं सहा जाता, मगर...मगर क्या करूँ? बच्चों को कैसे छोड़ दूँ...?" वह हिचकियों से रोने लगी।

मैंने घण्टी बजायी। बावर्ची दरवाजा खोलने के लिए जाग चुका था। मैंने चाय के लिए कहा और आदत अनुसार वह सेव, दालमोठ, काजू वगैरह ले आया।

उनका दुखड़ा सुनने को दिल नहीं चाह रहा था, कि उन्हें चीन से लायी हुई एलबम दिखाने लगी। दो गोलियाँ एस्प्रो की दीं, जो उन्होंने चुपचाप निगल लीं। फिर उन्होंने तफ़सील शुरू की।

"भाई बोर न करो। मैं पचासियों बार इसी क़िस्म के क़िस्से सुन चुकी हूँ। मुझे मालूम है कि बड़ी बी ने मेरे हिस्से का गुस्सा उस अहमक़ बहू पर उतारा होगा। मगर हद हो गयी कि डेढ़ बरस में गुस्सा उतर नहीं चुका।...तुम इतनी बेबस तो नहीं कि बेकुसूर जूते खातीर हो। न ही तुम्हारा खसम पहलवान है, तुम पलटकर एक थप्पड़ भी नहीं मार सकतीं?"

"हैं...हैं...आपा, शौहर पर हाथ उठाऊँ!"

"तो फिर ख़ामोश पिटती रहो, जन्नत में बड़ा शानदार जमुर्रद का महल मिलेगा। तुम्हारा मियाँ हूरों के चक्कर में तुम्हारी खिदमत का मोहताज नहीं होगा। हाँ, बुढ़िया, जो तुमसे पहले ही विराज रही होगी, शायद टेढ़ी खीर साबित हो।"

"खुदा के लिए ऐसी कुफ्र की बातें..."

"तुम मुझे गड़बड़ाकर ऊटपटाँग की बातें कहलवा रही हो। अच्छा, खुदा हाफ़िज़। मुझे बर्थ-डे पार्टी में जाना है।" वह ख़ामोश मुझे घूरती रही, फिर लँगड़ाती हुई चल दी।

ये कम्बख्त बूढ़ी सासें भी अजीब तमाशा होती हैं। बड़े अरमान से बीवियों-लड़कियों में से चाँद का टुकड़ा ढूँढकर उसे बहू बना लेती हैं। बेटा बेटी का गुलाम बन जाता है। जब देखो उसके कलेजे में छुपा हुआ है। माँ तो जैसे कोई चीज़ ही नहीं है। क्या अजब जो बेटे के कान भरे और वह उसे सड़क पर फेंक दे। बुढ़िया दर-दर की ठोकरें खाएगी, किसकी जूतियाँ सँभालेगी। हाँ, खसम को रिझाने के लिए सरे-शाम ही सोलह सिंगार शुरू हो जाते हैं? आया और चहेती के कलेजे में घुसा। जैसे माँ तो कुछ है ही नहीं। अरे नौ महीने पेट में रखा, खूने-जिगर पिलाकर पाला, खुद गीले में सोयी, बच्चे को छाती पर सुलाया और सपूत ने यह अन्जाम दिया कि माँ से दो बातों की फुरसत नहीं।

'एक के बाद दूसरा अभी नहीं, दूसरे के बाद तीसरा कभी नहीं!' दुश्मनों के मुँह में खाक, जो उन दो बच्चों को कुछ हो जाय तो गोद खाली, खानदान ही खत्म।

यह हरबा निशाने पर बैठा और मियाँ-बीवी में खट-पट शुरू हो गयी। ज़ाहिर है, अम्माँ जान ने तो बेटे की तरफ़दारी की। बीवी अगर बच्चा रोग तगड़ में लगाती है तो यार-धींगड़े भी दिलेरी से पा लेगी। मर्द तो मुए कीचड़ में मुँह डालें तो कौन-सी नयी बात होगी। कभी यार-दोस्त घसीट ले जाएँ तो जाना ही सजता है। मगर बीवी जो हरामियों की फौजें जुटा दे तो...

बस भड़क उठे और चली चार चोट की मार। सलीमा ने लूप क्या लगवाया कि गले का फन्दा बन गया। यह बोझ समझकर मेरे सिर पर नाज़िल। मैंने धक्के तो नहीं दिये। हाँ, जहनी धक्के देकर चलता किया। मुझे ख़याल भी नहीं आया कि सलीमा ने आना-जाना बन्द कर दिया। बेखयाली चली जा रही थी कि पीछे से तरोताज़ा गोबर के ढेर में पैर पड़ा। बाखुदा! टैक्सीवाले को आवाज़ दी। एक नज़र डालकर फर्राटे भरता यह जा, वह जा। लोग मेरी दुर्गत पर इत्मीनान से मुस्करा रहे थे। चार कदम पर सलीमा का घर देखकर जान में जान आयी। सलीमा भागती हुई कोठे से उतरी और रोते हुए मुझसे लिपट गयी।

मुझे तख्त पर बैठाकर बच्ची से बोली—

"पापा से कहो, मेरे गुसलवाला गर्म पानी तसले में ले आएँ।" और लपककर अलगनी से तौलिया उतार लायी। मैं ना-ना करती रही मगर उसने पहले लोटे की धार से पैर साफ किया, चप्पल निकालकर नीचे रख दी और मेरा पैर पोंछकर पाउडर छिड़कने लगी।

"भई, ये मेरी इतनी पालीपोस किस खुशी में हो रही है!"

"जीती रहे वह भैंस!"

"भैंस! कौन-सी भैंस?"

"वही जिसके गोबर ने आपको मेरे घर आने पर मजबूर किया। कहाँ ग़ायब हो गयी थीं?"

"जन्नत की सैर को गयी थी।"

"कश्मीर तो आप गये साल गयी थीं, फिर..."

"साइबेरिया गयी थी।"

"हैं-हैं, किसी क़सूर में? वहाँ तो नमक की खानों में मज़दूर बेड़ियों में जकड़कर फेंक दिये जाते हैं, जहाँ से उनकी हड्डियाँ ही निकलती हैं। बर्फ के तूदे..."

"वह ज़माने लद गये। मैं तो गर्मियों में गयी थी। कश्मीर से हज़ार गुना बड़ी जन्नत। वही आसमान से बातें करते चिनार और बाँसों के झुण्ड। चार हज़ार से ज्यादा किलोमीटर लम्बी पानी की झील। ऐसी शफ़्फ़ाफ़ कि तह में नाचता सप्तर्षि मण्डल भी दिखाई दे। वैसे ही शगुफ़्तों के बोझ से झूलने न जाने कौन-से फूल-नाम भी याद नहीं, डायरी में लिखे हैं। और उई! हुस्न! उफ! मेरी तो आँखें चकाचौंध हो गयीं। इतने हसीन बच्चे जैसे कश्मीर के, बस उसमें से गरीबी निकाल दो।"

"अरे बेबी, पापा से कहना थोड़े-से पापड़ और पकवाएँ।"

"सलीमा, ये तुझे क्या हो गया? खसम पर हुक्म सादर कर रही है, जहन्नुम में जाएगी।"

"अरे मर गये जहन्नुम में भेजने वाले!"

"सासूजी?"

"खुदा उनका साया हमारे सिरों पर क़ायम रखे। उधर पिछले कमरे में बच्चियों को कुरान पढ़ाने लगी हैं। वाकई बेकार बैठी ऊब जाती थीं।"

"तो तुम्हारी जान खाती थीं?"

"अब तो वह मेरी जान हैं। पूछिए यह इन्क़लाब आया कैसे?...बताऊँगी, पहले चाय हो जाए।" वाहिद मियाँ चाय की ट्रे ला रहे थे। हाथ के धुले कपड़े और पैर में लंग! चेहरे पर भयानक शर्मिन्दगी, बालों, में सफ़ेद लटें। मैं सन्नाटे में रह गयी।

"वाहिद मियाँ, आप चाय नहीं पिएँगे?" मैंने टोका।

"जी, मैं उधर ही पी लूँगा। हाँडी में प्याज लाल हो रही है, जल जाएगी!" वह लँगड़ाते डग भरते चल दिये। मैंने सलीमा की तरफ देखा। वह बड़े नाज़ से मुस्करा रही थी। मैंने उसका हाथ झटककर उठने की धमकी दी।

"आपा चाय!"

"भाड़ में जाय तुम्हारी चाय और चूल्हे में जाओ तुम!"

"आप ही ने तो कहा था।"

"अगर मैंने यही कहा था जो मैं आज देख रही हूँ, तो मैंने झक मारी थी। मैं किसी इन्सान की, ख़्वाह वह मर्द हो या औरत, ऐसी ज़िल्लत नहीं देख सकती। मैंने तुम्हें जीने की राय दी थी, किसी को कत्ल करने का मशवरा नहीं दिया था। हुआ क्या?"

फिर सलीमा ने बताया कि एक दिन वे उसे पीकर मार रहे थे तो उस पर भी जुनून सवार हो गया। उसने जो धक्का दिया तो वाहिद चित गिरे, फिर दोनों में गुत्थम-गुत्था हो गयी और सलीमा बिल्कुल पागल हो गयी। उसने उनकी पिंडली में ऐसे दाँत गड़ाये कि खून का फव्वारा छूटा। कोई ऐसी रग कट गयी थी कि खून रोके न रुका। वाहिद बेहोश! अम्माँ की चिल्ली-घोर सुनकर मुहल्लेवाले आ गये। उन्हें अस्पताल ले गये, मगर खून किसी तरह बन्द न होता था। कितनी ही बोतलें चढ़ायीं, महीनों खटिया गोड़ी, सारा जमा-जत्था चुक गया। जो ज़मीन का टुकड़ा था, गिरवी हो गया। स्टील के कारखाने में जो नौकरी थी, वह भी गयी, कि उनका रिकार्ड खराब था। वार्निंग पर वार्निंग मिल चुकी थी। ऊपर से अफ़सर पर नशे में हाथ छोड़ बैठे। प्रोविडेंट फण्ड पर पहले ही हाथ डाल चुके थे। बोतल की आदत ने नीम-वहशी बना दिया। सलीमा को स्कूल में फिर पुरानी जगह मिल गयी। अब खुदा के करम से इण्टर तक हो गया है और उस उर्दू-स्कूल की वह प्रिंसिपल है। बारह सौ तनख्वाह। ऊपर से एलाउंस। अच्छी गुजर हो जाती है।

"पैर का लंग नहीं गया?"

"कहते हैं विलायत में ऑपरेशन कराना पड़ेगा, तो शायद ठीक हो जाय। ज़हरबाद हो गया था। जान ही बच गयी तो खुदा की मेहरबानी थी, कि वह बड़ा रहमवाला है। अम्माँ की तो कमर टूट गयी। मुझे सीने से लगाकर बहुत रोती थीं। मैंने उनके पैर पकड़ लिये। उनके सिवाय मेरा कौन है? बड़े चाव से मुझे माँगा था, फिर न जाने क्या हो गया उन्हें।"

"और चुड़ैल, तूने खसम को बावर्ची बना दिया...फटकार है तेरी सूरत पर...लो मैं चाय पी ली और वाहिद के तले हुए पापड़ भी जरूर... अब तुम गारत हो जाओ और वाहिद को मेरे पास भेज दो!"

"आप हद करती हैं आपा, अब उन्हें मेरे ख़िलाफ भड़काओगी। उनसे क्या कहना है, मुझसे कहिए ना?"

"तुम्हारी बला से, मुझे कुछ भी कहना है। तुम हमारी बातें सेंध करती रहना। तुम्हें मुझ पर भरोसा नहीं?"

"है तो भरोसा, पर आप ऐसे जन्नाटे से बात करती हैं कि इन्सान मरगूब हो जाता है।"

"गधी, तुम्हें यकीन है कि मैं उन्हें तेरे खिलाफ भड़काऊँगी! मैं वाकई बद्‌दिल हो गयी?"

"नहीं आपा जान! ठीक है, आप भड़काकर भी देख लीजिए। एक इम्तहान भी हो जाय तो अच्छा है।"

"यह बात हुई न कुछ!"

वह चली गयी तो वाहिद मियाँ लँगड़ाते हुए आये।

"जी, क्या हुक्म है?"

"बदतमीजी न करो।! मुझे तुमसे एक ज़रूरी बात में सलाह लेना है।" मैंने उन्हें बोलने ही नहीं दिया, "मुझे इन्कमटैक्स रिटर्न देनी है और मेरी कुछ समझ में नहीं आता। मेरी मकानदारनी मुझे बोर कर रही है, फ्लैट छोड़ने को कहती है। पक्के स्टाम्प पर ढाई सौ किराया लिखवाया था और उसके गुर्गे मुझे परेशान करके किराया बढ़वाये जा रहे हैं। अभी और बढ़ाया है, पाँच सौ कर दिया। नीचे जिस बोर्ड पर फ्लैट में रहने वालों के नाम लिखे हैं, वहाँ अपने नाम का बोर्ड जड़ दिया है। उसके आदमी वक़्त बे-वक़्त उससे मिलने आते हैं। हज़ार बार कह दिया, वह यहाँ नहीं रहती। वह कहाँ रहती है, कोई नहीं जानता। कभी सुना है हांगकांग में मुस्तकिल व्यापार है, कभी पाकिस्तान में सेटल होने की इत्तला आती है। जो उस पते पर उसे पूछने आते हैं, वह ख्वामख्वाह मेरा वक़्त बरबाद करते हैं। मैं अक्सर घर में तनहा होती हूँ। अब मैंने गोरखे से कह दिया है कि मुझसे बग़ैर पूछे किसी को मेरे पास न आने दे, तो मेरे अपनों को इस रोक-थाम से बड़ा बुरा लगता है।"

"कौन बदमाश हैं वे, मुझे बताइए, सालों को..." वह एकदम घबरा गये।

"यह गाली तुम मेरे हिसाब में जोड़ दो, शुक्रिया!"

वह मुस्कराने लगे।

"इसके अलावा मुझे इन्कमटैक्स भरना नहीं आता। बहुत ज़्यादा काम नहीं है, मगर जो बात समझने से जी घबराता हो वह बड़ी मुश्किल...मेरा मतलब है बड़ी लगती है।"

"तो आप उनसे कहिएगा।" वे कुछ सहमकर बोले।

"हाँ, मैंने पहले ही कह दिया कि मुझे किसी की मदद चाहिए। कभी तुम्हारे बारे में भी पूछ लूँगी कि कौन-सा वक़्त ठीक रहेगा?"

"सुबह-शाम का खाना एक ही वक़्त हो जाये, रोटी कभी होटल से ले आता हूँ, कभी खुद डाल लेता हूँ।"

"अब ऐसा करो, कल सुबह नाश्ते के वक़्त काम खत्म कर लो और बस सब काग़ज़ात देख लो।"

वाहिद दूसरे दिन आठ बजे आ गये। मैं सोकर भी नहीं उठी थी। मैंने फाइल निकलवा दी, वह बैठे देखते रहे। खाने पर इनकार करने से पहले मैंने उनके लिए भी प्लेट लगाने को कह दिया। बड़े ही तकल्लुफ से खा रहे थे। दो-तीन दिन में उन्होंने काम खत्म कर दिया। था ही कितना। कई बार मैंने उन्हें किताबों की अलमारियों में झाँकते देखा।

"लाजवाब कलेक्शन है।"

"मेरा नहीं, शाहिद साहब को किताबें जमा करने का जुनून था, पढ़ने की फुरसत मुझे ज़्यादा थी। तुम्हें कोई किताब चाहिए तो बेतकल्लुफ़ ले जाओ।"

"यह मगर..."

"किताबों की सबसे बड़ी इज़्ज़त और हिफ़ाज़त पढ़ने ही से होती है।"

वह बार-बार खाने के कमरे में लगी हुई घड़ी देखने उठते थे। शायद किताबों के अलावा ट्रांजिस्टर और घड़ियाँ जमा करने का भी शौक था। दस-बारह बहुत कीमती घड़ियाँ छोड़ गये। मैंने बाँट दीं, कि मर्दाना घड़ियाँ लड़कियों के काम की नहीं थीं। अब भी दो-चार घड़ियाँ थीं। मैंने उन्हें एक निकालकर दी। वह घबरा गये–

"नहीं...नहीं, बहुत कीमती है।"

"मैंने कई तो बाँट दीं। शाहिद साहब के बाद बेकार पड़ी थीं, आप इस्तेमाल करेंगे, मुझे खुशी होगी।"

वह चुप हो गये। मेरा काम खत्म हो रहा था, मगर मेरी भांजी सलीमा को मदद की जरूरत थी। इन्कमटैक्स के चक्कर में परेशान थी। देखते-ही-देखते उनके पास इतना काम हो गया था कि फुरसत ही नहीं मिलती थी। वह पन्द्रह सौ की घड़ी क़ुबूल करने के बाद कुछ लेने को तैयार नहीं हुए। दबी ज़बान से बोले–

"अगर फोन लग जाए तो..."

फोन लग गया।

फिर ऐसा हुआ कि पिछले इतवार को टिन्नू की सालगिरह थी। मैं गयी तो ऐसा लगा, किसी अजनबी घर में भूले से आ गयी हूँ। भड़कदार कपड़े पहने बच्चे ऊधम मचाये हुए थे। लम्बा-चौड़ा केक चौके पर सजा था। बड़ी बी कासनी, चूड़ीदार और पत्ती के काम का सफ़ेद बुर्राक कुर्ता-दुपट्टा पहने चौके पर डटी हुई थीं। उठकर मुझसे खूब गले मिलीं। तब बेअख्तियार मेरे दिल ने सोचा–

अगर फ़िरदौस बर-रूए-जमीं अस्त।
हमीं अस्त व हमीं अस्त व हमीं अस्त।

□

यदि धरती पर कोई स्वर्ग है तो यही है, यही है, यही है।

बच्छो फूफी

जब पहली बार मैंने उन्हें देखा तो वे रहमान भाई के पहले मंजिले की खिड़की में बैठी लम्बी-लम्बी गालियाँ और कोसने दे रही थीं। यह खिड़की हमारे सहन में खुलती थी और कानूनी तौर पर इसे बंद रखा जाता था क्योंकि पर्दा वाली बीवियों का सामना होने का डर था। रहमान भाई रंडियों के जमादार थे। कोई शादी-ब्याह, खत्ना, बिस्मिल्लाह की रस्म होती, रहमान भाई औने-पौने इन रंडियों को बुला देते और ग़रीब के घर में भी एक बार वहीदा जान, मुश्तरी बाई और अनवरी कहरवा नाच जातीं।

मगर मुहल्ले-टोले क़ी लड़कियाँ उनकी नज़र में अपनी सगी माँ-बहिनें थीं। उनके छोटे भाई बंद और गेंदा आये दिन ताक-झाँक के सिलसिले में सिर फुटाई किया करते थे। वैसे रहमान भाई मुहल्ले की नज़रों में कोई अच्छी हैसियत नहीं रखते थे। उन्होंने अपनी बीवी की ज़िन्दगी में अपनी साली से जोड़-तोड़ कर लिया था। इस यतीम साली का बिना इस बहिन के और कोई न था। बहिन के यहाँ पड़ी थी। उसके बच्चे पालती थी। बस दूध पिलाने की कसर थी। बाकी सारा गू-मूत वही करती थी और फिर किसी नकचढ़ी ने उसे बहिन के बच्चे के मुँह में एक दिन छाती देते देख लिया। भाँडा फूट गया और पता चला कि बच्चों में आधे "खाला" की सूरत पर हैं। घर में रहमान की दुल्हन चाहे बहिन की दुर्गत बनाती हों पर कभी पंचों में इकरार न किया। यही कहा करती थीं कि जो कँवारी को कहेगा उसके अपने आगे आएगा। हाँ, लड़के की तलाश में हरदम सूखा करती थीं। पर इस कीड़ों भरे कबाब को कहाँ जड़तीं। एक आँख बड़ी कौड़ी की तरह थी। कूल्हे दबाकर चलती थी। सारे मुहल्ले से एक अजीब तरह का बाईकाट हो चुका था। लोग रहमान भाई से काम पड़ता तो धौंस जमाकर करा लेते थे। मुहल्ले में रहने की इजाजत दे रखी थीं। यही क्या कम कृपा थी। रहमान भाई इसी को अपना सम्मान-सत्कार समझते थे।

यही वजह थी कि वह हमेशा रहमान भाई की खिड़की में बैठकर लम्बी-चौड़ी गालियाँ दिया करती थीं क्योंकि बाकी मुहल्ले के लोग अब्बा से दबते थे, मैजिस्ट्रेट से कौन बैर मोल ले।

उस दिन पहली बार मुझे मालूम हुआ कि हमारी इकलौती सगी फूफी बादशाही खानम हैं और लम्बी-चौड़ी गालियाँ हमारे खानदान को दी जा रही हैं।

अम्माँ का चेहरा फक था और वे अंदर कमरे में सहमी बैठी थीं। जैसी बिच्छो फूफी की आवाज़ उन पर बिजली बनकर टूट पड़ेगी। छठे छःमाहे किसी तरह बादशाही खानम रहमान भाई की खिड़की में बैठकर हुंकारतीं। अब्बा मियाँ उससे जरा-सी आड़ लेकर मज़े से आरामकुर्सी पर लेटे अखबार पढ़ते रहते और मौका-महल पर किसी लड़के बाले के जरिये कोई ऐसी बात जवाब में कह देते कि फूफी बादशाही खानम फिर शताबियाँ छोड़ने लगतीं। हम लोग सब खेल-कूद, पढ़ना-लिखना छोड़कर सहन में गुच्छा बनाकर खड़े हो जाते और मुड़-मुड़ अपनी प्यारी फूफी के कोसने सुना करते। जिस खिड़की में वे बैठी थीं वह उनके लम्बे-चौड़े शरीर से भरी हुई थी। अब्बा मियाँ से इतनी हम-शक्ल थीं कि जैसे वही मूँछें उतारकर दोपट्टा ओढ़कर बैठ गये हों और बावजूद कोसने और गालियाँ सुनने के हम लोग बड़े इत्मीनान से उन्हें तका करते थे।

साढ़े पाँच फुट की क़द, चार अंगुल चौड़ी कलाई, शेर का-सा कल्ला, सफेद बगला बाल, बड़ा-सा दहाना, बड़े-बड़े दाँत, भारी-सी ठोड़ी और आवाज़ तो माशा-अल्लाह अब्बा मियाँ से एक सुर ऊँची ही होगी।

फूफी बादशाही खानम हमेशा सफेद कपड़े पहना करती थीं। जिस दिन फूफा मसऊद अली ने मेहतरानी के संग कुलेलें शुरू की, फूफी ने बट्टे से सारी चूड़ियाँ छनाछन तोड़ डालीं। रंगीन दोपट्टा उतार दिया और उस दिन से वे उन्हें ''मरहूम'' या ''मरने वाला'' कहा करती थीं। मेहतरानी को छूने के बाद उन्होंने वे हाथ-पैर अपने जिस्म को न लगने दिये।

यह घटना खासी जवानी में हुई थी और वे तब से ''रँडापा'' झेल रही थीं। हमारे फूफा हमारी अम्माँ के चाचा भी थे। वैसे तो न जाने क्या घपला था। मेरे अब्बा मेरी अम्माँ के चाचा लगते थे और शादी से पहले वे जब छोटी-सी थीं तो मेरे अब्बा को देखकर उनका पेशाब निकल जाता था और जब उन्हें मालूम हुआ कि उनकी मँगनी इसी भयानक देव से होने वाली है तो उन्होंने अपनी दादी यानी अब्बा की फूफी की पिटारी से थोड़ी-सी अफीम चुराकर खा ली थी। अफीम ज्यादा नहीं थी और वे कुछ दिन लोट-पोट कर अच्छी हो गई थीं। उन दिनों अब्बा अलीगढ़ में पढ़ते थे। उनकी बीमारी की खबर सुनकर इम्तिहान छोड़कर भागे। बड़ी मुश्किल से हमारे नाना ने जो अब्बा के फुफेरे भाई भी थे और बुजुर्ग दोस्त भी, उन्हें समझा-बुझाकर वापिस इम्तिहान देने भेजा था। जितनी देर रहे भूखे-प्यासे टहलते रहे और खुली आँखों से मेरी अम्माँ ने उनका चौड़ा चकला साया पर्दे के पीछे बेचैनी से टहलते देखा।

''उमराव भाई अगर उन्हें कुछ हो गया तो...'' देव की आवाज़ लरज़ रही थी। नाना तब खूब हँसे।

''नहीं भाई, खातिर जमा रखो, कुछ न होगा।''

उस वक्त मेरी मुन्नी-सी माँ एकदम औरत बन गई थी। उसके दिल से एकदम देवजाद का डर निकल गया, जभी तो मेरी फूफी बादशाही कहती थीं मेरी अम्माँ जादूगरनी है और उसका मेरे भाई से शादी से पहले पेट गिरा था। मेरी अम्माँ अपने जवान बच्चों के सामने यह गालियाँ सुनतीं तो ऐसी बसूर-बसूर कर रोती थीं कि हमें उनकी मार भूल जाती और

उन पर प्यार आने लगता। मगर यह गालियाँ सुनकर अब्बा की गंभीर आँखों में परियाँ नाचने लगतीं। वे बड़े प्यार से नन्हे भाई के जरिये कहलवाते—"क्यों फूफी, आज क्या खाया है?"

"तेरी मइया का कलेजा।" इस बेतुके जवाब से फूफी जलकर राख हो जातीं। अब्बा फिर जवाब दिलवाते।

"अरे फूफी जब ही मुँह में बवासीर हो गई है जुल्लाब लो जुल्लाब" और वे मेरे जवान भाई की मचमचाती लाश पर चील कौओं की दावत देने लगतीं। उनकी दुल्हन को जो न जाने बेचारी उस वक्त कहाँ बैठी अपने ख्याली दूल्हा के इश्क में लर्ज रही होगी, रँडापे की दुआएँ देतीं और मेरी अम्माँ कानों में उँगलियाँ देकर बुदबुदातीं "जल तू जलाल तू, आई बला को टाल तू"

फिर अब्बा उकसाते और नन्हे भाई पूछते—"फूफी बादशाही मेहतरानी का मिज़ाज तो अच्छा है" और हमें डर लगता कि कहीं फूफी खिड़की में से फाँद न पड़ें।

"अरे जा सँपोलिये। मेरे मुँह न लग नहीं तो जूती से मारूँगी। यह बूढ़ा अंदर बैठा क्या लौंडों को सिखा रहा है। मुगल बच्चा है तो सामने आके बात करे।"

"रहमान भाई। ऐ रहमान भाई, इस बौराती कुतिया को संखिया क्यों नहीं खिलाते।" अब्बा के सिखाने पर नहीं भाई डरते हुए बोलते हालाँकि उन्हें डरने की कोई ज़रूरत तो न थी क्योंकि सब जानते थे कि आवाज़ उनकी है मगर शब्द मेरे अब्बा के हैं इसलिए पाप मेरे नन्हे भाई की जान पर नहीं मगर फिर भी बिल्कुल अब्बा की शक्ल की फूफी की शान में कुछ कहते उन्हें पसीने आ जाते थे।

कितना जमीन आसमान का फर्क था ददिहाल और ननिहाल वालों में। ननिहाल हकीमों की गली में थी और ददिहाल गाड़ी वालों के कटहरे में। ननिहाल वाले सलीम चिश्ती खानदान से थे जिन्हें मुगल बादशाह ने "मुर्शिद" का मर्तबा देकर निजात का रास्ता पहचाना। हिन्दुस्तान में रसे-बसे समय गुजर चुका था, रंगतें सँवला चुकी थीं। नक्श नर्म पड़ चुके थे। मिज़ाज ठण्डे हो चुके थे।

ददिहाल वाले बाहर से आखिरी खेप में आने वालों में से थे। मनोवृत्ति में अभी तक घोड़ों पर सवार मंजिलें मार रहे थे। खून में लावा दहक रहा था। तीखे-तीखे तलवार जैसे नक्श, लाल फरंगियों जैसे मुँह, गुरिल्ला जैसी कद-काठी, शेरों जैसी गरजदार आवाज़ें, शहतीर जैसे हाथ-पाँव।

और ननिहाल वाले नाजुक हाथ-पैरों वाले, शाइराना तबीयत के, धीमी आवाज़ में बोलने-चालने के आदी। ज्यादातर हकीम, विद्वान और मौलवी थे। जब ही मुहल्ले का नाम हकीमों वाली गली पड़ गया था। कुछ कारोबार में भी हिस्सा लेने लगे थे। शाल बुनकर जरी का काम करने वाले और इत्रफरोश आदि बन चुके थे। हालाँकि मेरी ददिहाल वाले ऐसे लोगों को कंजरे कस्साई ही कहा करते थे। चूँकि वे खुद ज्यादातर फौज में थे इसलिए मारधाड़ का शौक अभी खत्म नहीं हुआ था। कुश्ती पहलवानी तैराकी में नाम पैदा करना, पंजा लड़ाना, तलवार और पटे के हाथ दिखाना और चौसर पच्चीसी को, जो मेरी ननिहाल

के प्रिय खेल थे, हीजड़ों के खेल समझना।

कहते हैं जब ज्वालामुखी फटता है तो लावा लादी की गोद में उतर आता है। शायद यही वजह थी कि मेरे ददिहाल वाले ननिहाल वालों की तरफ खुद-बखुद खिंच कर आ गये। यह मेल कब और किसने शुरू किया, सब वंशावली में लिखा है। मगर मुझे ठीक से याद नहीं। मेरे दादा हिन्दुस्तान में पैदा नहीं हुए थे। दादियाँ भी इसी खानदान से थीं। मगर एक छोटी-सी बहिन बिन ब्याही थी। न जाने क्योंकर वह शेखों में ब्याह दी गई। शायद मेरी अम्माँ के दादा ने मेरे दादा पर कोई जादू कर दिया था कि उन्होंने अपनी बहिन फूफी बादशाही के कथन अनुसार "कंजरों कस्साइयों" में दे दी। अपने "मरहूम" शौहर को गालियाँ देते वक्त वे हमेशा अपने बाप को कब्र में चैन न मिलने की बद-दुआएँ दिया करतीं जिन्होंने चुगताई खानदान की मिट्टी पलीद कर दी।

मेरी फूफी के तीन भाई थे—मेरे ताया, मेरे अब्बा मियाँ और मेरे चाचा बड़े। दो उनसे बड़े थे और चाचा सबसे छोटे थे। तीन भाइयों की एक लाडली बहिन हमेशा की नखरीली और चिड़चिड़ी थीं। वे हमेशा तीनों पर रौब जमातीं और लाड़ करवातीं। बिल्कुल लौंडों की तरह पलीं; घुड़सवारी, तीरअंदाजी और तलवार चलाने की भी खासी मश्क थी। वैसे तो फैल-फाल कर ढेर मालूम होती थीं। मगर पहलवानों की तरह सीना तानकर चलती थीं—सीना था भी चार औरतों जितना।

अब्बा मजाक में अम्माँ को छेड़ा करते थे—"बेगम बादशाही से कुश्ती लड़ोगी?"

"ऊई न" मेरी आलिम अफजल (सर्वश्रेष्ठ) बाप की बेटी; मेरी अम्माँ कान पर हाथ रखकर कहतीं मगर वे नन्हे भाई से फूफी को चैलेंज भिजवाते—

"फूफी हमारी अम्माँ से कुश्ती लड़ोगी?"

"हाँ-हाँ, बुला अपनी अम्माँ को आ जाए खम ठोककर। उल्लू न बना दूँ तो मिर्जा करीम बेग की औलाद नहीं। बाप का बेटा है तो बुला साज़ादी को..." और मेरी अम्माँ अपना लखनऊ का बड़े पाइचों का पाजाम समेटकर कोने में दुबक जातीं।

फूफी बादशाही के दादा गँवार थे...बड़े नाना जान उन्हें "आमद नामा" पढ़ाया करते थे। हमारे परनाना दादा जान ने कभी दादा मियाँ को कुछ पढ़ा दिया होगा। अब्बा मियाँ छेड़ने को बात मोड़-तोड़कर कहलवाते—

"अरे यह इस्तंजे का ढेला (पेशाब-पाखाना साफ करने का ढेला), क्या मेरे बाबा को पढ़ाता। मुजाविर कहीं का। हमारे टुकड़ों पर पलता था" यह सलीम चिश्ती और अकबर के रिश्ते से हिसाब लगाया जाता। हम लोग यानी चुगताई अकबर बादशाह के खानदान के थे जिन्होंने मेरी ननिहाल के सलीम चिश्ती को पीर और मुर्शिद कहा था। मगर फूफी कहतीं—

"खाक पीर-ओ-मुर्शिद की दुम। मुजाविर थे मुजाविर" तीनों से लड़ाई हो चुकी थी और जब वे गुस्से में होतीं तो तीनों की धज्जियाँ उड़ा देतीं। बड़े भाई अल्लाह वाले थे उन्हें घृणा से फकीर और भिखमंगा कहतीं। हमारे अब्बा सरकारी नौकरी में थे। उन्हें "गद्दार" अंग्रेजों का गुलाम कहतीं। क्योंकि मुगल राज अंग्रेजों ने समाप्त कर डाला वर्ना आज "मरहूम"

पतली दाल के खाने वाले जुलाहे यानी मेरे फूफा के बजाय वे लाल किला में जेन्निसा की तरह गुलाब जल में गुस्ल करके किसी मुल्क के शहंशाह की मलिका बनी बैठी होतीं। तीसरे यानी चाचा बड़े दस नम्बरी के बदमाशों में से थे और सिपाही डरते-डरते मैजिस्ट्रेट भाई के घर उनकी हाजिरी लेने आया करता था। उन्होंने कई कत्ल किये थे, डाके डाले थे। शराब और रंडीबाजी में अपनी मिसाल आप थे। वे उन्हें डाकू कहा करती थीं। जो उनके कैरियर को देखते हुए बिल्कुल फुसफुसा शब्द था।

मगर जब वे अपने मरहूम शौहर से गुस्से होतीं तो कहा करतीं—"मुँह जले निगोड़े नाहटी नहीं हूँ। तीन भाइयों की इकलौती बहन हूँ उनको खबर होगी तो दीन-दुनिया का न रहेगा...और कुछ नहीं अगर छोटा सुन ले तो पल भर में अँतड़ियाँ निकाल के हाथ में थमा दे। डाकू है डाकू। उससे बच गया तो मँझला मैजिस्ट्रेट तुझे जेल में सड़ा देगा, सारी उम्र चकिया पिसवाएगा और उससे बच गया तो बड़ा जो अल्लाह वाला है तेरा परलोक खाक में मिला देगा। देख मुगल बच्ची हूँ। तेरी माँ की तरह शेखानी फेज़ानी नही हूँ।" मगर मेरे फूफा अच्छी तरह जानते थे कि तीनों भाई उन्हीं पर रहम खाते हैं और वे बैठे मुस्कराते रहते। वही मीठी-मीठी जहरीली मुस्कराहट जिसके जरिये से मेरे ननिहाल वाले ददिहाल वालों को वर्षों से जला रहे हैं।

हर ईद-बकर-ईद को मेरे अब्बा मियाँ बेटों को लेकर ईद-गाह से सीधे फूफी अम्माँ के यहाँ कोसने और गालियाँ सुनने जाया करते। वे फौरन पर्दा कर लेतीं और कोठी में से मेरी जादूगरनी अम्माँ डाकू मामू को कोसने लगतीं। नौकर बुलाकर सेवइयाँ भिजवातीं मगर कहतीं पड़ोसन ने भिजवाई हैं।

"इनमें जहर तो नहीं मिला हुआ है?" अब्बा छेड़ने को कहते और फिर सारी ननिहाल के चीथड़े बखेरे जाते। सेवइयाँ खाकर अब्बा ईदी देते जो वे फौरन ज़मीन पर फेंक देतीं कि—"अपने सालों को दो वही तुम्हारी रोटियों पर पले हैं" मगर अब्बा चुपचाप चले आते और वह जानते थे कि फूफी बादशाही वे रुपये घंटों आँखों से लगाकर रोती रहेंगी—भतीजों को वे आड़ में बुलाकर ईदी देतीं।

"हरामजादो, अगर अम्माँ बाबा को बताया तो बोटियाँ काटकर कुत्तों को खिला दूँगी।" अम्माँ बाबा को मालूम था कि लड़कों को कितनी ईदी मिली। अगर किसी ईद पर किसी वजह से अब्बा मियाँ न जा पाते तो पैगाम पर पैगाम आते "नुसरत खानम बेवा हो गई, चलो अच्छा हुआ। मेरा कलेजा ठंडा हुआ" और बुरे-बुरे संदेश शाम तक आते ही रहते और फिर खुद रहमान भाई के कोठे पर गालियाँ बरसाने आ जातीं।

एक दिन ईद की सेवइयाँ खाते-खाते कुछ गर्मी से जी मतलाने लगा। अब्बा मियाँ को उल्टी हो गई।

"लो बादशाही खानम कहा-सुना माफ करना। हम तो चले।" अब्बा मियाँ ने कराह कर आवाज़ बनाई और फूफी उल्टी-सीधी पर्दा फेंक छाती कूटती निकल आईं। अब्बा को शरारत से हँसता देखकर उल्टे पाँव कोसती लौट गईं।

"तुम आ गईं बादशाही तो मौत के फरिश्ते भी घबराकर भाग गये वर्ना हम तो आज

खत्म हो जाते'' अब्बा ने कहा। न पूछिए फूफी ने कितने भारी-भारी कोसने दिये। उन्हें खतरे से बाहर देखकर बोलीं–

''अल्लाह ने चाहा तो अभी गिरेगा। नाली में गिरकर दम तोड़ दे, कोई लाश को काँधा देने वाला भी न बचेगा।'' और अब्बा उन्हें चिढ़ाने के लिए दो रुपये भिजवाते।

''भई हमारी खानदानी डूमनियाँ गालियाँ दें तो उसे बेल तो मिलनी ही चाहिए।''

और फूफी बौखलाहट में कह जातीं–''बेल दे अपनी अम्माँ-बहनिया को–'' और फिर फौरन अपना मुँह पीटने लगतीं और खुद कहतीं ''ऐ बादशाही तेरे मुँह को कालख लगे। अपनी मैयत आप पीट रही है।'' फूफी को असल में भाई से वैर था। ऐसे कहीं अब्बा के बग़ैर अम्माँ नज़र आ जातीं तो गले लगाकर प्यार करतीं। प्यार से नच्छो-नच्छो कहतीं ''बच्चे तो अच्छे हैं?'' और वे बिल्कुल भूल जातीं कि बच्चे उसी बद-जात भाई के हैं जिसे वे सारी ज़िन्दगी कोसती रहेंगी। अम्माँ उनकी भतीजी भी तो थीं। भई किस तरह का घपला था मेरी ददिहाल-ननिहाल में। एक रिश्ते से मैं अम्माँ की बहन भी लगती थी। इस तरह मेरे अब्बा मेरे दूल्हा भाई भी होते थे। मेरे ददिहाल को मेरी ननिहाल वालों ने क्या ग़म न दिये। ग़जब तो तब हुआ जब मेरी फूफी की बेटी मुसर्रत खानम जफ़र मामू को दिल दे बैठीं।

हुआ यह कि मेरी अम्माँ की दादी यानी अब्बा की फूफी जब मरणासन पर थीं तो दोनों तरफ़ के लोग उन्हें देखने पहुँचे।

बादशाही फूफी को कुछ डर भय तो था नहीं, वे जानती थीं मेरे ननिहाल वालों की तरफ से उन्होंने अपनी औलाद के दिल में संतोषजनक हद तक नफरत भर दी है और फिर मुसर्रत खानम की अभी उम्र ही क्या थी। अम्माँ के कूल्हों से लगकर सोती थीं। दूध पीती ही तो लगती थीं।

फिर जब मेरे मामू ने अपनी नीली आँखों से मुसर्रत जहाँ के लचकदार शरीर को देखा तो निगाह वहीं की वहीं जमकर रह गई।

दिन भर बड़े-बूढ़े रोगी की देखभाल करके थक-हार सो जाते तो यह आज्ञाकारी बच्चे सिरहाने बैठे रोगिणी पर कम, एक-दूसरे पर ज्यादा नज़र रखते। जब मुसर्रत जहाँ बर्फ में तर कपड़ा बड़ी बी के माथे पर बदलने को हाथ बढ़ातीं तो जफर मामू का हाथ वहाँ पहले से मौजूद होता–दूसरे दिन बड़ी बी ने पट से आँखें खोल दीं। लर्जती काँपती गावतकिया के सहारे उठ बैठीं। उठते ही सारे खानदान के जिम्मेदार लोगों को बुलाया और जब सब जमा हो गये तो हुक्म हुआ कि काज़ी को बुलवाओ।

लोग परेशान कि बुढ़िया काज़ी को क्यों बुलवा रही है। क्या अंत समय सुहाग रचाएगी। किसको दम मारने की हिम्मत थी। काज़ी आ गया।

''दोनों का निकाह पढ़ाओ।'' लोग चकराये किन दोनों का? मगर इधर मुसर्रत जहाँ पट से बेहोश होकर गिरीं, उधर जफर मामू बौखलाकर बाहर चले। चोर पकड़े गये। निकाह हो गया। बादशाही फूफी सन्नाटे में रह गईं।

हालाँकि कोई भयानक बात नहीं हुई थी। दोनों ने सिर्फ हाथ ही पकड़े थे मगर बड़ी

बी के लिए यही हद थी।

और फिर जो बादशाही फूफी को दौरा पड़ा है तो बस घोड़े और तलवार के बगैर उन्होंने जबरदस्त मारधाड़ की। खड़े-खड़े बेटी दामाद को निकाल दिया। मजबूरन अब्बा मियाँ दूल्हा-दुल्हन को अपने घर ले आये। अम्माँ तो चाँद-सी भाभी देखकर निहाल हो गईं। बड़ी धूपधाम से दावत की।

बादशाही फूफी ने उस दिन से फूफी का मुँह नहीं देखा। भाई से पर्दा कर लिया। मियाँ से पहले ही नाचाकी थी। दुनिया से मुँह फेर लिया और एक ज़हर था कि दिल और दिमाग़ पर चढ़ता ही गया। ज़िन्दगी साँप के फन की तरह डसने लगी।

"बुढ़िया ने पोते के लिए मेरी बच्ची को फँसाने के लिए छल किया था।"

वे बराबर यही कहे जातीं क्योंकि सचमुच वे इसके बाद बीस वर्ष तक और जीवित रहीं। कौन जाने ठीक ही कहती हों फूफी।

मरते दम तक बहिन भाई में मेल न हुआ। अब्बा मियाँ पर फालिज का चौथा हमला हुआ और बिल्कुल ही वक्त आ गया तो उन्होंने फूफी बादशाही को कहला भेजा–

"बादशाही खानम हमारा आखिरी वक्त है दिल का अरमान पूरा करना हो तो आ जाओ।"

न जाने इस पैग़ाम में क्या तीर छुपे थे जो भैया ने फेंके और बहिना के दिल में उतर गये। छाती कूटती सफ़ेद पहाड़ की तरह भूचाल लाती हुई बादशाही खानम उस ड्योढ़ी पर उतरीं जहाँ अब तक उन्होंने कभी कदम न रखा था।

"तो बादशाही तुम्हारी दुआ पूरी हो रही है।" अब्बा मियाँ तकलीफ में भी मुस्करा रहे थे। उनकी आँखें अब भी खुली थीं।

फूफी बादशाही बावजूद सफेद बालों के, लग रही थीं जो बचपन में भाइयों से मचल-मचलकर बातें मनवा लिया करती थीं। उनकी शेर जैसी खुर्राट आँखें एक मेमने की मासूम आँखों की तरह सहमी हुई थीं। बड़े-बड़े आँसू उनकी संगमरमर की चट्टान जैसे गालों पर बह रहे थे।

"हमें कोसो बच्छो बी।" अब्बा ने प्यार से कहा। मेरी अम्माँ ने सिसकते हुए बादशाही खानम से कोसने की भीख माँगी।

"या अल्लाह...या अल्लाह...।"

उन्होंने गर्जना चाहा मगर काँपकर रह गईं।...या...या अल्लाह...मेरी उम्र मेरे भैया को दे दे...या मौला...अपने रसूल का सदका...।"

वे उस बच्चे की तरह झुँझलाकर रो पड़ीं जिसे सबक न याद हो।

सबके मुँह फक थे। अम्माँ के पैरों का दम निकल गया। या खुदा आज बच्छो फूफी के मुँह से भाई के एक कोसना भी न निकला।

सिर्फ अब्बा मियाँ मुस्करा रहे थे जैसे उनके कोसने सुनकर मुस्करा दिया करते थे।

सच है बहिन के कोसने भाई को नहीं लगते वे माँ के दूध में डूबे हुए होते हैं।

□

बेकुंडे की प्याली

"दुन्ना, अरे ओ दुन्ना! कहाँ मर गयो जायके?"

दुन्ना जोहड़ के किनारे बैठा टट्टी फिर रहा था। उसने पुकार सुनकर जल्दी-जल्दी ठंडे पानी से अपने आपको पाक-साफ किया और नेकर घसीटता खेत की मेड़ से बचकर चल पड़ा। पुकार से बिल्कुल उलट दिशा में। यही तो खराबी है दुन्ना में। हर किसी की बात सुनी-अनसुनी कर देता है। सुनता है तो बस बगले पीरू मियाँ की। पीरू मियाँ ने उसे किसी काम का नहीं रखा।

सकीना कितना हँसा करती थी, बस बेताब हँसे ही चली जाती। जी चाहता चुड़ैल के दाँत तोड़ दो, जवान खूबसूरत जिन्दा दाँत जो उसके साँवले चेहरे पर बिजली की तरह कौंधा करते थे। पीर मोहम्मद से उसका पर्दा था। वह उससे ग्यारह बरस बड़ा था। उसके पैदा होते ही पीरू की माँ ने उसे ठीकर में रुपया डालकर उसे माँग लिया था।

पीरू के चार, नूर मोहम्मद के आठ बच्चे थे। उनमें से एक तो चेचक में ठंडा हो गया था। दूसरा जोहड़ में डूब मरा। सकीना बड़ी लाडली थी क्योंकि वह इकलौती बेटी थी। चार बड़े भाई काम-काज के थे।

सकीना बड़ी हल्की-फुल्की थी। पीरू उसे गोद में लेकर ऊँच-नीच खेल लेता था। उसे देखते ही वह ठुमकने लगती थी। सब पीरू को छेड़ा करते। उसकी दुल्हन बडी बेशर्मी से उसे दिल दे बैठी थी। वह गोद में लेता तो पटाख से उसके गाल का चुम्मा ले लेती। पीरू की नाक लाल हो जाती, वह जल्दी से उसे चाची की गोद में देना चाहता मगर वह अपनी टाँगों का कुंडल बनाकर उसकी कमर को पकड़ लेती और दहाड़ें मारने लगती। तब मजबूरन पीरू उसे लेकर भाग जाता। वह शरमा तो जाता मगर गुस्सा नहीं करता। वह किच-किचाकर कभी नाक पर बुकट्टा भर लेती मगर वह हँसता ही रहता। सकीना बारह बरस की हुई तो वह चौबीस बरस का पूरा मर्द हो गया था। मगर अभी तक मेहतरानियों में नहीं गया था। मेहतर लोग गाँव से पचास कदम पर बसते थे। उनके मर्द दूर दराज शहरों

में रोजी कमाने चले जाते थे। कभी दो-दो साल नहीं आते थे मगर मेहतर ने अपनी औलाद को पराया मान नहीं धुत्कारा।

"मेहतर लोग माँ जई छोबे हैं" बुजुर्गों का कहना है।

रामकली उसे देखकर हमेशा मुस्कुराया करती थी। उसका पति बम्बई में किसी फर्म में बड़ी तनख्वाह पर नौकर था। पाँच बच्चे थे। इधर कई साल से उसने पैसा भेजना बंद कर दिया था। सुना था किसी मेम आया को प्यार में डाल लिया था। रामकली बारह घरों का मैला ढोती थी, तब दो-दो रोटियाँ खानदान के हिस्से में पड़ती थीं। कपड़े-लत्ते की तो बात ही मत करो। गाँव में कोई पुराना कपड़ा नहीं बचता था। चीथड़े काम में आ जाते हैं। गुदड़ी पर जितने चिथड़े चिपकाये जाएँ उतनी ही भारी-भरकम होती है। रामकली नजरबाज़ थी और पीरू मोहम्मद सकीना की जवानी के इंतजार में इतना मग्न था कि हमेशा नीची नज़र करके कतरा जाता।

सकीना उससे पर्दा करने लगी थी। इसका यह मतलब नहीं की खेत पर बथुए का साग बीनने नहीं जाती थी। कभी खेत की मेड़ पर आते-जाते टक्कर हो जाती तो वह सट से गन्ने के खेत में छिप जाती और पीर मोहम्मद अपनी लाल नाक लिये हुए लपक-झपक गुज़र जाता। तब उसे वह चुम्मा याद आता जब वह जरा-सी थी। तब बेझिझक ले लिया करती थी। उसे दुःख था कि वह बड़ी क्यों हो गई। इतनी ही रहती और वह उसे गोदी में लिये आँखमिचौली खेलता रहता। दूसरी तरफ उसे उसकी जवानी का भी इंतजार था। शब-ए-बरात के महीने में उसका निकाह होने वाला था। पीरू की माँ को कम दिखाई देने लगा था। बड़ी बहुएँ अलग कोटे लेकर रहने लगी थीं, वह अपनी खिदमतगुजारी के लिए बहू लाना चाहती थी। अब उससे उपले नहीं थपते थे। नाखून सड़ गये थे और हथेलियों में काशें पड़ गई थीं।

तब ही मुल्क तकसीम हुआ।

नूर मोहम्मद और उनका खानदान बिस्तर बाँध गया। पीरू की माँ ने बहुत कहा कि लड़की का ब्याह करते जाओ, मगर उन्होंने कहा वह हमेशा के लिए थोड़ी जा रहे हैं। तेरह बीघा ज़मीन कौन छोड़कर जाता है। जरा इस्लामी मुल्क के दीदार के लिए जा रहे हैं। गाँव में कुछ कत्लोग़ारत नहीं हुई। पता भी न चला कि मुल्क तकसीम हो गया है अगर गुण्डे रात को गाँव पर हमला न करते, मगर हमला टल गया। गाँव का बच्चा-बच्चा मुकाबले पर डट गया। हिन्दू मुसलमान दोनों फिरके लाठिया सँभाले रातों को पहरा देते रहे और परिन्दे को पर न मारने दिया।

यह गुण्डे जब किसी गाँव पर हमला करते हैं तो हिन्दू मुसलमान नहीं देखते हैं, बस अन्धाधुन्ध लूटमार करने लगते हैं। गाँव के मुखिया बाबू सिंह ने किसी का घुसना गवारा न किया और सबने मिलकर ऐसी चौकसी की कि मुल्क में अमन हो गया। और गाँव का बाल-बाँका नहीं हुआ।

आस-पास के किसी गाँव में खून-खराबा न हुआ, बड़े सकून से शरणार्थी आए और

गाँव में बस गये।

नूर मोहम्मद का खानदान गया तो सकीना ने चौदहवें साल को पार करके पन्द्रहवें में कदम रखा था। अगर पीरू के दीन मोहम्मद जिन्दा होते तो सकीना को न जाने देते। मगर नूर मोहम्मद ने बड़ी इन्सानियत से समझाया कि ठीकरे की माँग निकाह समान होती है। वे दो महीनों में वापस आकर इत्मीनान से ब्याह करेंगे।

मगर उनके जाने के बाद पता चला कि वह अपनी ज़मीन बन्तू सिंह के हाथ चुपचाप बेच गये थे। पीरू के होश उड़ गये। जब दो महीने गुजर गये और कोई वापस न लौटा तो उसका दम घुटने लगा। साल भर पीर मोहम्मद चचा के लौटने का इंतजार करता रहा। लोग उसे छेड़ते कि उसकी दुल्हन परदेस चली गई, उसे तड़पता छोड़ गई। आखिर सबर न हो सका और वह पाकिस्तान रवाना हो गया।

उसे बहुत से नूर मोहम्मद मिले मगर उनमें से कोई उसका चचा न था। अक्सर कई बेटियों के नाम सकीना थे, मगर वह सकीना नहीं मिली जिसे वह गोद में उठाकर आँख-गिचौली खेला करता था और जो चटाख़ से उसका गाल बड़ी बेशर्मी से चूम लिया करती थी। वह बौखलाया बदहवास इधर-उधर घूमता रहा। कोई अक्लमद होता तो वहीं ठिकाना बना लेता। मगर उसे अपनी अंधी माँ का ख्याल सताने लगा। उसने सुना पाकिस्तान लाहौर से आगे फैला हुआ है, वह इतने लम्बे-चौड़े मुल्क में नूर मोहम्मद चचा को कैसे ढूँढ़ेगा। वह चाहता तो मेहनत-मजदूरी कर लेता, मगर उसे अनजाने मुल्क में वहशत होने लगी। वह धक्के खाता वापस लौट आया। दिल में बैठा कोई समझा रहा था। नूर मोहम्मद उसका सगा चचा है। बाप के बाद वही खानदान का बुजुर्ग है, वह बेईमानी नहीं करेगा और ठीकरे की माँग निकाह से कम नहीं होती। शरीफों की जुबान जूते का तल्ला नहीं कि पलट जाय। सकीना पीर मोहम्मद की है। वह किसी दूसरे की नहीं हो सकती। शरीफ़जादियाँ दूसरे मर्द का मुँह नहीं देखतीं। वह बस एक मर्द के नाम पर जिन्दगी काट देती हैं।

माँ ने बहुत कहा, "तू राजी होवे तो सलामत की छोटी बेटी से ब्याह करवा दूँ" मगर पीरू का दिल सकीना का हो चुका था। वह चुपचाप उठकर चला जाता। गाँव के हिसाब से तो वह बूढ़ा होता जा रहा था। लोग उस पर हँसते भी थे कि अब तक कुँवारा बैठा था और यह मालूम करके कि वह गेहतरानियों को भी नहीं छेड़ता था, उसकी मर्दानगी पर शक करने लगे थे।

फिर उस दिन तो लोगों को पक्का यकीन हो गया, जिस दिन वह यार-दोस्तों की जबर्दस्ती से शहर गया था। वहाँ उन्होंने पछाड़कर दारू पिलाई। एक पतुरिया के कोठे में ढकेल दिया। पतुरिया ने जब सड़े हुए दाँत निकोसे तो उसे सकीना की बिजली की तरह कौंधती हुई हँसी याद आ गई और वह नन्हा-सा मासूम बोसा गाल पर सुलग उठा जो भूली-बिसरी दुनिया में नन्ही सकीना ने उसे बख्शा था। वह उल्टे पैरों भागा और बस स्टैण्ड पर जाकर दम लिया। कड़कड़ाते जाड़े पड़ रहे थे, जनवरी की काँटेदार हवाएँ जिस्म को चीरे डाल रही थीं। वह सारी रात मोरी के पास दीवार से लगा बैठा रहा। सुबह उसके

दोस्त अय्याशी करके बस अड्डे पर पहुँचे तो वह बुखार में तप रहा था।

वह बुखार महीनों उसकी जान को लगा रहा।

फिर कोई पाकिस्तान की सैर से लौटा तो उसने बताया कि नूर मोहम्मद के बड़े ठाठ हैं। मकान अलाट हो गया है। बेटे छोटे-बड़े व्यापार में लग गये हैं। नूर मोहम्मद गाड़ी चलाता है और सकीना का ब्याह एक बड़े आदमी से हो गया है। वह बड़ा आदमी नूर मोहम्मद से थोड़ा बड़ा है। मगर ईंटों का भट्ठा चलाता है। उसने सबको ठिकाने लगा दिया है। सकीना के दाम वसूल हो गये। उस दिन पीर मोहम्मद बहुत हँसा। लोग कैसे अहमक हैं। सकीना उसकी दुल्हन किसी और की कैसे हो सकती है। वह हमेशा उसके नाम पर बैठी रहेगी। सकीना जो उसकी कमर के गिर्द अपनी टाँगों का कुन्दा फँसा लेती थी और जब तक नींद से आँखें न मुँद जाती वह उसे छोड़ने पर तैयार न होती। वह उतारना चाहता तो गर्दन में झूल जाती और उसके कानों की लौ चबा डालती। बड़े तेज़ थे सकीना के दाँत, मीठी-मीठी सुइयाँ। कितनी गुदगुदी होती थी।

मगर उस दिन न जाने क्यों पीरू अन्दर से टूट गया। खेत पर जाने की बजाय शहर की तरफ चल देता। पाँच-छः मील निकल जाता। गलियों में घूमता रहता। खेती की बजाय अगर वह कोई व्यापार करे तो सकीना को ब्याहकर ला सकता है। सकीना खेतों में नहीं शहर में रहती है। उसके बाप-भाई खेती छोड़कर व्यापारी बन बैठे हैं, वह उनसे बड़ा व्यापारी बनकर जाएगा। पाकिस्तान में धूम मचा जाएगी। लोग बेटियाँ लेकर आएँगे। तब नूर मोहम्मद भी आयेगा और अपना हक जतायेगा। तब वह कहेगा—

"माँ के बिना शादी न करूँगा। माँ को पहले बुला भेजो।"

तब माँ भी आएगी। भाई भी नखरा छोड़कर उसके ब्याह में आएँगे। दुल्हन घर में आ जाएगी तो चाँदनी खिल उठेगी। वह सिर झुकाये कोठरिया में बैठी होगी। दूल्हा उसका घूँघट उठाएगा तब वह अपने नर्म-नर्म जलते हुए होठ उसके गाल पर रख देगी और अपनी सुडौल टाँगों के कुंडल में जकड़ लेगी।

जोहड़ के किनारे बैठे-बैठे उसका जिस्म पिघलने लगता। चिनगारियाँ-सी फूटने लगतीं। रस फूट निकलता और वह जोहड़ के पानी में आधा धड़ डुबो देता। और तोते अमरूद और बेर के दरख्तों का कबाड़ा करता रहता। उसे होश न रहता मालिक आकर उसे गालियाँ सुनाता। खेतों पर भाइयों ने कब्जा कर लिया था। इसलिए वह बेर और अमरूद की रखवाली करने लगा था। दो वक्त की रोटी मिल जाती। माँ बहू लाने का अरमान लिये अल्लाह मियाँ को प्यारी हो गई। उसे भैंसों की कोठरी में भेज दिया गया। भैंसों से उसे कोई शिकायत न थी, वे उसे न ताने देती थीं, न उसका मज़ाक उड़ातीं। मजे से जुगाली किया करतीं और जुगाली किये जातीं। सकीना कितने सुडौल उपले थोपती थी। पतले-पतले कि दम भर में सूख जाते और जरा में सुलग जाते। मगर जब वह उसे पाकिस्तान से लाएगा ब्याह कर तो उपले नहीं थापने देगा। उसके मेहँदी लगे हाथ चूमता रहेगा और जोहड़ का पानी आग बुझा देगा।

दुन्ना आठ-नौ बरस का था। उसकी माँ बहुत बाँकी थी। बाप कलकत्ता में गुम हो गया, पैसे आने बंद हो गये। सोनतारा बड़ी चुटपुटी थी। उसे मैला ढोने से नफरत थी। खेत रखवाया करती थी और आते-जाते से आँख लड़ाया करती थी। उसे न जाने क्यों सात खून माफ थे। वह प्याल में कलाबाजियाँ लगाती और खेत में सुअर कुलेलें करते थे।

एक दिन बाहर से कोई दलाल आया और उसे फुसलाकर ले गया। तब दुन्ना अकेला रह गया। कहने वाले कहते हैं कि वह बम्बई में फिल्म स्टार बन गई। दुन्ना हेमामालिनी और रेखा की तस्वीरें दीवार पर चिपकी देखकर पहरों खड़ा घूरता। उसे सब हीरोइनों की सूरत माँ जैसी ही नज़र आती है। ऐसी ही थी उसकी माँ, उसके पेट के बीच में भी ऐसा ही भँवर जैसा सुराख था, जिस पर मुँह रखते ही दुन्ना को नींद आने लगती थी। सुना है उसके पास भी बँगले हैं और नोटों की गड्डियाँ मकान की छत में दबी हुई हैं। जब वह आएगी तो वह अपने संग लट्टू और तीर कमान लाएगी। लट्टू चौक में नचायेगा और तीन-कमान से बागों में तोते उड़ायेगा।

जैसे लोहा मकनातीस की तरफ खिंचता है, दुन्ना पीरू मियाँ की तरफ खिंचा और उनसे चिपक गया। जब पीरू मियाँ और दुन्ना कहीं साथ-साथ जा रहे हों तो ऐसा लगता है, जैसे पीरू मियाँ का एक टुकड़ा टूटकर उनके साथ-साथ पीछे-पीछे चल रहा है। किसी जन्म में वे जरूर बाप-बेटे रहे होंगे। शुरू-शुरू में लोगों ने बहुत टोका, तुम शेखजादे भंगी के लौंडे के साथ उठते-बैठते हो, खाते-पीते हो। शरम आनी चाहिए।

मगर बावजूद कोशिश के पीरू मियाँ को शरम न आई।

पीरू मियाँ ने दुन्ना को अपने साथ व्यापार में लगा लिया है। कड़कड़ाते जाड़े में दोनों तड़के ही काम पर निकल जाते हैं। पीरू मियाँ को किसी ने एक धुना हुआ ओवरकोट दे दिया है जो वह हर जाड़े में पहन लेते हैं, कभी नहीं उतारते, उसी में सोते हैं, उसी में जंगल जाते हैं। दुन्ना के लिए भी एक साहब बहादुर के बेटे ने एक डिनर जैकेट दे दिया है। कभी इस जैकेट को पहनने वाला साहब इसे पहनकर डिनर खाता होगा, हसीन लड़कियों के साथ इश्क करता होगा।

दुन्ना ठिठुरा हुआ है। यह कोट उसके टखनों तक आता है। इसे पहनकर वह जैसे एक नर्म-नर्म कोठरी में बंद हो जाता है। टूटे बटनों की जगह सुतली बँधी हुई है। सिर पर एक सूती कंटोप मढ़ा रहता है जो अपने कारोबार के सिलसिले में मुफ्त हाथ आ गया था।

पीरू मियाँ और दुन्ना शहर और कस्बा में पुराना सामान बीनते फिरते हैं। लोग कूड़े में बड़े काम की चीज़ फेंक देते हैं। खाली शीशियाँ और डिब्बे, मैले चीथड़े, जिन्हें जोहड़ पर धोकर सुखा लिया जाता तो भंगी लोग अपनी गुदड़ियों में जोड़ने के लिए बड़े शौक से खरीदते हैं। इन चीथड़ों पर कत्थे जैसे धब्बे होते हैं। दो आने के खारदार साबुन से भी नहीं छूटते। पीरू मियाँ और दुन्ना इन कपड़ों को ज्वार और मकई के बदले में बेच लेते हैं। शीशियाँ भी डिब्बों के साथ बिक जाती हैं।

मगर कुछ हासिद किस्म के लोग कहते हैं कि सोनतारा बम्बई के रंडी बाज़ार में बिक गई, अब वह सिर पर मैले का टोकरा ढोने की बजाय मैले में कमर तक गड़ गई है। एक दिन यह मैला उससे ऊपर चला जाएगा और सड़क पर कोठियों की टोली में जा मिलेगी।

"बच्चू बकवास करे हैं" पीरू मियाँ दुन्ना को समझाते हैं। "एक दिन वो मोटर कार में बैठके आवेगी, तब ये सगरे बदमाश मुँह देखते रह जाएँगे।"

दुन्ना उन्हें अपना पीर-ओ-मुर्शिद मानता है और अक्लेकुल (अति बुद्धिमान) समझता है। उनके मुँह से निकला हुआ हर लफ्ज मोती समझकर चुन लेता है। पीरू मियाँ बड़ी पहुँची हुई बातें करते हैं।

"वे सारे अंग्रेज होये थे। बड़े गुस्सैल होये थे। जरा-सी बात में लात मारे थे। फल्ली (तिल्ली) फाड़ दिया करें थे। विनके जूतन में गे बड़ी-बड़ी कीलें होमें थीं। मगज मा खुज जामें थीं। जा के लगे वे साँसऊ न लेबे बई का ढेर हो जाएँ।"

"वे गोरा लोगन तमन ने देखे पीरू मियाँ?" दुन्ना पूछता।

"काये को न देखे, बोत देखे।"

"तुमाय ठोकर न मारी?"

"न लल्ला, हम बिन के पास ना जा सकत थे, वे बड़े-बड़े बँगलन मा रहिन थे। बिनके पास तो बड़े-बड़े लोगन जाये थे, विनके बड़े-बड़े बूट होमे थे।"

"जा कोठरया जित्ते बड़े?"

"अरे लल्ला जाओ ते बड़ो।"

"वे जूता पहर के लहडू-पहडू में चढ़ते, वे तो मोटर कार में जामे हैं।"

"टट्टी फिरो मोटर कार में जामें?"

"अब टट्टी तो वे प्यालन मा फिरत हैं।"

"वाई मा खामे वाई मा टट्टी फिरत?"

"ना बे दूसरे प्याले होबे हैं, चम्चा से खामे हैं।"

"पीरू मियाँ?"

"हाँ, लल्ला।"

"माँ छिनाल हती?" दुन्ना एकदम विषय बदल देता है।

"थी तो लल्ला।" पीरू मियाँ बड़े तकल्लुफ से कहते हैं। उन्हें औरतों के बारे में ज्यादा इल्म नहीं। उन्होंने बस एक नन्ही-सी औरत को गोदी में खिलाया था। जो दूर चली गई। मगर अब तक दिल में बसी हुई थी।

"पीरू मियाँ?"

"हाँ, लल्ला।"

"सकीना बीबी कब आएगी?"

"बस ईद के बाद आ जाएगी।"

दुन्ना टाल गया। वह जानता था सकीना बीबी अब न आएगी। पीरू मियाँ तो पगले हैं। हर दफा कहते हैं, ईद के बाद आएगी, बकरीद के बाद आएगी। मगर कितनी ही ईदें, बकरीदें गुज़र गईं, सकीना बीबी नहीं आई। अच्छा हो सकीना बीबी न आए, वह आ गई तो पीरू मियाँ हर वक्त कोठे में घुसे रहेंगे। सारा कारोबार ठप्प हो जाएगा।

कारोबार मुनाफे वाला भी था और दिलचस्प भी। लोग कैसे लापरवाह होते हैं। दुन्ना को एक दिन साबित की साबित गेंद मिली। जरा-सा सुराख था और पिचक जाता था। पीरू मियाँ ने उस पर जरा-सा आटा लगाकर धूप में रख दिया। बिल्कुल नई हो गई। एक दिन बुन्दा मिला। बस उसका कुन्डा टेड़ा हो गया था। पीरू मियाँ ने सीधा कर दिया।

कुन्डे को देखकर पीरू मियाँ अपने कान की लौ टटोलने लगे। सकीना उनके कान की लौ चबा डाला करती थी। और फिर एक दिन कूड़े के ढेर में दुन्ना को दबी हुई एक चाय की प्याली मिली। प्याली देखकर वह सन्नाटे में रह गया। उसने इतनी नाजुक और खूबसूरत चीज जिन्दगी में नहीं देखी थी। उसकी जुबान तालू से चिपक गई। सहमकर उसने चारों तरफ देखा, कोई देख तो नहीं रहा। ज़रूर प्याली किसी ने भूल से फेंक दी होगी। प्याली बिल्कुल साबित थी। सिर्फ कुण्डा टूटा हुआ था। किसी निपुण कारीगर ने बड़ी मेहनत और लगन से सूई की नोंक से उस पर नक्काशी की थी। पूरा गुलज़ार खिला हुआ था। फूल और कलियों के गुच्छों पर नन्ही-नन्ही चावल बराबर चिड़िया बैठी थीं, जिनकी दुमें धनक रंगों की तरह घेरा बनाए थीं। दुन्ना को ऐसा लगा वह किसी देश का राजकुमार है और उस जादू से बनाए हुए चमन में परियों के झुरमुट में खड़ा है।

"जा को कुन्डो तो टूट गयो है।" पीरू मियाँ ने नाक सिकोड़ी।

"कुण्डा?"

"हाँ बे लल्ला, देख इधर होवे है कुण्डा, जा में उँगरी डार के चाय पीवे हैं साहब लोग।" गाँव में सब चाय कटोरे या गिलास में पीते हैं, दुन्ना ने कभी कुंडेदार प्याली नहीं देखी थी। खुद उसकी जिन्दगी में कोई कुण्डा न था। वह खुद पीरू मियाँ का कुण्डा था। जब घाम में दोनों धूप खाने बैठते तो ऐसे लगता एक मैली-सी चाय की प्याली दीवार से लगी रखी है। पीरू मियाँ बावन-तिरपन बरस के होंगे। उनके सारे बाल सफेद हो गये थे। लोग उन्हें ढोकरा कहते थे। मेहतर के साथ खाने-पीने पर उन्हें खानदान ने बिरादरी से बाहर कर दिया था। सोनतारा जब से भागी थी, उसकी कोठरी में उसकी सारा भैंसें और बकरियाँ बाँधने लगी थी। वहीं कोने में पीरू मियाँ और दुन्ना पयाल पर बोरी डालकर पड़े रहते थे। गर्मियों में तो सारा बिछौना हो जाता है। हाँ, बरसात और जाड़ों की बात और है, तब तो ढोर-डंगर भी सिर पर साया माँगते हैं।

जाड़े क्या आते हैं गाँव पर एक मुसीबत आ जाती है। हरे-भरे खेतों को पाला मार जाता है। खाँसी-बुखार, दमा गठिया सिर उठाते हैं, पानी औटाकर काफी जैसी चीज़ बना ली जाती है, उसमें गुड़ डालकर पीने से बड़ा सकून मिलता है या फिर थक-हार कर बुखार छोड़ जाता या मरीज दुनिया छोड़ जाता है। खाँसी में कच्चा अमरूद भूभल में भूनकर खाने

से खाँसी से बचते हैं, हाँ जब दम होठों पर आ जाये तो गाँव के इकलौते डॉक्टर के पास जाते हैं।

पीरू मियाँ का जब दम घुटता तो वे सारी रात उकड़ूँ बैठे धुँकनी चलाते रहते। अल्मूनियम के प्याले में दुन्ना उनके लिए पानी खौलाता, उसमें गुड़ छोड़कर पीने से ज़रा दम आ जाता है। गुड़ न होता तो नमक की चुटकी ही काम कर जाती। सुबह को ज़रा देर धूप में बैठते हैं तो साँस जुड़ाने लगती है और वे उसी तरह हाँफते हुए व्यापार की फिक्र में चल निकलते।

जिस दिन बेकुण्डे की प्याली लेकर पीरू और दुन्ना वापस गाँव पहुँचे, एक खलबली मच गई। गाँव के बच्चे इस अजीब चीज़ को देखने टूट पड़े। जो देखता दंग रह जाता, किसी को उसके कुण्डे के न होने का ध्यान ही नहीं आया।

स्कूल के मास्टर ने प्याली के पेंदे को पढ़कर बताया कि वह मेड इन इंग्लैंड थी। ज़रूर इसमें कोई साहब बहादुर चाय पिया करता होगा और मुल्क को जाते वक्त कुण्डा ले गया, प्याली भूल गया, भूल ही गया होगा वर्ना कुण्डा ना होने के बाद भी प्याली निहायत काम की थी। गर्म-गर्म चाय भर कर दोनों हथेलियों में थाम लो, मजे से पियो। हथेलियाँ भी गर्म और मजे में ज़रा भी फर्क नहीं।

फौरन दुन्ना गया और चाय वाले की दुकान से पत्तियाँ माँग लाया। वह उसकी बकरियाँ चराया करता था। एवज में बाजरे की रोटी मिलती थी। उस दिन उसने रोटी के बजाय चाय ले ली। गुड़ था ही क्योंकि पीरू मियाँ ने कल ही खाली शीशियाँ और डिब्बे बेचे थे। चाय बनी और पीरू मियाँ ने पी ली। फिर उसी में दुन्ना को मिली। दुन्ना को नशा-सा चढ़ गया। इतनी मीठी और गाढ़ी चाय उसने जिन्दगी भर नहीं पी थी। हैण्ड पम्प पर प्याली धोकर उसनें यूँ ही दो घूँट पानी के पी लिये, प्याली में जैसे शर्बत बन गया। वह तो न जाने कितना पीता जाता अगर पीरू मियाँ डाँट न बताते। इतना पानी पिएगा तो सारी रात नेकर भिगोएगा।

दूसरे दिन गाँव में यह खबर फैल गई कि पीरू मियाँ और दुन्ना शहर से विलायती प्याली चुराकर लाये हैं। उन्होंने बहुत कसमें खाईं कि कूड़े में पड़ी मिली है मगर किसी को यकीन नहीं आया। भला कौन ऐसा सिरफिरा होगा जो विलायती प्याली कूड़े में फेंक दे।

गाँव का थाना एक उजड़ी हुई मगर नीम पुख्ता इमारत में है। तीन-चार सिपाही रहते हैं। ज्यादा वक्त ऊँघा करते हैं और रात को चोर किसी का खेत लूटते हैं तो बड़ी नींद सो जाते हैं। उन्हें लठबाजी बिल्कुल पसन्द नहीं। चोरों के चले जाने के बाद उठते हैं। बड़ी सरगर्मी दिखाते हैं। इधर-उधर डाँट-डपट करते हैं। जिसकी चोरी हुई हो उसे घंटों बैठाये काग़जी कार्रवाई किया करते हैं। नतीजा हमेशा सिफ़र निकलता है। गाँव वालों का ख्याल है चोर उन्हें कुछ हिस्सा देते हैं। पिछले दिनों जब रामप्रसाद के यहाँ शकरकंदियों पर दहाड़ पड़ी तो हर वक्त पुलिस वालों के बच्चे शकरकंदिया खाते नज़र आते थे। पुलिस

वालों की बकरियाँ चाहे जिस खेत में घुस जाएँ, किसी की मजाल नहीं जो उन्हें कांजीहाऊस में दे आए। उनके सुअर सारे भंगियों का सत्यानाश मार देते हैं, कोई दम नहीं मारता। हर दुकान से कुछ न कुछ मँगवाते रहते हैं, अदायगी के लिए तकाजा करने की किसी को हिम्मत नहीं। वर्ना फौरन किसी मद में चालान हो जाये और खिचाखिचा फिरे। झूठी गवाही देने को बहुतेरे तैयार।

"विलायती प्याली।" कान्सटेबिल चिरंजी लाल चौंक पड़े। देसी होती तो खैर ऐसा अंधेर न होता। अपने मैले कोट पर पेटी कसकर उठ खड़े हुए और भंगियों की कालोनी की तरफ रवाना हुए। जुलूस में लौंडे और कुत्ते लग लिये। जब वह कानूनी चारागर मुलजिमों की झोंपड़ी में पहुँचे तो दुन्ना कुन्देली में बाजरे का आटा माड़ रहा था और पीरू मियाँ तीन ईंटों के चूल्हे में झंकाड़ और छपट्टियाँ धोंक रहे थे। मिट्टी का तवा दीवार से लगा खड़ा था। पास ही एक हँडिया लुढ़क रही थी और ताक में डोई खड़ी थी।

"के पीरू मियाँ आप कौन ठिकाने हाथ मार्यो?" चिरंजी लाल गुर्राया।

"कहू न सरकार" पीरू मियाँ खाँसे।

"हमने तुते कितनी बार कैयई ये चोरी-चकारी न चलेगी।"

"हमने का चोरी करी।"

"गे विलायती प्याली तमोरा बाप दे गयो?"

"सरकार जे तो हमने कूड़ा में पड़ी पाई।"

"अब जे भंगी का छोरा भी कूड़ा में पड़ा पायो?"

छोरे की बात पीरू मियाँ की दुखती रग थी। छोरे को उन्होंने चोरी से कल्मा पढ़ा लिया था। पता नहीं दुन्ना का पढ़ा अल्ला पाक के पल्ले पड़ा होगा या नहीं मगर बड़ा गंभीर मामला था। अगर किसी को पता चल जाता तो वह तबलीगे इस्लाम में धर लिये जाते। मगर उनके दिल को इत्मीनान हो गया था और दुन्ना को कोई फर्क न महसूस हुआ था। वह कुण्डे की प्याली की तरह पीरू मियाँ से जुड़कर प्याली की निकटता से खुद को बड़ा सुरक्षित-सा समझते थे। वैसे कुण्डे का तो दुनिया में कोई मसरफ नहीं होता लेकिन प्याली के साथ इसका एक मुकाम हो जाता है। जब उसे बुखार हो जाता था और डरावने सपने सताते थे, वह पीरू मियाँ की पिचकी हुई छाती से चिपटकर जैसे माँ की गोद में रम जाता था। यह अकेलापन कितना डरावना और सूना होता है। और दुन्ना अभी आठ बरस का न हुआ था।

"जे रई प्याली।" पीरू मियाँ ने प्याली कोने वाली मटकी से निकालकर चिरंजी लाल को दिखाई। दुन्ना का कलेजा प्याली में लटका चला गया।

"अरे जे साली तो टूटी भई है, जा मैं कुण्डा तो है ई ना।" चिंरजी लाल ने प्याली ज़मीन पर फैंक दी और पलटकर चल दिए।

एक चीख मारकर प्याली टुकड़े-टुकड़े हो गई। दूसरी चीख दुन्ना के गले में घुट गई। आटा सने हाथों से उसने प्याली के टुकड़े हुए देखे जैसे देख रहा हो शायद अब भी

उसमें जान बाकी है।

"रो न लल्ला गे प्याली आटा से जोड़ दूँगा।" पीरू मियाँ ने समझाया। दुन्ना भागा-भागा गया और बनिये के यहाँ से गेहूँ का आटा माँग लाया। दम भर में प्याली जुड़ गई और बिल्कुल नई मालूम होने लगी। गौर से देखो तो जोड़ भी नहीं दिखाई देते थे।

"जाये घाम में रख दे।" लल्ला ने रसान से प्याली उठाई और धूप में रख दी। रोटी खाते वक्त वह झाँक-झाँककर प्याली को देखता रहा। फिर जाकर उसके करीब बैठ कर उसके सूखने का इंतजार करता रहा। लपाक-सपाक भागती हुई रात आन पहुँची, कई बार पुकारने पर दुन्ना बड़ी मुश्किल से अंदर आया। वह तो प्याली साथ लाना चाह रहा था मगर पीरू मियाँ ने समझाया, सुबह तक धूप में रखी रहे तो अच्छा है। अभी जोड़ कच्चे हैं, हिलने-डुलने से खुल जाएँगे।

क्या गजब की सर्दी थी! बर्फ की सलाखें जिस्म के आर-पार हुई जाती थीं। गर्मी में तो जोहड़ में डुबकी लगा लो, एयरकंडीशन का मजा ले लो। मगर जाड़ा तो खुदा ने सिर्फ इंसानों को अजाबे दोज़ख का आदी बनाने के लिए भेजा है। सूरज की अँगीठी जब तक रोशन रहती है ज़िन्दगी चैन का झूला झूलती है। मगर चार बजे से सूरज दम तोड़ने लगता है। धूप होती है मगर फिर ठण्डी हवा भी सिर उठाती है। हर सूराख से बर्फ की सुईयाँ अन्दर उतर जाती हैं। जान पड़ता है नाक मुँह पर है ही नहीं और है वह कोई दम में बर्फ की डली बनकर खट से गिर जाएगी। पानी बिच्छू की तरह डंक मारता है।

सुबह-सबेरे पीरू मियाँ की आँख खुली तो दुन्ना गायब था, दरवाज़ा खुला हुआ था। बारिश हो रही थी। बारिश में मलेछ कहाँ निकल गया होगा। बाहर जाने की क्या ज़रूरत थी। जहाँ जानवरों का इतना गोबर था वहाँ थोड़ा मैला और सही।

"दुन्ना अरे ओ दुन्ना।" उन्होंने पुकारा। फिर उनका दिल धक् हो गया। जोहड़ के पास कोई चीज़ पड़ी थी, कोई बकरी मर गई, रात को बाहर गई होगी। मगर जी न माना उन्होंने बोरा ओढ़कर उस काली रौ की तरफ बढ़ना शुरू किया।

दुन्ना कुण्डे की तरह मुड़ा हुआ पड़ा था। उसके सिर से खून निकलकर जम गया था। हाथों में आटे से जोड़ी गई प्याली अभी तक दबोचे था। उसके जोड़ खुल गये थे। उन्होंने उसे उठाना चाहा मग़र वह अकड़ गया था। उन्होंने बोरी उतारकर उस पर डाल दी।

दोपहर को पानी थम गया और धूप निकल आई।

□

मुग़ल बच्चा

फतहपुर सीकरी के सुनसान खँडहरों में गोरी दादी का मकान पुराने सूखे ज़ख्म की तरह खटकता है। ककिया ईंट का दोमंजिला घुटा-घुटा-सा मकान एक मार खाये रूठे बच्चे की तरह लगता था। देखकर ऐसा लगता था कि समय का भूचाल उसकी ढिठाई से विवश होकर आगे बढ़ गया और शाही शान ओ शौकत पर टूट पड़ा।

गोरी दादी झक चाँदनी बिछे तख्त पर सफेद बिन-दाग कपड़ों में एक संगमरमर का मक़बरा मालूम होती थीं। सफेद ढेरों बाल, बिना खून की सफेद धोई हुई मलमल जैसी चमड़ी। हल्की नीली आँखें जिन पर सफेदी रेंग आती थी। पहली नज़र में सफेद लगती थी। उन्हें देखकर आँखें चकाचौंध हो जाती थीं जैसे बसी हुई चाँदनी का गुब्बार उनके गिर्द छाया हो।

न जाने कब से जिये जा रही थीं, लोग उनकी आयु सौ वर्ष बताते थे। खुली-खुली गुम-सुम प्रकाश-हीन आँखों से वे इतने साल क्या देखती रही थीं। क्या सोचती रही थीं, कैसे जीती रही थीं। बारह-तेरह वर्ष की आयु में वे मेरी अम्माँ के चचेरे भाई से ब्याही तो गई थीं मगर उन्होंने दुल्हन का घूँघट भी न उठाया। कँवारपन की एक शताब्दी उन्होंने इन्हीं खँडहरों में बिताई। जितनी गोरी-बी सफेद थीं उतने ही उनके दूल्हा काले सियाह थे। इतने काले कि उनके आगे चिराग बुझे। गोरी-बी बुझकर भी धुआँ देती रहीं।

शाम को खाना खाकर झोलियों में सूखा मेवा भरकर हम बच्चे लिहाफ़ों में दुबककर बैठ जाते और पुरानी जिन्दगी के पृष्ठ उलटने शुरू हो जाते। बार-बार सुनकर भी जी न भरता। अदला-बदला कर गोरी-बी और काले मियाँ की कहानी दोहराई जाती। बेचारे की अक्ल पर पत्थर पड़ गये थे कि इतनी गोरी दुल्हन का घूँघट भी न उठाया।

अम्माँ साल के साल पूरा लाओ लश्कर लेकर मायके पर धावा बोल देतीं। बच्चों की ईद हो जाती। फतेहपुर सीकरी के भेदपूर्ण शाही खँडहरों में आँखमिचौली खेलते-खेलते जब शाम पड़ जाती तो खोय-खोय अंजनसार वातावरण से डर लगने लगता। हर कोने से

साये लपकते, दिल धक-धक करने लगते।

"काले मियाँ आ गये।" हम एक-दूसरे को डराते। गिरते-पड़ते भागते और ककिया ईंट के दोमंजिला मकान की गोद में दुबक जाते। काले मियाँ हर अँधेरे कोने में भूत की तरह छुपे महसूस होते। बहुत से बच्चे मरने के बाद जब हज़रत सलीम चिश्ती के दरगाह पर माथा रगड़ा तब गोरी-बी का मुँह देखना नसीब हुआ। माँ-बाप की आँखों की ठंडक गोरी-बी बड़ी जिद्दी थीं। बात-बात पर अटवाती-अटवाती लेकर पड़ जातीं। भूख-हड़ताल कर देतीं। घर में खाना पकता, कोई मुँह न जुठालता, ज्यों की त्यों मस्जिद में भिजवा दिया जाता। गोरी-बी न खातीं तो अम्माँ-बाबा कैसे निवाला तोड़ते—

बात इतनी थी कि जब मँगनी हुई तो लोगों ने मज़ाक में छींटे कसे—गोरी दुल्हन, काला दूल्हा।

मगर मुगल बच्चे मज़ाक के आदी नहीं होते। सोलह-सत्रह वर्ष के काले मियाँ अंदर ही अंदर घुटते रहे। जलकर मुरंडा होते रहे।

"दुल्हन मैली हो जाएगी, खबरदार यह मैले-मैले हाथ मत लगाना।"

"बड़े नाज़ों से पाली है, तुम्हारी तो परछाईं पड़ी तो काली हो जाएगी।"

"बड़ा तिहाँ है, सारी उम्र जूतियाँ उठवाएगी।"

अंग्रेजों ने जब मुगलशाही का अंतिम संस्कार किया तो बुरी मुग़ल बच्चों पर बीती कि वे सबसे ज्यादा पदवियाँ सँभाले बैठे थे। पद और जागीरें छिन जाने के बाद लाख के घर देखते-देखते खाक हो गये। बड़ी-बड़ी ढंदार हवेलियों में मुग़ल बच्चे भी पुराने सामान की जगह जा पड़े। भौंचक्के-से रह गये जैसे किसी ने पैरों तले से तख्ता खींच लिया।

तब ही मुग़ल बच्चे अपने घमंड और स्वाभिमान की तार-तार चादर में सिमटकर अपने अंदर ही अंदर घुसते चले गये। मुग़ल बच्चे अपने धुर्रे से कुछ खिसके हुए होते हैं। खरे मुग़ल की पहचान है कि उसके दिमाग़ के दो-चार पेच ढीले या ज़रूरत से ज्यादा ही तंग होते हैं। आसमान से ज़मीन पर गिरे तो मानसिक संतुलन डगमगा गये। जीवन के मूल्य गलत-सलत हो गये। दिमाग से ज्यादा भावनाओं से काम लेने लगे।

अंग्रेजों की नौकरी लानत और मेहनत-मजदूरी शान के विरुद्ध, जो कुछ संपत्ति बची उसे बेच-बेचकर खाते रहे। हमारे अब्बा के चच्चा रुपया-पैसा की जगह चची के दहेज़ की पलंगी के पायों से चाँदी का पतरा उखेड़ ले जाते थे। जेवर और बर्तनों के बाद टके-जोड़े नोच खाते थे। पानदान की कल्हेइआँ सिल बट्टे से कुचलकर टुकड़ा-टुकड़ा बेचें और खाएँ। घर के मर्द दिन भर पलंग की अदवाइन तोड़ते। शाम की घिसी-पिटी अचकन पहनी और शतरंज पच्चीसी खेलने निकल गये। घर की बीवियाँ छुपकर सिलाई कर लेतीं। चार पैसे से चूल्हा जल जाता या मुहल्ले के लड़कों को कुरान पढ़ा देतीं तो कुछ नजराना मिल जाता।

काले मियाँ ने दोस्तों की छेड़खानी को जी का घाव बना लिया। जैसे मौत की घड़ी नहीं टलती वैसे माँ-बाप की ठहराई हुई शादी न टली। काले मियाँ सिर झुकाये दूल्हा बन गये। किसी सिरफिरी ने ठीक आरसी-मसहक (शादी के बाद दूल्हा-दुल्हन को आईना और

क़ुरान शरीफ दिखाने की रस्म, दूल्हे-दुल्हन की एक-दूसरे को मुँह दिखाई) के समय छेड़ दिया।

"खबरदार जो दुल्हन को हाथ लगया, काली हो जाएगी।"

मुगल बच्चा चोट खाये नाग की तरह पलटा। सिर से बहिन का आँचल नोंचा और बाहर चला गया।

हँसी में खसी हो गई। एक मातम शुरू हो गया। मर्दान खाने में इस त्रासदी की खबर हँसी में उड़ा दी गई। बिन आरसी-मसहक के बिदाई एक प्रलय थी।

"खुदा की कसम मैं उसका घमंड चकनाचूर कर दूँगा। किसी ऐसे-वैसे से नहीं मुगल बच्चे से वास्ता है।" काले मियाँ फुंकारे।

काले मियाँ कड़ी की तरह पूरी मसेहरी पर लेटे थे। दुल्हन एक कोने में गठरी बनी काँप रही थी। बारह वर्ष की बच्ची की औकात ही क्या?

"घूँघट उठाओ।" काले मियाँ फुंकारे।

दुल्हन और गुड़ी-मुड़ी हो गई।

"हम कहते हैं घूँघट उठाओ।" कोहनी के बल उठकर बोले। सहेलियों ने तो कहा था दूल्हा हाथ जोड़ेगा, पैर पड़ेगा पर खबरदार जो घूँघट को हाथ लगाने दिया, दुल्हन जितनी ज्यादा रोके, उतनी ही ज्यादा पवित्र।

"देखो जी! तुम नवाबजादी होगी अपने घर की। हमारी तो पैर की जूती हो। घूँघट उठाओ, हम तुम्हारे बाप के नौकर नहीं हैं।"

दुल्हन पर जैसे फालिज गिर गया। काले मियाँ चीते की तरह लपककर उठे, जूतियाँ बगल में दाबीं और खिड़की से गृहवाटिका में कूद गये। सुबह की गाड़ी से वे जोधपुर दनदना गये।

घर में सोता पड़ा था। एक नौकरानी, जो दुल्हन के साथ आई थी, जाग रही थी। कान दुल्हन की चीखों की तरफ लगे थे। जब दुल्हन के कमरे से चूँ तक की आवाज़ न आई तो उनके पैरों का दम निकलने लगा। हैं कैसी निर्लज्ज लड़की है। लड़की जितनी मासूम और कँवारी होगी उतना ही ज्यादा दंद मचाएगी। क्या कुछ काले मियाँ में खोट है? जी चाहा कुएँ में कूदकर किस्सा खत्म करें।

चुपके से कमरे में झाँका तो जी सन्न से हो गया। दुल्हन जैसी की तैसी धरी थी और दूल्हा गायब। बड़े अरुचिकर किस्म के हंगामे हुए, तलवारें खिचीं बड़ी मुश्किल से दुल्हन ने जो बीती थी वह कह सुनाई। इस पर तरह-तरह की बातें होती रहीं। खानदान में दो पार्टियाँ बन गईं। एक काले मियाँ की और दूसरी गोरी-बी की तरफदार।

"वह आखिर, खुदा-ए--मिजाजी है उसका हुक्म न मानना गुनाह है।"

एक पार्टी जमी हुई थी।

"कहीं किसी दुल्हन ने खुद घूँघट उठाया है?" दूसरी पार्टी की दलील थी। काले मियाँ को जोधपुर से बुलाकर दुल्हन का घूँघट उठाने की कोशिशें बेकार हो गईं। ये वहाँ

घुड़सवारों में भर्ती हो गये और बीवी को खाने-पीने का खर्चा भेजते रहे। जो गोरी बीवी की अम्माँ समधन के मुँह पर मार आतीं।

गोरी-बी कली से फूल बन गईं। हर अठवाड़े हाथ-पैर में मेहँदी रचातीं और बँधे टके दुपट्टे ओढ़ती रहीं और जीती रहीं।

फिर खुदा का करना ऐसा हुआ कि बाबा की मरने की घड़ी आ पहुँची। काले मियाँ को खबर गई तो न जाने किस मूड में थे कि भागे आये। बाबा मौत का हाथ झटक उठ बैठे। काले मियाँ को बुलाया। दुल्हन का घूँघट उठाने की बारीकियों पर सलाह मश्वरा हुआ।

काले मियाँ ने सिर झुका दिया पर शर्त वही रही कि प्रलय हो जाय पर घूँघट दुल्हन को खुद अपने हाथों से उठाना पड़ेगा। "किबला ओकाबा में कसम खा चुका हूँ मगर कसम नहीं तोड़ सकता।"

मुगल बच्चों की तलवारें मंद पड़ चुकी थीं। आपस की मुकदमाबाजी ने सारा कल्फ निकाल दिया था। बस वे मूर्खतापूर्ण जिदें रह गई थीं। एक उम्मीद को वह कलेजे से लगाये बैठे थे। किसी ने काले मियाँ से न पूछा कि तुमने ऐसी मूर्खतापूर्ण कसम खाई ही क्यों कि अच्छी-भली जिन्दगी कष्ट बन जाये। खैर साहब गोरी बी फिर से दुल्हन बनाई गईं। ककिया ईंट वाला मकान फिर फूलों और खुशबुओं से महक उठा। अम्माँ ने उसे समझाया "तुम उसकी विवाहता हो बेटी जान, घूँघट उठाने में कोई ऐब नहीं। उसकी जिद्द पूरी कर दो, मुगल बच्चा की आन रह जाएगी। तुम्हारी दुनिया सँवर जाएगी। गोदी में फूल बरसेंगे। अल्ला रसूल का हुक्म पूरा होगा।" गोरी बी सिर झुकाये सुनती रहीं। कच्ची कली सात साल में नवयुवा कयामत बन चुकी थी। सुन्दरता और यौवन का एक तूफान था जो उनके शरीर से फूटा निकलता था।

औरत काले मियाँ की सबसे बड़ी कमज़ोरी थी। इंद्रियाँ इसी एक बिन्दु पर केन्द्रित थीं। मगर उनकी कसम एक कीलदार लोहे के गोले की तरह उनके हलक में फँसी हुई थी। उनकी कल्पना ने सात वर्ष आँख-मिचौली खेली थी। उन्होंने बीसियों घूँघट नोच डाले। रंडीबाजी, लौंडेबाजी, बटेरबाजी, कबूतरबाजी अर्थात कोई बाजी न छोड़ी। मगर गोरी-बी के घूँघट की चोट दिल में पंजे गाड़े रही जो सात साल तक सहलाने के बाद जख्म बन चुकी थी। इस बार उन्हें विश्वास था कि उनकी कसम पूरी होगी। गोरी-बी ऐसी अकल की कोरी नहीं कि जीने का यह आखिरी अवसर भी गँवा दें। दो उँगलियों से हल्ला-फुल्का आँचल ही तो सरकाना है कोई पहाड़ तो नहीं ढोने।

"घूँघट उठाओ।" काले मियाँ ने बड़ी नर्मी से कहना चाहा। मगर मुगलई दबदबा आड़े आ गया। गोरी-बी घमंड से तमतमाई सन्नाटे में बैठी रही।

"आखिरी बार हुक्म देता हूँ। घूँघट उठा दो वरना इसी तरह पड़ी सड़ जाओगी। अब गया तो फिर नहीं आऊँगा।"

मारे गुस्सा के गोरी-बी लाल भूका हो गईं। काश उनके सुलगते गालों से एक शोला लपकता और वह मनहूस घूँघट जलकर खाक हो जाता।

बीच कमरे में पड़े काले मियाँ कोडियाले साँप की तरह झूमते रहे फिर जूते बगल में दबाये और गृहवाटिका में उतर गये।

अब वह गृहवाटिका कहाँ? इधर पिछवाड़े में लकड़ियों की टाल लग गई। बस दो जामुन के पेड़ रह गये थे। एक-दो पुरानी बेलें चमेली की क्यारियाँ, गुलाबों के झुंड, शहतूत और अनार के पेड़ कब के लुट-पुट गये।

जब तक माँ जिन्दा रहीं गोरी-बी को सँभाले रहीं। उनके बाद यह ड्यूटी खुद बी ने सँभाल ली। हर जुमरात को मेहँदी पीसकर पाबंदी से लगातीं। दुपट्टा रंग चुन कर टाँकतीं और जब तक ससुराल ज़िन्दा रही त्यौहार पर सलाम करने जाती रहीं।

अब के जो काले मियाँ गये तो गायब हो गये। वर्षों उनका सुराग न मिला। माँ-बाप रो-रोकर अंधे हो गये। वे न जाने किन जंगलों की खाक छानते फिरे। कभी खानकाहों में उनका सुराग मिलता। कभी किसी मंदिर की सीढ़ियों पर पड़े मिलते।

गोरी-बी के सुनहरी बालों में चाँदी घुल गई। मौत की झाड़ू काम करती रही। आस-पास की ज़मीनें मकान कौड़ियों के मोल बिकते। गये। कुछ पुराने लोग जबर्दस्ती डट गए। कंजड़े कसाई आन बसे, पुराने महल ढहकर नई दुनिया की बुनियाद पड़ने लगी। परचून की दुकान, डिस्पेंसरी, एक मर्घला-सा जनरल स्टोर भी उग आया। जहाँ अलमूनियम की पतीलियाँ और लिपटन चाय के पैकेट लटकने लगे।

एक पक्षाघात ग्रस्त मुट्ठी की दौलत रिसकर बिखर रही थी। कुछ सावधान उँगलियाँ समेटने में लगी थीं जो कल तक अद्वायन पर बैठते थे, झुक-झुककर सलाम करते थे, आज साथ बैठना शान के विरुद्ध समझते थे।

गोरी-बी का जेवर आहिस्ता-आहिस्ता लाला की तिजोरी में पहुँच गया। दीवारें ढह रही थीं, छज्जे झूल रहे थे। बचे-खुचे मुगल बच्चे अफीम का अंटा निगलकर पतंगों के पेंच लड़ा रहे थे, तीतर-बटेर सिधार रहे थे और कबूतर की दुमों के पर, गिनकर हलकान हो रहे थे। शब्द ''मिर्जा'' जो कभी शान और दबदबे की निशानी समझा जाता था, मजाक बन रहा था। गोरी-बी कोल्हू के अंधे बैल की तरह जीवन के छकड़े में जुती अपने धुर्रे पर घूमे जा रही थीं। उसकी नीली आँखों में अकेलेपन ने डेरा डाल दिया था।

उनके लिए तरह-तरह की कहानियाँ मशहूर थीं कि उन पर जिन्नों का बादशाह आशिक था। ज्योंही काले मियां उनके घूंघट को हाथ लगाते झट तलवार निकालकर खड़ा हो जाता। हर जुम्मा-रात को शाम की नमाज के बाद बजीफा पढ़ती हैं तो सारा आँगन कोड़ियाले साँपों से भर जाता है फिर सुनहरी कलगी वाला साँपों का बादशाह अजगर पर सवार होकर आता है। गोरी-बी की किरत (कुरान का पाठ) पर सिर धुनता है। पर पौ फटते ही सब नाग विदा हो जाते हैं।

जब हम यह किस्से सुनते तो कलेजे उछलकर हलक में फँस जाते और रात को साँप की फुंकारें सुनकर सोते में चौंककर चीखें मारते।

गोरी-बी ने सारी उमर कैसे-कैसे नाग खिलाये होंगे। कैसे अकेली नामुराद ज़िन्दगी

का बोझ ढोया होगा। उनके रसीले होठों को कभी किसी ने नहीं चूमा। उन्होंने शरीर की पुकार को क्या जवाब दिया होगा।

काश यह कहानी यहीं खत्म हो जाती मगर किस्मत मुस्करा रही थी।

पूरे चालीस वर्ष बाद काले मियाँ खुद आ धमके। उन्हें तरह-तरह की लाइलाज बीमारियाँ लगी हुई थीं। पोर-पोर सड़ रही थी। रोम-रोम रिस रहा था। बदबू के मारे नाक सड़ी जाती थी। बस आँखों में हसरतें जाग रही थीं। जिनके सहारे जान सीने में अटकी हुई थी।

"गोरी-बी से कहो मुश्किल आसान कर जाए।"

एक कम साठ की दुल्हन ने रूठे दूल्हा मियाँ को मनाने की तैयारियाँ शुरू कर दीं। मेहँदी घोलकर हाथ-पैरों में रचायी। पानी समो कर पिंडा पाक किया। सुगाग का चकटा हुआ तेल सफेद लटों में बसाया। संदूक खोलकर बोर-बोर टपकता झड़ता वरी का जोड़ा निकालकर पहना और उधर काले मियाँ दम तोड़ते रहे।

जब गोरी-बी शर्माती-लजाती धीरे-धीरे कदम उठाती उनके सिरहाने पहुँचीं, तो झलंगे पर चकियट तकिये और गोदड़ बिस्तर पर पड़े हुए काले मियाँ की मुट्ठी भर हड्डियों पर ज़िन्दगी की लहर दौड़ गई। मौत के फरिश्ते से उलझते हुए काले मियाँ ने हुक्म दिया।

"गोरी-बी घूँघट उठाओ।"

गोरी-बी के हाथ उठे मगर घूँघट तक पहुँचने से पहले गिर गये। काले मियाँ दम तोड़ चुके थे।

वह बड़ी शान्ति से अकडूँ बैठ गईं। सुहाग की चूड़ियाँ ठंडी की और रँडापे का सफेद आँचल माथे पर खिंच गया।

□

मुट्ठी मालिश

पोलिंग बूथ पर बड़ी भीड़ थी जैसे किसी फिल्म का प्रीमिअर हो। यह लम्बा क्यू लगा था। पाँच साल पहले भी इस तरह हमने लम्बे-लम्बे क्यू लगाये थे जैसे वोट देने नहीं सस्ता अनाज लेने जा रहे हों। चेहरे पर आस की परछाइयाँ थीं। क्यू लम्बा सही, पर कभी तो अपनी बारी आएगी। वारे-न्यारे समझो। अपने भरोसे का आदमी है। किस्मत की बागडोर अपनों के हाथ में होगी। सारे दलिद्दर दूर हो जाएँगे।

''बाई ऐ बाई अच्छे तो हो?'' मैली-सी काशटा बाँधे एक औरत ने पीले-पीले दाँत निकालकर मेरा हाथ पकड़ लिया।

''ओहो गंगा बाई...।''

''रती बाई, वो गंगा बाई दूसरी थी, मर गई बेचारी।''

''अरे...रे बेचारी...'' झट से मेरा ज़हन पाँच साल पीछे कलाबाजी खा गया।

''मालिश कि मुट्ठी?'' मैंने पूछा।

रती बाई ने आँख मारी, ''साली को बहुत मना बोला, पर नहीं सुना। तुम किस को वोट देंगा बाई?''

''तुम किस को दोगी?'' हमने एक-दूसरे से रस्मी तौर पर पूछा।

''हमारा जात वाला को, अपन के गाँव का है।''

''पाँच साल हुए तब भी तुमने अपनी जात वाला को दिया था वोट?''

''हां बाई। पन यह साला कंडम निकला। कुछ नहीं किया।'' रती बाई ने मुँह बसूरकर कहा।

''और यह भी तुम्हारा जात वाला है।''

''हाँ, पन यह एक दम फर्सट क्लास...। हाँ बाई देखना अपन का खेत छूट जाएगा।''

''फिर तुम गाँव जाकर धान कूटा करोगी।''

'हाँ बाई'' रती बाई ने अपनी चुँधी आँखें पटपटाईं।

पाँच साल हुए हस्पताल में जब मेरी मुन्नी हुई तो रती बाई ने कहा था वह अपनी जात वाले को वोट देने जा रही है। चौपाटी पर उसने उनसे हजारों आदमियों की मौजूदगी में वादा किया था कि उसके हाथों में ताकत आते ही काया पलट हो जाएगी, दूध की नहरें बहने लगेंगी। ज़िन्दगी में शहद टपकने लगेगा। आज पाँच साल बाद रती बाई की साड़ी पहले से ज्यादा फटी-पुरानी थी। बालों पर सफेदी बढ़ गई थी, आँखों का भय दो चंद हो गया था। आज फिर चौपाटी पर किये हुए वादे का सहारा लेकर वह अपना वोट देने आई थी।

''बाई तुम इस छन्नाल से काये को इतनी बात करता?'' रती बाई ने बेडपैन सरकाते हुए अपनी नसीहतों का दफ्तर खोल दिया।

''क्यों? क्या बुराई है?'' मैंने बनकर पूछा।

''हम तुमको बोला ना ओ छोकरी एकदम खराब है, साली पक्की बदमास है।'' रती बाई की ड्यूटी लगने से पहले गंगा बाई ने भी अपनी ड्यूटी के दरम्यान मुझे यही राय दी थी कि रती बाई एकदम लोफर है। हस्पताल की यह दोनों आयाएँ हर व़क्त कचर-कचर करती थीं। कभी-कभी झूटम-झाटा तक नौबत पहुँच जाती थी। मुझे उनसे बातें करने में बड़ा मज़ा आता था।

''क्या वह साला संकर, भाई थोड़ी है, उसका यार है। संग सोती है।'' गंगा बाई ने बताया था। रती बाई का मियाँ शोलापुर के पास एक गाँव में रहता है। थोड़ी-सी ज़मीन है बस उसी से चिमटा हुआ है। सारी फसलें ब्याज में उठ जाती है। थोड़े से रुपये और रह गये हैं जो चंद सालों में चुक जाएँगे फिर वह अपने बाल-बच्चों के पास चली जायेगी और वहाँ मजे से धान कूटा करेगी। घर में मज़े से धान कूटने के सपने दोनों ऐसे देखा करती थीं जैसे कोई पेरिस के सपने देखता हो।

''मगर रती बाई तुम बम्बई में पैसा कमाने क्यों आ गईं। तुम्हारा मियाँ आ जाता तो एक बात भी थी।''

''अरे बाई वह कैसे आता? खेत जो चलाता। मेरे से खेती-बाड़ी नहीं सँभलती।''

''और बच्चों की देखभाल कौन करता है?''

''है एक राँड मेरी'' रती ने दो-चार गालियाँ टिकाईं।

''दूसरी शादी कर ली तुम्हारे मियाँ ने?''

''नहीं। साला दूसरी क्या करेगा रखैली है।''

''और जो तुम्हारे पीछे मालकन बन बैठी तो?''

''कैसे बनेगी? मार-मार कर भुस न भर देंगे। ब्याज निमट जाये, पीछे चली जाएँगे हम।''

मालूम हुआ रती बाई खुद अपनी पसंद की एक लावारिस औरत मियाँ और बच्चों की देखभाल पर छोड़ आई है। जब खेत छूट जाएगा तो फिर गृहस्थन बनकर धान कूटने

चली जाएगी। रखैली का क्या होगा? उसे कोई दूसरा मियाँ मिल जाएगा जिसकी बीवी बम्बई में पैसे कमाने आई हुई है और बाल-बच्चे देखने वाला कोई नहीं।

"उस औरत का मियाँ नहीं?" मैंने पूछा।

"है नहीं तो?"

"तो उसके पास नहीं रहती।"

"उसके खेत खुर्द-बुर्द हो गये। उसका मियाँ किसान मजदूर है मगर साल-आठ महीने चोरी-चकारी करता है या बड़े शहरों में निकल जाता है, भीख माँगकर दिन बिता देता है।"

"और बच्चे?"

"हैं नहीं तो...चार बच्चे हैं या थे। एक तो बम्बई में ही खेल-रल गया है। कुछ पता नहीं कहाँ गया? छोकरियाँ भाग गईं। छोटा बच्चा साथ रहता है।"

"तुम कितना रुपया गाँव भेजती हो रती बाई?"

"अखा चालीस।"

"तुम्हारी गुज़र कैसे होती है फिर?"

"हमारा कुछ भाई सँभालता है।" वही भाई जिसके बारे में गंगा बाई कह रही थी कि उसका फ्रेंड है।

"तुम्हारे भाई के बाल-बच्चे?"

"है नहीं तो।"

"कहाँ गाँव में?"

"हाँ पूना के पास एक जगह है। उसका बड़ा भाई खेती सँभालता है।"

"यानी तुम्हारा बड़ा भाई" मैंने चिढ़ाने को पूँछा।

"धत्, ओ हमारा भाई काहे को होता। क्या बाई तुम हमको साला छिनाल समझता है। हम गंगा बाई सिरीका नहीं है। मालूम महीने में चार दिन से जासती किसी के साथ नहीं पटती। बाई कोई फटा-पुराना कपड़ा हो तो उस बदमास को मत देना। मेरे को देना, हाँ।"

"रती बाई।"

"हाँ बाई।"

"तुम्हारा भाई तुमको मारता है?"

"साला गंगा बाई बोला होइंगा। नहीं बाई जासती नहीं मारता, कभी-कभी पियेला हो तो मारता। सो बाई लाड भी करता ना।"

"लाड भी करता है?"

"करता नहीं तो।"

"मगर रती बाई तुम उसे भाई क्यों कहती हो कमबख्त को?"

रती बाई हँसने लगी—"बाई हमारे में ऐसा ही बोलते?"

"मगर रती बाई चालीस रुपया पगार है तो फिर धंधा काहे को करती हो?"

"पन कैसे पूरा पड़े। पाँच रुपया खोली का भाड़ा के, तीन रुपया लाला का।"

"यह लाला को काहे को देती है?"

"अखा चाली का औरत लोग देता है नहीं तो निकाल देवे।"

"धंधा जो करती हो इसलिए?"

"हाँ बाई।" रती बाई कुछ झेंप गई।

"और तुम्हारा भाई क्या करता है।"

"बाई बोलने का बात नहीं हाँ, दारू का बड़ा खोटा धंधा है। जो पुलिस को पैसा नहीं भरे सो तड़ी पार।"

"यानी बम्बई से शहर बदर।"

"हाँ बाई।"

इतने में नर्स ने आकर रती बाई को डाँटा—"क्या बैठी बातें बना रही है। चल जा नं. 10 में बैड पैन पड़ा है।" रती बाई अपने मैले दाँत निकोसती भागी।

"आप क्या इन लोफर औरतों से घंटों बातें किया करती हैं। आप को आराम की ज़रूरत है वर्ना फिर ब्लीडिंग शुरू हो जाएगी।" बच्ची को पिंगड़े से निकाल लिया और चली गई।

शाम को गंगा बाई की ड्यूटी थी। बिना घंटी बजाये खुद ही आन धमकी।

"बैड पैन माँगता बाई।"

"नहीं गंगा बाई बैठो।"

"राँड शिश्टर बूम मारेगी। क्या बोलती थी तुम्हारे को?"

"कौन सिस्टर? बोलती थी आराम करो।"

"शिश्टर नहीं ओ रती बाई।"

"कहती थी पोपट लाल गंगा बाई को खूब मारता है।" मैंने छेड़ा।

"अरे ओ साला हमारे को क्या मारेगा।" गंगा बाई मेरे पाँव होले-होले मुक्कियाँ मारने लगी।

"बाई मेरे को जूता चप्पल देने को बोला था, दयो ना।"

"ले जाओ मगर यह तो बताओ तुम्हारे मियाँ की चिट्ठी आई?"

"आई नहीं तो" गंगा बाई ने फौरन चप्पल पर हाथ मारा, "साला शिश्टर ने देख लिया तो बूम मारेगी। बोत खट-खट करती है।"

"गंगा बाई तुम अपने गाँव कब वापिस जाओगी?"

गंगा की चमकीली आँखें दूर खेतों की हरियाली में खो गईं। उसने ठण्डी साँस भरी और बड़ी धीमी आवाज़ में बोली—"राम करे अब के फसल धड़ले की हो जावे। बस बाई अपन चला जाएगा। गये साल बाढ़ आ गई थी, सारा धान कचरा हो गया।"

"गंगा बाई, तुम्हारे मियाँ को तुम्हारे दोस्तों के बारे में पता है?" मैंने कुरेदा।

"क्या बात करता तुम बाई—" गंगा बाई गुमसुम हो गई। उसे कुछ झेंप-सी मालूम

हो रही थी उसने फौरन बात पलटी—

"बाई तुम्हारे को दो छोकरी हो गया। सेठ गुस्सा करेगा ना?"

"कौन सेठ?" मैंने चकराकर पूछा।

"तुम्हारा पति दूसरा सादी बना लेगा तो।"

"वह दूसरा शादी बनाएगा तो हम भी दूसरा शादी बनाएगा।"

"तुम्हारे लोग में ऐसा होता? ऐ बाई हम समझा तुम कोई ऊँचा जात का है।"

मुझे ऐसा मालूम हुआ गंगा बाई ऊँची जात वालों का मजाक उड़ा रही है। मैंने बहुत समझाने की कोशिश की। गंगा बाई समझ जाये मगर उसका ख्याल था कि दूसरी लड़की के जन्म पर ज़रूर मेरी शामत आएगी। अगर सेठ मेरी ठुकाई न करे तो सख्त थर्ड क्लास का सेठ है।

हस्पताल में पड़े रहना एकांत की कैद से कुछ कम नहीं। दो घंटे शाम को मिलने-जुलने वाले आ जाते। बाकी वक्त गंगा बाई और रती बाई से गप्पें मारने में कट जाता। अगर अस्पताल में यह दोनों न होतीं तो शायद दम टूट जाता। दोनों मामूली-सी रिश्वत लेकर एक-दूसरे के बारे में उल्टी-सीधी बातें बताया करतीं। एक दिन मैंने रती बाई से पूछा—

"रती बाई! तुम मिल में काम करती थीं, क्यों छोड़ दिया?"

"अरे बाई साला मिल में बड़ा लफड़ा था।"

"काहे का लफ़ड़ा?"

"ऐ बाई, एक तो काम एकदम भारी, यह भी चलता पर बाई, दो महीना के बाद छुट्टी कर देते।"

"क्यों?"

"दूसरा बाई लोग को रखते।"

"भई वह क्यों?"

"कारण यह कि अगर पक्का छः महीना हो जाय तो फैक्टरी ला लागू हो जावे।"

"ओहो समझी यानी हर दूसरे-तीसरे महीने नया स्टाफ बदलता रहता है। अगर पक्का हो जाये एक कारीगर को फैक्टरी ला के मुताबिक उसे बीमारी की छुट्टी, जचगी की छुट्टी लेने का हक मिल जाता है, इसलिए हर दो महीने के बाद अदल-बदल कर दी जाती है। साल में एक मिल मजदूर की मुश्किल से चार महीने आमदनी होती है। बाकी के दिन गाँव वापिस चली जाती हैं। जिसकी इतनी हैसियत नहीं वे दूसरी मिलों के चक्कर काटती हैं। कुछ सड़ी-गली भाजी-तरकारी की ढेरियाँ लगाकर फुटपाथ पर बैठ जाती हैं, फुटपाथ पर अपनी-अपनी जगह के लिए खूब गाली-गलौच होती है। बिना लायसेंस के बेचती हैं, इस लिए कुछ नुक्कड़ के सिपाही को खिलाना पड़ता है। इस पर भी कभी कोई अनूजाना अफसर आ जाता है। भगदड़ मच जाती है। कुछ पकड़ी जाती हैं और वावेला करती हैं। पुलिस थाना ले जाई जाती हैं। मैदान साफ होते ही फिर चीथड़ा बिछाकर दुकान सजा लेती हैं। कुछ और भी चालाक होती हैं। झोली में चार-छः नीबू, दो-चार भुट्टे पकड़े बाज़ार में ऐसी

घूमती हैं जैसे खुद खरीदार हैं मगर पास से गुजरने वाले से चुपके से कहती हैं–

"लो भाई भुट्टा लयो, एक-एक आना" और बिक्री हो जाती है।

इनसे तरकारी खरीदना गोया हैजे की पुड़िया खरीदना है।

जो जरा कम खुशनसीब होती हैं वह भीख माँगने लगती हैं। दौड़ते-भागते धंधा भी करती हैं। अपनी समझ में सोलह शृंगार किये मुँह में बीड़ा दबाये यह लोग अर्द्ध-अँधेरे रेलवे स्टेशन के पास टहला करती हैं। ग्राहक आता है कुछ इशारेबाजी होती है सौदा पट जाता है। यह ग्राहक आम तौर पर उत्तर प्रदेश के घर छोड़कर आये हुए दूध वाले या बे-घर बे-दर मजदूर होते हैं। जिनकी बीवियाँ गाँव में होती हैं या कँवारे जिनका घर-बार भी गंदी नालियाँ और फुटपाथ है।

सुबह गंगा बाई और रती बाई में बाकायदा बरामदे में फ्री स्टाईल कुश्ती ठन गई। रती बाई ने गंगा बाई का जूड़ा खसूट डाला और इसके जवाब में गंगा बाई ने रती बाई का मंगल सूत्र तोड़ डाला। मंगल सूत्र काली पोथ का बारीक-सा कंठा रती बाई के सुहाग की निशानी। रती बाई भों-भों करके रोई जैसे उसे विधवा कर दिया हो। लड़ाई की बुनियाद रुई के टुकड़े थे, जो मरीजों का लसीला पोंछकर फेंके जाते हैं या जच्चाओं के प्रयोग का रुई। म्युनिसिपैलिटी का आदेश है कि यह रुई जला दी जाये। मगर मालूम हुआ कि रती बाई और गंगा बाई चुपके से रुई निकालकर धोकर पोटली बाँधकर ले जाया करती थीं। चूँकि आजकल संबंध कुछ ज्यादा खराब थे इसलिए गंगा बाई ने हैड से शिकायत कर दी। रती बाई ने गालियाँ दीं जो हाथापाई में तबदील हो गई। दोनों निकाल दी जातीं मगर हाथ-पाँव जोड़े तो हैड ने बात दबा दी।

रती बाई जरा उम्र वाली और भैंस ही थी। गंगा बाई ने उनकी खूब ठुकाई की। दोपहर को सूजी हुई नाक लिये बैड पैन रखने आई तो मैंने पूछा–

"रती बाई इस गंदी रुई का क्या करती हो?"

"फिर धोकर सुखा लेते हैं, एकदम साफ हो जाती है।"

"फिर?"

"फिर रुई वाले के हाथ बेच देते हैं।"

"कौन लेता है यह कीटाणु भरी रुई?"

"मैट्रस वाला जो साहब लोग का फरनीचर का गद्दा बनाता है।"

उफ! मेरे शरीर की सुइयाँ खड़ी हो गईं। एक बार मैंने बेंत के सोफे की रूई धुनकवाने को निकलवाई तो काली स्याह। तो वह यही जख्मों की रुई थी। अल्लाह मेरी बच्ची का गद्दा भी क्या ऐसी रुई का है। मेरी फूल-सी बच्ची और यह कीटाणु के ढेर। हाय गंगा बाई तुम्हें खुदा ही समझे।

आज चूँकि जूता चला था। रती बाई भरी बैठी थी। गंगा बाई चूँकि जरा उससे जवान थी, रती बाई उसे अपने से अधिक पापी समझती थी। कुछ दिन पहले उसने रती बाई का अच्छा स्थायी ग्राहक भी तोड़ लिया था। वह पेट जो रती बाई समय-समय पर नष्ट

कराती रही थी। नाले में जो जीता-जागता बच्चा छोड़ आई थी, जो आँवल नाल मुँह पर डाल देने के बाद भी सिसकता रहा था। सुबह नाले के पास एक भीड़ जमा थी। अगर गंगा बाई चाहती तो साफ पकड़ा देती। गंगा बाई ने मगर इस भेद को सीने में छुपाये रखा और गंगा बाई का साहस तो देखो फुटपाथ पर बैठी कच्चे बेर और अमरूद की ढेरियाँ बेचती रही।

"रती बाई, कोई गड़बड़-सड़बड़ हो जाती है इस दोस्ती में तो तुम हस्पताल क्यों नहीं चली जातीं?"

"काहे को जावे हस्पताल? हमारे में बहुत बाई लोग है। डॉक्टर का माफक, एक दम फर्सट क्लास।"

"दवाई देती है कोई?"

"और क्या, फर्सट क्लास दवाई देती, मुट्ठी भी चलती है पन मालिश एकदम अच्छी।"

"यह मुट्ठी और मालिश क्या बला होती है?"

"बाई तुम नहीं समझेगा" रती बाई ज़रा शरमाकर हँसने लगी।

मेरे डस्टंग पाउडर के डिब्बे पर वह कई दिन से मँडला रही थी। जब मेरे लगाती थोड़ा-सा हथेली पर डालकर अपने कल्लों पर रगड़ लेती। मैंने सोचा उसका मुँह खुलवाने के लिए यह डिब्बा काफी होगा। मैंने डिब्बा पेश किया तो बौखला गई।

"नहीं बाई शिश्टर मार डालेगी।"

"नहीं मारेगी। मैं उससे भी कह दूँगी कि मुझे बू पसंद नहीं।"

"चे! अरे क्या एकदम फर्सट क्लास बास मारता है। अरे बाई तुम्हारा तो मस्तक फरेला है।"

बड़े अनुरोध के बाद रती बाई ने मुझे मुट्ठी और मालिश का विवरण बताया। प्रारम्भिक दिनों में तो मालिश प्रभावकारी होती है। फर्सट क्लास डॉक्टर का माफ़क बाई। मरीजा को जमीन पर लिटाकर छत से लटकती हुई रस्सी या किसी लाठी के सहारे उसके पेट पर खड़ी होकर खूब खोंदती है। यहाँ तक कि ऑपरेशन हो जाता है। या उसे दीवार के सहारे खड़ा करके बाई पहले अपने सिर में खूब कंघी करके कस के जूड़ा बाँध लेती है। फिर चुलु कड़वा तेल सिर पर डालकर मरीजा के पैरों को मेढे की तरह टकराती है। सख्त जान मेहनत-मजदूरी करने वाली कुछ औरतों पर इसका भी कभी-कभी कुछ असर नहीं होता, तब मुट्ठी की नौबत आती है। धुले गंदे मैल भरे नाखूनों वाले हाथ को तेल में डुबोकर शरीर में से धड़कती हुई जान को निकाल दिया जाता है।

आम तौर पर ऑपरेशन पहली बार में सफल हो जाता है। बाई अनाड़ी हो तो कभी सिर्फ एक हाथ टूटकर आ जाता है और कभी गर्दन आती है, कभी जिस्म का वह हिस्सा भी घिसटता चला आता है जिसे अंदर ही रहना था।

"मालिश से बहुत मौतें नहीं होतीं?"

"हाँ, आम तौर पर मरीजा अन्य रोगों का शिकार हो जाती है। शरीर जगह जगह

से सूज आता है, स्थाई घाव बन जाते हैं, जो रिसते रहते हैं। बुखार रहने लगता है और फिर अल्लाह की दी हुई मौत भी आने वाले को आ ही जाती है। मुट्ठी सख्त नाजुक मौकों पर प्रयोग की जाती है जान पर खेलकर, और आमतौर पर बाई लोग जान पर खेल जाती हैं तो बच रहती हैं, कुछ चलने-फिरने के काबिल नहीं रहतीं। कुछ चंद वर्ष घसीटकर खत्म हो जाती हैं।

और रती बाई ने कहा, ''यही सजा है इन वद-कमाश औरतों की। मरना तो चाहिए उनको।''

मुझे बड़े जोर से कै हुई और रती बाई, जो चटखारे ले-लेकर सुना रही थी बौखला कर भागी। सुनसान खामोश हस्पताल में मुझे भय लगने लगा। या खुदा! इंसान को जन्म देने की इतनी भयानक सज़ा? मैंने ऊँघ में डूबते हुए सोचा।

भय से मेरे हलक में काँटे पड़ गये। रती बाई की खैंची हुई तस्वीरों में कल्पना ने रंग भरा फिर जान डाल दी। खिड़की के पर्दे का साया दीवार पर हिल रहा था। देखते ही देखते साया गंगा बाई की मालिश का शिकार खून में नहाई हुई लाश की तरह तड़पने लगा। एक भयानक मैले नाखूनों वाला फौलादी शिकंजा मस्तक में मुट्ठी बनकर उतर गया। एक बार में नन्ही-नन्ही उंगलियाँ, ढलकी हुई गर्दन, खून में डूबा हुआ मेरा दिल और दिमाग! मैंने चीखना चाहा, किसी को पुकारना चाहा मगर हलक से आवाज़ न निकली। मैंने घंटी का स्विच दबाने के लिए हाथ बढ़ाया मगर हर्कत न हुई।

हस्पताल के खामोश वातावरण में जैसे किसी बंधित की चीखें एकाएक गूँज उठीं। यह चीखें मेरे कमरे से आती थीं। जिन्हें मैंने नहीं सुना। मैंने वह भी नहीं सुना जो मेरी जबान से अनजाने में निकल रहा था।

''कोई बुरा सपना देखा होगा।'' नर्स ने मुझे मार्फिया का इंजेक्शन दे दिया। मैंने बहुत कहना चाहा—नर्स मुझे मार्फिया न दो। वह देखो सामने गंगा बाई की मालिश की हुई खून में नहाई लाश सूली पर चढ़ी तड़प रही है। उसकी चीखें मेरे दिमाग में पेचकस की तरह धँसती चली जा रही हैं। दूर कहीं नाले में दम तोड़ते बच्चे की सकियाँ हथौड़े के आघात की तरह मेरे दिल पर पड़ रही हैं। मेरे पट्ठों पर मार्फिया का पर्दा ना डालो। रती बाई को पोलिंग बूथ पर जाना है। नये मनिस्टर उसकी जात वाले हैं। अब ब्याज चुक जाएगा। और मजे से धान कूटेगी। यह नींद की चादर मेरे दिमाग से सरका दो। मुझे जागने दो। गंगा बाई के जीते-जीते खून के धब्बे सफेद चादर पर फैलते जा रहे हैं। मुझे जागने दो।

मेज के सामने बैठे हुए क्लर्क टाइप के व्यक्ति ने मेरे हाथ की उँगली पर नीली रोशनाई का टीका लगाया तो मैं जाग पड़ी।

''हमारी जात वाले के डिब्बे में डालना हाँ'' रती बाई ने मुझे निर्देश दिया।

रती बाई के जात वाले का डिब्बा एक मोटी भारी मुट्ठी बनकर मेरे दिल और दिमाग से टकराया और मैंने अपनी पर्ची उस डिब्बे में नहीं डाली।

□

लिहाफ़

जब मैं जाड़ों में लिहाफ़ ओढ़ती हूँ तो पास की दीवार पर उसकी परछाइयाँ हाथी की तरह झूमती हुई मालूम होती हैं। और एकदम से दिमाग बीती हुई दुनिया के परदों में दौड़ने-भागने लगता है। उस समय ना जाने क्या कुछ याद आने लगता है।

माफ कीजिएगा, मैं आपके लिए खुद अपने लिहाफ़ का रूमान भरा वर्णन करने नहीं जा रही हूँ। न लिहाफ़ से किसी प्रकार का रोमांस जोड़ा ही जा सकता है। मेरे ख्याल में कम्बल कम आराम देने वाला सही मगर उसकी परछाई इतनी भयानक नहीं होती जितनी लिहाफ़ की परछाई दीवार पर जब डगमगा रही हो। यह तब का जिक्र है जब मैं छोटी-सी थी और दिनभर भाइयों और उनके दोस्तों के साथ मार-कुटाई में गुजार दिया करती थी। कभी-कभी मुझे ख्याल आता है कि मैं कमबख्त इतनी लड़ाका क्यों थी? उस उम्र में जब कि मेरी और बहनें आशिक जमा कर रही थीं।

यही वजह थी कि अम्माँ जब आगरा जाने लगी तो हफ्ता भर के लिए मुझे अपनी मुँहबोली बहिन के पास छोड़ गई। उनके यहाँ अम्माँ खूब जानती थी कि चूहे का बच्चा भी नहीं और मैं किसी से भी लड़-भिड़ न सकूँगी। सजा तो खूब थी मेरी। हाँ तो अम्माँ मुझे बेगम जान के पास छोड़ गई। वही बेगम जान जिनका लिहाफ़ अब तक मेरे ज़हन में गर्म लोहे के दाग की तरह महफूज है। यह वह बेगम जान थी जिनके गरीब मां-बाप ने नवाब साहब को इसलिए दामाद बना लिया कि यों तो वह पक्की उम्र के थे मगर थे निहायत नेक। कभी कोई रंडी या बाजारी औरत उनके यहाँ नजर न आई। खुद हाजी थे और सभी बहिनों को हज करा चुके थे।

मगर उन्हें एक निहायत अजीब-ओ-गरीब शौक था। लोगों को कबूतर पालने का जनून होता है, बटेरें लड़ाते हैं, मुर्गे बाजह करते हैं। इस किस्म के ताहियात खेलों से नवाब साहब को नफ़रत थी। उनके यहाँ तो बाल-विद्यार्थी रहते थे—नौजवान, गोरे-गोरे, पतली कमर के लड़के जिनका सारा खर्च वह खुद बरदाशत करते थे।

मगर बेगम जान से शादी करके तो वे उन्हें कुल साज-सामान के साथ ही घर में रखकर भूल गये। और वह बेचारी दुबली-पतली नाजुक-सी बेगम एकांत के गम में घुलने लगी।

न जाने उसकी जिन्दगी कहाँ से शुरू होती है। वहाँ से जब वह पैदा होने की गलती कर चुकी थी या वहाँ से जब कि बेगम बनकर आयी और छपरखट पर ज़िन्दगी गुजारने लगी या जब से नवाब साहब के यहाँ लड़कों का जद्योर बँधा। उनके लिए मुरग़न हलवे और लज़ीज खाने जाने लगे। और बेगम जान दीवानखाने की दराजों में से लचकती कमरों वाले लड़कों की चुस्त पिंडलियाँ और इत्र में डूबे बारीक शबनम के कुर्ते देख-देखकर अंगारों पर लोटने लगीं।

या जब से, जब वह मिन्नतों, मुरादों से हार गयीं। चिल्ले बँधे और टोटके और रातों का वजीफ पढ़ना भी चित हो गया। कहीं पत्थर में भी जोंक लगती है। नवाब साहब अपनी जगह से टस-से-मस न हुए। फिर बेगम जान का दिल टूट गया और उन्होंने इल्म की तरफ ध्यान दिया। लेकिन यहाँ भी उन्हें कुछ न मिला। इश्किया नावल और रोमांटिक शेर पढ़कर भी पस्ती छा गई। रात की नींद भी हाथ से गई और बेगम जान जी-छोड़कर बिल्कुल ही निराशा की पोट बन गयीं।

चूल्हे में डाला ऐसा कपड़ा-लत्ता। कपड़ा पहना जाता है किसी पर रौब गाँठने के लिए। अब न तो नवाब साहब को फुर्सत कि शबनमी कुर्ते को छोड़कर जरा इधर ध्यान करें और न वह उन्हें कहीं आने-जाने देते हैं। जब से बेगम जान ब्याह कर आयी थीं रिश्तेदार आकर महीनों रहते और चले जाते। मगर वह बेचारी कैद में रहतीं।

इन रिश्तेदारों को देखकर उनका भी खून जलता था कि सब के सब मजे से माल उड़ाने, उम्दा घी निबलने, जाड़े का साज-ओ-सामान बजवाने को मरते हैं और वह बावजूद नई रूई के लिहाफ़ के पड़ी सर्दी में अकड़ी जाती।

हर करवट पर लिहाफ़ नयी-नयी सूरतें बनाकर दीवार पर छाया डालता। मगर कोई भी छाया ऐसी न थी जो उन्हें ज़िन्दा रखने के लिए काफी हो। मगर क्यों जिये फिर कोई? जिंदगी। बेगम जान की जिन्दगी जो थी, जीना बदा था नसीबों में। वह फिर जीने लगीं खूब जीयीं।

रब्बू ने उन्हें नीचे गिरते-गिरते सँभाल लिया। सरपट देखते-देखते उनका सूखा जिस्म भरना शुरू हुआ। गाल चमक उठे और हुस्न फूट निकला। एक अजीब-ओ-गरीब तेल मालिश से बेगम जान की जिन्दगी में झलक आयी। माफ कीजियेगा इस तेल का नुसख़ा आपको बेहतरीन से बेहतरीन रिसाले में भी न मिलेगा।

जब मैंने बेगम जान को देखा तो वह चालीस-बयालीस की होंगी। ओफ़्फोह किस शान से मसनद पर अधलेटी थीं और रब्बू उनकी पीठ से लगी बैठी कमर दबा रही थी। एक ऊदे रंग का दुशाला उनके पैरों पर पड़ा था और वह महरानी की तरह शानदार मालूम हो रही थीं। मुझे उनकी शक्ल अत्यन्त पसन्द थी। मेरा जी चाहता था घंटों बिल्कुल पास

से उनकी सूरत देखा करूँ। उनकी रंगत बिल्कुल सफेद थी। नाम को सुर्खी का जिक्र नहीं और बाल काले और तेल में डूबे रहे थे। मैंने आज तक उनकी माँग ही बिगड़ी नहीं देखी। क्या मजाल जो एक बाल इधर-उधर हो जाये। उनकी आँखें काली थीं और भौंहों पर फालतू बाल अलग कर देने से कमानी-सी खिंची हुई थी। आँखें जरा तनी हुई रहती थीं। भारी-भारी फूले हुए पपोटे, मोटी-मोटी पलकें। सबसे ज्यादा जो उनके चेहरे पर आश्चर्यजनक देखने लायक चीज थी वे उनके होठ थे। प्रायः वे सुर्खी से रँगे रहते थे। ऊपर के होठ पर हल्की-हल्की मूँछें-सी थीं और कनपटियों पर लंबे-लंबे बाल। कभी-कभी उनका चेहरा देखते-देखते अजीब-सा लगता था। कम उम्र के लड़कों-जैसा।

उनकी जिस्म की त्वचा भी सफेद और चिकनी थी। मालूम होता था किसी ने कसकर टाँके लगा दिये हों। प्रायः वह अपनी पिंडलियाँ खुजाने के लिए खोलतीं तो मैं चुपके-चुपके उनकी चमक देखा करती। उनका कद बहुत लम्बा था। और फिर गोश्त होने की वजह से वह बहुत ही लम्बी-चौड़ी मालूम होती थीं। लेकिन बहुत संतुलित और ढला हुआ जिस्म था। बड़े-बड़े चिकने और सफेद हाथ, सुडौल कमर।...तो रब्बू उनकी पीठ खुजाया करती थी। यानी घंटों उनकी पीठ खुजाती। पीठ खुजवाना भी जिन्दगी की ज़रूरतों में से था। बल्कि शायद जिन्दगी की जरूरतों से भी ज्यादा।

रब्बू को घर का कोई काम न था। बस सारे वक्त उनके छपरखट में चढ़ी कभी पैर, कभी सिर और कभी जिस्म के दूसरे हिस्सों को दबाया करती थी। कभी तो मेरा दिल बोल उठता था। जब देखो रब्बू कुछ-न-कुछ दबा रही है या मालिश कर रही है। कोई दूसरा होता तो न जाने क्या होता। मैं अपनी कहती हूँ कोई दूसरी छुए भी तो मेरा जिस्म तो सड़-गलकर खत्म हो जाए।

और फिर वह रोज-रोज की मालिश काफी नहीं थी। जिस दिन बेगम जान नहातीं. ..या अल्लाह! बस दो घंटा पहले से तेल मालिश और खुश्बूदार उबटनों की मालिश शुरू हो जाती। और इतनी होती कि मेरा तो कल्पना से ही दिल टूट जाता। कमरे के दरवाजे बन्द करके अँगीठियाँ सुलगतीं और चलता मालिश का दौर। प्रायः सिर्फ रब्बू ही रहती। बाकी नौकरानियाँ बुडबुडाती और दरवाज़े पर से ही ज़रूरतों की चीज़ें देती जातीं।

बात यह थी कि बेगम जान को खुजली का मर्ज था। बेचारी को ऐसी खुजली होती थी कि हजारों तेल और उबटनें मले जाते थे, मगर खुजली थी कि कायम! डॉक्टर हकीम कहते, कुछ भी नहीं। जिस्म साफ चट पड़ा है। हाँ कोई जिल्द के अन्दर बीमारी हो तो खैर। "नहीं, भई डॉक्टर तो हुए हैं पागल। कोई आपके दुश्मनों को मर्ज है? अल्लाह रखे खून में गर्मी है।" रब्बू मुस्करा कर कहती और महीन-महीन नजरों से बेगम जान को घूरती रहती। और यह रब्बू—जितनी यह बेगम जान गोरी थी, उतनी वह काली। जितनी बेगम जान सफेद थी, उतनी ही यह सुर्ख। बस जैसे तपाया हुआ लोहा। हल्के-हल्के चेचक के दाग, गठा हुआ ठोस जिस्म, फुर्तीले छोटे-छोटे हाथ, कसी हुई छोटी-तोंद, बड़े-बड़े फूले हुए होठ, जो हमेशा नमी में डूबे रहते और जिस्म में से अजीब घबराने वाली बू के शरीरे निकलते

रहते थे और वे नन्हे-नन्हे फूले हुए हाथ किस कदम फुर्तीले थे। अभी कमर पर तो वह लीजिए तो फिसलकर गये कूल्हों पर, वहाँ से रपटे रानों पर और फिर दौड़े टखनों की तरफ। मैं तो जब कभी बेगम जान के पास बैठती, यही देखती कि अब इसके हाथ कहाँ हैं और क्या कर रहे हैं।

गर्मी-जाड़े बेगम जान हैदराबादी जाली कारगे के कुर्ते पहनतीं। गहरे रंग के पाजामे और सफेद झाग से कुर्ते और पंखा भी चलता हो, फिर भी वह हल्की दुलाई जरूर जिस्म पर ढके रहती थीं। उन्हें जाड़ा बहुत पसन्द था। जाड़े में मुझको उनके यहाँ अच्छा मालूम होता। वह हिलती-जुलती बहुत कम थीं, कालीन पर लेटी हैं। पीठ खुज रही है, खुश्क मेवे चबा रही हैं और बस। रब्बू से दूसरी सारी नौकरानियाँ खार खातीं। चुड़ैल बेगम जान के साथ खाती, साथ उठती-बैठती और माशा-अल्लाह साथ ही सोती थी। रब्बू और बेगम जान आम जलवों और महफिलों की दिलचस्प बातचीत का विषय थीं। जहाँ उन दोनों का जिक्र आया और कहकहे उठे। लोग न जाने क्या-क्या चुटकुले गरीब पर उड़ाते। मगर दुनिया में किसी से मिलती ही न थी। वहाँ तो बस वह थीं और उनकी खुजली।

मैंने कहा कि उस वक्त मैं काफ़ी छोटी थी और बेगम जान पर फिदा। वह भी मुझे बहुत प्यार करती थीं। संयोग से अम्माँ आगरा गयीं। उन्हें मालूम था कि अकेले घर में भाइयों से मार-पिटाई होगी, मारी-मारी फिरूँगी इसलिए वह सप्ताह भर के लिए मुझे बेगम जान के पास छोड़ गयीं। मैं भी खुश और बेगम जान भी खुश। आखिर को अम्माँ की मामी बनी हुई थीं।

सवाल यह उठा कि मैं सोऊँ कहाँ...? कुदरती तौर पर बेगम जान के कमरे में। अतः मेरे लिए भी उनके छपरखट से लगाकर छोटी-सी पलंगड़ी डाल दी गई। दस-ग्यारह बजे तक तो बातें करते रहे। मैं और बेगम जान चॉस खेलते रहे और फिर मैं सोने के लिए अपनी पलंग पर चली गयी। और जब मैं सोयी तो रब्बू वैसी ही बैठी उनकी पीठ खुजा रही थी। ''भंगिन कहीं की।'' मैंने सोचा। रात को मेरी एकदम से आँख खुली तो मुझे अजीब तरह का डर लगने लगा। कमरे में घुप्प अँधेरा। और उस अँधेरे में बेगम जान का लिहाफ ऐसे हिल रहा था जैसे उसमें हाथी बंद हो। ''बेगम जान।'' मैंने डरी हुई आवाज़ निकाली। हाथी हिलना बंद हो गया। लिहाफ नीचे दब गया।

''क्या है—सो रहो''—बेगम जान ने कहीं से आवाज दी।

''डर लग रहा है'' मैंने चूहे की-सी आवाज़ में कहा।

''सो जाओ—डर की क्या बात है—आयत उल्कुर्सी पढ़ लो।''

''अच्छा''—मैंने जल्दी-जल्दी आयात उल्कुर्सी पढ़ी। मगर ''याअल्मू माबीन'' पर हर बार आकर अटक गयी। यद्यपि मुझे इस वक्त पूरी आयत याद है।

''तुम्हारे पास आ जाऊँ, बेगम जान...''

''नहीं—बेटी—सो रहो''—जरा सख्ती से कहा और दो आदमियों के खुसर-फुसर करने की आवाज सुनाई देने लगी।

—हाय रे यह दूसरा कौन? मैं और भी डरी।

"बेगम जान, चोर-वोर तो नहीं।"

"सो जाओ बेटा—कैसा चोर"—रब्बू की आवाज आयी। मैं जल्दी में लिहाफ मुँह पर डालकर सो गयी।

सुबह-सवेरे मेरे दिमाग में रात के खौफनाक नजारे का खयाल भी न रहा। मैं हमेशा की वहमी हूँ। रात को डरना, उठ-उठकर भागना और बड़बड़ाना तो बचपन में रोज ही होता था। सब तो कहते थे मुझ पर भूतों का साया हो गया। अतः मुझे ख्याल भी न रहा। सुबह को लिहाफ बिल्कुल मासूम नजर आ रहा था। मगर दूसरी रात जब मेरी आँख खुली तो रब्बू और बेगम जान में कुछ झगड़ा बड़ी खामोशी से छपरखट पर ही तय हो रहा था और मेरी खाक समझ में न आया था कि क्या फैसला हुआ। रब्बू हिचकियाँ लेकर रोई फिर बिल्ली की तरह सपड़-सपड़ रकाबी चाटने जैसी आवाजें आने लगीं।—ऊँह, मैं तो घबराकर सो गयी।

आज रब्बू अपने बेटे से मिलने गयी हुई थी। वह बड़ा झगड़ालू था। बहुत कुछ बेगम जान ने किया। उसे दुकान करवायी—गाँव में लगाया। मगर वह किसी तरह मानता ही न था। नवाब साहब के यहाँ कुछ दिन रहा। खूब जोड़े-जामे भी बने पर न जाने क्यों ऐसा भागा कि रब्बू से मिलने भी न आता। अतः रब्बू भी मजबूर हो गयी।

सारा दिन बेगम जान परेशान रहीं। उनका जोड़-जोड़ टूटता रहा। किसी का छूना भी उन्हें न भाता था। उन्होंने खाना भी न खाया और सारा दिन उदास पड़ी रहीं।

"मैं खुजा दूँ बेगम जान"—मैंने बड़े शौक से ताश के पत्ते, बाँटते हुए कहा। बेगम जान मुझे गौर से देखने लगीं।

"मैं खुजा दूँ—सच कहती हूँ"—मैंने ताश रख दिये।

मैं थोड़ी देर तक खुजाती रही। और बेगम जान चुपकी लेटी रहीं। दूसरे दिन रब्बू को आना था। मगर वह आज भी गायब थी। बेगम जान का मिजाज चिड़चिड़ होता गया—चाय पी-पीकर उन्होंने सिर में दर्द कर लिया।

मैं फिर खुजाने लगी उनकी पीठ—चिकनी मेज की तख्ती जैसी पीठ—मैं हौले-हौले खुजाती रही। उनका काम करके कैसी खुशी होती थी।

"जरा जोर से खुजाओ—बंद खोल दो " बेगम जान बोलीं, इधर—अय है, जरा शाने के नीचे—हाँ—वाह भाई वाह—हाँ-हाँ-हाँ..."

वह सरूर में ठंडी साँसें लेकर इत्मीनान जाहिर करने लगीं।

"और इधर—" हालाँकि बेगम जान का हाथ खूब जा सकता था मगर वह मुझसे ही खुजवा रही थीं और मुझे उल्टा गर्व हो रहा था। "यहाँ...ऊई...तुम तो गुदगुदी करती हो...वाह—" वह हँसीं। मैं बातें भी कर रही थी और खुजा भी रही थी।

"तुम्हें कल बाजार भेजूँगी—क्या लोगी—वही सोती-जागती गुड़िया?"

"नहीं। बेगम जान—मैं तो गुड़िया नहीं लेती—क्या बच्चा हूँ अब मैं?"

"बच्चा नहीं तो क्या बूढ़ी हो गयी?" वह हँसीं। "गुड़िया नहीं तो बबुआ लेना—कपड़े पहना दो—मैं दूँगी तुम्हें बहुत-से कपड़े, सुना।" उन्होंने करवट ली।

"अच्छा।" मैंने जवाब दिया।

"इधर" उन्होंने मेरा हाथ पकड़कर जहाँ खुजली हो रही थी रख दिया। जहाँ उन्हें खुजली मालूम होती वहाँ मेरा हाथ रख देतीं और मैं बेखयाली से बबुए के ध्यान में डूबी मशीन की तरह खुजाती रही और वह लगातार बातें करती रहीं।

"सुनो तो—तुम्हारी फ्राकें कम हो गयी हैं। कल दर्जी को दे दूँगी कि नयी सी लाये। तुम्हारी अम्माँ कपड़ा दे गयी है।"

"वह लाल कपड़े की नहीं बनवाऊँगी—चमारों जैसा—" मैं बकवास कर रही थी और हाथ न जाने कहाँ से कहाँ पहुँचा—बातों-बातों में मुझे मालूम भी न हुआ। बेगम जान तो चित्त लेटी थीं—अरे—मैंने जल्दी से हाथ खींच लिया।

"ऊई लड़की—देखकर नहीं खुजाती—मेरी पसलियाँ नीचे डालती है।" बेगम जान शरारत से मुस्करायीं और मैं झेंप गयी।

"इधर आकर मेरे पास लेट जा...।" उन्होंने मुझे बाजू पर सिर रखकर लिटाया।

"अय है, कितनी सूख रही है—पसलियाँ निकल रही हैं।" उन्होंने मेरी पसलियाँ गिननी शुरू कर दीं।

"ऊँ"—मैं मुनमुनायी।

"उई—तो क्या मैं खा जाऊँगी—कैसा तंग स्वेटर बुना है।"

"गर्म बनियान भी नहीं पहना तुमने"—मैं कुलबुलाने लगी।

"कितनी पसलियाँ होती हैं—" मैंने स्कूल में याद की हुई हाईजीन की मदद ली। वह भी ऊटपटाँग।

"हटाओ तो हाथ—हाँ, एक-दो-तीन—"

मेरा दिल चाहा किसी तरह भागूँ। और उन्होंने जोर से भींचा।

"ऊँ"—मैं मचल गयी—बेगम जान ज़ोर-जोर से हँसने लगीं। अब भी जब उनका उस वक्त का चेहरा याद करती हूँ तो दिल घबराने लगता है। उनकी आँखों के पपोटे और वजनी हो गये। ऊपर के होठों पर स्याही फिरी हुई थी। बावजूद सर्दी के पसीने की नन्ही-नन्ही बूँदें होठों और नाक पर चमक रही थीं। उनके हाथ ठंडे सर्द थे मगर नर्म-नर्म जैसे उन पर की खाल उतर गयी हो। उन्होंने शाल उतार दी थी और करगे के महीन कुर्ते में उनका जिस्म आटे की लोई की तरह चमक रहा था। भारी जड़ाऊ सोने के बटन गले के एक तरफ झूल रहे थे। शाम हो गयी और कमरे में अँधेरा घुट रहा था। मुझे एक नामालूम डर से दहशत-सी होने लगी। बेगम जान की गहरी-गहरी आँखें, मैं रोने लगी दिल में। और मुझे एक मिट्टी के खिलौने की तरह भींच रही थीं। उनके गर्म-गर्म जिस्म से मेरा दिल बोलने लगा। मगर उन पर तो जैसे कोई भूतना सवार था। मेरे दिगाम का यह हाल कि न चीखा जाए और न रो सकूँ।

थोड़ी देर बाद वह पस्त होकर निढाल लेट गयीं। उनका चेहरा फीका बदरौनक हो गया और लम्बी-लम्बी साँसें लेने लगीं। मैं समझी कि अब मरी ये, और वहाँ से उठकर सरपट भागी बाहर–

शुक्र है कि रब्बू रात को आ गयी और मैं जल्दी में लिहाफ ओढ़कर सो गयी। मगर नींद कहाँ। चुप घंटों पड़ी रही।

अम्माँ किसी वजह से आ ही न सकी थीं। बेगम जान से मुझे डर लगता था कि मैं सारा दिन मामाओं के पास बैठी रही मगर उनके कमरे में कदम रखते ही दम निकलता था और कहती किससे और कहती क्या कि बेगम से डर लगता है? और वह बेगम जान जो मेरे ऊपर जान छिड़कती थीं?

आज रब्बू में और बेगम जान में फिर अनबन हो गयी–मेरी किस्मत की खराबी कहिए या कुछ और मुझे उन दोनों की अनबन से डर लगा। क्योंकि फौरन बेगम जान को खयाल आया कि मैं बाहर सर्दी में घूम रही हूँ और मरूँगी नमूनिये से।

"लड़की, क्या मेरा सिर मुडवाएगी। जो कुछ हो-हुआ गया तो और आफत आएगी।" उन्होंने मुझे पास बैठा लिया। वह मुँह-हाथ चिलमची में धो रही थीं। चाय तिपाई पर रखी थी।

"चाय तो बनाओ–एक प्याली मुझे भी देना–" वह तौलिये से मुँह खुश्क करके बोलीं–"मैं जरा कपड़े बदल लूँ।"

वह कपड़े बदलती रहीं और मैं चाय पीती रही। बेगम जान नाईन से पीठ मलवाते वक्त अगर मुझे बुलवातीं तो मैं गर्दन मोड़े-मोड़े जाती और वापस भाग आती। अब जो उन्होंने कपड़े बदले तो मेरा दिल उलटने लगा। मुँह मोड़े मैं चाय पीती रही।

"हाय अम्माँ–" मेरे दिल ने बेकसी से पुकारा–"आखिर मैं भाइयों से क्या लड़ती हूँ जो तुम मेरी मुसीबत–" अम्मा को हमेशा से मेरा लड़कों के साथ खेलना नापसंद है। कहो भला क्या लड़के शेर-चीते हैं जो निगल जाएँगे उनकी लाड़ली को, और उनके लड़के भी कौन–खुद भाई और दो-चार सड़े-सड़ाये जरा-जरा से उनके दोस्त। मगर नहीं वह तो औरत जात को सात तालों में रखने की कायल और यहाँ बेगम जान की वह दहशत कि दुनिया भर के गुंडों से नहीं। बस चलता तो उस वक्त सड़क पर भाग जाती पर यहाँ न टिकती। मगर लाचार थी। मजबूरन कलेजे पर पत्थर रखे बैठी रही।

कपड़े बदलकर सोलह सिंगार हुए और गर्म-गर्म खुश्बुओं के इत्र ने और भी उन्हें अंगारा बना दिया और वह चलीं मुझ पर लाड़ उतारने।

"घर जाऊँगी–" मैंने उनकी हर राय के जवाब में कहा और रोने लगी।

"मेरे पास तो आओ–तुम्हें बाजार ले चलूँगी–सुनो तो–" मगर मैं खली की तरह फैल गयी–सारे खिलौने मिठाइयाँ एक तरफ और घर जाने की रट एक तरफ।

"वहाँ भैया मारेंगे–चुड़ैल–" उन्होंने प्यार से मुझे थप्पड़ लगाया।

"पड़े मारें भैया–" मैंने अपने दिल में सोचा। और रूठी, अकड़ी बैठी रही।

"कच्ची अमिया खट्टी होती है, बेगम जान–" जली-कटी रब्बू ने राय दी। और फिर उसके बाद बेगम जान को दौरा पड़ गया। सोने का हार जो थोड़ी देर पहले मुझे पहना रही थीं टुकड़े-टुकड़े हो गया। महीन जाली का दुपट्टा तार-तार। और वह माँग जो मैंने कभी बिगड़ी न देखी थी। झाड़-झंखाड़ हो गयी।

"अेह-अेह अेह अेह–" वह झटके ले-लेकर चिल्लाने लगीं। मैं रपटी बाहर।

बड़े जतनों से बेगम जान को होश आया। जब मैं सोने के लिए कमरे मैं दब्बे पाँव जाकर झाँकी तो रब्बू उनकी कमर से लगी जिस्म दबा रही थी।

"जूती उतार दो–" उसने उनकी पसलियाँ खुजाते हुए कहा और मैं चुहिया की तरह लिहाफ में दुबक गयी।

सर-सर, फट-कच-बेगम जान का लिहाफ अँधेरे में फिर हाथी की तरह झूम रहा था।

"अल्लाह! आँ–" मैंने मरी हुई आवाज निकाली। लिहाफ में हाथी फुदका और बैठ गया। मैं भी चुप हो गयी। हाथी ने फिर लोट मचाई। मेरा रूआँ-रूआँ काँपा। आज मैंने दिल में ठान लिया कि जरूर हिम्मत करके सिरहाने का लगा हुआ बल्ब जला दूँ। हाथी फड़-फड़ कर रहा था। और जैसे अकड़ूँ बैठने की कोशिश कर रहा था। चपड़-चपड़ कुछ खाने की आवाजें आ रही थीं, जैसे कोई मजेदार चटनी चख रहा हो। अब मैं समझी। ये बेगम जान ने आज कुछ नहीं खाया और रब्बू मुर्दी तो है सदा की चटोर। जरूर यह तर माल उड़ा रही है। मैंने नथुने फुलाकर "सूँ-सूँ" हवा को सूँघा। सिवाय इत्र, संदल और हिना की गर्म-गर्म खुशबू के और कुछ न महसूस हुआ।

लिहाफ फिर उभरना शुरू हुआ। मैंने बहुतेरा चाहा कि चुपकी पड़ी रहूँ। मगर उस लिहाफ ने तो ऐसी अजीब-अजीब शक्लें बनानी शुरू की कि मैं लरज गयी। मालूम होता था। गों-गों करके कोई बड़ा-सा मेढक फूल रहा है और अब उछलकर मेरे ऊपर आया।

"आ-न-अम्माँ" मैं हिम्मत करके गुनगुनायी। मगर वहाँ कुछ सुनवायी न हुई। और लिहाफ मेरे दिमाग़ में घुसकर फूलना शुरू हुआ। मैंने डरते-डरते पलँग के दूसरी तरफ पैर उतारे और सिरहाने टटोलकर बिजली का बटन दबाया। हाथी ने लिहाफ के नीचे एक कलाबाजी लगायी और पिचक गया। कलाबाजी लगाने में लिहाफ का कोना फुट भर उठा।

अल्लाह! मैं गड़ाप से अपने बिछौने में!!

□□